A ÓRFÃ DE VARSÓVIA

A ÓRFÃ DE VARSÓVIA

KELLY RIMMER

São Paulo

2023

Grupo Editorial
UNIVERSO DOS LIVROS

The Warsaw Orphan
Copyright © 2021 by Lantana Management Pty Ltd.

© 2022 by Universo dos Livros

Todos os direitos reservados e protegidos pela Lei 9.610 de 19/02/1998.
Nenhuma parte deste livro, sem autorização prévia por escrito da editora, poderá
ser reproduzida ou transmitida sejam quais forem os meios empregados: eletrônicos,
mecânicos, fotográficos, gravação ou quaisquer outros.

Diretor editorial
Luis Matos

Gerente editorial
Marcia Batista

Assistentes editoriais
Letícia Nakamura
Raquel F. Abranches

Tradução
Daniela Tolezano

Preparação
Ricardo Franzin

Revisão
Alessandra Miranda de Sá
Paula Craveiro

Capa
Zuleika Iamashita

Diagramação
Saavedra Edições

Dados Internacionais de Catalogação na Publicação (CIP)
Angélica Ilacqua CRB-8/7057

R435o	
	Rimer, Kelly
	A órfã de Varsóvia / Kelly Rimmer ; tradução de Daniela Tolezano. – São Paulo : Universo dos Livros, 2022.
	352 p.
	ISBN 978-65-5609-288-1
	Título original: *The warsaw orphan*
	1. Ficção inglesa 2. Guerra Mundial, 1939-1945 3. Holocausto judeu I. Título II. Tolezano, Daniela
22-5920	CDD 823

Universo dos Livros Editora Ltda.
Avenida Ordem e Progresso, 157 — 8º andar — Conj. 803
CEP 01141-030 — Barra Funda — São Paulo/SP
Telefone: (11) 3392-3336
www.universodoslivros.com.br
e-mail: editor@universodoslivros.com.br

Para minha tia Lola

1

Roman
28 de março de 1942

O ESPÍRITO HUMANO É UMA COISA MIRACULOSA. É A parte mais forte de nós: esmagado sob pressão, mas difícil de quebrar. Preso em nosso corpo fraco e falível, mas nunca contido. Pensava sobre isso enquanto caminhava com meu irmão em direção a uma vendedora na rua Zamenhofa, no Gueto de Varsóvia, no final de tarde de um dia de primavera agradavelmente quente.

— Tinha um ali — ele disse, apontando para um raro espaço na multidão que estava na calçada. Eu assenti com a cabeça, mas não respondi. Às vezes, Dawidek precisava falar comigo durante seu dia de trabalho, mas não precisava que eu fizesse comentários, felizmente, porque, mesmo depois de meses desse ritual, eu ainda não tinha ideia do que dizer.

— Indo por aquele beco, tinha um nos degraus de um prédio. Não era nem na calçada, estava ali mesmo nos degraus.

Vasculhei meu bolso para me assegurar de que ainda tinha a lasca de sabonete que meu padrasto dera para mim. Sabonete era algo desesperadoramente valioso no gueto, um lugar onde a superlotação e a falta de água corrente haviam criado um cenário perfeito para doenças. Meu padrasto tinha uma pequena clínica odontológica na sala da frente do nosso apartamento e precisava de sabonete tanto quanto os outros, talvez até mais. No entanto, por mais desesperado que Samuel estivesse por sabonete, a necessidade que minha mãe tinha por comida eclipsava isso, então Dawidek e eu ali estávamos. Ir ao mercado era geralmente uma tarefa para as mulheres, mas Mamãe precisava preservar toda a força que pudesse, e a vendedora de rua com quem Samuel queria que eu falasse estava a alguns quarteirões de casa.

— ... e, Roman, um estava atrás de uma grande lixeira. — Ele hesitou e, então, fez uma careta. — Mas acho que perdemos aquele de ontem.

Eu não perguntei como ele tinha chegado àquela conclusão. Sabia que a resposta faria meu coração acelerar e minha visão escurecer. Algumas vezes eu sentia como se minha raiva estivesse fervendo internamente. Raiva do meu irmão de nove anos e do resto da minha família, embora nada disso fosse culpa deles. De Sala, meu chefe na fábrica da rua Nowolipki, ainda que fosse um homem bom e tivesse feito muito além do que podia para ajudar a mim e à minha família mais de uma vez. De qualquer alemão que eu visse. Sempre eles. Especialmente eles. Uma raiva intensa e implacável tingia cada interação nesses dias e, embora fosse direcionada aos alemães que mudaram nosso mundo, ela passava por todas as outras pessoas que eu conhecia antes de voltar para onde deveria estar.

— Tinha um aqui ontem. No meio da rua, na entrada do mercado.

Dawidek já me dissera tudo sobre aquele, mas o deixei falar assim mesmo. Eu esperava que esses comentários a respeito dos acontecimentos o poupassem do interior nocivo com que eu estava lidando no momento. Invejava a facilidade que ele tinha para falar sobre seu dia, ainda que ouvir os detalhes me enchesse de culpa. Uma culpa com a qual eu podia lidar; provavelmente a merecia. Era a raiva que me assustava. Eu sentia como se meu controle sobre ela estivesse entre minhas mãos suadas e, a qualquer momento, bastaria alguém me assustar para que o perdesse.

A barraca de rua apareceu no meio da multidão. Sempre havia uma multidão na rua até o último segundo antes do toque de recolher das sete horas. Isso acontecia especialmente no verão, quando o calor opressivo no interior dos apartamentos do gueto podia fazer as pessoas desmaiarem. Além disso, a superlotação dentro deles era pior do que a superlotação de fora. Não tinha ideia de quantas pessoas viviam cercadas pelos muros do gueto. Samuel chutava um milhão, a sra. Kukliński do quarto ao lado do nosso dizia que eram muitas mais, Mamãe tinha certeza de que eram apenas umas cem mil. Tudo que eu sabia era que o nosso apartamento não era o único no gueto projetado para uma família, mas que agora abrigava quatro; e, mesmo assim, muitas famílias viviam em condições ainda piores. Embora o tamanho da população fosse um dos principais temas de conversa, não importava muito para mim. Eu podia ver com meus próprios olhos e sentir com meu próprio nariz que, não importava quantas pessoas estivessem presas pelos muros do gueto, havia gente demais.

Quando a mesa da vendedora apareceu, perdi as esperanças: ela já a estava recolhendo e não havia mais nenhum produto. Fiquei desapontado, mas não surpreso; havia poucas chances de encontrarmos comida no final do dia, ainda mais comida que alguém trocaria por uma simples lasca de sabonete. Dawidek e eu passáramos por uma loja que estava vendendo ovos, mas eles queriam *zloty** pelos ovos, não uma lasca minúscula de sabonete.

— Espere aqui um minuto — murmurei ao meu irmão, que encolheu os ombros enquanto se sentava nos degraus de um prédio de apartamentos. Poderia tê-lo deixado vir comigo, mas, mesmo depois de tudo que minha família perdera durante os anos de ocupação, eu ainda odiava que ele me visse implorar. Olhei para ele, memorizando sua localização, e abri espaço entre as últimas pessoas que se misturavam na calçada, até alcançar a vendedora de rua. Ela balançou a cabeça antes mesmo de eu pronunciar uma palavra.

— Desculpe-me, jovem. Não tenho nada para lhe oferecer.

— Sou filho de Samuel Gorka — disse a ela. Era uma simplificação exagerada de uma verdade complicada, mas era a melhor forma de fazê-la saber quem eu era. — Ele tratou do seu dente, lembra? Alguns meses atrás. A clínica dele fica na rua Miła.

O reconhecimento surgiu em seu olhar, mas ela ainda me observava com cautela.

— Eu me lembro de Samuel e sou grata a ele, mas isso não muda nada. Não tenho comida sobrando hoje.

— Eu e meu irmão... nós trabalhamos durante o dia. E Samuel também. Você sabe como ele é ocupado, ajudando pessoas como você. Mas é que temos alguém doente na família que não...

— Garoto, eu respeito o seu pai. Ele é um bom homem e um bom dentista. Queria poder ajudar, mas não tenho nada para dar a você. — Ela apontou para a mesa e para a caixa de madeira vazia que estava às suas costas, e então abriu suas mãos para mim como se para provar que falava a verdade.

— Não tenho mais aonde ir. Não posso aceitar um não como resposta. Vou dormir com fome hoje, mas não posso deixar... — Minha voz foi

---

* Moeda da Polônia. (N. T.)

sumindo, o desespero me atingindo diretamente no peito. Eu iria para casa sem comida para minha mãe naquela noite e as consequências me fizeram querer me encolher em posição fetal, ali mesmo na sarjeta. Mas o desespero era perigoso, em parte porque vinha sempre acompanhado de um primo cruel. O desespero é uma emoção passiva, mas sua consequência natural é a ação, e esta raramente resulta em algo positivo. Cerrei meu punho e meus dedos se fecharam em volta do sabonete. Tirei-o do meu bolso e o estendi em direção à vendedora. Ela olhou para a palma da minha mão e então para meu rosto, suspirou de forma impaciente e se aproximou para protestar.

— Eu já disse. Não tenho mais nada para negociar hoje. Se você quer comida, precisa vir mais cedo.

— Isso é impossível para nós. Você não entende?

Para chegar ao mercado mais cedo, um de nós teria que faltar no trabalho. Samuel não podia perder um dia de trabalho; ele mal podia se manter do jeito que estava. Ele fazia extrações do amanhecer ao toque de recolher quase todos os dias. Esse trabalho raramente era pago, agora que o dinheiro estava em falta entre as famílias comuns, como eram as de seus pacientes, mas o trabalho era importante, não apenas porque oferecia algum conforto a um grupo de pessoas que estavam, em todos os outros aspectos, sofrendo imensamente. Às vezes Samuel fazia um favor para um dos policiais judeus ou até para um soldado alemão de passagem. Segundo a teoria dele, um dia esses favores seriam úteis. Eu não era tão otimista, mas compreendia que ele não podia simplesmente fechar a clínica. Se Samuel parasse de trabalhar, esse seria o momento em que ele teria que fazer uma avaliação honesta de nossa situação, e, se fizesse isso, chegaria perto do desespero que eu sentia em cada minuto do dia.

— Você tem algo mais? Ou só o sabonete? — a mulher perguntou de repente.

— Isso é tudo.

— Amanhã. Volte amanhã a esta mesma hora. Vou guardar algo para você, mas por esse tanto de sabonete... — Ela balançou a cabeça e então apertou os lábios. — Não será muito. Veja se consegue encontrar algo mais para negociar.

— Não há *nada* mais — eu disse com um nó na garganta. Mas o olhar da mulher era pelo menos compassivo, então assenti com a cabeça. — Farei o meu melhor. Vejo você amanhã.

Conforme me afastava, pensei se valeria a pena ir àquela loja e perguntar sobre os ovos, mesmo sabendo que o sabonete não seria suficiente nem mesmo para um ovo inteiro. Não era suficiente nem para meio ovo aqui no mercado, e as lojas eram sempre mais caras do que os vendedores de rua. Talvez eles me dessem uma casca? Poderíamos triturá-la para que Mamãe pudesse tomá-la com um pouco de água. Já fizéramos isso para ela antes. Não era tão bom quanto comida de verdade, mas poderia ajudar um pouco nesta noite. Certamente não custava tentar.

Conforme eu me virava para voltar ao nosso apartamento, uma explosão de adrenalina quase me jogou de lado. Dawidek não se movera do lugar onde eu o deixara, mas dois policiais judeus estavam agora parados à sua frente. Como eu, meu irmão era alto para sua idade, uma herança de nosso avô materno, que nos fazia parecer bizarros quando ficávamos de pé ao lado de Samuel e de Mamãe, que eram mais baixos. Mesmo assim, ele parecia pequeno demais para ser enquadrado na entrada de um apartamento por dois policiais. Essa situação poderia se tornar sangrenta em um piscar de olhos. Os *kapos*[*] operavam em um espectro que ia de bem-intencionado e gentil a sanguinário e violento, e eu não tinha como saber de que tipo eram os *kapos* que abordavam Dawidek naquele momento. Meu coração batia com força em meu peito conforme abria espaço para chegar até eles, sabendo que intervir poderia me render um tiro.

Depois de tudo que eu já vira e pelo que passara, a única coisa que me fazia continuar era minha família, especialmente Dawidek. Ele era a pessoa mais importante para mim no mundo, uma explosão de pureza em um ambiente de total maldade. Em alguns dias, o único momento em que eu *ainda* sentia algo era quando estava brincando ou conversando com ele à noite, e aquela calmaria era o único descanso que eu tinha. Não podia viver sem ele; na realidade, eu decidira que, se chegasse a esse ponto, desistiria.

— Dawidek — chamei ao me aproximar. Os dois *kapos* se viraram para mim. O da esquerda, mais alto, mediu-me como se um rapaz magrelo de dezesseis anos e desarmado fosse algum tipo de ameaça. A coisa mais sensata a fazer era deixar que Dawidek, à sua própria maneira, tentasse

---

[*] Prisioneiros dos campos de concentração nazistas designados para supervisionar o trabalho forçado. (N. T.)

A ÓRFÁ DE VARSÓVIA

convencê-los a liberá-lo. Ele tinha nove anos, mas costumava se defender sozinho no ambiente bizarramente tóxico do gueto. Durante o dia todo ele ficava sozinho em seu trabalho e eu no meu. Ele precisava de sua sagacidade para sobreviver até mesmo a uma hora daquilo, e eu precisava ter a confiança de que ele podia lidar com a situação por conta própria.

Mas não conseguia me convencer a ser sensato, ainda que eu soubesse que, se prosseguisse, o que me esperava era, no mínimo, uma surra violenta. Não consegui me segurar nem quando os *kapos* me deram uma segunda chance para sair. Eles me ignoraram, voltando sua atenção para meu irmão.

— Ei! — gritei, tão alto que minha voz ecoou pela rua e fez com que várias pessoas se virassem para olhar. — Ele é só uma criança. Não fez nada de errado!

Mentalmente, planejava a minha próxima ação. Eu faria um escândalo, talvez empurrasse um dos *kapos* e, quando eles se virassem para bater em mim, Dawidek poderia escapar. A dor nunca era agradável, mas a dor física também podia ser uma distração eficaz da angústia mental, que era o pior tipo. Talvez eu até conseguisse desferir um soco, e isso faria com que eu me sentisse bem. Mas meu irmão deu um passo à frente, estendeu as mãos para mim e disse furiosamente:

— Estes são os meus supervisores, Roman. Apenas supervisores da equipe. Estamos só conversando.

Senti um embrulho no estômago. Sentia as batidas do meu coração nos ouvidos e minhas mãos estavam quentes. Sabia que meu rosto estava vermelho como uma framboesa, tanto de vergonha como por causa da adrenalina. Depois de uma breve pausa que pareceu interminável, os *kapos* trocaram um olhar divertido, um deles deu um tapinha nas costas de Dawidek e eles seguiram pela rua, rindo de mim. Dawidek sacudiu a cabeça, frustrado.

— Por que você fez aquilo? O que ia fazer, mesmo que eu estivesse em apuros?

— Desculpe — admiti, passando a mão no cabelo. — Perdi a cabeça.

— Você sempre perde a cabeça — murmurou Dawidek, caminhando ao meu lado, enquanto seguíamos os *kapos* de volta ao nosso apartamento. — Você precisa escutar o Papai. Mantenha sua cabeça baixa, trabalhe duro e espere pelo melhor. Você é bem inteligente, não pode ficar tomando decisões tão idiotas.

Ouvir meu irmão mais novo ecoando a sabedoria de seu pai no mesmo tom e com a mesma impaciência sempre era chocante, mas, neste caso, eu estava tonto de alívio e baguncei seu cabelo, soltando uma risada fraca.

— Para um garoto de nove anos, você é incrivelmente inteligente.

— Inteligente o suficiente para saber que você não conseguiu nenhuma comida pra Mamãe.

— Chegamos tarde demais — eu disse, engolindo o nó na garganta.

— Mas ela disse que devemos voltar amanhã. Disse que vai guardar algo para nós.

— Vamos pegar o caminho longo para casa. As lixeiras da rua Smocza às vezes têm algo bom.

Não éramos a única família no gueto que não tinha recursos. Estávamos todos morrendo de fome e qualquer porção de comida era rapidamente encontrada, mesmo que estivesse em uma lata de lixo. Ainda assim, não estava tão motivado a voltar ao nosso apartamento superlotado para enfrentar a decepção no olhar de meu padrasto ou para ver a fome no olhar de minha mãe. Deixei Dawidek seguir na frente e caminhamos em silêncio, só quebrado por seus comentários periódicos.

— Pegamos um aqui... outro ali... Mordechai me ajudou com um lá.

Assim que viramos em uma rua silenciosa, percebi que os *kapos* supervisores de Dawidek estavam bem na nossa frente, caminhando a alguns passos de nós.

— Vamos dar meia-volta. Não quero encrenca com esses homens — murmurei. Dawidek sacudiu a cabeça.

— Eles gostam de mim. Eu trabalho duro e não crio problemas. Agora que você parou de tentar fazer com que o matassem, eles não vão incomodar a gente, mesmo que nos notarem.

Naquele momento, o policial mais baixo deu uma olhada para a calçada à sua direita e, então, parou. Ele acenou para o colega à sua frente e tirou algo do bolso enquanto se agachava. Eu estava longe demais para ouvir o que ele falou, mas vi a tristeza em seu olhar. O *kapo* então se levantou e correu para alcançar o colega. Dawidek e eu continuamos a andar pela rua, mas só quando nos aproximamos do lugar onde ele havia parado foi que percebi o motivo.

Estávamos no gueto por quase dois anos. As condições já eram ruins e cada novo dia parecia trazer novas provações. Eu aprendi a não olhar, de maneira a não ver a dor e o sofrimento públicos dos outros prisioneiros. Eu andara por cada quarteirão do gueto, tanto do Pequeno Gueto, com seus apartamentos melhores, nos quais a elite e os artistas pareciam viver com relativo conforto, como do Grande Gueto, onde as famílias pobres como a minha se amontoavam, tentando sobreviver em condições muito mais precárias. A passarela da rua Chłodna conectava os dois e alçava os residentes do gueto acima dos chamados poloneses arianos e até mesmo dos alemães, que passavam por baixo dela. A ironia da situação nunca deixava de me entreter quando eu a cruzava. Às vezes, passava pela passarela apenas para me animar.

Eu conhecia cada canto do gueto e observava cada detalhe, mesmo tendo aprendido a ignorar tanto quanto possível o que eu via. Aprendi a não reagir quando um idoso ou idosa pegava a minha mão enquanto eu passava, agarrando-se às esperanças de que eu poderia oferecer-lhes uma porção de comida. Aprendi a não me chocar demais se alguém era baleado bem na minha frente. E, acima de tudo, aprendi a nunca olhar para nenhuma pobre alma que estivesse caída na calçada. A única maneira de sobreviver era permanecer alerta, então tinha que observar tudo, mas também tive que aprender a olhar através de tudo. A única maneira de controlar minha própria fúria fervilhante era enterrá-la. Mas o policial atraiu minha atenção para uma cena de pura brutalidade no lado de fora do que antes havia sido uma loja de roupas. O estoque se esgotara há muito tempo e a loja fora reformada para se tornar uma acomodação para várias famílias. A ampla vitrine estava agora tampada com sacos de juta para garantir alguma privacidade aos moradores. Na frente dela, na calçada, uma criança estava caída de bruços. Viva, mas por pouquíssimo tempo.

O gueto vivia repleto de crianças nas ruas. Os orfanatos estavam abarrotados, o que significava que aquelas que não estavam sob os cuidados de parentes ou estranhos de bom coração eram deixadas à própria sorte. Eu via crianças abandonadas, mas não as *via*. Eu teria passado direto por esta em qualquer outro dia. Não conseguia manter nem a minha própria família em segurança e em boas condições, então era melhor continuar andando e me poupar da dor de mais impotência. Mas eu estava curioso sobre o que o policial dera à criança, então, enquanto nos aproximávamos dela, já analisava a situação, buscando ver o que chamara a sua atenção e tentar descobrir o que ele tinha posto no chão.

A fome mexia com o crescimento e o desenvolvimento normal das crianças, mas, mesmo assim, estimei que ela tivesse dois ou três anos de idade. Ela tinha a mesma expressão vazia que eu via na maioria das crianças que chegavam àquele ponto. Tufos de cabelo haviam caído e seu abdômen e pernas descobertos estavam inchados. Alguém tinha levado suas roupas, com exceção das de baixo, esfarrapadas, e entendi o porquê.

Esta criança não estaria viva de manhã. Quando ficavam muito fracas para implorar por ajuda, não restava muito mais tempo, e esta já estava muito além desse ponto. Seus olhos castanhos opacos eram poças líquidas de derrota e agonia.

Meu olhar se voltou para suas mãos, as palmas para cima, como se estivessem abertas para Deus. Uma estava aberta e vazia, pendendo na calçada ao lado dela. A outra também estava aberta, mas não estava vazia. *Pão*. O policial colocara um pedaço de pão na mão da criança. Olhei para a comida e, embora ela nunca fosse alcançar a minha boca, comecei a salivar. Estava me torturando, mas era muito mais fácil olhar para o pão do que para os olhos opacos da menina.

Dawidek permanecia em silêncio ao meu lado. Pensei em minha mãe e me agachei ao lado da menininha.

— Olá — eu disse, tenso e sem jeito. A criança não reagiu. Observei todo o seu rosto, absorvendo os detalhes. As maçãs da face pronunciadas. A forma como seus olhos pareciam grandes demais. O cabelo embaraçado. Um dia, alguém escovara o cabelo dessa menininha e provavelmente lhe fizera lindas tranças. Um dia, alguém banhara essa criança e a colocara para dormir à noite, inclinando-se para sussurrar ao seu ouvido quanto ela era amada, especial e querida.

Agora, seus lábios estavam secos e rachados, e o sangue seco se tornara uma casca escura e suja no canto de sua boca. Meus olhos ardiam e demorei a perceber que lutava para segurar as lágrimas.

— Você deveria comer o pão — encorajei-a de maneira suave. Seus olhos se moveram e então ela piscou, mas suas pálpebras tremularam e se fecharam. Ela inspirou, mas seu peito chiou, com o som que eu sabia que as pessoas faziam logo antes de morrer, quando estavam doentes demais até mesmo para tossir. Uma lágrima rolou pelo meu rosto. Fechei os olhos, mas, agora, em vez de escuridão, vi o rosto da menininha.

Por isso eu aprendera a não olhar, porque, se você se aproximasse demais do sofrimento, ele queimaria em sua alma. Essa menininha agora era uma parte de mim e sua dor era parte da minha.

E, mesmo assim, eu sabia que ela não conseguiria comer o pão. O gesto do policial tinha sido bem-intencionado, mas chegara tarde demais. Se eu não pegasse o pão, a pessoa que passasse a seguir pegaria. Se o tempo que passara no gueto tinha me ensinado alguma coisa, era que a vida pode trazer bênçãos, mas que cada uma delas traria junto uma ferroada. Deus pode nos dar alguma sorte, mas nunca sem um custo. Eu levaria o pão e a criança morreria durante a noite. Mas esse não seria o fim da tragédia. De certa maneira, era apenas o começo.

Enxuguei as lágrimas rudemente com as costas da mão e então, antes que pudesse permitir que minha consciência me impedisse, estiquei a mão e arranquei o pão da mão da criança, escondendo-o rapidamente no meu bolso. Depois, levantei-me e forcei-me a não olhar para ela de novo. Dawidek e eu começamos a andar.

— Os pequenos deveriam ser mais fáceis. Não tenho que pedir aos garotos mais velhos para me ajudar a levantá-los e não pesam quase nada. Eles deveriam ser mais fáceis, não? — Dawidek disse, quase de forma filosófica. Soltou um grande suspiro e acrescentou em uma voz cheia de confusão e dor: — Vou conseguir levantá-la sozinho amanhã de manhã, mas isso não vai ser mais fácil.

A boa sorte me valeu trabalho em uma das poucas fábricas no gueto que era de propriedade de um judeu amigável, e não de algum homem de negócios alemão que apenas queria tirar vantagem de trabalho escravo. Mas isso significou que, quando os *kapos* me chamaram para ajudar a recolher os corpos das ruas antes do pôr do sol a cada dia, a única outra pessoa viável em nossa família era meu irmão. Quando Dawidek foi recrutado para essa função horrorosa, quis largar meu emprego para poupá-lo. Mas a coleta dos corpos era um trabalho não remunerado e meu emprego na fábrica pagava em comida; todo dia eu me sentava para comer uma refeição quente no almoço, o que significava que outros membros da minha família podiam dividir a minha ração. Essa menina morreria à noite e, ao amanhecer, meu irmãozinho teria que carregá-la na traseira de uma carroça. Ele e uma equipe de crianças e adolescentes, sob a supervisão de um *kapo*, levariam a carroça ao cemitério, onde jogariam os corpos em uma vala com dezenas de outros.

Uma raiva, preta e vermelha, e violenta em intensidade, nublava os cantos da minha visão, e senti o peso da injustiça em meu sangue. Mas então Dawidek respirou fundo e inclinou-se para a frente para atrair meu olhar. Ele sorriu para mim, um sorriso corajoso, que balançou o eixo do meu mundo até que senti a raiva sendo dissipada. Eu tinha que manter o controle. Não podia permitir que minha fúria me destruísse porque minha família dependia de mim. *Dawidek* dependia de mim.

— Mamãe ficará tão animada por ter pão — ele disse, seus grandes olhos castanhos iluminados pelo pensamento de agradá-la. — E isso significa que Eleonora terá um leite melhor amanhã, não é?

— Sim — respondi, em um tom tão vazio quanto as próprias palavras. — Este pão é uma verdadeira bênção.

2

Roman

— QUE GAROTOS ESPERTOS. VOCÊS SÃO TÃO ESPERTOS — disse minha mãe, com o pão na mão desocupada, enquanto a outra segurava minha irmã recém-nascida, que mamava desesperadamente em seu peito. — Como fizeram isso? Foi a vendedora de rua?

— Ela foi bem compreensiva — eu disse, evitando com cuidado tanto a verdade como a mentira. Dawidek e eu não discutíramos a necessidade de omitir a origem do pão. Não precisávamos.

Minha mãe sorria para nós e, ao seu lado, no colchão no chão de nossa sala, meu padrasto sorria orgulhoso também. Eu teria que contar a ele mais tarde que ainda estava com o sabonete, pois sabia que, assim que minha mãe acabasse de comer o pão, ele imediatamente começaria a se preocupar com a alimentação dela no dia seguinte, a menos que dissesse a ele que tinha um plano. Mas, por enquanto, apenas apreciei a felicidade em seus olhos.

— Um milagre — declarou minha mãe. — Hoje fomos abençoados.

Antes da guerra, minha família era a única a ocupar um apartamento espaçoso de três dormitórios na agitada rua Miła, bem no centro do Distrito Judeu de Varsóvia. Meu padrasto era o principal dentista em sua própria clínica, a alguns quarteirões de distância, e seus pais eram donos do apartamento acima do nosso. Não éramos ricos, de maneira nenhuma, mas levávamos uma vida confortável. Eu havia pulado várias séries nos primeiros anos de escola e cruzava Varsóvia de bonde para ir ao colégio. Dawidek estava nos primeiros anos de sua educação, em uma escola judaica a apenas alguns quarteirões de casa. Minha mãe cuidava da casa e era voluntária em uma cozinha solidária em seu tempo livre.

Agora, aquele mesmo apartamento de três dormitório na rua Miła era o lar da minha família, dos pais de Samuel, de seus amigos idosos — o sr. e a sra. Kukliński — e das famílias Frankel e Grobelny.

Antes, os Grobelnys moravam em um pequeno apartamento no mesmo andar dos pais de Samuel, bem acima da gente. Quando o primeiro grande fluxo de pessoas chegou, eles cometeram o erro de fazer uma visita ao nosso apartamento, deixando sua porta aberta. Quando voltaram, outras duas famílias tinham invadido o seu espaço e eles nunca conseguiram retomá-lo. Eram uma família de cinco pessoas naquela época, mas o sr. Grobelny morreu baleado na rua algumas semanas depois e, logo em seguida, seus dois filhos mais velhos morreram de gripe no inverno. A sra. Grobelny estava tão desamparada que mal existia; sua filha, Estera, dependia quase totalmente do cuidado dos outros adultos. A sra. Grobelny e Estera dividiam a sala de jantar de nosso apartamento, dormindo juntas em um sofá toda noite.

Os Frankels eram uma família de ciganos húngaros, composta de Laszlo, Judit e seus gêmeos de sete anos, Imri e Anna. O lugar já estava lotado antes de o Vovô chegar com os Frankels no outono passado. Ele se desculpou profusamente, embora, como chefe não oficial de nosso lar superlotado, fosse ele quem ditasse as regras. Vira Laszlo pedindo esmolas na rua enquanto Judit ficava com as crianças, abrigando-se atrás de uma lixeira para se proteger do vento gelado.

— Não é certo que essas crianças durmam na rua durante o inverno se podemos encontrar um espaço para elas em nossa casa.

Fizemos o melhor possível para dividir o apartamento de maneira justa: os Grobelnys na sala de jantar, minha família inteira no que antes era o quarto de Samuel e Mamãe, os Frankels no meu quarto e os avós e os Kuklińskis no antigo quarto de Dawidek. O que no passado fora a sala de estar agora era a clínica de Samuel. Cada apartamento em cada edifício do gueto estava agora lotado com várias famílias, já que os alemães traziam pessoas de toda a Europa para amontoá-las dentro dos muros conosco.

Quando o muro do gueto foi construído, o fornecimento de água foi cortado, e agora só a conseguíamos na torneira da estação. Como Mamãe estava ocupada com Eleonora, meus avós e os Kuklińskis eram idosos e fracos e todos os outros trabalhavam durante o dia, Judit ficou responsável por buscar água para a casa. Toda manhã e toda noite ela fazia a jornada com um balde em cada mão. Não chegava nem perto de ser suficiente. Como todo o resto, a água tinha que durar e nenhuma gota podia ser desperdiçada. Judit era mestre na reutilização. Às vezes ela cozinhava restos de comida para deixá-los macios e depois usava a mesma água para lavar as roupas e novamente para dar a descarga no banheiro.

Como chegamos a isso? Antigamente, eu tomava banho quente todo dia e tinha comida suficiente para nem ser capaz de compreender que uma pessoa poderia sentir uma fome tão intensa, a ponto de se tornar uma dor latejante no estômago. Mesmo depois de dois anos e meio de ocupação, incluindo os quase dois anos cercado pelos muros do gueto, às vezes chegava a me convencer de que o total colapso de nossas vidas era apenas uma espécie de sonho. A existência da vida no gueto por vezes tomava uma forma surreal, quase quimérica. Como era possível que aquilo fosse real? Como pudemos sair da vida que conhecíamos para esta em um período tão curto? Como pude tirar um pedaço de pão das mãos de uma criança moribunda para dar de presente à minha mãe? E como era possível que a minha mãe estivesse com tanta fome que aquele pedaço pequeno e duro de pão a levasse a chorar de alegria?

Eu tentava não pensar no olhar vazio da menininha e na pele rachada e sangrenta no canto de sua boca, mas toda vez que eu olhava para o pão seu rosto aparecia. Para me distrair, caminhei até minha mãe e fiz um gesto para a bebê que estava em seus braços. Mamãe sorriu para mim e Samuel pegou o pão de sua mão para que ela pudesse passar minha irmãzinha para mim.

Eleonora. A criança milagrosa que tornara ainda mais complexa nossa vida já complicada. As ruas fervilhavam de histórias sobre mulheres que foram forçadas a interromper a gestação, sobre outras que morreram com um tiro à luz do dia simplesmente por estarem grávidas e até mesmo sobre recém-nascidos assassinados pela ss bem na frente de suas famílias.

Vovó assumiu a responsabilidade de buscar as rações da família quando a barriga de Mamãe ficou grande demais para que a pudéssemos esconder. As rações eram também uma forma de tortura; geralmente, o que era chamado de *porção familiar* consistia em uma borra parecida com mingau de aveia servida em nossa chaleira pelo *kapo* sob a supervisão de um guarda alemão. Estávamos submetidos a um extermínio por subnutrição em câmera lenta. As rações coletivas de toda a nossa casa mal seriam suficientes para satisfazer as necessidades de um único adulto.

Samuel disse que, com a desnutrição de Mamãe, uma gestação bem-sucedida era na realidade um milagre, uma confirmação de que Deus queria nos abençoar com a criança. Eu amava Eleonora, mas tinha sentimentos muito conflitantes sobre a sua presença. A amamentação estava sugando a vida de minha mãe. Ademais, era cada vez mais evidente que ela não produzia leite suficiente para sustentar Eleonora de maneira apropriada. Minha irmã se agitava constantemente desde o nascimento, seis semanas atrás, mas eu agora notava que os períodos durante os quais ela permanecia quieta e calma estavam se tornando assustadoramente prolongados.

Disse a mim mesmo que era porque Eleonora estava crescendo e, conforme os bebês crescem, eles aprendem a ficar quietos. Mas, lá no fundo, sabia que me enganava. O tal pão milagroso provavelmente nos dera um pouco mais de tempo, mas a tragédia pairava à nossa porta. Só de pensar em Dawidek carregando o corpo pequenino de Eleonora para a carroça, tive vontade de destruir o mundo. Não havia nada que eu pudesse fazer para mudar nossa situação, nada além da luta diária para conseguir apenas um pouco de comida, para ganhar um pouco mais de tempo.

— Extraí um dente podre de uma mulher hoje — disse Samuel, enquanto Mamãe começava a mordiscar pequenos pedaços do pão. — Ela disse que ouviu um rumor de que seremos todos removidos para o leste, e logo.

— Para o leste? — retrucou Mamãe, franzindo a testa. — O que há no leste?

— Um campo de trabalho. Em Treblinka, perto da floresta. Ela ouviu dizer que os alemães construíram grandes fábricas onde *todos* nós vamos trabalhar para produzir mercadorias para os alemães, não apenas um pequeno grupo com autorizações de trabalho.

Esperei, sabendo o que viria em seguida. Sempre havia rumores e Samuel sempre ficava sabendo deles primeiro, pois, como Dawidek, ele era amigável e, em geral, divertido. Além disso, a natureza de seu trabalho levava os pacientes a confiarem nele rapidamente. Tínhamos uma conversa como essa de tempos em tempos, e, embora os rumores mudassem, a progressão da conversa, não. Samuel nunca se desapontava. Ele respirou fundo, abriu um largo sorriso e abraçou minha mãe de forma reconfortante.

— Veja só! É como eu te disse, Maja. Os alemães perceberam seu erro ao colocar tantos de nós sob essas condições. Logo eles vão nos transferir para a floresta, onde haverá espaço suficiente e comida e água para todos, e poderemos trabalhar o suficiente para recompensá-los de forma adequada.

Eles nos querem para o trabalho, certo? Então, faz sentido que nos transfiram para outro lugar, onde possamos ter força para trabalhar para eles. — Samuel olhou para Dawidek, que estava arrastando algumas pedrinhas pelo chão como se fossem carros de brinquedo. Então, olhou para mim e sorriu novamente. — Você vai ver, Roman. As coisas vão melhorar logo. É só uma questão de tempo.

Minha mãe pegou silenciosamente outro pedaço do pão, recolhendo os farelos que caíam em sua saia. Quando terminou de comer, lambeu os dedos e recolheu os farelos. Por fim, olhou para mim, e seu olhar dizia muito. Ela estava cansada disso, cansada de nossa situação e da teimosia de Samuel, que se recusava a reconhecer o fato óbvio e simples de que estávamos efetivamente condenados à morte. Ela quase não dizia mais nada em voz alta. Notei que, durante sua gestação e nas semanas após o nascimento de Eleonora, minha mãe expressara cada vez menos seus pensamentos sobre qual seria o objetivo dos alemães. Quando fomos presos pelos muros do gueto, ela se mostrou confiante para lutar e buscava cuidadosamente uma maneira de escapar. Mas o tempo esgotou suas forças, da mesma maneira que esgotou sua energia física, e agora minha mãe era apenas uma sombra do que fora um dia. Eu sabia que Samuel via isso também, e sempre imaginava se ele não tentava compensar a desesperança de nossa situação quando saía com esses discursos ridiculamente otimistas.

— E se o que nos espera na floresta não for melhor do que isso, mas pior? — ponderou minha mãe, de maneira cuidadosa.

— Pior? — repeti, incrédulo. Não conseguia imaginar nada pior. Aquilo era, para mim, o mais próximo do inferno na Terra que uma pessoa poderia imaginar.

— Dawidek, querido, você pode ir até o balde para me trazer um copo d'água para eu tomar com esse pão delicioso? — pediu Mamãe, com um tom de voz doce e gentil. Dawidek colocou suas pedrinhas com cuidado nas tábuas do chão e saiu da sala. Minha mãe olhou diretamente nos meus olhos e sussurrou: — Há muitos rumores. Você sabe disso, eles vêm e vão. Não quero que você entre em pânico, mas Judit me disse hoje que há gente no mercado que diz que um homem escapou de um campo em Chełmno. Ela disse que ele tem provas de que os alemães querem se livrar da gente.

— Se livrar da gente? De quantos? — perguntei, franzindo o cenho.

Mamãe olhou para longe antes de murmurar:

— Talvez de nós todos.

— Isso é um absurdo — disse Samuel com desdém. Ele balançou a cabeça e, então, exclamou: — Eles precisam de nós como mão de obra, Maja! Por que nos matariam se precisam de nós para o trabalho? Eles estão tentando expandir o *Reich* por toda a Europa e só neste gueto as fábricas estão produzindo roupas suficientes para todo o exército, sem falar das munições que produzimos. Além disso, por que teriam permitido que vivêssemos até agora, só para nos matar a todos depois? E como eles *poderiam* matar todos nós? Isso é impossível. É uma ideia ridícula.

— É realmente tão impossível? — perguntou Mamãe impacientemente. — Depois de tudo que fizeram conosco, como pode acreditar que não seriam capazes disso?

— Porque eles ainda são *humanos*, Maja!

Foi a vez de Samuel levantar a voz, e ele o fez justamente quando Dawidek voltou para a sala, de olhos arregalados, segurando um copo d'água na frente dele como se fosse um escudo. Nenhum de nós se mexeu, e senti um arrepio de medo percorrer minha espinha. Em todos os anos em que Samuel esteve presente em minha vida, eu só o vira levantar a voz duas vezes. Na primeira, foi um grito de alegria, quando minha mãe anunciou que estava grávida de Dawidek. A segunda aconteceu um pouco antes de os alemães terem construído o muro no gueto. Mamãe queria fugir da cidade e eles discutiram. Samuel estava convencido de que ainda poderia atender os pacientes em sua velha clínica e que, com isso, conseguiria sustentar a família.

— Eles *não são* humanos, Samuel — eu disse, com um nó na garganta. — Como pode achar que são, depois de tudo que vimos?

Samuel fechou os olhos, mas sua respiração estava pesada. Na luz fraca, vi que ele havia cerrado os punhos. Depois de um momento, ele expirou de forma vacilante e, depois, murmurou:

— Eu preciso acreditar que haja algum pingo de misericórdia nesses homens que nos torturam, porque, se não houver, então não há esperança. E não só para nós, Roman, mas para a humanidade, porque, mesmo quando tudo isso acabar, essa maldade poderá emergir das almas dos homens de novo, e de novo, e de novo.

Dawidek finalmente se mexeu para entregar a água para Mamãe. Ela lhe dirigiu um sorriso triste e pesaroso ao receber o copo e murmurou um agradecimento. Meu irmão voltou para suas pedrinhas e reiniciou sua brincadeira. A conversa parecia ter acabado, por isso me surpreendi quando Samuel acrescentou de repente:

— Você ouviu alguma coisa?

Levantei meus olhos e descobri, confuso, que a pergunta era direcionada a mim.

— Como eu poderia ter ouvido algo?

Ele deu de ombros.

— Os rapazes na oficina não falam?

Evitei estremecer. Os garotos na oficina falavam; eu só não me envolvia, a menos que não pudesse evitar. No começo era diferente. Sala contratou uma dúzia de garotos no mesmo dia. Eu fiz três amigos naquele grupo: Leonard, Gustaw e Kazimierz. Todos aprendemos a operar as máquinas juntos e logo comecei a me animar com o trabalho. Leonard tinha um senso de humor mordaz e estava sempre me fazendo rir. Gustaw queria ser advogado, assim como eu, se algum dia conseguíssemos voltar aos estudos. Eu e ele debatíamos muitos temas intelectuais para manter nossa mente ativa. Kazimierz tinha boas conexões e conhecia todas as artimanhas para se ter acesso a alimentos e outros recursos do mercado paralelo.

Leonard foi o primeiro. Ele pegou tifo e morreu alguns dias depois de ficar doente. Gustaw simplesmente desapareceu. Fui à sua casa quando ele deixou de aparecer no trabalho e seus pais não tinham ideia do que acontecera com ele. Perder Kazimierz foi o mais difícil: nosso alegre bando de quatro pessoas reduziu-se a apenas duas e assim ficou durante meses, até que um dia a Gestapo veio à fábrica e o arrastou para longe, aos chutes e gritos. Após ter visto a agonia dos pais de Gustaw com sua inexplicável ausência, assumi a responsabilidade de explicar à mãe de Kazimierz o que acontecera. Depois disso, decidi fazer um esforço para evitar amizades. Aprendi do jeito difícil que era duro sobreviver à solidão, mas o luto era infinitamente pior.

Eu me sentava a uma mesa e trabalhava em uma máquina de costura diante de um garoto da minha idade. Embora já trabalhássemos juntos por mais de um ano e ele tenha tentado por várias vezes falar comigo, ainda não sabia seu nome verdadeiro. Os outros garotos o chamavam de

Pombo. Eu não tinha ideia de se era um insulto ou um elogio, tampouco sabia como esse apelido surgira. Evitei fazer amizade com ele apenas porque ouvira rumores de que ele, como muitos dos jovens da fábrica, estava flertando com a clandestinidade. Já presenciara um amigo sendo levado pela Gestapo e, se isso acontecesse novamente, queria me assegurar de que fosse com um estranho.

Eu tinha respeito por quem trabalhava com a Resistência. Eu mesmo pensara em fazer isso, mas eram fantasias infantis, pois sabia que nunca tomaria nenhuma ação em relação a isso. Nenhuma atividade de resistência poderia salvar a minha família do que ela estava passando; na verdade, juntar-me à Resistência só poderia trazer a ela ainda mais dor. Ademais, em todas as vezes que o assunto surgiu, Samuel me fez prometer que eu nunca me envolveria. Eu sabia que sua determinação de evitar a clandestinidade não vinha de uma objeção filosófica à Resistência, mas de uma objeção filosófica a encarar nossa realidade.

Afinal, se Samuel tivesse razão de que mais cedo ou mais tarde os alemães corrigiriam a existência infernal à qual nos submeteram, não havia muito sentido em arriscar nossas vidas para lutar contra eles.

— Eu fico quieto e só faço meu trabalho — disse de forma abrupta. A bebê Eleonora estava começando a se mexer, então eu a ergui um pouco mais para o alto, balançando-a gentilmente, da maneira que vira minha mãe fazer.

— Talvez você pudesse perguntar — minha mãe disse. Ela me lançou um olhar quase suplicante. — Algo está para acontecer, Roman. Você sabe que o primo de segundo grau da senhora Grobelny está no Conselho e ela disse que ele insinuou que as coisas vão mudar em breve. Eu sei que não há muito que possamos fazer para nos protegermos, mas se apenas soubéssemos o que está por vir... — Ela parou, em seguida acrescentando fracamente: — Se apenas soubéssemos o que está por vir, pelo menos eu poderia dormir à noite. Preferiria saber, mesmo que for algo ruim.

Imediatamente, o Pombo veio à minha mente. O pedido de minha mãe era simples e eu não poderia recusar.

3

Emilia

NUNCA QUIS SER REBELDE. EU ERA, NATURALMENTE, curiosa, talvez um pouco teimosa... e *definitivamente* não estava no meu ambiente em Varsóvia, a centenas de quilômetros da vila que sempre chamara de lar.

Mas rebelde? Não. Essa característica não era da minha natureza. Se você me perguntasse por que estava me rebelando, eu poderia ter lhe dirigido um olhar vago e tenho quase certeza de que não teria nenhuma ideia sobre a que você se referia. Minha mentira era inocente, tanto quanto fosse possível. Cada aspecto da minha vida tinha saído do meu controle e, nos meus quase catorze anos, eu era, de certa forma, muito sensata para minha idade e, *ao mesmo tempo,* pouco desenvolvida no quesito emocional. Incapaz de processar ou até mesmo de entender meus próprios sentimentos confusos, comecei a almejar ter autonomia com tanto desespero que fui levada a buscar até mesmo uma ilusão a respeito dela. Tomava dezenas de pequenas decisões a cada dia, mas o fazia sob o olhar atencioso de meus pais adotivos, Truda e Mateusz, exceto pelas que tomava no horário glorioso entre 17h30 e 18h30. Era quando eu deixava Truda preparando nosso jantar e descia as escadas até a entrada do prédio, onde abria uma porta nos fundos para ter acesso ao pequeno quintal que só os residentes do nosso edifício podiam usar.

Truda não gostava que eu visitasse o quintal e insistia para que não fosse até lá durante o dia. Ele dava para um beco que era um atalho para as pessoas que iam ao mercado mais próximo, e nosso apartamento ficava a apenas alguns quarteirões do distrito judeu murado, então os soldados alemães algumas vezes perambulavam por lá. Mas, às dezoito horas, o mercado estava fechado e o tráfego de pedestres no beco cessava quase totalmente. Truda e Mateusz estavam determinados a manter-me em segurança e não mediam esforços para fazer isso, mas nem Mateusz podia ver que eu não era capaz de viver presa em um apartamento do terceiro andar.

— Uma coisa é mantê-la em segurança — disse Mateusz —, mas obviamente nosso objetivo deve ser mantê-la em segurança *e* sã. Ela precisa de pelo menos um pouco de tempo lá fora todo dia e realmente precisa ter um gostinho de independência.

E, então, ficou decidido que eu poderia visitar o quintal todas as noites. Fiquei satisfeita com isso, mesmo depois de Mateusz ter me puxado de lado para me avisar de que era um privilégio, não um direito.

— Você sabe quanto está em jogo, então tenha cuidado. Apenas aproveite a paz e a tranquilidade do quintal, não fale com ninguém e volte direto para casa. Combinado?

— Eu prometo — disse, absolutamente decidida a honrar sua confiança.

Só que... em uma semana, com apenas a solitária macieira e um canteiro coberto de mato para me divertir, fiquei entediada e saí à busca de algo mais para me entreter. Desde então, assim que eu saía e a porta de nosso apartamento se fechava, eu virava à direita para visitar Sara, a mulher que dividia o terceiro andar do prédio conosco.

Às vezes ficava pensando se Truda realmente se importaria com minhas visitas a Sara. Afinal, Sara era enfermeira e assistente social, uma mulher de sucesso sob qualquer aspecto. E, embora eu não soubesse nada sobre sua história, sabia que ela estava sozinha e sentia que minhas visitas a confortavam um pouco. Além disso, na maior parte do tempo, ela me passava lições de seus livros de enfermagem ou permitia que eu a ajudasse em seus projetos infinitamente ambiciosos de ponto-cruz ou tricô. Nosso tempo juntas era totalmente inocente e provavelmente não era necessário que eu o mantivesse em segredo, exceto por *gostar* que aquela hora continuasse sem o conhecimento de meus pais. Sara falava comigo como se eu fosse uma adulta, não uma criança, e muito raramente se recusava a responder às minhas perguntas, mesmo que fossem esquisitas ou desconfortáveis. Foi Sara quem me alertou sobre a provável chegada da menstruação logo antes de acontecer pela primeira vez e foi ela quem me explicou o básico a respeito de sexo.

A conexão improvável que desenvolvemos durante vários meses tinha se tornado importante demais para que eu pudesse arriscá-la.

Assim, toda tarde eu esperava até que Truda ficasse ocupada com a preparação do jantar. Eu me vestia como se fosse sair do prédio, me despedia e, então, com a maior rapidez possível, alcançava a pequena gaveta na mesa do hall de entrada perto da porta da frente. Pegava a chave reserva da Sara, só para o caso de ela estar atrasada no trabalho, e escapava pelo corredor que ligava nossos apartamentos. Porém, em vez de virar à esquerda, eu virava à direita.

Era a única pequena coisa que eu podia controlar. A única coisa pela qual podia ser responsável. A única pequena medida de poder. E acabou sendo suficiente.

Não havia nada que pudesse sugerir que aquela noite seria diferente de qualquer outra que eu tivesse passado com Sara. Desfizemos um suéter para que ela pudesse reutilizar a lã em bom estado em outro projeto e discutimos os tipos de livro que ela gostava de ler. Ela me ofereceu emprestada uma cópia surrada da primeira parte de *Nights and Days* [Dias e noites], de sua autora favorita, Maria Dąbrowska. Entrei em pânico com essa oferta generosa, imaginando como explicaria a presença do livro em minhas mãos quando retornasse para casa, diante de Truda e Mateusz.

— Ou, se você já tem muita coisa para ler, pode pegar emprestado outro dia — ela disse, quando meu momento de pânico se prolongou demais.

Quando o relógio de pêndulo em sua sala de estar marcava quase 18h30, deixei a lã cuidadosamente e Sara me conduziu à porta. Eu tinha que sair pontualmente porque Mateusz tinha uma agenda rígida e sempre chegava em casa entre 18h35 e 18h40.

— Nos vemos amanhã — eu disse, enquanto abria a porta. Mas, para minha surpresa, vi meu pai adotivo parado lá, segurando um pequeno pacote. Ele pareceu tão surpreso quanto eu.

— Elżbieta... — ele disse, usando o nome falso que adotei quando chegamos a Varsóvia. Mesmo depois de todos aqueles meses, ainda odiava esse nome. Minha mãe biológica morreu durante o parto, mas meu pai uma vez me disse que, durante toda a gestação, ele a ouvira falando comigo, me chamando de Emilia desde o começo. Atender por Elżbieta agora parecia uma traição, mesmo que eu soubesse que não tinha escolha.

Mas aquela era a última das minhas preocupações, porque o olhar de Mateusz se alternou entre mim e Sara, e então se estreitou. — Estou surpreso de vê-la aqui. — Sua cara estava fechada como eu nunca tinha visto antes.

— Eu... eu só estava... Era...

Pela primeira vez em minha vida de tagarelice, estava completamente sem palavras. Fiquei olhando para Sara e Mateusz, tentando descobrir como juntar as minhas duas mentiras. Havia alguma maneira de explicar a situação a Mateusz sem revelar a Sara que eu não deveria estar em seu apartamento?

Se havia, não consegui encontrá-la.

— Ah, é o pacote de Piotr? Obrigada, Mateusz. Deve ser o açúcar extra que pedi a ele que conseguisse para mim — disse Sara, passando por mim para tirar o pacote da mão de Mateusz. Depois, ela se virou para mim, entendeu corretamente o silêncio tenso e disse com leveza: — Mas, jovem Elżbieta, não era para você estar aqui?

Senti meu rosto enrubescer e o ar na pequena entrada do apartamento de Sara pesar. Entrei em pânico, passei por Mateusz e corri para o meu quarto.

— O que você estava pensando, Elżbieta?

— Não sei.

— Mas por que fez isso?

— Não sei.

— Você não entende como é arriscado para você se nos desobedecer? — Truda chorava, seus olhos castanho-esverdeados brilhando com lágrimas não derramadas. — Depois de tudo que fizemos por você, por que nos trairia dessa forma?

O drama de Truda não me comoveu, embora eu soubesse muito bem que, por trás do histrionismo, havia uma essência de verdade inevitável. Quando Truda, Mateusz e eu deixamos nossa vila de Trzebinia, viajamos até a cidade de Lodz. Naquele ponto, fazia anos que Mateusz não via seu irmão, mas estávamos desesperados e não tínhamos nenhum outro lugar para ir. O chefe de equipe do tio Piotr em sua fábrica em Lodz explicou que ele, Piotr, estava abrindo uma nova empresa em Varsóvia e então seguimos, até que o encontramos aqui, vivendo em um hotel. Eu tinha me hospedado em hotéis com meu pai biológico várias vezes antes do começo da guerra, mas nunca conhecera ninguém rico o suficiente para morar em um. Assim que encontramos o tio Piotr naquele hotel, ele me aceitou como sua sobrinha e mudou sua vida inteira sem questionar, alugando um apartamento para todos nós dividirmos e, de alguma forma mágica, providenciando documentos de identidade falsos para garantir que eu ficasse em segurança aqui.

Nós nem sabíamos se eu precisava mesmo de uma identidade falsa, mas tio Piotr estava decidido:

— Se houver um risco mínimo que seja, é melhor adotar um nome falso — ele nos assegurou. E fez acontecer.

Mateusz conseguiu trabalho em um escritório de contabilidade, mas seu salário era ínfimo, e eu sabia que o tio Piotr vinha nos sustentando desde que chegáramos. A desaprovação de Truda e Mateusz doía, mas a de tio Piotr doía muito mais, como se alcançasse a alma. Ele era do tipo jovial, sempre com um sorriso fácil ou com uma vodca à mão para celebrar ou lastimar. Eu nunca o vira zangado antes. Nem sabia que ele era capaz disso. Mas lá estava ele, encarando-me por cima de seus óculos com armação de arame, o maxilar tenso.

Eu estava extremamente envergonhada. Cruzava meus braços sobre o peito e punha o queixo para dentro, como se para parecer menor. Sentia como se tivesse permanecido com a face enrubescida durante todo o tempo desde que Mateusz me descobrira. A bronca durou quase o mesmo período.

— Sara contou que você a tem visitado quase todos os dias há semanas. Se quer uma amiga, posso providenciar que você brinque com Katarzyna! — exclamou Truda. Katarzyna era a filha de doze anos de um dos colegas de Mateusz. Ela era legal, mas, para mim, parecia incrivelmente chata e imatura.

— A Katarzyna é chata! — exclamei sem paciência. — Ela é uma criança!

— *Você* é uma criança — disse Mateusz, da maneira calma e suave de sempre, embora seu olhar me dissesse que ele estava tão desapontado quanto Truda e o tio Piotr.

— Uma pessoa não encara o olhar morto de seu irmão e continua uma criança. Uma pessoa não vê seu pai inocente morrer diante dos olhos de toda a sua comunidade e *continua uma criança.*

Por um momento, todos os adultos me encararam em silêncio e a bronca parou de repente. Eles olhavam para mim com pena.

— Nós mal conhecemos a Sara — acrescentou Truda em um tom mais suave. — Só porque você gosta dela não significa que deva confiar nela.

— Eu concordo que Katarzyna seja uma escolha mais sensata para Elżbieta, mas também quero que saibam que Sara não é uma ameaça para nós — interrompeu tio Piotr cautelosamente.

— Com todo respeito, Piotr... — começou Mateusz, mas o tio Piotr balançou a cabeça e falou por cima dele.

— Acreditem em mim, Sara é uma pessoa muito digna para estar trabalhando com os alemães. Ela é uma mulher boa e generosa, uma enfermeira que trabalha no Departamento de Bem-Estar Social e Saúde Pública.

— Ela é minha amiga. Ela tem me ensinado tanto, até sobre... — Em minha determinação de defender Sara, quase falei que ela estava me dando lições de anatomia, mas, quando olhei nos olhos de Truda, percebi de repente que minha mãe adotiva talvez não ficasse tão animada com isso. — Sobre tricô. E ponto-cruz.

— Desculpe, Elżbieta. Posso ver que criou uma afeição muito grande por Sara, mas você nos desobedeceu e traiu nossa confiança. Você tem que respeitar a nossa vontade — disse Mateusz calmamente.

Afastei minha cadeira da mesa e fiquei de pé. Eu nem entendia por que estava tão magoada, mas a ideia de perder a *única* coisa em minha vida que eu podia controlar era muito devastadora. Então, fiz o que a maioria dos adolescentes faz quando estão envergonhados, constrangidos, decepcionados e frustrados: descontei nas pessoas que mais se preocupavam comigo.

— Eu odeio vocês! Vocês dois. Vocês arruinaram a minha vida! Eu espero...

— Emilia — tio Piotr disse com firmeza, e o som do meu nome verdadeiro era tão raro que me assustou e eu me calei. Quando olhei para ele, sua expressão suavizou-se um pouco —, permita-me lhe dar um conselho. Quando estiver nervosa, nunca diga coisas das quais poderá se arrepender quando se acalmar. Vá para o seu quarto e deixe que eu fale com Truda e Mateusz.

Saí da sala com lágrimas brotando dos olhos. Joguei-me na cama com todos os pensamentos raivosos passando por minha mente. Pensei em fugir, mas afastei a ideia. Pensei em escapar para visitar Sara de qualquer maneira, mas afastei essa ideia também. Eu sabia, pelas reações de Truda e Mateusz, que meus breves períodos de liberdade haviam chegado ao fim.

E, sem tardar, minha frustração e vergonha deram lugar a novas emoções: remorso e arrependimento. Truda e Mateusz não arruinaram minha vida. Eles a salvaram. E, muito pelo contrário, ao fazer isso eles arruinaram a vida deles. Meu pai fora executado bem na frente da nossa vila no começo da guerra. Naquele mesmo dia, Truda e Mateusz me acolheram como parte de sua família. Trzebinia, assim como o resto de nosso grande país, tornara-se um lugar difícil de viver, mas, apesar das circunstâncias, meus pais adotivos construíram uma vida relativamente confortável para si, mesmo durante a guerra. Como o tio Piotr, Mateusz herdara uma fábrica têxtil do pai e tinha uma boa renda graças a ela. Nossa casa em Trzebinia era grande e bonita, nossos amigos eram muitos e afetuosos.

Mas, no ano passado, meu irmão Tomasz chegou à nossa casa no meio da noite sem avisar. No dia seguinte, na hora do almoço, tudo mudou. Tomasz vinha ajudando judeus escondidos e a pena para isso era a execução, tanto dele como de seus parentes próximos. Meu irmão corajoso e brilhante estava sem saída. Ele fora descoberto e, para salvar sua noiva, sabia que teria que se entregar, mas isso significava morte certa — e, como sua única parente remanescente, eu corria risco também. Nós não tínhamos ideia de se os alemães sabiam de nossa existência, se eles sabiam quem era minha nova família e se estavam me procurando. Mas Mateusz e Truda optaram por fugir, como se minha vida estivesse em perigo imediato. Eles escolheram largar tudo apenas para garantir a minha segurança. Se não fosse a bondade do tio Piotr, não teríamos nada, porque deixamos tudo para trás em Trzebinia.

Quando ouvi o som de batidas na porta e Mateusz entrou, estava me debulhando em lágrimas de remorso. Ele se sentou na beira da minha cama, eu me sentei também e me joguei em seus braços. Ele me abraçou e murmurou gentilmente:

— Emilia, eu sei que tudo isso é muito difícil para você, mas é muito importante, de verdade, que não minta para nós. Você entende a necessidade de manter sigilo. Eu sei que sim.

— Mas já faz meses — eu disse, chorando. — Não podemos relaxar só um pouquinho agora?

— O momento em que relaxarmos será o momento em que nos arrependeremos de nossa complacência. — Fiquei tensa e Mateusz apertou seus braços em volta de mim. — Estou dizendo isso porque quero que você seja paranoica, é a melhor maneira de a mantermos em segurança. Truda e eu te amamos mais do que conseguimos explicar. Quando você veio para nossa família, você a completou. Se somos tão protetores, é porque fazemos isso de coração. Entendo que você e Sara se tornaram amigas e Piotr garante que ela é uma pessoa confiável... e que talvez você também tenha levado um pouco de conforto para ela.

— Acho que ela se sente sozinha — eu disse, piscando entre as lágrimas dos meus olhos. — E... talvez eu me sinta também.

— Então você pode continuar a vê-la, mas tem que prometer que vai respeitar as nossas regras. Eu só quero o melhor para você. Eu achava... eu esperava que, a essa altura, já tivéssemos mostrado isso a você.

— Vocês mostraram, de verdade. E eu agradeço. É só que, às vezes...

— Você sente saudade da Alina.

Senti uma pontada de tristeza no meu peito só de ouvir o nome dela. Alina era a irmã mais nova de Truda, mas eu a via como *minha* irmã também, porque ela e Tomasz eram noivos. Um pouco antes de se entregar para os alemães, Tomasz ajudara Alina a escapar da Polônia. Ela fugira de nossa vila escondida em um caminhão de suprimentos. Graças a Deus, provavelmente estava a salvo na Inglaterra agora. Eu estava contente com isso. Mas também queria que ela tivesse ficado, porque não tinha ideia de como entender essa revolta sem ela.

— A Alina sempre me deixou falar — eu disse, com um aperto na garganta. — Ela me escutava, mesmo quando eu fazia perguntas que ela não podia responder. Ela me deixava fazê-las e eu me sentia melhor com isso.

— E a Sara faz isso com você?

— Bem... não. Porque eu não posso contar para ela quem eu realmente sou ou por que estamos aqui. E nós nem falamos sobre os alemães também, juro. Só falamos sobre livros, artesanato e música, e ela está me ensinando um pouco sobre... ciência.

Eu saí da escola no final da quarta série e Truda tentou me dar aulas em casa, mas tivemos um sucesso apenas mediano: a própria educação dela tinha sido limitada, pois sua família não pudera arcar com seus estudos no ensino médio. Mateusz, que tinha concluído o ensino médio e até fora para a universidade, compreendia meu desejo de aprender e eu vi isso em seus olhos.

— Tudo bem, Elżbieta — ele murmurou. — Vamos permitir que você continue a visitar a Sara toda noite, mas você tem que prometer que nunca vai mentir para mim novamente. E tem que prometer que *nunca* vai contar a verdade sobre nossa família para ela.

— Prometo.

E prometi de verdade. Eu tinha sorte de poder continuar a vê-la e não tinha nenhuma intenção de assumir mais riscos. Minha amizade com Sara era uma faísca brilhante em uma existência cinzenta.

4

Roman

— OLÁ — EU DISSE. DO OUTRO LADO DA MESA, EM UMA máquina idêntica à minha, o Pombo piscou enquanto voltava de sua ida ao banheiro. Levei várias horas para pensar em como exatamente poderia começar uma conversa. Fazia tempo que eu não batia papo com alguém.

— É comigo? — ele perguntou, apontando para si mesmo.

Fiz uma careta para ele.

— Com quem mais eu estaria falando?

Ele deu um sorriso irônico.

— Roman, trabalhamos um de frente para o outro por mais de um ano e você nunca falou comigo antes. Nem sequer uma vez. Você ao menos sabe o meu nome?

— Pombo.

— Talvez você fique surpreso ao saber que Pombo não é o meu nome de verdade — ele disse, rindo.

Pigarreei e voltei o olhar para a minha máquina, ajustando a tensão do fio, apertando e depois soltando, só para parecer ocupado. Estava com vergonha de não conseguir manter a conversa. Meu colega riu novamente, com leveza:

— Meu nome é Chaim e é um prazer conhecê-lo de forma adequada, enfim.

Assenti com a cabeça brevemente e voltei a atenção para a minha máquina. Durante todo o dia, a fábrica de Sala produzia *Stiefelriemen*, tiras de couro simples que os soldados alemães usavam para ajustar as botas no tornozelo. Com a dificuldade cada vez maior de se encontrar couro de alta qualidade para a fabricação de botas, os soldados eram forçados a se virar com quaisquer botas à disposição, independentemente do tamanho. Nossas tiras permitiam a um soldado calçar um par de botas de tamanho muito maior, se essas fossem as únicas disponíveis.

Elas possibilitavam que um soldado marchasse por mais quilômetros sem ter bolhas. Elas garantiam que a bota de um soldado não saísse voando quando ele chutasse a barriga de um judeu inocente.

A cada tira que costurava, eu desejava o mal para o usuário. Eu sabia que outros homens na fábrica se sentiam assim, mesmo que não nos arriscássemos a dizer em voz alta. Havia duas dúzias de nós na fábrica de Sala, todos homens jovens, divididos em três equipes. Os homens nas mesas atrás de nós cortavam o couro na forma certa e, então, eu, Chaim e mais uma meia dúzia de outros rapazes fazíamos um nó nas pontas de cada uma das peças. Mais adiante na fila, uma equipe de oito rapazes fazia buracos e colocava as fivelas e alfinetes. Sala checava a qualidade de cada peça antes que elas fossem enviadas.

Várias horas se passaram, e Chaim e eu trabalhávamos em silêncio. Depois de mais de um ano na fábrica, eu não sentia mais a dor nas costas quando me inclinava sobre a máquina e minhas mãos estavam ásperas com calos em todos os lugares, então podia entrar em um estado de apatia confortável e deixar meus pensamentos fluírem enquanto trabalhava. Parecia um passo grande demais a dar depois de saber finalmente o nome verdadeiro de Chaim perguntar se ele ouvira qualquer informação confiável de inteligência sobre o que poderia acontecer com os residentes do gueto, portanto ficar apenas no cumprimento seria suficiente para o dia. Mesmo assim, quando fui para o refeitório na hora do almoço, Chaim me seguiu e sentou-se ao meu lado. Acenei com a cabeça uma vez para reconhecer sua presença e voltei minha atenção para meu mingau de aveia.

Quando saí da fábrica naquele dia, verifiquei meu bolso, procurando o sabonete, e comecei a caminhar até a vendedora na rua Zamenhofa. Eu estava tão perdido em meus pensamentos que levei um tempo para notar os passos que acompanhavam meu ritmo. Olhei para as botas gastas ao meu lado e percebi que era Chaim. Ele parecia se divertir com o fato de eu enfim tê-lo notado.

— Do que é que você precisa? — ele me perguntou.

Ao perceber meu olhar vago, ele deu um sorriso paciente. Chaim era alguns centímetros mais baixo do que eu, mas tinha ombros largos que indicavam que, em épocas melhores, ele poderia ter sido forte e musculoso. Seu cabelo preto estava sempre bagunçado e parecia precisar indefinidamente de um corte. Sem dúvida, meu cabelo também estaria no mesmo estado se não fosse a determinação de minha mãe em mantê-lo bem-cuidado. Fiquei pensando se os pais dele ainda estariam vivos.

— Alguma coisa do mercado paralelo? — perguntou Chaim. — Ajuda com algum problema? Ou você só precisa de informações?

— Eu fui rude com você por mais de um ano e é *assim* que você começa uma conversa comigo?

— Você não me notou finalmente por causa da bondade em seu coração. Existem três coisas sobre as quais as pessoas falam hoje: os tempos antigos, o completo lixo que é nossa existência atual ou aquela pessoa rara... meu tipo favorito de pessoa... — Ele parou e deu um sorriso gentil. — Ah, agora este raro ser quer falar sobre o futuro. Eu sei que você não está vivendo no passado porque, se estivesse, estaria mais contente.

Resmunguei concordando. Seria justo dizer que eu não era conhecido por minha atitude alegre.

— E sinto que você também não é o tipo de pessoa que está totalmente tomada por nossa realidade atual, porque *essas* pessoas reclamam muito mais do que você. Isso me leva a concluir que você tentou falar comigo ou porque precisa de ajuda e não tem outra opção ou porque ouviu os rumores de que mudanças estão por vir e quer saber qual versão desse boato é a correta. Estou certo?

— Mesmo que mudanças estivessem por vir — repeti com cautela —, nenhum de nós saberia o que seriam.

— Alguns de nós sabem — ele disse, dando de ombros.

— O que você sabe?

— Eles vão, em algum momento, nos deportar para os campos.

— Eu já ouvi esse rumor — murmurei.

— Não é um rumor. É apenas a verdade. E, quando chegarmos lá, eles vão nos matar.

Ele disse isso sem muita emoção.

— Meu padrasto diz que eles não vão nos matar enquanto oferecermos trabalho de graça. Ele ouviu rumores de que os alemães construíram grandes fábricas em Treblinka e que cada um de nós terá um trabalho, além de condições de vida bem melhores.

Chaim soltou uma risada áspera.

— Você quer acreditar em contos de fadas ou quer que eu seja honesto com você?

— Você não sabe mais do que eu. Como poderia?

— Eu não posso contar como eu sei, mas posso dizer *o que* sei. Em janeiro, um homem escapou de um campo em Chełmno. Ele viu provas de que os prisioneiros estavam sendo executados, centenas de pessoas de uma vez. Ele disse que era um programa de extermínio extremamente organizado.

— Como eles poderiam matar tantas pessoas assim? Por que se importariam em fazer isso? Não estamos morrendo de fome rápido o suficiente para eles? — murmurei, impaciente. Eu queria honrar o pedido da minha mãe e do meu padrasto e encontrar informações confiáveis, mas, só de pensar que poderia haver alguma verdade nesses rumores, meu estômago revirou. — Não, isso é um absurdo.

— O que você *queria* hoje, Roman? — perguntou Chaim.

Ele parou de repente, e percebi que era porque precisava virar à esquerda e eu tinha começado a virar à direita. Olhei para ele uma última vez, considerei-o mentalmente um idiota que negociava falácias e balancei a cabeça. Não havia nenhuma chance de eu compartilhar os detalhes dessa conversa com a minha família.

A conclusão era de que estava apenas interessado em ouvir uma refutação dos rumores.

— Eu acho que você queria saber o que eu sei, e quer saber porque quer salvar alguém. Uma namorada, talvez, ou talvez sua família.

— Eu já disse. Não quero nada de você.

— Roman.

Olhei para ele, impaciente.

— Quando descobrir o que quer, pergunte a mim. Eu conheço gente.

Suspirei sem paciência e continuei em meu caminho até a vendedora de rua. Lá, troquei minha mísera lasca de sabonete por algumas cascas de nabo e uma cenoura para minha mãe. No caminho para casa, certifiquei-me de evitar o lado pouco movimentado da rua onde encontrei o pão na noite anterior.

— Bom dia, meu amigo.

Chaim começou a me cumprimentar dessa maneira todas as manhãs. Ele falava quase sem parar na maioria dos dias de trabalho e decidiu caminhar comigo por aquele primeiro quarteirão depois de sairmos da fábrica. Eu era rude com ele até quando não o estava ignorando abertamente, mas ele parecia não ligar. Como eu evitara deliberadamente qualquer tipo de conexão com meus colegas de trabalho por tanto tempo, pensei que poderia continuar a ignorar as tentativas de Chaim de fazer amizade comigo, mas três semanas se passaram e comecei a desenvolver uma afeição desconcertante por ele.

— Bom dia — suspirei, sentando-me à máquina. — Dormiu bem?

— Alguém dorme bem nesses dias? Você mora com a sua família?

— Você em algum momento para de fazer perguntas? — A indagação saiu sarcástica e monótona, em vez de no meu habitual tom gentilmente brusco e rabugento. Chaim olhou para mim erguendo suas grossas sobrancelhas. Por um momento, pensei que tivesse conseguido ofendê-lo o suficiente para que ele abandonasse sua tentativa de fazer amizade comigo. Fiquei chocado em sentir algo como remorso e, então, um alívio imediato quando ele deu risada e balançou a cabeça.

— Parece que meu novo amigo acordou de mau humor.

Mais tarde naquele dia, enquanto caminhávamos lado a lado pelo primeiro quarteirão na saída da fábrica, cedi a um impulso repentino.

— Onde você mora? — perguntei a ele.

— Na rua Twarda.

Era quase tão longe do que eu poderia ir do meu apartamento dentro daquela área murada, mas não tinha nada para trocar por comida naquele dia e nada planejado além de procurar comida nas lixeiras. Além disso, a rua Twarda era no Pequeno Gueto, onde as famílias mais ricas viviam, então era um lugar melhor ainda para minha busca. Quando chegamos ao final do quarteirão, eu virei à esquerda com ele em vez de à direita. Chaim não reagiu e caminhamos em silêncio por vários quarteirões antes de ele falar comigo em sussurros.

— Meus pais estão em Londres. Eles foram visitar minha irmã logo antes da invasão. Eu fiquei em Varsóvia porque tinha acabado de começar a universidade e, além disso, eles viajariam só por um mês. Minha mãe não queria ir. Ela estava nervosa com a possibilidade de Hitler invadir... mas minha irmã estava muito doente e tinha acabado de ter um bebê também, então no final meus pais tiveram que escolher entre me proteger de um possível perigo e ajudar minha irmã com um já existente. Eu me preocupo com eles, principalmente porque recebi algumas cartas da minha mãe nos primeiros dias e sei que o sentimento de culpa de terem me deixado para trás a está corroendo por dentro. Mesmo assim, estou feliz por eles não estarem aqui. Estou feliz por eles estarem em segurança.

— Você fala muito.

— E você, meu amigo, não fala o suficiente. E, não sei se você reparou, mas está excepcionalmente rabugento. — Franzi a testa para ele e ele riu. — Você está sozinho também?

— Se está sozinho, com quem estava morando? Como sobreviveu? — questionei, ignorando a sua pergunta.

— Eu sou um dos afortunados — disse Chaim, sem esforço. — Alguns amigos dos meus pais me acolheram e, como sou o membro mais jovem da casa, eles me deixam dormir na banheira sem dividir com ninguém. Vivo como um rei.

— E a comida? Dinheiro?

— Peguei o que podia quando eles nos mudaram para cá. E sou habilidoso. Eu me viro.

— O que você disse sobre Chełmno — deixei escapar —, é verdade? Você sabe de mais alguma coisa?

— Tudo que eu te contei é verdade.

— Esta não é a primeira vez que meu padrasto ouve rumores.

— Eu também ouvi rumores que não levaram a nada, então entendo por que está desconfiado. Mas tenho certeza dessas informações. Tenho amigos em comum com o homem que escapou de Chełmno. É verdade que tudo que ouvi foi de forma indireta, mas eu confio no homem que contou para mim. — Ele baixou a voz: — Se o que você está realmente me perguntando é sobre o que nós *faremos* sobre tudo isso, eu posso ajudar.

— Eu não posso... — falei.

— Você não quer lutar?

— Claro que quero — eu disse, parando de andar de repente. Chaim se virou para me encarar, erguendo as sobrancelhas. — Mas eu também tenho que proteger a coisa mais importante, a única que me resta.

— Sua família — ele deduziu.

— Exatamente.

— Eu respeito isso — disse ele, subindo na calçada e começando a andar novamente, como se eu não tivesse acabado de me recusar a morder a isca que ele jogara na minha frente. — Vamos, amigo, anda logo. Se eu soubesse que você era tão lento caminhando quanto é costurando, nunca o teria deixado me acompanhar até em casa.

5

Emilia

QUASE TUDO NA VIDA EM VARSÓVIA ERA DIFERENTE DA vida em Trzebinia, mas eu só me permitia pensar nessas diferenças à noite. Três anos se passaram desde a morte de meu pai, mas ainda me agarrava à lembrança de estar descansando em meu lindo quarto no apartamento dele, que ficava nos fundos de sua clínica. Lembrava-me das cortinas rosa-claro que a mãe que nunca cheguei a conhecer fizera antes do meu nascimento, do papel de parede branco e verde, do tapete marrom macio e, o melhor de tudo... do meu pai roncando em sua cama, do outro lado do corredor. Eu sentia saudade até do quarto que tive na casa linda e suntuosa de Truda e Mateusz, embora nunca o tenha considerado meu até que tivemos que ir embora.

O apartamento que o tio Piotr alugou para nós era estranho: a maioria dos quartos ficava no terceiro andar, mas o meu se situava em um tipo de meio andar, acessado por um lance de escadas, e fora construído em um pequeno espaço do sótão. Não importava o que eu fizesse, meu quarto sempre tinha um leve odor de poeira e meu cobertor de lá estava sempre cheirando a mofo. Meu colchão era macio, mas os cobertores eram ásperos, e os bombardeios aéreos do começo da guerra tinham danificado o telhado do prédio e a janela lanceta que iluminava o meu quarto. O tio Piotr consertou o telhado e o batente da janela quando nos mudamos para lá, mas não era fácil conseguir material de construção. Ele foi forçado a reutilizar tijolos que não combinavam e a argamassa que ele usou para assentá-los foi reforçada com feno, que ficava à mostra aqui e ali. Às vezes eu ficava olhando para o feno, imaginando se, do outro lado do telhado, ratos o estariam puxando. Talvez o telhado caísse sobre mim e a última coisa que eu veria seriam esses ratos.

Apesar da minha imaginação hiperativa, estava relativamente segura lá, mas cada respiração me lembrava de que eu não estava em casa, e aquele pensamento sempre era seguido de piores: que o meu lar se fora para sempre, que eu era a última sobrevivente da minha família verdadeira. Às vezes eu acordava no meio da noite e, mesmo antes de me recordar de onde estava, o cheiro do meu quarto me lembrava de que minha nova situação permanente era *perdida*.

Os sons eram diferentes também. O toque de recolher permanente em Trzebinia tornou nossa pacata vila fatalmente silenciosa à noite... na maior parte do tempo. De vez em quando havia gritos, tiros ou outros sinais de problema.

Varsóvia nunca era silenciosa, nem mesmo à noite. Entre tiros, choros e latidos de cachorros, a trilha sonora constante de ruídos me mantinha acordada quando chegamos à cidade. Eu acabei me acostumando com isso, mas na véspera do meu aniversário de catorze anos perdi o sono completamente.

Não foi a animação que me manteve acordada, pois eu sabia o que meu aniversário traria. O tio Piotr tiraria uma folga do trabalho e havia feito vagas promessas a respeito de um passeio empolgante, mas sabia o que ele planejava, porque ouvi por acaso Truda e Mateusz discutindo se eu poderia ir depois das mentiras que contei. Minha desobediência fora descoberta na semana anterior e eles ainda estavam magoados.

Eu não estava muito animada para ir com o tio Piotr até a praça Krasiński e participar das festividades do Domingo de Ramos, que era o que ele planejava. Não tinha uma ideia exata de como seria a celebração, mas sabia que qualquer coisa aprovada pelos alemães provavelmente não seria divertida para nós, poloneses. Mesmo assim, fiquei revoltada com a ideia de que Truda e Mateusz pudessem não permitir que eu participasse.

Meu pai costumava dizer que as pessoas nem sempre são coerentes e, conforme eu ia ficando mais velha, mais percebia que isso era verdade, mesmo em relação a mim mesma. Parecia que o próprio ato de Truda e Mateusz de proibirem alguma atividade tinha o poder de tornar aquela atividade inacreditavelmente tentadora para mim. *Esse* padrão problemático estava ficando bem claro.

Então eu me revirava, bufava e resmungava de frustração; batia os braços e as pernas no colchão, irritada porque não podia acalmar minha mente. Talvez por isso tenha levado um longo tempo para que percebesse o som de forma mais clara. Exausta, mas também desperta, eu notei um novo barulho na cacofonia de sempre. Era um gatinho? Engatinhei para fora da cama e fui até a janela, animada com tal possibilidade. Claro, eu não tinha como adotar um gato, mas, se ele estivesse perdido no telhado, talvez eu pudesse encontrar uma porção de comida para tentar cuidar dele. Cuidadosamente, abri a janela. O som ainda estava abafado, mas parecia mais alto, embora, infelizmente, não se parecesse mais com o de um gato. Parei, esforçando-me para identificar tanto o ruído como a direção de sua origem, até que descobri: vinha do quarto extra de Sara, no andar de cima de seu apartamento, no sótão adjacente ao meu quarto.

Puxei a janela para fechá-la e encostei o ouvido na parede. De nada adiantou, então fiquei de pé olhando para o papel de parede esfarrapado por um longo tempo, escutando o som abafado diminuir.

Minha curiosidade venceu. Meu coração batia rápido como nunca enquanto me movia pelo corredor. Desci a escada um degrau por vez, tentando dar uma leveza fisicamente impossível aos meus passos. Mas era tão tarde e a cidade era tão barulhenta. Tio Piotr, Mateusz e Truda dormiam no andar de baixo e ninguém se mexeu. No hall, tirei a chave de nosso apartamento do porta-chaves e a coloquei em meu bolso. Em seguida, vasculhei a gaveta da mesa do corredor da maneira mais silenciosa possível, buscando a chave extra de Sara.

Segurei a respiração quando abri a porta da frente, amaldiçoando o gemido das dobradiças, e, assim que pisei no corredor, vi o movimento pelo canto do olho. Alcancei o interruptor e as lâmpadas penduradas no corredor ganharam vida, tão brilhantes por um segundo que me fizeram apertar os olhos. Mas, assim que meus olhos se acostumaram, vi uma sombra movendo-se depressa pelas escadas de uso comum: uma jovem garota, da minha idade ou talvez mais nova. Assim que alcançou o corrimão, ela olhou para mim e, por um brevíssimo momento, nossos olhares se encontraram. Os olhos dela brilhavam com um tipo de terror que eu só tinha presenciado uma vez, na noite em que olhei para os olhos do meu irmão morto e imaginei como seria possível sobreviver em um mundo que não fazia mais sentido, na noite em que fugimos de Trzebinia.

— Você está bem... — comecei a sussurrar, mas ela se foi antes de eu terminar a frase. Ouvi o barulho suave e rápido de seus passos conforme ela descia correndo pelas escadas, seguido do som da porta da entrada se fechando quando ela saiu para a rua.

A ÓRFÃ DE VARSÓVIA

Sozinha novamente, dei-me conta da sujeira no corredor. Havia respingos e pequenas poças espalhados pelas tábuas do chão e um odor persistente, algo muito desagradável, mas que eu não conseguia identificar. Olhei de volta para a minha porta e me arrependi profundamente de não ter calçado os sapatos. Conforme eu caminhava para mais longe no corredor, meus dedos dos pés descalços iam tocando a água imunda, e tentei não pensar de onde ela vinha. Queria me convencer de que Sara estava com algum problema no encanamento, mas isso não explicava a estranha nas escadas. Ponderei se deveria apenas ir para casa e voltar para a minha cama, fingindo que não vira nada disso. Afastei esse pensamento em um instante. O que quer que estivesse acontecendo, Sara por certo agradeceria por minha ajuda com a limpeza, especialmente se aquela sujeira se estendesse por todo o lugar até a porta da frente. O sr. Wójcik, do segundo andar, era um ferrenho defensor de manter as áreas comuns limpas, e Sara não ia gostar de ter qualquer tipo de problema com ele. Esse pensamento me tranquilizou, pois estava fazendo a coisa certa, e meus passos ficaram mais firmes. No momento em que cheguei à sua porta, estava convencida de que, em vez de caminhando sorrateira e desobedientemente pelo nosso prédio no meio da noite, cumpria o dever cristão de ajudar a minha vizinha.

— Sara? — chamei com suavidade, enquanto destrancava a porta e entrava. O cheiro do corredor estava muito mais forte aqui, tão forte que, quando respirei mais fundo, engasguei-me inesperadamente. Em pânico, coloquei a mão na boca e inspecionei a sala, alarmada. Por fim, desisti de me enganar: se Sara estava com problemas de encanamento, definitivamente era no seu banheiro, e meus pés estariam, portanto, cobertos de excrementos.

— Sara? — chamei novamente ao fechar a porta. No andar de cima, eu podia ouvir o som que tinha escutado do meu quarto, só que agora, mais de perto, não se parecia *em nada* com um gato, mas exatamente com o som de uma criança chorando.

Senti um frio na espinha e minha pele se arrepiou toda. As batidas do meu coração ficaram tão intensas que eu podia senti-las pulsando em meus ouvidos. Pensei em dar meia-volta e caminhar lentamente pelo corredor para me enfiar na minha cama de novo. Mas eu não conseguia encaixar as peças do quebra-cabeça. Como exatamente o cheiro de esgoto, a sujeira no corredor, a garota estranha e a criança chorando se encaixavam?

Comecei a subir as escadas, manchadas de pegadas enlameadas. Quando alcancei a balaustrada, minha mão tremia, mas continuei. Lá em cima, parei em frente à porta e encostei meu ouvido nela. Ouvi o som inconfundível de sussurros. Eu não conseguia decifrar as palavras, mas reconheci pelo menos duas vozes, e pensei ter reconhecido a cadência suave da voz de Sara. Respirei fundo, dei uma batida leve e chamei:

— Sara?

As vozes pararam de forma abrupta e, em um tom artificialmente alto, Sara respondeu:

— Elżbieta? Não entre aqui!

Sons agitados vinham de dentro do quarto e eu sabia que deveria obedecê-la. Mas a curiosidade desesperada e um instinto que eu não conseguia explicar me levaram a abrir a porta do quarto. Assim que o fiz, várias coisas chamaram minha atenção: uma pilha de roupas úmidas e enlameadas, que formavam uma poça imunda no tapete que ficava ao lado da cama de hóspedes de Sara, e a própria, com suas mãos nos ombros de uma criança semivestida que ela tentava esconder no armário. Sara fechou a porta com tanta rapidez que quase prendeu os dedos da criança. Ela permaneceu de pé, de costas para a porta do armário, ergueu o queixo e cruzou os braços.

— O que está fazendo aqui a esta hora? — ela exigiu saber.

Eu a encarei, quase duvidando de meus olhos por alguns segundos. Tudo acontecera tão rápido. Eu realmente vira uma criança lá? Claro que não. Por que Sara estaria com uma criança no armário de seu quarto? Dirigi o olhar à pilha de roupas enlameadas e inspirei. Conforme o odor de esgoto atingia meus pulmões novamente, cobri meu nariz e boca e cerrei os olhos para ela.

— Era uma criança?

— Não há nenhuma criança — ela disse bruscamente, dando um passo em minha direção. — Você está sonhando. Volte para a cama.

Mas o armário a traiu, porque ouvi um choro reprimido e abafado vindo lá de dentro. Sara olhou para mim, quase implorando para que eu não desse atenção ao choro, que foi exatamente o que eu fiz, é claro.

— Deixe-a sair! — exclamei, indo rapidamente em sua direção.

— Ela está bem — disse Sara, suspirando resignada. — *Eles* estão bem.

Ela se virou, abriu a porta e, com a voz baixa, disse algo em um tom suave e tranquilizador, enquanto guiava quatro crianças pequenas para fora do armário. Duas estavam completamente despidas, exceto pelas manchas de lama e a sujeira na pele. Um garoto pequeno, porém, estava todo vestido, do chapéu preto bem arrumado em sua cabeça aos sapatos improvisados de juta suja de lama e amarrados firmemente com um barbante que envolviam seus pés. A última criança, a pequena garota que ouvi chorar, estava descalça, mas ainda usava um vestido. Olhei para as crianças, depois para Sara e novamente para as crianças.

Até aquele exato momento, eu achava que entendia o que era ter medo, mas de repente ocorreu-me que havia profundezas de horror que eu nunca imaginara serem possíveis. Parecia que essas crianças, essas crianças esqueléticas e imundas, cairiam mortas de terror a qualquer momento.

Esfreguei os olhos, como se isso pudesse fazer as crianças desaparecerem, mas elas não eram uma alucinação. Embora eu estivesse cansada e desnorteada, o cheiro naquele quarto era tão pungente que não poderia ser negado.

— Você vai ficar aí olhando ou vai buscar algumas toalhas para mim? — Sara perguntou incisivamente.

De queixo caído, saí e desci as escadas correndo, quase escorregando em uma poça. Juntei as toalhas do armário de roupas de cama e banho de Sara e voltei ao quarto, onde as coloquei sobre a cama. Sara pegou uma delas e agachou-se para remover com cuidado a sujeira do rosto da garota mais nova, que ainda chorava. Sem olhar para mim, ela disse gentilmente:

— Agora, Elżbieta, você deve preparar um banho para nós. Deixe a água o mais quente que puder aguentar em sua própria pele. E precisaremos de sabonete, há um pacote novo embaixo da pia da cozinha. Leve tudo para o banheiro e saia, vá para casa e volte para a cama.

— Eu não entendo. Quem são essas crianças?

— Estou cuidando delas para uma amiga.

— Então, por que você as escondeu no armário? E por que elas estão cobertas de... — Por algum motivo, a palavra ficou presa na minha garganta. — Por que elas estão tão sujas?

Sara olhou para mim, sem expressão. Por um momento, convenci-me de que havia uma explicação perfeitamente lógica para tudo aquilo e que eu estava sendo estúpida. Entretanto, um pouco antes de Sara se concentrar novamente na criança, identifiquei um sinal de pânico em seu olhar.

— Você está mentindo para mim.

— É que é muito complicado e...

— Eu não sou uma criança.

Sara olhou para trás com um sorriso suave.

— Você tem treze anos. Você definitivamente é uma criança.

— Eu faço catorze amanhã, Sara. E sou madura para a minha idade porque todo mundo é maduro para a própria idade agora.

— E não é que isso é verdade? — ela disse, dando um suspiro profundo. Então, levantou-se e olhou para mim diretamente nos olhos. — Houve um acidente na casa da minha amiga e as crianças ficaram no meio da sujeira. É muito perigoso expor crianças ao esgoto, então ela me pediu que cuidasse delas até que possa limpar tudo. Mais alguma pergunta?

— Por que, então, você as escondeu?

— Você me assustou. Só isso.

— Eu te assustei e você enfiou quatro crianças dentro de um armário minúsculo? — retruquei, incrédula.

Sara encarou-me, lançando um olhar intrépido e quase desafiando-me a questioná-la mais.

— Está tarde. Estou cansada e não estava pensando direito — ela disse, olhando por fim para a garotinha, que arfava entre cada soluço desesperado. Com um suspiro, Sara se agachou, pegou a garota e a abraçou, murmurando algo suavemente em seu ouvido. Ela falava tão baixinho que eu não consegui identificar as palavras, mas pude entender um dos sons e uma onda de choque e tensão percorreu o meu corpo.

Sara falava em iídiche com a criança e a cena inacreditável diante de mim de repente fez sentido.

— Elżbieta, preciso tranquilizar e limpar essas crianças. E você precisa ir para a cama. — A garotinha pousou a cabeça no ombro de Sara e me encarou. Suas bochechas estavam encovadas e seus olhos vermelhos pareciam artificialmente enormes em seu pequeno rosto. Pior de tudo, a pele da criança tinha um tom cinza-amarelado doentio, visível nos lugares em seu rosto de onde Sara tinha removido a lama.

— O que há de errado com ela? — sussurrei, entrando de forma automática no quarto. Sara fechou os olhos por um momento, depois se virou para observar as outras crianças, que pareciam congeladas em um profundo silêncio aterrorizado. Quando ela não respondeu, eu a instiguei novamente. — Sara?

— Ela não está bem, mas não é o tipo de mal-estar causado por doenças. É um tipo de mal-estar que vem da negligência. Esta garotinha simplesmente não teve o suficiente para comer.

— Poderíamos conseguir para ela... — Estava a ponto de dizer que o tio Piotr podia encontrar comida para nós. Talvez até admitisse pela primeira vez algo que eu mal admitira para mim mesma até aquele ponto: o tio Piotr parecia ter a estranha habilidade de conseguir artigos difíceis de obter. Alimentos exclusivos apareciam em nossa cozinha e, por mais de uma vez, eu o ouvi falando ao telefone sobre artigos que eu sabia que eram contrabandeados, como rádios de galena ou documentos de identificação, como os que ele tinha encontrado tão rapidamente para mim. Porém, antes que eu pudesse falar qualquer coisa sobre isso, Sara me interrompeu.

— Não é algo que podemos resolver com uma refeição só, Elżbieta. Esta garotinha precisa de um novo lar. Eles *todos* precisam ir para um novo lar.

Permanecemos em um silêncio tenso por vários minutos. Eu não queria falar. Era como se dizer as palavras em voz alta de alguma forma aumentasse o perigo em que todos estávamos.

— São crianças judias, não são? — sussurrei. Ergui o olhar para encontrar o de Sara. Ela engoliu em seco e forçou uma risada.

— É claro que não...

— Sara... — falei, com um nó na garganta. — Por favor, não minta para mim. Não sou uma idiota.

Seu tom, por fim, tornou-se impaciente.

— Essas crianças nadaram pelo cano de esgoto para chegar aqui, Elżbieta. Elas estão cansadas, sujas e amedrontadas, e se não forem limpas vão morrer.

— Morrer?

— Tem tifo no esgoto — ela disse de forma direta. — Há germes do tifo por todo o corpinho delas, e nós aqui discutindo obviedades. Eu preciso esfregar essas crianças para deixá-las limpas, lavar e secar suas roupas e tirá-las deste apartamento antes do nascer do sol. Não tenho tempo para explicar as coisas para você, não agora, pelo menos. Você deve me deixar em paz para que eu faça meu trabalho e amanhã conversaremos. Prometo.

— Deixe-me ajudar.

— Se a sua família acordar, vão perceber que você sumiu...

— E eles vão olhar no corredor, ver uma trilha de esgoto podre que vai até a sua porta e procurar aqui primeiro.

Sara estremeceu.

— O corredor está uma imundície?

— Não está tão ruim quanto aqui dentro, mas, sim, há uma sujeirada óbvia. — Sara fechou os olhos por um momento, parecendo derrotada, e foi então que tomei minha decisão. — Vou preparar a banheira para você e depois limpar o corredor.

Sara parecia tão exausta naquele momento que meu coração doeu por ela. Ela abriu os olhos e me encarou.

— Por favor — acrescentei —, deixe-me ajudar. Não consigo dormir mesmo.

— Tudo bem — ela disse, suspirando e mordendo o lábio. — Mas você tem que ficar quieta lá fora. Ninguém pode te ouvir, porque se alguém sair para ver o que está acontecendo...

— Vou dizer que houve um problema com o seu banheiro.

— Boa garota. E comece pela minha porta, pode ser? Vá limpando e descendo as escadas a partir daqui. — Ela olhou para a criança em seus braços e de volta para mim, um olhar intenso. — Quanto mais rápido escondermos onde a trilha termina, melhor.

Levei mais de uma hora para finalizar a limpeza do apartamento de Sara até a entrada do nosso prédio. Não era uma grande distância, mas tinha que me mexer devagar para ficar em silêncio. Quando subi de volta, o piso estava secando e parei no corredor para inspecionar a minha obra.

Truda ensinara-me direitinho. Eu tinha feito um bom trabalho. E essa inesperada atividade doméstica tarde da noite havia sido a coisa mais satisfatória que fizera em meses. Não pela limpeza, mas pelo simples fato de ter ajudado minha amiga e pela consciência de que fazia exatamente o que meu irmão e meu pai teriam feito.

Quando voltei ao apartamento, Sara estava sentada no sofá com a cabeça entre as mãos. O apartamento estava sufocante de tão quente agora, com o fogão ligado e a porta do forno aberta. As roupas recém-limpas das crianças estavam penduradas em todo e qualquer espaço possível para secar. Enquanto eu guardava o esfregão e a vassoura, Sara ergueu o olhar e me dirigiu um sorriso cansado.

— Onde estão as crianças? — perguntei.

Ela apontou para as escadas.

— Dormindo. E você, minha amiga, tem que ir para o banheiro e lavar suas mãos e seus pés com muito cuidado com o que sobrou do meu sabonete. — Ela apoiou as mãos nos joelhos e se levantou. — Enquanto você faz isso, vou preparar um chá para nós.

Esfreguei minha pele com tanto cuidado que, ao terminar, minhas mãos e meus pés estavam vermelhos e esfolados. Quando voltei à cozinha, Sara colocara duas xícaras de chá fumegantes na sua mesinha de café. Agradeci baixinho ao sentar-me ao lado dela. Ela deu um sorriso triste enquanto pegava seu chá.

— Sei que você está curiosa e eu adoraria explicar toda essa confusão, mas seria perigoso demais. Tudo que posso dizer é que uma mensageira estava levando essas crianças para um lugar seguro. Mas houve um incidente e ela teve que achar um lugar alternativo rapidamente.

— Eles estavam fugindo do Distrito Judeu, não estavam? — supus. Sara não respondeu, então soprei o chá e tentei mais uma vez: — Eu sei que o Distrito Judeu foi cercado por muros.

— Pode até ser proibido usar a palavra *gueto* em Varsóvia agora, mas *neste* apartamento nós dizemos a verdade. É isso que é, e é assim que vamos chamá-lo. — Fui tomada por uma pontada de culpa, pois tantas vezes evitara a verdade quando estava no apartamento de Sara. Eu tinha ouvido o tio Piotr e Mateusz discutindo sobre o Distrito Judeu e as regras sobre a palavra *gueto*, mas não tinha pensado sobre o porquê da existência daquela regra. — Os alemães gostam de passar um ar de civilidade. Querem que o mundo ache que eles são a raça superior, que são mais inteligentes e dignos que o restante de nós. Eles também querem disfarçar sua crueldade com palavras polidas. Em vez de encararem a verdade de sua própria crueldade, eles a disfarçam com vaidade e arrogância, como se usar palavras diferentes pudesse mudar a realidade de seus atos cruéis... — Ela pareceu se conter. Contraiu-se, balançou a cabeça e suspirou. — Estou sendo descuidada agora, mas estou cansada demais para jogar esse jogo. Um grupo de guias e mensageiros conduzia as crianças pelo esgoto para um abrigo seguro, mas os alemães estavam esperando em um dos pontos de saída e prenderam uma das guias. Essa guia será torturada pela Gestapo e vai acabar revelando detalhes de seu trabalho de resgate. A maioria das crianças foi capturada com ela, mas a outra mensageira escapou com essas quatro — ela apontou para o andar de cima. — Ela entrou em pânico e trouxe as crianças para cá, sabendo que eu as abrigaria durante a noite.

— Devo perguntar como você a conhece?

— Você definitivamente não deve.

— As crianças estão tão magras... — murmurei, quase para mim mesma.

— Sim. — Ela pôs a mão no peito e engoliu em seco. — Já se passaram meses, talvez anos, desde que elas comeram de forma adequada pela última vez. Elas não têm mais forças, nenhuma gordura por baixo da pele para mantê-las saudáveis, nenhuma vitalidade em seus corpos. As rações dos judeus são metade das nossas. *Metade.* Pense no pouco que você teria para comer sem as provisões adicionais do seu tio, e agora imagine metade disso. Cada pessoa dentro daquele muro está morrendo de fome.

— Bem... Você me disse que há tifo no esgoto... — falei sem jeito. — E... os alemães dizem que os judeus estão cercados pelo muro porque eles têm tifo... — Pelo menos era isso que os cartazes e as placas pelo gueto diziam, e eu sabia que era no que os alemães queriam que acreditássemos. A verdade vergonhosa era que não pensara muito sobre o muro ou sobre os judeus cercados por ele. Eu me mantive inteiramente consumida por meus próprios problemas desde que chegáramos a Varsóvia. Não me ocorrera pensar sobre aqueles que tinham problemas muito maiores.

— Você realmente acha que os judeus são mais sujos do que nós? — Sara me interrompeu, com os olhos soltando faíscas, e então pareceu segurar-se. Ela respirou bem fundo e me perguntou cuidadosamente: — Elżbieta, faz alguma diferença para você que essas crianças sejam judias?

— Você me disse para lavar as mãos...

— Por causa do esgoto! Não porque as crianças são *judias*!

Ela nunca falara tão rispidamente comigo antes e senti meu rosto ficar vermelho de vergonha. Eu estava cansada, ansiosa e agora tão nervosa com a desaprovação de Sara quanto sobre o perigo em que todos estávamos com aquelas crianças em seu apartamento.

— Eu... eu sei...

Queria contar a ela que eu era na realidade Emilia Slaska, nascida em uma família que amava seus vizinhos, judeus, católicos ou o que quer que fossem. Que meu pai fora assassinado pelos alemães diante de meus olhos, que meu irmão Tomasz morrera por causa de seus esforços para ajudar os judeus, que eu tinha visto ele morrer também.

Se eu não tivesse quebrado as regras de Mateusz e Truda tão recentemente, eu poderia ter contado a ela naquela noite, mas Truda me avisou de que eu não devia confiar na Sara só porque gostava dela. Eu estava cansada e confusa só de tentar descobrir se eu *deveria* confiar em Sara, agora que sabia que ela também tinha seus próprios segredos. Mas então lembrei-me das histórias que ouvira sobre os alemães, sobre como eles podiam ser incrivelmente engenhosos e como às vezes faziam todos os esforços para testar a lealdade e eliminar aqueles que fossem contrários aos objetivos de Hitler. Cheguei a pensar que até essa complicada situação no apartamento de Sara pudesse ser um estratagema montado para determinar se eu simpatizava ou não com atividades proibidas.

Mateusz disse para eu ser paranoica e, naquele momento, realmente me sentia assim, mas também estava desconfiada da intensidade no olhar de Sara. Tudo que eu podia fazer era tentar ficar na linha tênue entre manter sua aprovação e dizer e fazer as coisas que eu sabia que deveria.

— Você não deveria esconder crianças judias no seu apartamento — disse com convicção, tentando convencê-la de que eu realmente acreditava nisso, só para o caso de ela ter armado tudo aquilo para me encurralar. Mas ela franziu o cenho e cerrou os lábios. Minha observação a desagradara imensamente. Embora eu soubesse que tinha feito exatamente o que deveria fazer, odiei ter desapontado Sara. Meu rosto ficou vermelho e me levantei, de repente desesperada para ir embora, para longe das crianças doentes e da minha querida amiga a quem, acabei descobrindo, não conhecia nem um pouco. — Eu sei que os judeus não são sujos — soltei e baixei a voz —, sei que eles são apenas pessoas como a gente. Minha família tinha muitos amigos judeus em... de onde nós viemos. Mas tenho medo por você. É muito perigoso para você ter crianças judias em casa, mesmo durante a noite.

— É — Sara admitiu, e então acrescentou: — Você sabia que eu tinha um filho?

Arregalei os olhos. Sara nunca mencionara nada sobre sua vida antes da guerra.

— Você era casada?

— Eu era. Não falo sobre ele porque dói demais, mas penso nele todos os dias.

— O que aconteceu?

— O nome dele era Janusz. Ele tinha três anos. Ele tinha meu sorriso, os olhos do meu marido... era a melhor coisa que aconteceu comigo. Minha mãe estava cuidando dele naquele dia, o primeiro dia de bombardeio. Eu fui ao hospital com meu marido, que era médico, e estávamos cuidando dos feridos. Nosso prédio foi atingido por uma bomba, muito provavelmente poucas horas depois de eu ter saído. Os ferimentos da minha mãe foram horríveis, ela certamente morreu na hora. Mas meu filho... — sua voz trêmula foi sumindo. Ela respirou fundo, deu um gole no chá e, por fim, limpou a garganta. — Não conseguia retornar ao nosso prédio porque as vias ficaram bloqueadas e o hospital estava em uma situação horrível. Cada vez que eu tentava sair, alguém corria para mim com mais uma pessoa ferida e... eu só continuava a dizer para mim mesma que Janusz estava com a minha mãe e que certamente eles estavam bem. Mas eles não estavam bem, e, quando finalmente voltei para o apartamento dois dias depois, vi que o prédio tinha sido destruído. Eu nunca vou me esquecer daquela imagem. Janusz estava debaixo de uma pequena viga. Quando eu a retirei de cima dele, vi que ele estava caído em uma poça do próprio sangue. Ele tinha arranhado a viga por tanto tempo que arrancou a pele dos dedos.

— Oh, Sara...

— O pior de tudo é que eu *sabia* que aquela parte de Varsóvia estava repleta de pessoas nos dias em que ele permaneceu lá, morrendo, porque o prédio ficava em uma via muito importante. Milhares de pessoas passaram bem na frente dele enquanto evacuavam o local. Alguém o ouviu chorando, talvez muita gente tenha ouvido. Entendo que as pessoas estavam correndo para fugir da cidade. Eu sei que estavam provavelmente apavoradas e tentando salvar a própria vida e a de suas famílias... mas *ninguém parou*. Ninguém se arriscou. E meu bebê morreu sozinho e aterrorizado. — As lágrimas caíam de seus olhos. Ela as deixou escorrer pelo rosto, mas olhou para mim, desafiando-me a enfrentar toda a força de sua dor. — Ele sempre me chamava quando se machucava, Elżbieta. Aqui dentro do meu peito eu sei que ele estava chorando e chamando por mim enquanto morria. Talvez seus últimos pensamentos tenham sido de abandono... imaginando por que eu não vinha socorrê-lo.

— Sinto muito... — disse, pois, apesar de palavras serem inúteis, eram certamente melhores do que o silêncio atordoante que me tentava.

— Saber que meu filho sofreu e que estava sozinho e ninguém fez nada para ajudá-lo me transformou. Isso me levou não só à loucura, mas além. Eu tomo decisões idiotas todo dia porque não posso colocar a cabeça em um travesseiro à noite a menos que tenha feito tudo que posso para ajudar crianças como o meu filho. É por *isso* que essas crianças estão aqui esta noite. Um dia eu provavelmente vou morrer por causa de alguma criança como essas almas preciosas que estão lá em cima, e estou em paz com isso. Estou tranquila por contar essa história a você, ainda que, apenas um minuto atrás, tenha me feito imaginar pela primeira vez se era o tipo de pessoa que acreditaria nas mentiras que os alemães contam sobre os judeus serem *inferiores* a qualquer outra pessoa.

— Eu não acredito nisso — deixei escapar, balançando a cabeça desesperadamente. A desaprovação dela era muito mais assustadora do que até mesmo a morte naquele momento. — Eu estava com medo. Eu *estou* com medo. Pensei que estivesse tentando me testar.

— Testar? — ela repetiu, franzindo a testa.

— Os alemães são tão ardilosos — eu disse com um nó na garganta. De repente, me senti uma idiota por ter duvidado dela. — Pensei que pudesse ser uma armadilha. Que, se eu não dissesse ou fizesse a coisa certa, você me denunciaria.

Novamente a expressão de Sara suavizou-se.

— É um momento difícil. Saber em quem confiar nunca é uma ciência exata, não em um lugar como esse, nem quando há tanto a ganhar com uma traição. Está tarde e tive um longo dia, mas você também teve, e precisa voltar para a sua cama agora.

Coloquei minha xícara vazia na mesa de café e parei.

— Seu marido — eu disse. — Onde ele está?

Ela deu um suspiro triste.

— Eles bombardearam o hospital também. Eu estava lá na hora, mas em um abrigo no porão, e não me feri. Wojciech estava fazendo uma cirurgia nos andares de cima. Ele morreu instantaneamente. Eu o perdi um dia depois de ter perdido Janusz e minha mãe. E agora... — ela disse, encolhendo os ombros — ... agora sobrou apenas eu.

Corri os olhos pelo apartamento, repentinamente percebendo por que supusera que ela nunca tivesse se casado.

— Você não tem nenhuma foto deles.

— Todas as nossas fotografias estavam no apartamento quando o prédio foi destruído — ela murmurou.

Voltei para a minha cama alguns minutos mais tarde, sem que Truda, Mateusz e Piotr soubessem. Fiquei acordada na cama por horas, pensando sobre Sara e sua perda, sobre o muro cercando o Distrito Judeu e todas as pessoas lá dentro, refletindo pela primeira vez sobre as outras histórias que estavam acontecendo em Varsóvia enquanto eu me preocupava só com a minha.

6

Emilia

NOSSO PRÉDIO FICAVA NA CIDADE VELHA DE VARSÓVIA, exatamente entre dois pontos de referência definitivos: a praça Krasiński a oeste e o rio Vístula a leste. A localização de nosso bairro fora quase irrelevante para mim até o meu aniversário de catorze anos, em parte porque eu raramente saía do prédio. Nós poderíamos morar na lua e não faria diferença. Eu já havia passado pela praça Krasiński, mas nunca a visitara, e, conforme o tio Piotr mostrava o caminho naquela manhã, fiquei chocada ao ver uma grande feira surgindo diante de mim. Barracas e artistas de rua se espalhavam por toda a praça, mas meu olhar se dirigiu a duas enormes rodas-gigantes, mais altas que todo o resto. Uma estava marcada como *fora de serviço*, mas a outra estava rodando lentamente, enquanto uma longa fila de pessoas esperava por sua vez sob o sol da primavera.

Era uma visão linda e jubilosa, em contraste com um pano de fundo horrível. A forma inconfundível de um muro pairava logo atrás da alegria. Com pelo menos três metros de altura, feito de uma mistura caótica de tijolos que não combinavam, era coberto por uma fileira de arame farpado. Parei subitamente assim que o reconheci, lembrando que os edifícios que eu podia ver além daquele muro eram os telhados das residências do Distrito Judeu.

Eu vira esse muro antes, de diferentes ângulos, em diferentes partes da cidade. Mas nunca o vira assim. Era como se os acontecimentos da noite anterior tivessem removido uma crosta de meus olhos. Tentei não ficar boquiaberta enquanto observava a praça. Centenas de pessoas se socializando e quase todas vestindo roupas limpas e sorrindo. Meu olhar se alternava entre as pessoas se divertindo e o muro.

— Vamos — disse o tio Piotr alegremente. — O que devemos fazer primeiro? Comprar algumas flores? E, claro, precisamos parar para pegar comida. Doces, talvez? Eu *sei* como você gosta de doces. E... Ah! Temos de dar uma volta na roda-gigante. Você já foi em uma? Tenho que dizer que é bem divertido.

Eu não conseguia tirar meus olhos do muro. Queria agarrar o braço do tio Piotr e apontar para aquilo e gritar: *Você não vê? Está bem ali. O que todas essas pessoas estão fazendo aqui no sol se divertindo enquanto crianças passam fome atrás daquele muro bem ali?*

— O que é isto? — perguntei a ele, mecanicamente. O tio Piotr franziu a testa.

— O que quer dizer? — ele perguntou, mas depois pareceu compreender. — Ah, nós a deixamos trancada naquele apartamento por tempo demais. Esta é a praça Krasiński.

— Mas não é sempre assim.

— Não. É que seu aniversário caiu no Domingo de Ramos neste ano. Os alemães não dão muita liberdade para celebrarmos nossa fé, mas de vez em quando permitem que tenhamos um pouco de alegria. — Tio Piotr deu um sorriso radiante e então riu do que estava provavelmente pensando ser um choque de tanto deleite. — Vamos, pequena. Vamos nos divertir um pouco.

Eu me deixei levar. Ignorei a forte atração exercida pelo muro e fui de barraca em barraca atrás do tio Piotr, que parecia decidido a me mimar muito além do que eu poderia imaginar. Eu ria quando sabia que ele estava esperando que eu risse e até fingi impaciência na fila para a roda-gigante. Quando a fila começou a andar, disse a mim mesma que o frio no meu estômago representava animação, e não ansiedade.

Eu *estava* nervosa por causa da altura, mas não porque achasse que poderia cair: estava nervosa com o que conseguiria ver de lá de cima. A atração era próxima o suficiente do muro do gueto que pairava sobre ela e, sabendo que os alemães aprovaram este festival, não conseguia deixar de pensar se fora intencional. Eu podia facilmente imaginar algum comandante se divertindo com a ideia de que os judeus presos no gueto poderiam ver a enorme roda representando liberdades que eles tinham perdido há tempos. A vida para aqueles de nós do lado ariano não era nem confortável nem livre, mas começava a suspeitar de que conforto e liberdade podiam ser termos muito relativos.

Quando tio Piotr e eu tomamos nossos lugares em uma das gôndolas e a roda-gigante ganhou vida, ele repentinamente colocou a mão sobre a minha. Olhei em seus olhos, esperando que ele fizesse alguma piada sobre segurar sua mão caso eu ficasse com muito medo, mas, em vez disso, eu vi que ele estava, pelo menos desta vez, sério.

— Por favor, faça algo por mim.

— Qualquer coisa.

— Não olhe naquela direção, está bem? — ele disse gentilmente, apontando para o muro. — A roda-gigante é divertida, mas sua localização é lamentável. Aprecie a vista da praça e de qualquer outra parte da cidade que se possa ver, mas não olhe por sobre o muro.

Busquei seu olhar. O tio Piotr, pelo menos na privacidade de nosso lar, não guardava segredo sobre o desprezo que sentia pelos alemães, mas eu conheci muita gente que desprezava os alemães e, ainda assim, odiava os judeus. Ou gente que acabava *culpando* os judeus pela ocupação, recorrendo a uma lógica complicada que nunca entendi muito bem.

Percebi naquele instante que eu simplesmente não poderia suportar se o tio Piotr revelasse ser esse tipo de pessoa, então me recusei a fazer as dezenas de perguntas que logo surgiram em minha mente. Eu sabia que, pelo menos comigo, tio Piotr tinha a melhor das intenções. Até uns poucos meses antes, eu era uma estranha para ele, mas agora era parte de sua família. Ele queria me dar um pouco de esperança e, em meu aniversário, uma amostra da infância que eu deveria estar aproveitando.

Mas não importava quanto eu tentasse atender ao seu pedido de manter os meus olhos concentrados no nosso lado do muro, eles eram cada vez mais atraídos para o Distrito Judeu. Não queria que o tio Piotr me pegasse olhando e ele pareceu determinado a me distrair com comentários constantes sobre os vários pontos de referência que podíamos ver da roda-gigante, por isso só consegui dar algumas espiadas esporádicas.

Eu vi diversas construções, não muito diferentes das que ficavam do meu lado do muro, mas também avistei multidões nas ruas. *Muita gente.* Eu queria ver aquelas pessoas como uma única massa, uma entidade para a qual poderia dar as costas. Disse a mim mesma que eu era apenas uma criança e que aquele grupo de pessoas não era problema meu. Eu já tinha problemas demais e, além disso, o que poderia fazer por elas? Não tinha nada a oferecer aos judeus presos por aquele muro.

Mas eu não conseguia afastar a sensação de que Deus estava tentando me dizer algo, porque os contrastes visuais eram um tapa na cara. Eu via o cinza das ruas de paralelepípedo, o preto dos telhados de piche, os tijolos marrons e a argamassa bege. Até as roupas das pessoas tinham uma coloração opaca.

Mas o *meu* lado do muro era um arco-íris de cores e vida. As barracas ao redor da roda-gigante se enchiam das flores do começo da primavera: campânulas-brancas, crocos amarelos e lilases, ramos de salgueiro com seus botões amarelos e brancos, tudo se misturando com o verde vibrante das folhas das árvores maduras sob a primavera recém-chegada. As mulheres usavam vestidos cujo azul lembrava o das centáureas, os homens vestiam camisas brancas impecáveis e as senhorinhas carregavam guarda-chuvas em tons de verde, dourado e rosa.

Quando a roda-gigante parou e o tio Piotr saiu da nossa gôndola, estendendo a mão para me ajudar a descer também, houve um grito, o som de um tiro, um urro de dor horripilante e mais um tiro, e depois apenas um único instante de total silêncio e imobilidade.

Meio segundo depois, todo mundo na praça Krasiński voltou ao que estava fazendo. O operador da roda nos incentivou a aproveitar o dia. Os vendedores de rua voltaram a oferecer as suas mercadorias. As pessoas continuaram a desfrutar do sol da primavera.

— Acho que é hora de comprarmos algumas flores, não? — perguntou o tio Piotr, com um tom de voz forçadamente alegre. Caminhamos para mais longe da roda-gigante e ele parou em um vendedor ambulante que estava próximo. Enquanto tio Piotr tentava chamar a minha atenção para as várias flores que o homem oferecia, virei-me de costas para ele, para a direção da roda-gigante e além.

Não decidi andar até o muro. Mas as pontas dos meus dedos logo tocaram os tijolos grosseiros e eu fechei meus olhos pelo que certamente deve ter sido apenas um momento. Os sons surgiram, sons de cavalos e carroças nos paralelepípedos, conversas sussurradas em iídiche e polonês. Inspirei e identifiquei apenas um sinal de algo opressivo. Era morte, esgoto ou algum outro sinal das massas sofrendo?

Eu não decidi me envolver na ajuda aos judeus. Não, isso foi decidido por mim no minuto em que nasci, em um lar que sabia que nossos vizinhos poloneses, independentemente de religião ou origem, eram uma extensão de nossa família. Talvez eu tivesse motivos válidos para a minha inação até aquele instante: muito jovem, estava traumatizada e perdida, e era extremamente *ignorante*. Mas crianças mais novas do que eu estavam envolvidas nos esforços tanto de resistência quando de auxílio, e vi prova disso na noite anterior.

— Elżbieta!

Ouvi o grito de pânico do tio Piotr atrás de mim. Quando me virei para ele, seu olhar estava enlouquecido. Ele deu um passo relutante em minha direção, então recuou, fazendo gestos frenéticos para que eu me afastasse do muro. Saí assustada do meu devaneio e caminhei rapidamente de volta para ele, mas ainda podia sentir o tijolo áspero sob minhas mãos, como se as formas da pedra estivessem impressas em minha pele.

— O que você estava pensando? — ele disse baixinho, e quando sua mão segurou meu cotovelo senti que estava tremendo. — Que motivo teria para tocar aquilo? Se um soldado estivesse passando por aqui, teria presumido que você estava ajudando alguém a sair ou jogando comida por cima do muro. Ele poderia ter atirado em você. *Ele poderia ter atirado em você!*

Ele manteve a voz baixa o suficiente para que os espectadores a poucos metros de distância não pudessem ouvir, mas não havia engano sobre a fúria e o choque de tio Piotr com o que eu tinha feito. Desculpei-me profusamente, garanti a ele que não sabia o que fazia e prometi que teria mais cuidado.

E, no meio de tudo isso, no fundo de minha mente, comecei a planejar os meus próximos passos.

— Sara — chamei, enquanto entrava em seu apartamento naquela noite. Com uma generosa fatia de um bolo relativamente saboroso de sementes de papoula na mão, estava pronta para a batalha com a minha amiga.

— Aqui, Elżbieta — ela respondeu. — Entre, por favor.

Encontrei Sara na sala de estar, sentada sob um abajur. Ela colocou seu tricô na cesta e estendeu a mão para baixo do sofá.

— A aniversariante chegou — ela anunciou de forma divertida, pegando uma pequena caixa e a estendendo em minha direção.

Dei um gritinho de alegria e troquei o prato de bolo pela caixa, sentando-me ao lado dela. A caixa era surpreendentemente pesada e eu a chacoalhei, tentando afastar a ansiedade sobre o que ela poderia conter.

Olhei para Sara e a encontrei encarando o bolo com os olhos brilhando. Ela olhou de volta para mim e ambas rimos.

— Vá em frente! — disse ela.

— Você também — falei, acenando para o bolo.

Sara pegou um pedaço e o colocou na boca, dando um gemido de pura alegria.

— Truda é maravilhosa — ela disse com os olhos brilhando. — Como ela conseguiu esse milagre?

Eu já tinha comido duas fatias do bolo e sabia que não era assim tão extraordinário. Era seco e insosso. Para os padrões do pré-guerra, ele mal merecia ser chamado de *bolo*. Mesmo assim, entendi o esforço que Truda teve que fazer para preparar um bolo de aniversário para mim e compreendia muito bem como algo do tipo era raro. Fora um dia de pequenos milagres. Bolo, flores, doces e até uma ida ao parque de diversões, sem contar o chamado de Deus.

— Ela tem guardado as rações há algumas semanas, além de...

Eu sabia que havia um fio de confiança entre mim e Sara apenas devido às circunstâncias. Ela fora forçada a confiar em mim na noite anterior e, portanto, eu agora tinha a vida dela em minhas mãos. Porém, se as coisas fossem progredir como eu planejava, tinha de mostrar que confiava nela também. Havia uma maneira óbvia de fazer isso: Sara ainda achava que Truda e Mateusz eram meus pais verdadeiros. Mas eu prometera a Mateusz que não contaria esse segredo e estava decidida a cumprir a promessa. Em vez disso, tinha que compartilhar outra coisa.

— Bem, o tio Piotr se aventura de vez em quando no mercado paralelo — disse de forma conspiratória.

— Ah — ela falou, mas seu tom de voz não tinha nenhuma emoção. Examinei seu rosto, esperando ver algum tipo de reação, mas, em vez disso, ela apontou para o presente. — Abra. Estou curiosa para saber o que você vai achar.

Abri a caixa e respirei profundamente quando reconheci os objetos dentro dela. Havia carvão, giz pastel, lápis e não um, mas *dois* cadernos: mais material artístico novinho em folha do que eu vira em anos. Tal coisa teria sido impossível de conseguir em Trzebinia.

— Você lembrou — murmurei. Eu contara a Sara de passagem que eu amava desenhar, mas não fazia isso já havia muito tempo. A verdade era que eu não conseguia mais desenhar desde que Tomasz morrera. Desenhar parecia o ato de uma versão infantil e inocente de mim mesma, uma garota que se perdera para sempre junto com o último membro de sua família verdadeira. No entanto, ao abrir o presente de Sara, eu soube imediatamente que não apenas usaria aqueles preciosos itens, mas sentiria um grande *prazer* em usá-los. Meus dedos já estavam coçando para pegar o carvão. — Como você conseguiu isso?

Sara deu um sorriso maroto.

— Eu também às vezes me aventuro no mercado paralelo.

Ela colocou o prato na mesa de café e saltei do meu assento para abraçá-la.

— Obrigada — agradeci, com um nó desconfortável na garganta. Disse a mim mesma que não deveria chorar, que a única finalidade dessa visita era convencer Sara de que eu era adulta o suficiente para ajudá-la em seu trabalho secreto. Mas nesse gesto amável vi um pouco de minha querida Alina, que sempre me incentivou em meus esforços artísticos, e eu quase transbordei de alívio e gratidão por encontrar alguém em Varsóvia que finalmente me entendia.

Depois de um momento, me recompus para começar o que eu esperava ser uma conversa difícil. Soltei-me de seu abraço, voltei para a minha cadeira e respirei fundo, mas, assim que abri a boca para perguntar se poderia ajudá-la, perdi a coragem. Meu olhar se dirigiu para o bolo consumido pela metade e, em um tom um pouco exasperado, disse:

— Você não vai comer tudo?

Sara riu e deu uns tapinhas na barriga.

— Estou cheia. Não consigo. Você deveria comer por mim para que não seja desperdiçado.

Era uma mentira, e daquelas bem esfarrapadas. Sara era tão altruísta que parecia decidida a compartilhar até mesmo esse raro luxo. Porém, chamar a atenção para sua mentira significaria que eu não teria nada para falar além do assunto de que precisava falar, então fiquei repentinamente ansiosa demais para iniciar a conversa. Apanhei o bolo e comecei a mexer nele. Depois, percebendo que desperdiçar comida era um crime imperdoável em nossas circunstâncias atuais, enfiei pequenos pedaços de bolo na boca para prolongar o silêncio.

Eu estava na posição absurda de me sentir cheia pela primeira vez em meses, mas ainda assim continuava a comer. Depois de apenas mais alguns segundos, minha consciência não me permitiu deixar a situação persistir e empurrei o prato de volta para Sara enquanto falava:

— Você realmente deve comer. E você realmente deve deixar que eu te ajude.

Sara piscou.

— Eu já disse, estou cheia. De verdade. E você quer me ajudar com o tricô? Eu adoraria...

— Não com o tricô. — Ela evitou meu olhar e eu respirei fundo, rezando desesperadamente para soar como uma adulta confiante. — Você sabe do que estou falando.

— Eu realmente não sei.

Ficamos sentadas olhando uma para a outra em uma batalha silenciosa. Apenas por um momento, considerei a possibilidade de ter imaginado a noite anterior. Estava tão tarde... parecia tão surreal...

— Mas... e as crianças? — As palavras escaparam da minha boca na forma de uma pergunta.

— Que crianças?

— Você... havia uma... — Apontei para o andar de cima. — Na noite passada, lembra?

— Noite passada desenrolamos este novelo. E aí você foi para casa.

— Sim... mas...

— Elżbieta, está tudo bem? — Sara falava em um tom calmo, quase me repreendendo. Ela se aproximou e tocou minha testa com as costas da mão. — Suas bochechas estão coradas. Você deve ter passado muito tempo debaixo do sol hoje. Piotr me disse que a levaria à praça. Talvez seja insolação. Você realmente deveria ir para casa e descansar. Vai se sentir muito melhor de manhã... menos confusa.

Ela quase me convencera, mas havia algo em sua voz que denunciava um alerta oculto. Concentrei meu olhar no rosto de Sara enquanto ela tirava a mão e se sentava de volta na cadeira. Baixei a voz e falei novamente, depressa.

— Você estava com quatro crianças judias em seu quarto na noite passada. Não sonhei com isso e não estou confusa. Sara, eu vou te ajudar.

A frustração transformou as feições de Sara em uma carranca. Ela se levantou abruptamente e me pegou pelo cotovelo para me arrastar escada acima até o quarto de hóspedes. Lá dentro, fechou a porta e agarrou meus antebraços com as duas mãos. Eu nunca tinha visto Sara tão brava e, por um momento, fiquei com medo.

— Isso não é um jogo! Talvez você tenha alguma fantasia de se tornar uma heroína aqui, mas isso é uma bobagem idiota e infantil. Você precisa ir para casa, voltar para os seus pais e fazer exatamente o que eu disse na noite passada, fingir que nada aconteceu. Você é uma criança, Elżbieta. Você é muito jovem para se envolver em um negócio complicado como este.

Fiz uma careta.

— Quantos anos tinha a mensageira? Ou ela era um guia? A garota que eu vi no corredor, digo — falei.

Uma onda de vermelhidão dominou o rosto de Sara.

— A situação dela é bem diferente da sua.

— Ela tinha doze anos? Treze? — Podia ver que estava quase acertando, ou talvez estivesse correta, só de ver a culpa no rosto de Sara. — Você obviamente conseguiria encontrar alguma forma para eu ajudar. — Olhei em seus olhos e acrescentei amargamente: — Fico sentada naquele apartamento o dia todo, não posso nem ir à escola. A coisa mais interessante que fiz em meses foi olhar para imagens de órgãos do corpo humano com você! Sou uma vida desperdiçada, o que faz de mim uma oportunidade desperdiçada para você e seus esforços. Eu poderia estar fazendo algo... qualquer coisa. Claro que entende o quão frustrante isso é, já que eu entendo o que está em jogo.

— Eu me compadeço da sua situação, de verdade — ela disse em um tom triste, seu olhar mais suave. — Mas não há uma maneira segura de envolvê-la. Espero que entenda. Não posso trair a confiança de seus pais e realmente não posso trair o seu tio. Ele é meu amigo e fez tanto por mim no último ano. Sei que ele nunca vai me perdoar se eu te envolver em algo assim.

— Não posso viver desse jeito! — exclamei. — Não posso viver neste apartamento bom, viver de rações que podem ser guardadas para se fazer um bolo, em uma casa que tem dinheiro e com um tio que parece capaz de conseguir qualquer luxo com o qual possamos sonhar. Não enquanto a apenas poucos blocos de distância crianças estão nadando em esgoto para não morrerem de fome. E não posso *acreditar* que você me pediria para fazer isso.

— As coisas não são tão fáceis para vocês — Sara disse calmamente. — A Truda conseguiu guardar farinha suficiente para um pouco de bolo, mas você e eu sabemos que nossas rações não são generosas. Se não fosse pelo seu tio, vocês estariam apenas sobrevivendo também, e mesmo com a ajuda dele sua família não está vivendo exatamente uma vida de luxo.

— Mas ainda assim estamos sobrevivendo — murmurei, com os olhos cheios de lágrimas. — Sara, não consigo suportar isso. O tio Piotr me levou à praça Krasiński hoje e vi aquele muro, e queria derrubá-lo com as minhas próprias mãos. Você tem que me deixar ajudar, porque este sentimento... — apontei desesperadamente para o meu peito, tentando explicar a raiva que estava fervilhando dentro de mim desde a noite passada —, ele vai me destruir se eu não o usar para fazer o bem. Além disso, esta *não* é uma escolha entre segurança e perigo. Eu provavelmente já estou em perigo. — Falara demais e, sob seu olhar de preocupação, acrescentei rapidamente: — Todos na cidade estão. A crueldade dos alemães pode ser aleatória demais.

— Mais um motivo para você ficar na sua, Elżbieta. — Ela pareceu murchar de repente, com a exaustão da noite anterior agora expressa em linhas profundas em volta de sua boca e nas olheiras acinzentadas sob seus olhos. — É um desejo admirável, mas impossível.

— Tudo bem — eu disse, fingindo estar triste. Afastei-me e fiz como se fosse sair do quarto. — Bem, você tem alguma sugestão?

Sara olhou para mim sem entender.

— Sugestão para...?

— De uma próxima pessoa a quem devo perguntar. — Ao ver sua expressão, acrescentei: — Não conheço mais ninguém em Varsóvia, então, se não me ajudar, vou à rua Miodowa perguntar a qualquer pessoa que passar se ela pode me conectar com as redes clandestinas de ajuda aos judeus...

— Elżbieta! — ela deu um gemido de frustração.

— Estou falando sério. Se você não encontrar uma forma de eu te ajudar, eu *vou* encontrar alguém.

Pude ver que Sara tentava manter-se irritada comigo, mas naquele momento percebi o primeiro sinal de uma admiração relutante em seus olhos.

— Você tem que me deixar pensar sobre isso — disse ela, depois de uma longa e cuidadosa pausa. — E tem que entender que, se eu encontrar algo para você fazer, *não pode* ser na linha de frente. Há muito a ser feito, e tudo isso é heroico, mas muita coisa acontece nos bastidores.

Eu imaginara carregar heroicamente crianças que estavam quase morrendo pelos esgotos, de modo que aquilo era um pouco decepcionante, mas aceitaria o que viesse.

7

Roman

— EU SINTO SEU ÓDIO ÀS VEZES, ROMAN. QUERO QUE você saiba que eu entendo por que se sente assim e te perdoo por isso.

Samuel teve uma tarde livre e decidimos visitar a vendedora da rua Zamenhofa para agradecê-la pela ajuda nas últimas semanas. Ela vinha guardando restos de legumes para nós frequentemente, desde aquele primeiro dia em que eu a visitara, passando-os para Dawidek ou para mim quando voltávamos do trabalho. Mas esta era a primeira vez que Samuel saía para falar com ela pessoalmente. Embora fracas, Mamãe e Eleonora estavam vivas, e eu tinha a sensação de que não teria sido assim se não fosse por aqueles restos.

Agora, Samuel e eu estávamos retornando ao nosso apartamento, um pouco mais tarde do que deveríamos e apressados para estarmos em casa antes do toque de recolher das sete. Caminhávamos em silêncio até a fala ofegante de Samuel. Eu olhei alarmado para ele. Sua expressão era dura e ele olhava para o horizonte, como se não conseguisse olhar para mim.

— Samuel, não! Por que você diria tal coisa? — protestei.

— Nós dois sabemos exatamente o motivo. — Ele deu de ombros. — É por minha culpa que vocês estão aqui.

— É por culpa *deles* que estamos aqui — retruquei categoricamente.

— Sim e não.

Caminhamos em silêncio novamente por quase um quarteirão enquanto eu tentava entender como falar sobre aquilo. Não era algo que eu e ele discutíramos antes, uma verdade implícita sobre a qual eu nem mesmo pensava, a menos que fosse inevitável. Assim, não organizara meus próprios pensamentos sobre o assunto, e agora que Samuel trouxera a questão obscura à tona eu estava confuso demais para responder.

— Sua mãe queria fugir — Samuel lembrou. — Eu a convenci a ficar.

— Você fez o que achava ser melhor.

— Ela queria obter documentos falsos para você. Ela queria que você se escondesse com seus amigos da escola. Mas eu descartei essa ideia também. Estava tão certo de que seria melhor se ficássemos juntos.

— Eu não teria ido de qualquer maneira, Samuel. A *única* bênção de nossa situação atual é o fato de estarmos juntos. — Ainda estávamos correndo pelas ruas, ambos evitando cuidadosamente qualquer contato visual. — Eu não te culpo por nada disso — falei com a voz trêmula. — Nunca poderia te culpar.

— Você poderia ter escapado, Roman. Não merece estar aqui.

— *Ninguém* merece estar aqui! — exclamei, parando abruptamente e cerrando os punhos. Samuel se virou para mim, primeiro olhando em volta alarmado com a possível atenção que eu pudesse ter atraído para nós, e depois assumindo uma expressão dolorosa e triste.

— Eu só quis dizer... — Samuel, tão sábio e calmo, que quase nunca tropeçava nas palavras, parou repentinamente de falar. Ele ergueu as mãos, derrotado, e encolheu os ombros em um gesto de tristeza. — Eu só quis dizer que *você* poderia ter escapado de tudo isso. Poderia ter se escondido em plena vista do outro lado desses muros.

De repente, o gueto pareceu ficar em silêncio à nossa volta. Olhei fixamente para ele, tentando de forma desesperada entender como acabar a conversa e resolvê-la. Odiava falar sobre isso, quase tanto quanto odiava que Samuel estivesse sofrendo por conta dessa suposição incorreta.

— Me parte o coração você pensar que eu... — respirei bem fundo e, quase me contorcendo de constrangimento, disse com um tom de voz baixo e rapidamente: — Eu te amo. Eu realmente tenho *ódio*, mas não é direcionado a você. Nunca a você.

— Você é meu primeiro filho, Roman. Você é o garoto que me ensinou a ser um pai. Eu também te amo.

Meus olhos ardiam com as lágrimas não derramadas. Estávamos atrasados e precisávamos correr, mas, depois de me sentir desconfortável e desesperado para que aquilo acabasse, me peguei desesperado para que aquilo continuasse. Desejei achar as palavras para expressar tanta coisa para Samuel, quanto ele significava para mim, quão agradecido eu era por sua presença, mas senti um nó na garganta e sabia que, se tentasse dizer essas coisas, eu começaria a chorar. Em vez disso, fixei meu olhar na calçada à nossa frente e admiti com a voz rouca:

— Às vezes não sei como seguir em frente. Isso tudo é demais. Eu me preocupo que não seja forte o suficiente.

— Apenas precisamos continuar dando um passo de cada vez, filho. Todo o resto foi tirado de nós e só temos uns aos outros, então vamos permanecer fiéis a nós mesmos e cuidando uns dos outros. — Ele pigarreou. — O que mais podemos fazer? Se não for assim, a amargura nos matará.

Amargura. Senti o gosto amargo em minha língua quando ele disse a palavra. Aquilo representava os sentimentos tóxicos em meu âmago perfeitamente, mas a pior coisa era que Samuel estava ainda mais certo do que imaginava.

A amargura estava me matando e, a cada dia, o veneno ficava mais potente.

Minha mãe conheceu Florian Abramczyk em um parque em um dia quente de verão quando tinha dezenove anos. Em sua versão da história, ela riu da cara dele quando ele a convidou para um encontro. Ela tinha certeza de que seus pais a matariam por namorar um garoto católico, mas Florian era charmoso e persuasivo. Quando ela e as amigas foram embora do parque naquele dia, ela concordou em encontrá-lo no final de semana seguinte.

O romance entre eles floresceu durante o verão e, quando seus pais souberam de Florian no início do outono, Mamãe já estava apaixonada. Mas meus avós estavam tão horrorizados quanto ela temia e ameaçaram expulsá-la de casa. Segundo se conta, ela terminou com Florian, mas ficou tão entristecida que, depois de várias semanas, suas amigas a convenceram a voltar para ele. Meu pai a pediu em casamento assim que a viu novamente. Eles se casaram logo depois e eu nasci doze meses mais tarde.

Meus avós ficaram furiosos até o momento em que me seguraram em seus braços. Aí, tudo foi perdoado, embora nunca esquecido.

Eu tinha quatro anos quando Florian morreu, depois de um breve período de luta contra tumores no estômago, provavelmente. Minhas lembranças a seu respeito foram se apagando com o tempo, mas eu sempre mantive uma imagem lendária dele na mente, principalmente porque, durante anos depois de sua morte, minha mãe falou sobre ele com tanta frequência que partes dessas histórias se tornaram novas lembranças minhas de nossa vida familiar. Florian era forte, corajoso, bonito e *tão* inteligente: um advogado e homem que fez a vida por conta própria, superando as circunstâncias como órfão e sobrevivendo com trabalhos de meio período enquanto estudava na universidade. Seu compromisso com a fé católica era total. Não importava se estivesse doente ou saudável, ocupado ou sem nada para fazer, ele nunca perdia uma missa ou uma confissão e sempre encontrava alguma forma de se voluntariar para ajudar sua congregação na igreja de São Casimiro. Mamãe costumava me contar que as coisas mais importantes na vida de Florian éramos eu, ela e qualquer pessoa ou coisa ligada àquela igreja.

Florian morreu aos vinte e cinco anos de idade, poucos meses depois de ter feito um depósito para uma casa para nós e logo no início de sua carreira. Não demorou muito para que Mamãe e eu nos víssemos em sérias dificuldades financeiras. Meus avós tentaram ajudar, mas minha mãe também viera de uma família humilde. Não havia muito que eles pudessem fazer.

A única pessoa em nossas vidas que tinha os recursos para nos ajudar era Samuel. Mamãe e Samuel eram amigos desde a infância e ele sempre esteve presente na vida de nossa família, pelo menos desde quando consigo me lembrar. Quando Florian ficou doente, Samuel prometeu a ele que, não importava o que acontecesse, Mamãe e eu não seríamos abandonados.

Samuel era um homem de palavra.

No começo, eu me sentia confortado pela confiabilidade de suas visitas. Se Mamãe estivesse triste, Samuel sabia como alegrá-la. Se ela estivesse preocupada, ele sabia como tranquilizá-la. Se a despensa estivesse vazia, ele aparecia com uma caixa de comida e sempre incluía doces para mim.

Observei de perto a mudança no tom do relacionamento entre eles com o decorrer do tempo. Primeiro, fiquei confuso quando seus olhares começaram a se demorar ou quando Samuel de repente ria como um menino enquanto minha mãe fazia alguma graça para me entreter. Uma noite, eu os encontrei sentados juntos no sofá de mãos dadas enquanto ouviam o rádio. Eu subi no colo de Mamãe e os separei para que pudesse me sentar entre eles. Quando tinha seis anos, minha mãe me disse que ela e Samuel iam se casar. Nós nos mudamos para o apartamento dele no Distrito Judeu, mas eu continuei a frequentar uma escola católica, e ela e Samuel fizeram de tudo para garantir que eu ainda permanecesse ativo na congregação de São Casimiro, como meu pai gostaria.

Mesmo quando já estávamos cercados pelos muros do gueto, eu continuava frequentando a missa periodicamente. Havia milhares de judeus católicos presos pelos muros e muitos ainda eram devotos em uma das três congregações católicas que funcionavam no lado de dentro. E, quando ainda era permitido, minha família observava os feriados judeus e eu participava dessas ocasiões também. Eu *gostava* da diversidade de nossa vida familiar. Adorava o fato de minha mãe e Samuel terem escolhido honrar os desejos de Florian de me criar de acordo com a tradição de sua fé, mas também adorava a riqueza e os ritos da cultura e religião judaicas. Eu recebia a Eucaristia, mas meu cartão de identidade *Kennkarte* era amarelo e carimbado com um *J* para indicar que eu era um homem judeu. Eu usava a braçadeira obrigatória com a estrela de Davi com orgulho, não com a vergonha que os alemães queriam que eu sentisse.

Samuel tinha razão ao dizer que Mamãe queria que todos nós tivéssemos fugido quando o muro foi erguido e que, mesmo depois de presos, ela pedia fervorosamente que eu tentasse escapar por conta própria. Se um soldado alemão me visse andando pela rua no lado ariano de Varsóvia, ele provavelmente não olharia duas vezes. Mesmo que olhasse, sua primeira ação seria verificar se eu era circuncidado. Eu não era, porque minha mãe e Florian decidiram me criar de acordo com a fé dele, não a dela.

Mas Samuel e eu havíamos determinado que eu deveria ficar com a família, e mesmo depois que as condições pioraram no gueto eu nunca me arrependi disso. De certa forma, era um prisioneiro por opção, talvez por causa de um orgulho teimoso, talvez por lealdade à minha família, mas, principalmente, pelo terror de pensar em me separar deles.

No fim das contas, *esse* era meu pior pesadelo, não as provações do gueto.

Eu aguentaria a tortura, a fome e até a morte se isso significasse poder ficar com a minha família. Não havia nada mais importante no mundo para mim.

8

Emilia

SARA CONVIDOU TRUDA E MATEUSZ PARA UM CAFÉ
depois do jantar uma noite. Meus pais pareciam nutrir muitas suspeitas
a respeito do convite, que não se dissiparam nem quando nos preparávamos para atravessar o corredor até o apartamento dela.

— Não entendo por que ela quer nos encontrar — murmurou Truda,
balançando a cabeça.

— Acho que ela só quer nos tranquilizar sobre a sua amizade com Elżbieta.
Não acho que haja nada sinistro no convite. — Mateusz deu de ombros.

— Estou feliz que vocês vão se encontrar com ela. Ela é uma boa
amiga para mim — eu disse, da forma mais inocente que pude, porque
sabia qual era o motivo do convite.

Exatamente como Sara e eu planejáramos na noite anterior, meus
pais logo estavam sentados à sua mesa de jantar, com xícaras fumegantes
de café de verdade nas mãos. Muito do que se passava por café naquela
época era um substituto ruim: bolotas ou chicória moídas ou, quando a
situação estava muito escassa, os velhos grãos de trigo. Mas Sara pedira
ao tio Piotr que lhe enviasse alguns grãos de café de qualidade, decidida
que estava a fazer deste encontro uma grande ocasião.

— Eu queria me encontrar com vocês para desanuviar e podermos
nos conhecer um pouco melhor — ela começou. — Afinal de contas,
Elżbieta é muito querida por todos nós, por isso temos algo importante
em comum. Além disso, nesses tempos difíceis, novos amigos sempre são
uma bênção — acrescentou com calma. Mateusz assentiu com a cabeça
e sorriu, mas Truda cerrou os olhos.

— É um prazer conhecê-la melhor. Piotr a elogia muito.

O rosto de Sara ficou levemente corado e percebi pela primeira vez
que ela costumava corar ao ouvir o nome do tio Piotr. Guardei essa
observação no fundo da mente, era algo para refletir mais tarde.

— Ele é um bom amigo. Porém, devo confessar, eu realmente tenho algo a pedir para vocês esta noite. Não sei se sabem que eu trabalho para o Departamento de Bem-Estar Social e Saúde Pública da prefeitura de Varsóvia. Estamos muito ocupados, com tanta gente lutando e sofrendo. É um trabalho duro, mas nobre, pois gerenciamos e organizamos uma série de cozinhas solidárias pela cidade. E eu estava pensando sobre Elżbieta aqui, uma garota muito inteligente, e sobre como é um desperdício ficar com uma mente jovem e brilhante parada quando há tanto a ser feito. Então, conversei com meu supervisor e pensamos que talvez Elżbieta pudesse se juntar à nossa equipe de alguma forma. Afinal, se não fosse pela ocupação, ela estaria na escola agora. Não seria violação de nenhuma regra se ela fosse, digamos, uma aprendiz na minha equipe.

Houve um momento de silêncio enquanto Truda e Mateusz olhavam de Sara para mim, e Truda cerrou os olhos ainda mais. Sara continuou, decidida:

— Não há nenhuma regra proibindo que mulheres jovens e brilhantes aprendam no trabalho. Eu mesma comecei como aprendiz de enfermagem quando era apenas um pouco mais velha do que Elżbieta é agora. Sei que ela talvez não tenha feito as escolhas mais inteligentes recentemente devido ao tédio, e tenho certeza de que vocês sabem o que é melhor para ela. Porém, imaginei que, em vez de punir esse comportamento, pudessem considerar um trabalho com propósito, uma estratégia para lidar com as causas dele... ou para mitigar o tédio, talvez.

— Não acho que seja uma boa ideia — disse Truda firmemente, mas com um tom de voz baixo e direcionado apenas a Mateusz.

Ele me observava de perto, pensativo, então se virou para Sara e perguntou:

— O que Elżbieta faria exatamente?

— Há uma montanha de papéis na minha mesa que precisam ser arquivados, para começar. Depois, talvez ela possa ajudar a atender os telefonemas. Se conseguirmos pôr em dia o que está acumulado, pensei que poderia chamar uma daquelas garotas do grupo de datilógrafas para ensiná-la a usar a máquina de escrever e me ajudar com as minhas anotações. Há muito a ser feito no ambiente seguro do meu escritório, e ao mesmo tempo ela aprenderá sobre saúde pública e sobre como a cidade cuida de seus cidadãos. Não é a mesma coisa que uma posição de enfermagem, mas garantirá a ela uma ótima base, caso opte por seguir a carreira de enfermeira quando a guerra chegar ao fim. — Sara fez uma pausa e depois franziu o semblante em um gesto deliberado. — Essa ajuda seria ótima para mim. O grupo de datilógrafas está muito atrasado. Meses se passam até que chegue a vez de elas trabalharem nos meus arquivos e, quase sempre, na hora que isso acontece eu já até esqueci o que meus rabiscos deveriam significar.

— Isso me parece bem inofensivo — disse Mateusz, ainda franzindo a testa. — Mesmo assim, ela precisaria ir e voltar do seu escritório, e não gosto da ideia de deixá-la andar sozinha pela cidade.

— Na verdade ela iria comigo no bonde. Não há perigo, desde que ela leve consigo os documentos de identificação. E posso garantir que trabalhar no meu escritório é tão seguro quanto ficar no apartamento de vocês o dia todo, talvez até mais, porque ela estaria menos propensa a fazer traquinagens.

Eu teria protestado contra a maneira como falavam sobre mim, mas queria tanto aquilo que quase podia sentir o gosto. Sabia que meus dias no escritório de Sara seriam apenas um pouco mais interessantes do que meus dias olhando pela janela do apartamento, mas a ideia de contribuir com algo maior criava uma empolgação em mim que eu nem sabia que era capaz de sentir. Se datilografar daria a Sara mais tempo para ajudar as crianças judias, então eu seria a melhor datilógrafa que ela já conhecera.

— Teremos de falar sério sobre isso — disse Truda severamente. Ela me vigiava atenta enquanto dava goles no café, com um olhar penetrante.

— É claro — disse Sara, de forma tranquila. Ela olhou para mim e acrescentou: — E, óbvio, compreenderei se acharem que não é a coisa certa para Elżbieta. Foi a minha amizade com sua filha que inspirou a ideia. Porém, há uma cidade inteira de jovens mulheres brilhantes e subutilizadas no momento; sempre posso recorrer a outra pessoa para me auxiliar. Agora, chega de falar sério. Contem-me sobre sua cidade natal. Vocês são de Morowice?

Não éramos de Morowice, mas foi essa a história que decidimos contar às pessoas quando chegamos a Varsóvia, então Mateusz começou a narrar nossa história fictícia para Sara. Ficamos até o café acabar, mas sentei-me em silêncio enquanto os adultos batiam papo. Na volta, segurei a respiração enquanto andava no corredor com Truda e Mateusz, esperando

A ÓRFÁ DE VARSÓVIA

a reação deles à proposta de Sara. Assim que pisamos na entrada do nosso apartamento, Mateusz olhou para mim.

— Você quer ajudá-la?

— Mais do que tudo — respondi honestamente, acrescentando: — Estou tão entediada. Sei que não mereço sua confiança depois do que fiz, mas agradeceria tanto se me deixassem fazer isso.

Ele assentiu com a cabeça e eu sabia que estava pronto para concordar, só de observar seu olhar mais suave. Truda seria muito mais difícil de convencer, mas minha esperança era de que Mateusz o faria. Ela lançou um olhar austero para mim e apontou para a escada:

— Você deveria ir para a cama.

Eu não estava nem perto de adormecer quando Mateusz abriu a porta do meu quarto pela metade, meia hora depois.

— Você ainda está acordada? — sussurrou.

— Estou — respondi, sentando-me com grande expectativa.

— Você pode ir trabalhar com a Sara.

— Sério?

— Uma garota inteligente como você merece a chance de aprender e de contribuir. Só não nos desaponte.

O escritório de Sara na prefeitura de Varsóvia ficava no andar térreo, bem ao fundo do prédio, no final de um labirinto de escritórios ocupados por assistentes sociais e funcionários da saúde pública. Sua equipe era toda formada por mulheres e coordenada pela aterrorizante Matylda Mazur. Matylda tinha menos de um metro e meio de altura, mas de alguma maneira projetava uma presença muito maior do que sua pequena estatura. Eu acabara de chegar ao escritório de Sara quando Matylda entrou e fechou a porta.

— Você — ela me cumprimentou, apontando o dedo como se estivesse me acusando —, você descobriu a Sara com as crianças judias.

Sua aspereza me chocou. Não tinha ideia do que dizer.

— Ela descobriu — respondeu Sara por mim.

Ela estava no outro lado de uma imensa mesa de cerejeira, tirando o chapéu para pendurá-lo em um gancho na parede. Eu mal conseguia enxergar a Sara por cima das pilhas de papéis na mesa. Ela não exagerara.

— Então, sabe que há mais sobre nosso trabalho do que cozinhas solidárias e inspeções de bem-estar — continuou Matylda, enquanto eu só conseguia encará-la boquiaberta. — Isso significa que está em nosso círculo de confiança agora. Se nos trair, pessoas vão morrer. Você entende isso?

— Sim — sussurrei, com os olhos arregalados.

— Certo. Agora, gerenciamos mais de uma dúzia de cozinhas solidárias pela cidade e todas solicitam constantemente mais suprimentos. Não temos orçamento para atender à demanda e, mesmo que tivéssemos, não conseguiríamos comprar tudo que nos pedem. Nossos telefones tocam sem parar, então você pode nos ajudar a administrar os pedidos constantes, mas devo alertá-la: ficará muito acostumada a decepcionar as pessoas nesse trabalho. — Ela olhou para mim com expectativa. Assenti com a cabeça rapidamente.

— Tudo bem. Eu posso falar ao telefone.

— Certo. Quase toda a minha equipe desempenha duas funções, e uma delas definitivamente não é sancionada pela cidade. E, embora você esteja ciente disso, *nunca* deve falar a respeito fora deste escritório, ou até mesmo aqui dentro quando a porta estiver aberta. *Ninguém* sabe quem pode estar escutando. Por trabalhar com a nossa equipe, você inevitavelmente vai entreouvir coisas, mas Sara decidiu que não se envolverá com o outro lado do nosso trabalho, portanto cuide da sua vida. Entendeu?

— Sim — sussurrei novamente. — Quero dizer, sim.

E ela saiu, correndo para outro escritório e batendo a porta. Olhei para Sara, que escondeu um sorriso.

— Essa é a nossa Matylda. Você vai se acostumar com ela.

— Ela é assustadora.

— Ela é maravilhosa. Só está obcecada com a missão.

— Já que estou autorizada a perguntar a você sobre o outro negócio quando a porta está fechada — eu disse de repente —, pode me contar o que aconteceu com os órfãos? Aqueles no seu apartamento?

Sara sentou-se atrás da mesa e sorriu com tristeza.

— Eu queria poder lhe dizer outra coisa, mas ficamos sem opções e eles tiveram que voltar ao gueto.

— Não! — gritei.

Eu pensava naquelas crianças com frequência desde aquela noite, mas supunha que elas estivessem em algum lugar seguro, talvez com boa comida e crescendo bem. A ideia de terem passado pelo suplício de fazer a jornada pelo esgoto só para serem mandadas de volta fez meu coração doer.

— Eu sei. É bem triste. Os abrigos seguros estavam comprometidos; não havia nenhum lugar para onde pudessem ir.

— Não podiam ter ficado com você?

— Não, Elżbieta. Isso não teria sido seguro para ninguém. Fizemos tudo que estava ao nosso alcance, mas, no fim, realmente não tivemos outra escolha além de mandá-las de volta às escondidas para o lado judeu do muro.

— Você vai tentar tirá-las novamente?

— Assim que tivermos algum lugar para onde possam ir, mas isso vai levar um tempo para organizar. Agora, chega disso. Você tem trabalho a fazer. Venha aqui para que eu possa explicar o que precisa ser feito.

Tentei entender a bagunça na mesa de Sara. E o telefone realmente tocava sem parar: no final do primeiro dia, começava a entender o escopo das necessidades e da luta no nosso lado do muro do gueto também. Senti-me bem por ajudar Sara com esses telefonemas intermináveis, mas Matylda estava certa: passei boa parte do tempo recusando pedidos impossíveis.

Ainda assim, o dia passou voando, e depois muitos outros iguais, e logo Sara me disse que teria de se ausentar do escritório por várias horas ao dia a partir daquela data.

— Talvez não seja necessário mencionar aos seus pais que eu não estarei mais com você no escritório o tempo todo, mas realmente preciso voltar à minha agenda de trabalho normal. Outras assistentes sociais estarão sempre aqui quando eu e Matylda sairmos a campo.

— Aonde vocês vão? — perguntei.

— Matylda, eu e algumas das outras enfermeiras realizamos inspeções de saúde pública, é parte do nosso trabalho. Os alemães estão especialmente preocupados com o tifo, por isso permitem que nos dirijamos a lugares aos quais os outros não podem ir.

— Vocês entram no gueto? — perguntei com os olhos arregalados.

— Sim. Seis dias por semana.

— O que vocês fazem lá?

— Verificamos se há tifo.

— Mas...

— Os judeus não são mais suscetíveis ao tifo do que qualquer outra pessoa. Mas se você amontoa um grupo enorme de pessoas em um espaço minúsculo e corta o seu acesso à água corrente e a sabonete, você terá tifo.

— Então... você pode pegar?

— Fui vacinada.

— E você pode ajudar os judeus? Pode vaciná-los?

— Fazemos o que podemos, Elżbieta. Não é muito, mas fazemos o que podemos.

Estava completamente fascinada pelo outro trabalho de Sara. Ao longo das semanas seguintes, sempre que a porta estava fechada, eu a enchia de perguntas sobre as coisas que ela vira ou fizera. Ela costumava me dar respostas vagas, mas isso não me impedia de perguntar.

Eu encontrava Sara na entrada do apartamento às sete da manhã e então pegávamos o bonde para cruzar a cidade. Trabalhávamos juntas no escritório por uma hora ou pouco mais, e depois ela me passava as atividades administrativas do dia.

Quando decidi que pediria a Sara para trabalhar com ela, eu tinha grandes ambições, mas, conforme o tempo passou, senti-me grata por ela ter me dado atividades muito menos perigosas. Sempre que eu chegava em casa e me sentava à mesa da cozinha com Truda, ela me perguntava sobre o meu dia, e fui percebendo que era uma bênção poder dizer a verdade. Ainda queria ajudar os judeus, mas meus brios rapidamente se retraíram.

Matylda continuava a me aterrorizar. Ela não tinha tempo a perder com cordialidades e estava sempre em movimento. Invadia o escritório de Sara sem avisar várias vezes ao dia, normalmente para berrar:

— Onde está a Sara?

Eu fornecia a resposta, Matylda resmungava, dava meia-volta e saía. Eu a ouvia berrando com a pobre mulher no escritório ao lado e, às vezes, com a do escritório seguinte também. Depois de um tempo percebi que, quando Matylda vinha procurar Sara, era porque encontrara mais uma família desesperada por ajuda, em geral com outra criança pequena

A ÓRFÃ DE VARSÓVIA

precisando de abrigo. Sara estava absolutamente correta: a equipe inteira era desesperada, determinada e dedicada, mas Matylda era obcecada.

— Ela sozinha resgatou centenas de crianças. Foi ela quem conseguiu os documentos para que eu pudesse passar pelos postos de controle do gueto e, muitas vezes, quando visito uma família para ver se posso ajudar com a criança, é porque ela soube das circunstâncias primeiro. Ela chegou a organizar uma rede inteira para cuidar das crianças que resgatamos e mantém registros detalhados para que, quando a guerra acabar, possamos reuni-las todas com suas famílias. Ela é a mulher mais brilhante e corajosa que já conheci e queria ser metade do ser humano que ela é — Sara me disse um dia.

Apesar da óbvia admiração de Sara por Matylda, percebi que havia certa tensão no relacionamento entre elas. Mais de uma vez eu as ouvira discutindo no corredor ou no escritório de Matylda aos sussurros, e às vezes, durante essas discussões pesadas, eu escutava o meu nome. Dada a falta de afeição que Matylda demonstrava por mim, acabei supondo que ela permitira que Sara me recrutasse com relutância.

Tentava ser tão útil quanto possível no escritório, mas isso só parecia aumentar a frequência e a intensidade das brigas.

Alguns dias no Departamento de Bem-Estar Social e Saúde Pública de Varsóvia eram calmos. Outros eram agitados. Alguns eram inexplicavelmente tensos, como o dia em que Matylda irrompeu no escritório de Sara e a arrastou para fora pelo braço. Quando Sara voltou ao escritório, fechou a porta depois de entrar e hesitou por um segundo antes de trancá-la.

— Você está bem? — perguntei.

— Só preciso de um momento sozinha.

Se aquilo era uma indireta para que eu a deixasse em paz, não notei.

— Ela está brava com você hoje?

— Ela está brava com o mundo — suspirou Sara. Deu a volta na mesa para se sentar, cruzou as mãos atrás da cabeça e se inclinou para trás, olhando para o teto e dizendo quase de forma distraída: — Uma de nossas crianças quase foi pega hoje com sua nova família deste lado do muro.

— Ah, não!

— É muito triste. Você se lembra das crianças no meu apartamento naquela noite?

— Foi uma delas?

— Não, mas é o mesmo problema de sempre e a razão pela qual mandamos aquelas crianças de volta. Podemos *tirar* as crianças do gueto usando vários métodos. Nenhum deles é bom, mas temos formas de fazer isso. Há até pessoas que nos ajudam a obter documentos falsos para elas, mas isso é só metade do problema. Há um orfanato franciscano na rua Hoża que recebe a maioria das crianças assim que são resgatadas. As freiras de lá as ajudam a se lembrarem de que, tão logo estejam aqui fora, elas devem falar apenas polonês. A maioria está mais acostumada a falar iídiche, o que, é claro, as denuncia. Hoje, nossa garotinha estava falando polonês sem problemas, mas algo sobre a aparência dela chamou a atenção de um soldado e ele pediu a ela que recitasse as orações.

— As orações? — repeti, franzindo a testa.

— Uma criança judia não sabe as orações católicas, não é?

— Ah...

— O orfanato não tinha espaço para ela, então a mandamos diretamente para a casa de uma família adotiva. Essa garotinha saía por aí com eles, mas ainda não tinha dominado as orações. Felizmente, a mãe foi rápida em fingir que a criança era pequena e ainda não conseguia falar muito.

— Então, por que a Matylda está brava?

— Ela está frustrada, não brava. Discutimos sobre educar as crianças antes de deixarem o gueto, mas... educar as crianças leva muito tempo e, se quisermos assegurar que todas elas saibam todas as suas orações católicas antes de sair, salvaríamos bem menos crianças. — Sara fechou os olhos e sua voz saiu carregada de emoção quando murmurou: — Quando resgatamos uma criança com sucesso, não durmo melhor à noite, porque sei que há milhares de outras esperando. Tentamos aos poucos ampliar a nossa operação, mas toda pessoa nova que trazemos para o nosso círculo de confiança é um risco imenso. Matylda carrega o peso do mundo em seus ombros, ainda mais agora. Já faz um tempo que há rumores de que aqueles que estão no gueto serão deportados para algum outro lugar em breve e, cada vez mais, pensamos que essa hora está chegando.

— Para onde eles serão levados?

— Ninguém sabe com certeza, mas sei, Elżbieta... que não será para nenhum lugar bom.

9

Roman

ENCONTRAVA CHAIM NO FINAL DO QUARTEIRÃO TODAS as manhãs para andarmos juntos até a nossa mesa na oficina. Sentávamos juntos no almoço. E, algumas vezes, ele me acompanhava na caminhada até em casa.

— É muito fora do seu caminho — falei para ele na primeira vez que se ofereceu para me fazer companhia. Ele deu de ombros.

— Tenho compromissos no centro da juventude a um quarteirão da sua casa — admitiu. — Fico em um apartamento lá às vezes. Então, para mim não é problema caminhar com você nos dias em que tenho de ir para lá.

Decidi não fazer perguntas sobre esses compromissos, ciente de que eram relacionados às suas atividades clandestinas. Nos dias em que ele ia para a casa dele no Pequeno Gueto, eu o acompanhava na caminhada e ele sempre me ajudava a verificar as latas de lixo da área para procurar restos de comida.

Era estranho ter um amigo novamente. Nossa amizade era como uma ousadia, mas fui aos poucos confiando em Chaim, embora fosse verdade que, apesar da amizade florescente, nossas conversas ainda ocorressem de um jeito um pouco excêntrico. Ele sempre tinha aquele ar tranquilo e afável, mas eu sentia que havia esquecido como falar livremente, como ele fazia. Suas frases fluíam uma após a outra, com palavras de diferentes formas e tamanhos. Apesar dessa disparidade, conseguimos incluir nossas conversas entre o ruído das máquinas, compartilhando as partes de nossas histórias que parecessem seguras o suficiente. Eu não conseguia desvendar Chaim. Ele parecia muito ávido para fazer um novo amigo, e eu não tinha certeza de se era por isso que ele havia aproveitado aquela pequena brecha de meu cumprimento inicial para se acomodar com firmeza em minha vida. No entanto, se ele estava sozinho e desesperado por companhia, por que parecia tão mais feliz do que eu? Sentia tanta pena dele. Não conseguia imaginar como seria estar preso no gueto sem a minha família e, certamente, como seria estar a milhares de quilômetros de meus pais, como ele.

Trabalhava em minha máquina um dia quando notei uma onda de choque ecoando pela fábrica. Por toda a fileira organizada de máquinas de costura onde meus colegas ficavam, a produtividade diminuía à medida que a notícia se disseminava de uma estação de trabalho para a outra. Fiquei observando até a notícia chegar à mesa que eu dividia com Chaim. Porém, assim que ela alcançou a mesa atrás da nossa, Sala apareceu, lembrando-nos de que tínhamos uma cota a cumprir para os alemães naquele dia, portanto tínhamos que nos concentrar. Voltamos ao nosso trabalho em silêncio e esperamos a chance de falar. Quando Sala enfim seguiu pela linha, implorando aos outros funcionários que trabalhassem com mais rapidez, Chaim se inclinou para trás no assento para falar com os garotos que trabalhavam na mesa atrás da nossa.

Eu soube das deportações como se em câmera lenta, ao observar a assimilação aparecer aos poucos no rosto do meu novo amigo. Quando ele se aproximou para compartilhar o rumor comigo, já estava me preparando para algo horrível. Em um ambiente como o gueto, onde o choque e o horror eram ocorrências diárias, pensava que já passara da fase de sentir aquele medo que fazia meu estômago revirar e as palmas das mãos suarem. Eu me tornara insensível a isso, pelo menos era o que eu pensava. Só foram necessárias três palavras para que o que temi por tanto tempo aparecesse bem na minha frente.

— Os realojamentos começaram.

— Quê? — Congelei de medo imediatamente. — Quando?

— Nesta manhã. Estão levando as pessoas para a *Umschlagplatz*.

Era a plataforma de carregamento na rua Stawki, a apenas alguns quarteirões do meu apartamento.

— Quantas pessoas? — perguntei, sem ar. Apoiei minhas mãos na mesa como se fosse me jogar para trás. — E quem?

Por favor, que seja direcionado. Por favor, que seja direcionado a outras pessoas, e não a nós.

— Muitos milhares. E parece aleatório até agora. A maioria é de gente apanhada na rua.

— E para onde vão levar essas pessoas?

— Um campo, supostamente.

Havia uma frieza no modo como Chaim dissera *campo*. Lembrei-me do rumor que ele me contara apenas um ou dois meses atrás sobre as execuções em massa no campo de Chełmno. Em pânico, olhei para o relógio. Ainda tinha horas de turno a cumprir, mas por um momento pensei em abandonar a minha mesa e sair correndo da oficina. Talvez pudesse sair de fininho pelas ruas para verificar como minha família estava.

— Roman — Sala me chamou do outro lado da oficina. As máquinas ficaram em silêncio, mas o tinido de pânico na minha mente era ensurdecedor. Percebi que estava de pé e me afastara da minha mesa. A oficina inteira me encarava. — Não saia, meu filho. Sei que está com medo, todos estamos. Mas, se você sair agora para ir ver a sua família, provavelmente será pego para a deportação. Além disso, se não atingirmos a cota hoje, nenhum de nós terá emprego amanhã. Preciso que volte a trabalhar.

Eu não podia me dar ao luxo de perder meu emprego. Sentei-me de volta à minha mesa e, mesmo com a cabeça girando e minhas mãos tremendo, recomecei o trabalho.

Naquele dia, não caminhei devagar e preguiçosamente com Chaim depois do meu turno na oficina. Em vez disso, corri. A maior parte dos meus colegas de trabalho na oficina fez a mesma coisa. Avançamos pelas ruas e nos espalhamos para correr para nossas casas. Aos poucos percebi que Chaim estava bem atrás de mim.

— Você não precisa vir — eu disse, ofegante. Chaim apenas encolheu os ombros.

Pela primeira vez, ele era a pessoa em silêncio.

Quando chegamos ao apartamento da minha família, hesitei na entrada e olhei à minha volta, buscando algum sinal de que ela sobrevivera à batida policial. Tudo que via eram provas irrefutáveis de que, mesmo que os alemães realmente tivessem levado milhares de nós, outras centenas de milhares ainda permaneciam. A rua estava agitada como sempre. O coletivo usual de crianças esfomeadas pedia esmolas do outro lado da rua, um grupo delas sentadas juntas e vestindo pouco mais que trapos, estendendo suas mãos em concha para qualquer pessoa que passasse correndo. Grupos de pessoas estavam sussurrando em cada espaço possível e, algumas portas adiante, uma senhora idosa chorava e balançava o corpo na entrada de sua casa. Um homem de meia-idade estava sentado a uma mesa improvisada na calçada à nossa frente, coberta com utensílios de cozinha, e quando as pessoas passavam ele erguia uma colher e implorava para que elas a comprassem.

Portanto, apenas os horrores de sempre da rua Miła, que não diziam nada sobre o que eu encontraria dentro de casa. Uma onda de náusea me atingiu e me apoiei no batente da porta por um momento, aterrorizado demais para abrir a porta e talvez encontrar a casa vazia. Ou, pior ainda, cheia, exceto pelo quarto que eu dividia com Samuel, Mamãe, Dawidek e Eleonora. Uma mão pesada se apoiou em meu ombro e me virei para Chaim, que tinha um sorriso triste.

— Você quer que eu entre primeiro?

Meu primeiro instinto foi recusar sua oferta. Nem minha família, nem nossos relutantes colegas de apartamento o conheciam. O que eles pensariam deste jovem estranho entrando em nossa casa? E, ainda assim, só o pensamento de entrar sozinho já me embrulhava o estômago, então, após uma breve hesitação, assenti com a cabeça. Chaim abriu a porta e, logo em seguida, eu vi Dawidek. Ele estava sentado no chão com Anna, a filhinha de Judit e Lazlo. Eles jogavam uma bola um para o outro. Da entrada do apartamento, olhei para Dawidek até minha visão embaçar com lágrimas não derramadas.

Mesmo que os outros tenham sido levados, eu posso sobreviver por ele.

Como Dawidek fora poupado, eu poderia enfrentar o que quer que me aguardasse naquele apartamento, talvez porque, *por* ele, eu poderia ser corajoso. Enquanto seguia Chaim pelo apartamento, ele se virou para perguntar:

— Devo ir para casa?

Minha mãe apareceu antes que eu pudesse responder. Ela estava segurando Eleonora, de pé com Vovó e Judit. Quando Mamãe me viu, ela correu pela sala e esticou seu braço livre para me abraçar, chorando em meu ombro.

— Meu bebê. Você está bem! Estávamos com tanto medo. Eles estavam poupando as pessoas com autorizações de trabalho, mas nunca se sabe, não é?

— Calma, Mamãe. Eu estou bem. Estão todos bem aqui também? — Olhei em volta, relutante. — A senhora Kukliński...

— Ela foi visitar o primo dela para saber se ele tinha notícias. Estamos todos bem — ela disse com voz trêmula, enquanto tocava minha bochecha. — Por enquanto, estamos bem. Mas o que vamos fazer? Eles dizem que as deportações vão continuar.

— Encontraremos um jeito — disse a ela, mesmo sem acreditar nisso. Olhei por cima dos ombros da minha mãe e vi que Chaim tirara seu chapéu e agora mexia nele, meio sem jeito. Desvencilhei-me do abraço de minha mãe e estendi a mão para apertar a dele.

— Obrigado, meu amigo — foram as únicas palavras que consegui soltar do nó em minha garganta, mas esperava que Chaim visse em meu olhar todas as palavras que eu não conseguia dizer. *Obrigado por estar aqui. Não sei se eu poderia ter enfrentado isso sozinho. Estou tão contente por você ser meu amigo.*

Naquela noite, Mamãe colocou Eleonora e Dawidek na cama e depois se juntou aos outros adultos na sala de estar, que se tornara um espaço para especulações. Estávamos todos atrás de informações, mas também buscando alguma esperança.

— Havia soldados nos telhados — murmurou Lazlo. — Eles apontavam seus rifles para a rua. Ouvi dizer que bloquearam os postos de controle para se certificarem de que ninguém consiga escapar. No início, os *kapos* estavam arrastando pessoas aleatoriamente na rua, mas a cota é muito alta, milhares por dia, dizem. Meu amigo que vive na rua Stawki comentou que, na hora do almoço, os *kapos* começaram a empurrar grupos de pessoas para a plataforma. Algumas conseguiam convencê-los a soltá-las, mas não muitas.

— Todo esse rebuliço por nada — disse a sra. Grobelny de repente. Ela falou com a confiança de alguém que possuía uma fonte segura. Ela tinha um primo no Conselho Judeu e ele constantemente repassava informações para ela, corretas ou não. Percebi que a sra. Grobelny sobrevivera por acreditar no que desejava acreditar. — Eles estão só levando órfãos muito pequenos e os mais idosos. Além disso, estão sendo levados para outro campo de trabalho. Não pode ser pior do que aqui, então não temos nada a temer.

— Se nosso destino é um campo de trabalho, por que eles levariam os mais jovens e os mais velhos primeiro? — perguntou Vovô, exasperado.

Isso fez a sra. Grobelny se deter. Por um momento, ela ficou de boca aberta, mas sem falar nada. Depois, ergueu o queixo teimosamente.

— Talvez porque eles sejam mais fáceis de transportar — ela disse.

O sr. Kukliński gastara o que tinha sobrado das economias de sua família naquele dia para comprar uma autorização de trabalho emitida pelos alemães, assim poderia começar a trabalhar em uma das fábricas. O custo dessas autorizações mais do que triplicara desde o dia anterior, mas ele tinha certeza de que fizera um bom investimento.

— O irmão do meu amigo disse que ouviu que qualquer um que tenha um emprego está isento. E suas famílias também. — Ele se virou para a esposa e segurou as mãos dela. — Viu? O gasto valeu a pena, mesmo que isso signifique que eu tenha que me mudar para os alojamentos da fábrica Schultz enquanto você fica aqui.

Ele parecia determinado a se convencer daquilo, e talvez por isso nenhum de nós apresentou qualquer objeção ao seu raciocínio. *Não era possível que as famílias ficassem isentas porque a família era separada do trabalhador, e, se a autorização de trabalho era a única coisa que poderia salvá-los, ela estaria com o trabalhador. Se as famílias ficassem isentas, os alemães teriam que confiar na palavra de cada pessoa. E, se fosse esse o caso, o sr. Kukliński não precisaria ter gastado todas as suas economias para comprar uma autorização de trabalho, porque ele poderia apenas mentir sobre ter uma, para começo de conversa.*

— Não devemos deixar as crianças escaparem de nossa vista — disse Vovó repentinamente. — Uma coisa que sabemos com certeza é que muitas crianças foram levadas hoje. Se não estivermos com elas, serão levadas sem nós, e não posso suportar a ideia...

— Não as deixaremos sair do apartamento — disse Judit com firmeza. — Sempre haverá um de nós em casa. Vamos conseguir.

Sentei-me ao lado de Samuel, refletindo a respeito da sua postura. Estávamos de costas para a parede, com os joelhos dobrados perto do queixo. Assim como meu padrasto, eu observava tudo aquilo, mas não falei nada. Sua expressão estava completamente vazia; era como se estivesse chocado demais para contribuir. Eu só continuei a me lembrar de

A ÓRFÁ DE VARSÓVIA

como escolhera ficar na fábrica porque era a coisa certa a fazer. Se tivesse saído, teria desapontado Sala e perdido meu emprego. Mas ficar também havia sido a coisa errada a fazer, porque eu traíra meus próprios valores: minha família era tudo que me sobrara e eu deveria ter vindo verificar como eles estavam.

Precisava encarar a realidade de que não tinha absolutamente nenhum controle sobre o que viria a seguir, e, se os mesmos acontecimentos se passassem no dia seguinte, eu teria que tomar a mesma decisão torturante mais uma vez.

Por fim, nos demos boa-noite e meus familiares foram para o nosso quarto, mas eu me mantive acordado por um bom tempo depois que meus pais adormeceram. Havia luz suficiente para que pudesse observá-los enquanto dormiam. Usufruí da visão que tinha dos quatro, plenamente consciente de que não poderia mais subestimar a tranquilidade de fechar meus olhos para descansar sabendo que eles estavam em segurança.

— Estou muito aliviado por sua família estar bem — disse Chaim quando me encontrou na esquina na manhã seguinte. Assenti com a cabeça secamente. Ele acertou o passo ao meu lado e baixou a voz. — Mas ontem foi o começo, não o fim. Você compreende isso, meu amigo?

— Não temos certeza disso.

— Mas nós temos — ele murmurou. — *Eu* tenho.

Continuei olhando para a frente, evitando seu olhar.

— Pombo... — eu disse repentinamente —, sabe de algo que eu poderia fazer para mantê-los em segurança?

— Você tem dinheiro? — ele perguntou sem hesitar.

— Não. Nada. Mas preciso salvar a minha família. Não importa o que seja necessário, eu farei.

— Roman... — ele disse, suspirando.

— Por favor — murmurei, a voz pesada. — Eu preciso fazer alguma coisa. Não consigo mais aguentar isso.

Ele hesitou.

— Você falou sobre seu irmão, mas não mencionou que havia uma bebê na família também. Sua mãe parece doente.

— Tem sido difícil conseguir comida suficiente para o sustento dela e da bebê — admiti, meio trêmulo. — É por isso que eu vasculho o lixo. Todo dia é uma nova batalha.

— Você sabe que às vezes eu vou ao centro da juventude. É um prédio enorme, com muitas centenas de pessoas circulando ao mesmo tempo, e eles inauguraram uma cozinha solidária recentemente também. Eu conheço um dos organizadores e ele me repassa um pouco de comida extra. Talvez possamos perguntar a ele se pode fazer o mesmo para você.

— Obrigado. E... as deportações?

— As únicas pessoas que conseguirão escapar dessa prisão são as com alguma reserva de valores ou com muitos recursos do outro lado do muro. Mas...

— Mas?

— Talvez haja algo que possamos fazer para ajudar. Deixe comigo. Deixe *tudo* comigo. Verei o que posso descobrir.

10

Emilia

UM DIA, SARA RETORNOU DE SUA VISITA AO GUETO horas depois do esperado, e estava obviamente aflita. Seus ombros pendiam para a frente e seu olhar parecia fixado no chão. Ela se sentou à mesa e começou a mexer nos papéis, mas eu já conhecia a rotina dela bem o suficiente para saber que não estava fazendo nada de produtivo. Ela estava fazendo as coisas sem muita vontade e sem pensar, e sabia que sua mente estava em um lugar completamente diferente.

— Dia ruim? — perguntei depois de um momento. Ela olhou para mim como se eu tivesse surgido do nada.

— Desculpe, Elżbieta. Eu nem a cumprimentei.

— Tudo bem. Você parece... cansada.

Cansada era uma forma educada de dizer. Ela estava visivelmente arrasada, mas só diria o motivo quando estivesse pronta. Para minha surpresa, seus olhos se encheram de lágrimas e ela olhou de novo para a mesa. Desviei o olhar, sem saber o que deveria fazer ou dizer.

— Eu ia evacuar uma criança na semana passada — ela sussurrou. — Ele tinha quatro anos e o sorriso mais lindinho que já se viu. Mandei o irmãozinho dele primeiro. O mais novo não estava bem e pensei que a criança mais velha poderia passar um pouco mais de tempo com a mamãe antes de... bem, antes. Mas hoje voltei para buscá-lo e ele... — Sara parou de repente. Ela tirou um pequeno lenço da bolsa, enxugou os olhos, assoou o nariz e depois concluiu baixinho: — Era tarde demais.

— Ele morreu?

— Ele foi levado.

O som familiar dos saltos de Matylda no piso de madeira do corredor ficou mais alto e eu ergui o olhar para vê-la ali, com uma pequena pasta nos braços.

— Aqueles documentos que você pediu — ela disse com calma. Mas, então, fechou a porta e sua expressão cuidadosamente neutra se transformou em um pesar desesperado. — Meu Deus, Sara. Você soube?

— Sim. O garotinho da rua Dzielna foi deportado nesta manhã — murmurou Sara.

Depois disso, era como se as duas mulheres tivessem esquecido que eu estava na sala. Sentei-me em silêncio enquanto elas falavam, chocada e desnorteada com o que estava escutando. Suas palavras vinham como uma onda para cima de mim. Palavras que deveriam fazer sentido, mas, naquele contexto, isso parecia impossível. *Batida policial. Umschlagplatz. Milhares e milhares. Carregadas em trens e desaparecendo.*

— Andrzej disse que foi quase totalmente aleatório hoje, qualquer um que parecesse incapaz de fazer um trabalho significativo... os que não têm uma autorização de trabalho, os fracos ou doentes ou idosos ou... — Os olhos de Matylda se encheram de lágrimas e ela balançou a cabeça vigorosamente. — Os jovens. Muitos dos deportados hoje eram crianças de rua. Eram fáceis de encontrar e incapazes de resistir.

Com aquelas últimas palavras suspensas no ar, tentei imaginar o que tudo aquilo significava. Eu ainda sabia tão pouco sobre o gueto. Mas podia dizer pela severidade nas vozes de Matylda e Sara que o que quer que tivesse acontecido naquele dia havia sido aterrorizante em um nível jamais visto antes.

— Para onde os trens os levam? — perguntei, hesitando.

— Ninguém tem certeza ainda — Matylda disse abruptamente. — Mas houve rumores por algum tempo de que os alemães planejavam deportar todos os judeus do gueto para executá-los.

— Quê? — sussurrei, olhando em pânico para Sara, esperando que ela contestasse a informação. Mas ela simplesmente desviou o olhar para o chão — Todos eles? Mas...

— É horrível demais para acreditar, eu sei — murmurou Sara.

— Se os rumores forem verdadeiros, isso vai acontecer cada vez mais — disse Matylda. — Vamos resgatar crianças e descobrir que elas já foram levadas. O que aconteceu hoje foi um pesadelo, mas será algo diário, e você está se enganando se não acredita que isso vai aumentar. E quem sabe por quanto tempo eles nos permitirão usar nossas autorizações para ir e vir? Mais cedo ou mais tarde, fecharão o gueto completamente; é um milagre que tenhamos tido acesso por tanto tempo. Ouça o que estou dizendo: todo risco que não assumirmos agora será uma mancha em nossa consciência pelo resto da vida. Precisamos de uma ação mais audaciosa.

— Que mais podemos fazer? — Sara perguntou, impaciente. — Há muito a se pesar. Exploramos cada desculpa que pudemos. Nossa equipe simplesmente não pode ir além daqueles postos de controle. Vai levantar muita suspeita.

— Você concorda comigo que cada criança importa? — perguntou Matylda a Sara, sua voz baixa e firme.

— Você sabe que sim! — respondeu Sara.

— Concorda mesmo? — pressionou Matylda, dirigindo o olhar para mim.

— Ela é muito nova.

— Muitas das mensageiras são mais novas e, ainda assim, contamos com elas todos os dias.

— Isso é diferente! Elżbieta é…

— O quê? Não é judia, então não é dispensável?

— Como pode dizer isso para mim depois de tudo que fiz?

— Uma coisa é arriscar a própria vida. Eu sei que você aceitaria a morte porque sente que não tem nenhum motivo para viver. Não, o maior sacrifício para você seria arriscar a sua amiga. É por isso que estou perguntando: até que ponto você quer ajudar as crianças do gueto? Porque você a deixa sentada aqui, ocupada com o seu trabalho, enquanto ela poderia estar fazendo uma verdadeira diferença em campo. — Matylda ergueu as sobrancelhas para mim. — E então, Elżbieta?

— Eu não entendo o que você quer que eu faça — disse, hesitando.

— As mensageiras já estão em perigo — desabafou Sara, pressionando as mãos na mesa e se inclinando para a frente, como se para transmitir a urgência de seu argumento. — Estejam elas conduzindo crianças pelo esgoto ou dormindo em suas camas no gueto, o seu destino já está selado. É diferente com Elżbieta. Ela é uma criança e está em segurança.

— Ninguém está em segurança neste país — disse Matylda com desdém.

— Eu não sou uma criança. Tenho catorze anos — comecei a protestar, mas minha voz saiu fraca e trêmula. Sara acenou para que eu me calasse.

— Não vou trair os seus pais e permitir que se junte a nós em campo!

— Que nobre de sua parte — disse Matylda, amargurada. — Você dá mais valor ao que pensa esse casal católico do que às vidas de dezenas de crianças judias.

— Isso é tão injusto.

— Você quer que eu conduza as crianças às escondidas pelo esgoto? — perguntei.

Não era exatamente isso que eu queria fazer no começo? Agora, só de pensar em colocar a minha vida em risco por estranhos me deixava fisicamente mal. Morri de alívio quando Matylda fez que não com a cabeça.

— Isso seria um desperdício. Você tem habilidades mais valiosas que poderíamos utilizar. Você é católica, não?

— Sim.

— Você sabe as orações?

— Claro que sim.

— Se pudesse passar um pouco de tempo com cada criança, dando a elas as primeiras lições das preces católicas e praticando o polonês, talvez conseguíssemos enviar pelo menos algumas diretamente aos lares adotivos, para evitar sobrecarregar os conventos.

— Mas eu ainda teria de ir ao gueto com vocês? — perguntei, hesitante.

Matylda assentiu com a cabeça.

— Com Sara, eu acho.

— Mas como?

— Meu contato emitirá uma autorização em seu nome. Você passará direto pelos postos de controle. É quase tão seguro para você como sentar-se a esta mesa.

— Não minta para ela, Matylda — disse Sara furiosamente. — Se vai pedir isso a ela, pelo menos lhe diga a verdade. — Olhei para Sara, confusa, e seu semblante era de súplica. — As passagens pelos postos de controle serão os momentos mais aterrorizantes da sua vida, Elżbieta. A cada dia surgirá um novo perigo, principalmente agora. E, se a sua missão for descoberta, você pode ser capturada e torturada... até assassinada. Eu não posso lhe pedir que faça isso.

— Todas as pessoas que sabem da nossa verdadeira missão estão contribuindo e são ativas na luta. Elżbieta descobriu o seu segredo e provou que podemos confiar nela.

A ÓRFÁ DE VARSÓVIA

— Ela tem catorze anos — disse Sara, ainda na defensiva. — Além disso, o trabalho com as cozinhas solidárias é importante também.

— Claro que é. Mas não tem tanta urgência como as milhares de crianças em risco de serem assassinadas — disse Matylda com veemência.

As duas ficaram em silêncio e o único som na sala era o da respiração irregular de Matylda. Seu rosto estava vermelho, seus olhos pareciam furiosos e seus punhos cerrados repousavam nas coxas. Ela respirou fundo novamente e falou:

— Ela poderia ficar no centro da juventude, na sala dos fundos, que Andrzej usa para as reuniões dele. Você poderia acompanhá-la na entrada e na saída, mas, enquanto faz suas visitas às casas, ela poderia ficar com as crianças para ajudar a prepará-las. Além disso, será que ela não poderia contrabandear só uma porção de pão sob as roupas para sustentar uma criança por mais um ou dois dias? Não poderíamos vestir nela um dos seus sutiás para que ela possa contrabandear mais vacinas contra o tifo dentro dele ou, Deus do céu, pílulas de cianeto?

— Pílulas de cianeto? — repeti, sentindo a palidez tomar o meu rosto. — Por que os judeus precisariam de pílulas de cianeto?

— Às vezes, a única misericórdia que lhes pode ser oferecida é uma morte tranquila — murmurou Matylda.

Meu estômago revirou ao pensar nisso. Meu pai não tivera uma morte tranquila. Meu irmão não tivera uma morte tranquila. Eu teria a coragem de ajudá-los a ter uma se pudesse? Imaginei-me entrando sorrateiramente no gueto com Sara, com meus bolsos cheios das valiosas pílulas. Meu pai e meu irmão teriam tanto orgulho.

— Eu vou fazer — anunciei.

— Eu sabia que você faria — disse Matylda, afagando a minha mão, satisfeita. Ela olhou para Sara: — Vou providenciar a autorização. Por favor, encontre uma roupa mais adequada para ela vestir.

Matylda saiu e fechou a porta, deixando-nos sozinhas na mesa. Observei a pilha de papéis e a vi me encarando com os olhos cheios de lágrimas.

— Ao fazer isso, estamos traindo os seus pais e o seu tio. E estamos traindo a confiança deles em mim.

— Qual é o pior pecado — comecei cuidadosamente —, trair a confiança deles ou deixar que crianças morram?

Ela cerrou os lábios e balançou a cabeça, frustrada.

— *Você* provavelmente vai morrer se fizermos isso. Entende? Para Matylda, é simplesmente uma questão matemática, porque ela reduziu a moralidade complexa do que fazemos à sua forma mais básica. Ela faria de tudo para salvar mais vidas. Não há risco grande demais para ela porque ela não tem nada a perder. Estou no mesmo barco, minha família já se foi. Eu faço isso porque, quando for pega e assassinada, não haverá ninguém para lamentar a minha morte. Esse *não* é o seu caso! Mesmo se sobreviver, as coisas que verá no gueto a atormentarão pelo resto da vida.

— Eu já vi a crueldade dos alemães com meus próprios olhos — falei amargamente. — Nada do que você me mostrar pode me surpreender.

— Querida criança, eu tenho certeza de que a sua jornada não foi fácil, mas há um nível de sofrimento no gueto que até eu não sabia que era possível.

— Esse não é mais um motivo para que você me deixe ajudar?

Era óbvio que Sara ainda estava incomodada com a ideia, mas, no fim, ela concordou em me levar com ela. Naquela tarde, recebi a minha primeira dose da vacina contra tifo e Matylda entrou em contato com o amigo para providenciar a minha autorização.

Uma semana depois, eu saí de casa às sete da manhã com Sara, como sempre fazíamos. Concluímos a nossa jornada por Varsóvia em silêncio e, quando chegamos ao escritório, eu a segui até a sala de Matylda. Como normalmente fazia, prendi o cabelo em uma trança, mas a primeira coisa que as mulheres fizeram foi soltar meu longo cabelo ondulado. Matylda penteou o cabelo da parte anterior da minha cabeça e o prendeu bem no topo, deixando o resto cair ao redor dos meus ombros. Eu nunca usara maquiagem antes e estava tão animada que mal podia ficar quieta enquanto ela passava o lápis escuro e uma sombra de tom mais claro ao redor dos meus olhos.

Por fim, ela coloriu meus lábios com um batom de um vermelho suave e Sara me entregou uma sacola.

— Vá se trocar no banheiro — ela disse com um tom severo. — Depois, sairemos.

As roupas que Sara conseguira para mim eram mais adultas do que qualquer uma que eu tivesse. Incluíam um sutiã com enchimento grosso costurado no bojo e uma camisa branca e preta de bolinhas com grandes botões na frente, combinada com uma saia cinza elegante que ia até os meus joelhos e um par de sapatos baixos de couro. Eu mal podia acreditar que a mulher que me olhava do espelho era realmente eu. Eu parecia muito mais velha, mas essa não era a única transformação. Parecia uma verdadeira mulher profissional, como Sara, Matylda ou qualquer outra das outras assistentes sociais do departamento. Quando voltei ao escritório de Matylda, ela assentiu com a cabeça, satisfeita.

— Perfeito. Você poderia facilmente passar por alguém com dezessete ou dezoito anos. Se alguém perguntar, explique que é a aprendiz de Sara. Entendeu?

Sara se levantou, relutante, pendurou a bolsa no ombro e deu um passo em direção à porta.

— Há mais alguma coisa que eu deveria saber? — perguntei, desesperada. — Vocês vão me dizer o que eu tenho que falar ou fazer?

— A principal coisa a lembrar é: quando estivermos indo ou voltando do centro da juventude, você não deve sair do meu lado. Segure-se em mim se precisar — Sara disse, e suspirou. — É muito cheio lá, incrivelmente cheio. Se nos perdermos uma da outra, nunca me encontrará novamente, então, certifique-se de não me perder de vista.

— É só isso?

— Quando chegar ao posto de controle, mantenha uma postura de confiança — murmurou Matylda. — Os guardas vão examinar os seus documentos e sua autorização. Se estiver confiante, eles vão deixá-la passar. Você não deve parecer nervosa e tome muito cuidado para não entrar em pânico.

— Não entrar em pânico — repeti, percebendo de repente que as palmas das minhas mãos estavam começando a suar. Enxuguei-as na saia que Sara tinha me dado. — Certo. O que mais?

— O resto você terá que ver com os seus próprios olhos — disse Sara, em um tom firme. Em seguida, lançou um olhar para Matylda mais uma vez. — Espero realmente que saiba o que está fazendo.

Conforme caminhávamos em direção ao posto de controle, fixei meu olhar na placa acima dele. *Área de infecção por tifo. Passagem somente com autorização.* Eu estava nervosa durante o caminho que Sara e eu fizemos até lá, mas era um tipo de ansiedade agradável, uma leve onda de adrenalina combinada com curiosidade e a empolgação de que eu finalmente, *finalmente* faria algo corajoso. Fiquei pensando se meu pai e meu irmão estavam me observando, conversando com os santos sobre a jovem extraordinária que eu me tornara. Imaginei como Alina reagiria no dia em que eu viajasse à Inglaterra para encontrá-la e contar sobre minha coragem.

— Fique com o seu passe em mãos — disse Sara, baixando a voz.

— E seus documentos.

Meus documentos. Eu os tinha, mas mal saía do apartamento, por isso, nunca tivera que mostrá-los. Mas, no meio de toda a empolgação sobre meu passe de controle epidêmico e essa ida ao gueto, eu me esquecera completamente de que estava vivendo sob um nome falso e que meus documentos eram falsos também. Eles pareciam reais, mas passariam por uma inspeção mais cuidadosa? A pior coisa foi que honrei a insistência de meus pais de que não deveria confiar essas informações a Sara, e ela não tinha ideia de que estávamos prestes a passar por um posto de controle alemão com documentos falsos. Emiti um som de puro pânico no fundo da garganta e, sem alterar o passo, Sara sussurrou:

— Cabeça erguida. Confiança. Você insistiu que poderia fazer isso e, se entrar em pânico agora, eu juro por Deus que vou te estrangular.

Fiz uma série de orações freneticamente enquanto caminhávamos, mas, no momento em que chegamos ao posto de controle, minha mão tremia com violência.

— Sara — disse um dos guardas, com uma voz morna que fez meu estômago revirar de forma desagradável —, você trouxe uma amiga hoje.

— Bom dia, capitão Fischer. Esta é minha aprendiz, Elżbieta — disse Sara. Ela foi educada, mas firme, e surpreendentemente calma com o guarda. — Elżbieta, mostre seu passe ao capitão Fischer, por favor.

Estendi o braço, mas Sara arrancou o passe e os documentos de minhas mãos e os entregou ao guarda.

— Ela parece nervosa — ele disse calmamente, alternando o olhar entre meus documentos e meu rosto. Ao ouvir isso, fiquei aterrorizada e senti o sangue sumir de meu rosto. Não podia acreditar que já levantara suspeitas. De repente, o guarda soltou uma risada. — Eu estaria nervoso também, entrando lá com esses animais imundos.

Ele devolveu os documentos diretamente para mim e depois voltou sua atenção para Sara.

— Deixe-me verificar a sua bolsa, senhora Wieczorek — disse o guarda. Sara, exibindo um meio sorriso, entregou a bolsa médica para ele. Ele parecia se divertir em nos atrasar, vasculhando o conteúdo da bolsa dela item por item, checando cada um, mesmo os mais inócuos. Todo esse processo poderia ser concluído em segundos, pois a bolsa dela estava praticamente vazia, mas Fischer prolongou a inspeção e, considerando que minha ansiedade já estava fazendo o tempo passar devagar, logo senti como se estivéssemos lá por horas. Sara esperou com paciência, sem nem suar. Quando ele enfim devolveu a bolsa, dirigiu-se a mim mais uma vez.

— Você nos visitará novamente?

— Ela virá outras vezes, sim — Sara respondeu por mim.

— Deixe-a falar, Sara — disse ele, provocando-a quase de brincadeira, sem quebrar o contato visual comigo.

— Eu... — Minha voz estava tão rouca que a palavra saiu como um guincho. Limpei a garganta e lembrei-me das palavras de Matylda. Ergui a cabeça e endireitei os ombros. — Sim, senhor.

Ele acenou para passarmos, sem dizer nem mais uma palavra. Andamos por alguns metros além do posto de controle e uma onda sensorial me atingiu com tudo. O cheiro de excrementos humanos, odor corporal e carne apodrecida era tão forte que eu mal podia acreditar que alguém pudesse respirar aquilo e sobreviver. Do outro lado da rua, uma senhora idosa jazia caída de costas. Sua pele era amarelada e cinzenta, sua boca estava entreaberta e seus olhos, fechados. As pessoas passavam por cima do seu corpo, como se não estivesse lá.

— Olhe para a frente — disse Sara bruscamente.

— Mas...

— Mantenha seu maldito olhar voltado para a frente.

Eu estava vendo um lado de Sara que nunca vira antes: severo, concentrado e determinado, evidenciando a sua força em cada aspecto de sua postura e expressão. Eu nunca pensara antes sobre a coragem e a força que ela tinha de ter para arriscar sua vida todo dia, às vezes por várias vezes ao dia. Apesar disso, imediatamente fez sentido para mim que ela se tornasse uma pessoa rígida. Para poder encarar o inumano, a pessoa deve se tornar sobre-humana. Eu queria ter o heroísmo do meu irmão, do meu pai, de Alina.

Quando meu olhar se dirigiu novamente para o corpo daquela mulher, percebi quão tola eu fora e como estivera fora de mim.

Eu estava prestes a enfrentar um nível de sofrimento que não poderia ser aliviado por nenhum de meus esforços. Por mais bem-sucedidas que minhas tentativas fossem, nunca seriam suficientes. Para conseguir qualquer coisa, eu agora teria que passar por aquele posto de controle duas vezes ao dia e olhar diretamente nos olhos de pessoas que estavam condenadas e sabiam disso.

— Não acho que consigo fazer isso.

As palavras saíram trêmulas e irregulares, e meu estômago se revirou quando eu as balbuciei. Sara agarrou meu antebraço e me puxou para trás, conduzindo-me em meio a várias pessoas. Ela me empurrou contra a porta de vidro de um apartamento, que fez um barulho com o impacto.

— Você tem um passe — ela rosnou, o rosto bem próximo do meu. — Você queria ajudar. Agora, tem a obrigação moral de continuar.

— E se eu não puder?

Ao ouvir isso, ela me puxou da entrada do prédio e me empurrou para a rua. Suas mãos me agarravam com tanta firmeza que eu sabia que deixariam marcas. Ela me sacudiu. Então, ficou bem atrás de mim e sussurrou em meu ouvido:

— Todas essas pessoas vão morrer. Cada criança que você está vendo neste instante vai morrer. Você é uma das poucas pessoas que pode fazer algo para pelo menos *uma* delas. Vou lhe dizer agora, Elżbieta, elas estão confinadas aqui, mas *você* pode sair. Eu posso te levar diretamente ao próximo posto de controle e você pode ir para casa e fingir que nunca foi idiota o suficiente para insistir que poderia nos ajudar.

Aquilo parecia perfeito. Olhei para uma criança que passava e senti uma pontada em minha consciência. Sara me soltou e me virou delicadamente para encará-la.

— Mas, se você fizer isso, eu sei que nunca mais vai conseguir viver consigo mesma. Não agora que sabe.

Fiquei piscando para ela, tentando afastar a névoa de choque que se formava sobre mim. Pela minha mente, passavam imagens do encontro assustador com o guarda e fiquei pensando se a entrada de Sara no gueto era sempre *tão* tensa daquele jeito.

— O guarda — deixei escapar —, você o conhece? Sabia que ele vasculharia a sua bolsa?

— Ele é um sociopata cruel — ela disse, soltando-me. — Ele criou um interesse especial por mim e eu faço de tudo para evitar encontrar com ele. Alternamos os postos de controle que usamos para entrar e sair, e no geral consigo evitá-lo, mas de vez em quando, como hoje, tenho o azar de encontrá-lo.

— Você tem alguma coisa na bolsa que não deveria?

— Há um compartimento oculto no fundo — ela admitiu. — Hoje há um pão e seis frascos de vacina contra o tifo.

— Fico feliz por não saber disso quando chegamos — murmurei, com o estômago revirando de novo. Sara suspirou e me puxou para um abraço.

— Você está bem? — ela perguntou.

— Na verdade, não.

— Bem, recomponha-se. Temos trabalho a fazer. — Ela tirou duas pequenas braçadeiras de tecido da bolsa. Levei um momento para reconhecer a forma bordada nelas, mas, quando reconheci, meus olhos se arregalaram.

— A estrela de Davi?

— Sim. Quando entramos no gueto, usamos a braçadeira.

— Mas não somos judias.

— Usamos em solidariedade com os que são. Isso mostra a eles que podem confiar em nós.

Ela me ofereceu uma das braçadeiras. Fiquei olhando para aquilo com nervosismo.

— E se os alemães nos virem usando? — sussurrei.

— Você está com medo de usá-las, não é? Pois alguém pode pensar que você pertence a este lugar? — Sara perguntou a mim. Assenti com a cabeça. Ela deu de ombros e apontou para a rua atrás de nós. — Que bom. Isso lhe dá uma ideia de como eles devem se sentir. Agora, vamos.

11

Emilia

O CENTRO DA JUVENTUDE FICAVA NA RUA MIŁA, A UNS poucos quarteirões do portão por onde entramos e a uma meia dúzia de quarteirões do prédio que eu e Sara chamávamos de lar. Conforme andávamos pelas ruas para chegar ao centro, lutava para segurar as lágrimas. Pequenos detalhes chamavam a minha atenção, coisas que decidi que precisaria pintar ou desenhar depois para extirpá-las da minha consciência. Um senhor idoso segurando um copo em uma mão e a mão da esposa com a outra, ambos sentados na sarjeta e implorando por comida. Dois oficiais da ss que caminhavam calmamente do outro lado da rua e que, sem serem provocados, derrubaram um homem no chão e o chutaram até que perdesse a consciência. A parede de uma loja, que antes deveria ter cartazes com as ofertas do dia, agora exibia vários pedaços de papel, os novos colados por cima dos mais antigos. À medida que nos aproximamos, senti um frio na espinha ao perceber que cada um anunciava uma morte. O volume imenso resultava em um papel de parede macabro, tão espesso em alguns pontos que poderia ser arrancado em pedaços sólidos.

— Olhos à frente — Sara continuava a dizer, até mesmo quando chegamos ao centro da juventude. Ela abriu a porta para mim, mas minha atenção continuou voltada para a longa fila de pessoas que esperavam para chegar à janela onde a sopa estava sendo distribuída. Por fim, ela me puxou para dentro pelo braço. Fiquei chocada com o tamanho do local. A fachada do prédio dava sinais de que o lugar um dia fora uma loja, mas as paredes internas haviam sido removidas, abrindo espaço pelo que deveriam ter sido prédios adjacentes. No ambiente cavernoso, que se prolongava por um quarteirão da cidade, pessoas de todas as idades estavam sentadas ao redor de mesas ou movendo-se em grupos.

— Isto é um centro da juventude? — perguntei, confusa.

— Começou como um centro da juventude, mas os organizadores não estão mais focados em uma idade ou serviço específicos. A cada vez que venho até aqui, vejo que acrescentaram algum tipo novo de ajuda aos residentes do distrito, mas o nome original permaneceu.

Sara me pegou pelo cotovelo e me conduziu pelo lugar. Ela cumprimentou algumas pessoas conforme passávamos, mas não parou até chegarmos a um espaço menor no fundo do prédio. Era uma sala vazia, exceto por alguns móveis e livros e um homem com uma criança pequena.

— Você conseguiu — disse o homem, levantando-se da cadeira para se aproximar de nós, com um largo sorriso no rosto.

— Andrzej — disse Sara afetuosamente, apertando as mãos do homem e fazendo um gesto em minha direção —, esta é a nossa amiga e sua nova professora, Elżbieta.

— É um prazer conhecê-la — disse Andrzej, fazendo um aceno para mim. — Bem-vinda ao nosso centro da juventude. Estamos contentes por contar com sua ajuda.

Ele me lembrava bastante do tio Piotr, com seu sorriso generoso e suas bochechas coradas, mas esse homem tinha metade da largura do meu tio.

— Andrzej é o coordenador deste centro e uma grande ajuda para o nosso trabalho — murmurou Sara.

— Bondade sua, Sara — disse ele, dando piscadelas em tom de brincadeira para ela.

— De jeito nenhum.

— Elżbieta, fazemos diversos tipos de trabalho aqui, mas nenhum é mais importante do que conectar famílias à Matylda, à Sara e à equipe delas — disse Andrzej, mantendo o sorriso no olhar mesmo quando ficou mais sério.

— Que mais vocês fazem? — perguntei a ele.

— Bem, às vezes abrigamos pessoas e, claro, temos a cozinha solidária. Também organizamos algumas aulas de vez em quando. Ajudamos as famílias sempre que podemos. Falando nisso, quero apresentá-la a alguém.

Andrzej acenou para o garotinho sentado no canto da sala, que segurava um livro. Quando Andrzej sinalizou que ele deveria se juntar a nós, o garotinho se pôs de pé e se aproximou, o livro na mão esquerda.

— Elżbieta, este é Icchak. Os pais dele não estão mais entre nós e já faz um tempo que ele espera por um lugar em um orfanato. Temos outros grupos de crianças que vão chegar mais tarde para que você possa trabalhar com todos juntos, mas a situação de Icchak é urgente, então pensei que poderia começar com ele individualmente.

— Icchak não tem ninguém — disse Sara em voz baixa quando o garoto se aproximou de nós. — Ele vive nas ruas. Sozinho.

— Sozinho? — repeti, alternando meu olhar alarmado entre eles, e então de volta para Icchak. — Quantos anos você tem?

A criança abriu a boca para falar, mas, antes que pudesse emitir algum som, Andrzej interveio.

— Lembre-se, Icchak, quando falamos com a senhorita Elżbieta, usamos polonês, não iídiche.

— Tenho seis anos — disse Icchak com cuidado, erguendo a cabeça. — Mas eu sou muito inteligente. Posso aprender rápido.

— Tenho certeza de que pode — sussurrei, piscando rapidamente. *Seis anos de idade e totalmente sozinho.*

— Ele está muito animado para aprender com você hoje — disse Andrzej calmamente.

Olhei para o garotinho e, quando ele olhou de volta para mim com um brilho de esperança no olhar, o que restava do meu enjoo passou. Eu podia quase sentir minha coragem voltando enquanto o encarava.

Podia fazer aquilo. Tinha que fazer aquilo. Icchak precisava da minha ajuda e, mais do que isso, ele acreditava que eu o ajudaria.

— Neste caso, Icchak, vamos começar. Você gostaria de aprender algumas orações comigo hoje?

Passei a maior parte do dia no centro da juventude, sentada na sala dos fundos com Icchak e, depois, com uma procissão de outras crianças. Elas estavam ansiosas para agradar e aprender rapidamente, mas seriam necessárias várias visitas para que todas se sentissem confiantes o suficiente com as orações.

Quando Sara voltou para me buscar, eu estava exausta, com cansaço físico e emocional, querendo apenas me banhar e me arrastar para a cama. Fizemos uma caminhada muito mais longa para chegar ao portão pelo qual precisávamos sair, mas, como Sara explicou, passar por diferentes postos de controle possibilitava que a equipe continuasse seu trabalho por muito mais tempo do que o esperado. Cansadas ou não, tivemos que andar. Então, em silêncio, seguimos nosso caminho pelas ruas. Eu não conseguia sequer organizar meus pensamentos para explicar a ela quão chocada estava com as coisas que vira naquele dia, mas tinha perguntas e, finalmente, consegui falar.

— O que vai acontecer com Icchak?

— Crianças como Icchak são engenhosas. Se não fosse esse o caso, não teria sobrevivido por tanto tempo. A triste realidade é que há muitos adultos aqui que ainda estão vivos porque, desde o começo, crianças como ele se embrenham pelo lado ariano e trazem comida.

— Espere... então ele sabe como sair?

— Sim.

— Então por que ele...

— No caso dele, retirá-lo do gueto não é a parte difícil. No momento certo, diremos a ele para se esgueirar através de um buraco na parede ou um pequeno túnel e nos encontrar em um ponto específico. — Ela soltou um forte suspiro. — Não, o desafio verdadeiro será mantê-lo vivo quando ele estiver do lado de fora.

— E como faremos isso?

— Matylda e eu planejaremos a evacuação. Em algum momento nas próximas semanas, ele será trazido para a nossa rede. Icchak é um dos afortunados, pois tem cabelo loiro e olhos claros. Suas feições não são tipicamente semitas, o que facilita as coisas para nós. Se ele aprender as orações e assumir um novo nome com os documentos certos, passará facilmente para este lado, embora sua nova identidade tenha de ser a de uma menina.

— Menina?

— A circuncisão de meninos é uma tradição da fé judaica. Se ele for colocado em uma família como um menino e alguém suspeitar, algum soldado pode pedir a ele que se exponha e o segredo será revelado. Então, pelo bem de Icchak, vamos vesti-lo de menina e dar a ele um nome de menina.

— Isso funciona? — perguntei hesitante.

— Não é um sistema perfeito, mas é o melhor que podemos fazer para algumas dessas crianças. E qual é a alternativa? Devemos ajudá-lo como pudermos e rezar para que ele faça o resto.

De repente, senti uma vergonha enorme por ter me apavorado tanto naquela manhã.

— Desculpe-me por...

— Pare — Sara me interrompeu, voltando a ser a amiga calma e de coração mole com quem eu estava tão acostumada. — Eu é que deveria me desculpar. Sabia que seria demais e que você não compreendia como eram as coisas. Mas o desespero nos deixa tolos, e deixei Matylda me convencer, mesmo sabendo que seria uma má ideia. Porém, agora você vê por que ela estava tão determinada a envolvê-la. Se puder ensinar algumas crianças enquanto eu visito outras famílias ou, quando estiver acostumada a cruzar os postos de controle, se puder contrabandear um minúsculo pedaço de pão, apenas um pouco de remédio aqui ou ali, terá feito uma tremenda diferença. Perdoe-me por ter sido tão dura com você. Pensar pelo que passam as pessoas dentro do Distrito Judeu vai além da razão. Estou agitada com o meu desespero para fazer o bem.

— Farei melhor amanhã.

Sara passou os braços em volta do meu ombro em um abraço.

— Você já foi muito bem hoje.

— O que é isso que você está desenhando?

Eu estava sentada à mesa da cozinha naquela noite, rabiscando sem pensar no caderno que Sara me dera. Não buscava conscientemente capturar nada naquele esboço, queria apenas acalmar a minha mente frenética para conseguir dormir. Quando o tio Piotr me tirou com um susto dos meus devaneios, olhei para a página.

— É uma criança — respondi. Eu tinha desenhado uma criança em roupas esfarrapadas, muito parecida com Icchak, mas ainda faltava desenhar o rosto. Tio Piotr sentou-se à minha frente e deu uma olhada no desenho.

— Está bom.

— Obrigada.

— É para ser um esboço feliz ou triste?

— Eu não sei ainda.

Tio Piotr olhou para o papel novamente, inclinou-se para a frente e tocou nele com a ponta do dedo.

— A forma como você desenhou a mão da criança, está faltando algo. Quase parece que ela deveria estar segurando um brinquedo, você não acha?

Foi aí que percebi que desenhara Icchak. Sua mão estava vazia, mas meu subconsciente provavelmente queria incluir o livro que ele estava lendo quando o vi pela primeira vez. De repente, cedi ao impulso e rapidamente desenhei uma bonequinha em sua mão.

— Por que uma boneca? — perguntou o tio Piotr.

— Talvez essa criança tenha perdido os pais — respondi, com um nó repentino na garganta. Pensei em Truda e Mateusz, que estavam no quarto lendo, e tive uma vontade súbita de correr para eles e dizer que os amava. Se não fosse a sua generosidade, eu estaria sozinha como Icchak. — Talvez não tenha ninguém para abraçá-la à noite. Talvez ela precisasse de alguém a quem se aconchegar.

Assim que terminei o brinquedo, pude ver o rosto da criança em minha mente. Movi minha mão para preencher o rosto, desenhando os grandes olhos de Icchak e seus lábios em forma de coração, curvados em um leve sorriso. Seus olhos transmitiam a sua tristeza, mas seus lábios falavam sobre encontrar a alegria apesar das circunstâncias.

— Espere aqui um momento — tio Piotr disse, afastando a cadeira e indo ao seu quarto. Quando retornou, vi que tinha um pequeno pedaço de madeira em uma mão e uma faca menor ainda na outra. Observei em silêncio quando ele começou a talhar a madeira.

— O que você está fazendo? — perguntei a ele.

— Seu brinquedo — disse, fazendo um aceno com a cabeça para a página. — A arte é generosa, sabe? Cada obra de arte tem a sua própria energia, mas nunca é independente. Uma peça pode ser inspirada por outra peça que, por sua vez, inspira uma terceira, e assim por diante. Ela se autorreproduz, cada peça espalhando um tipo diferente de beleza, reflexão ou lição para cada pessoa que a vê.

Em pouco tempo, tio Piotr tinha esculpido a forma inacabada de uma pequena boneca. Ele a empurrou pela mesa em minha direção e eu a ergui, pensativa.

— Sua boneca precisa de um rosto — eu disse.

Tio Piotr riu.

— Essa é a sua área, Elżbieta. Eu sei esculpir. Não sei desenhar.

— Você tem mais madeira?

— Sobras brutas de madeira como esta? Só um pouco, mas posso arranjar mais.

Peguei meu carvão, esbocei um rosto rapidamente na boneca e a virei para mostrar a ele. Tio Piotr sorriu.

— Você gostaria de fazer um pequeno projeto comigo? — perguntei.

— Talvez.

— Poderia fazer mais bonecas como essa?

Meia hora depois, Truda e Mateusz apareceram e ficaram intrigados ao olhar para a mesa coberta de serragem e esculturas pequeninas.

— O que é isso? — perguntou Mateusz, pegando uma. Truda também pegou uma boneca.

— Imaginei que a Sara pudesse distribuí-las entre as crianças nas cozinhas solidárias — menti. — Elas têm tão pouco. Sei que gostariam de algo para brincar.

— Você vai dar bonecas *peladas* para crianças inocentes? — disse Truda, estalando a língua. Olhei para ela, que escondeu um sorriso. — Não pode ser assim. Vou costurar algumas roupas.

Sara ficou encantada com as bonecas quando as mostrei para ela na manhã seguinte. Fizemos meia dúzia, cada uma com um rosto e roupas diferentes, costuradas à mão por Truda usando restos de tecido que estavam pelo apartamento.

— Vou levar algumas dessas bonecas para as crianças que você viu no meu quarto naquela noite — disse Sara. — Elas ainda estão no gueto, embora tenhamos achado um lugar para a maioria delas no orfanato Korczak. Elas terão de esperar um pouco mais para serem evacuadas, o que é muito decepcionante para elas. Você ficaria impressionada se visse como uma pequena coisa como essa pode alegrar uma criança.

A atividade logo se tornou o novo ritmo de nossos dias e toda noite eu fazia as bonecas com os adultos da minha família. Tornou-se tanto uma tarefa que fortalecia os nossos laços quanto uma atividade criativa que todos gostávamos de fazer. Pela manhã, eu mentia para esses mesmos adultos e saía de casa para teoricamente ir ao trabalho com Sara. Só que, na realidade, ia ao seu escritório na prefeitura para trocar de roupa e me maquiar.

Logo estava passando pelo posto de controle com uma bolsa na mão, a qual possuía um fundo falso cheio de fatias de pão ou remédios proibidos e quantas bonecas eu pudesse acomodar. Às vezes eu as entregava às crianças de rua que cruzavam o nosso caminho até o centro da juventude, mas as guardava comigo na maior parte do tempo. Algumas das crianças para as quais eu dava aulas resistiam ao aprendizado, mas a tentação dos brinquedos era uma motivação poderosa.

Durante todo o dia, eu ficava com as crianças na sala dos fundos. Na maior parte do tempo, ensinava a elas os princípios básicos da fé católica, porém, quanto mais velha a criança, mais profundo esse ensinamento tinha que ser. As crianças mais novas achavam que era tudo uma brincadeira. As crianças mais velhas entendiam que era questão de vida ou morte.

— Esse é o trabalho de Deus — sussurrava para mim mesma nos dias em que me sentia fisicamente mal. E eu *sentia* que era o trabalho de Deus nos bons momentos: quando Sara anunciou que o resgate de Icchak fora um sucesso e que ele estava se adaptando bem à nova casa — uma fazenda no interior — e à nova família, ou quando uma criança particularmente teimosa de repente conseguia entender o que eu ensinara, e então Sara anunciava que ela estava pronta para ser evacuada e posta em segurança — ou, pelo menos, em *mais* segurança. E tudo por minha causa.

Quando era inevitável, eu visitava as casas com Sara, geralmente se teríamos de passar pela casa de uma família específica em nosso caminho de entrada e saída entre os postos de controle. Enquanto Matylda se concentrava nas crianças de rua ou ia de porta em porta tentando encontrar crianças para evacuar, Sara investigava as casas indicadas por Andrzej e sua rede no centro da juventude. Em teoria, era uma tarefa muito mais segura do que a abordagem de força bruta de Matylda para encontrar novas famílias para ajudar, mas não parecia. Não parecia sequer um ato de bondade. Ajudar a planejar um modo de tirar os órfãos da área judia era uma coisa; visitar as casas e olhar nos olhos de pais desesperados enquanto tentávamos convencê-los a deixar que levássemos seus filhos, outra.

— Não sei como você consegue fazer isso todo dia — sussurrei, trêmula, depois que uma mãe e um pai nos disseram de forma decisiva para sair do seu apartamento.

— Nem eu — ela admitiu, sorrindo pesarosamente. — Há dias em que acho que cheguei ao limite da minha tolerância, mas, em outros, sei que não cabe a mim decidir que já chega. Não enquanto essas pessoas não puderem simplesmente escolher que podem ir embora. Esse pensamento me ajuda a seguir em frente.

12

Roman

CHAIM ME APRESENTOU AO GERENTE DO CENTRO DA juventude, um assistente social chamado Andrzej Neeman. Quando Andrzej ouviu sobre a situação da minha mãe, propôs um acordo.

— Você vem para cá depois de sair do trabalho para auxiliar em nossa cozinha, lavando as panelas para mim. Se trabalhar até um pouco antes do toque de recolher, eu lhe darei um pequeno vale, que sua família pode trocar por uma porção de comida no dia seguinte. Você pode fazer isso até quatro vezes na semana, porque eu tenho que ser justo com os outros que também precisam de ajuda. E não será sempre uma refeição quente. Às vezes serão restos de legumes ou um pouco de farinha ou óleo, mas eu sempre terei algo a oferecer. Fechado?

— Sim. Por favor — eu disse, fazendo de tudo para me comprometer com esse arranjo.

Não me importava com os longos dias, especialmente depois que a minha mãe me garantiu que a comida adicional estava mesmo fazendo a diferença.

— Estou produzindo mais leite — disse ela com os olhos brilhando, enquanto Eleonora mamava em seu peito. — Estou tão orgulhosa de você por descobrir como fazer isso. Meu filho inteligente, tão inteligente.

Eu não conseguia ver nenhuma diferença na situação de Eleonora, mas aceitei a declaração de minha mãe. Era bom estar fazendo *alguma coisa* para ajudar, e meu trabalho com Andrzej ofereceu-me algo positivo em que me concentrar a cada dia, um alívio bem-vindo da ansiedade constante que eu sentia a respeito das deportações, que agora aconteciam diariamente.

Milhares e milhares de pessoas marchavam pelas ruas até a *Umschlagplatz* a cada nascer do dia. Algumas se voluntariavam a partir, após os alemães prometerem três quilos de pão e um quilo de geleia a quem o fizesse. E, então, os cartazes apareceram nas ruas, instruindo-nos a empacotar os nossos pertences e objetos de valor, já que precisaríamos deles quando chegássemos aos novos campos espaçosos. Algumas pessoas acreditaram que isso provava que estávamos nos mudando para um capítulo menos cruel da ocupação.

— Eu falei! — exultou Samuel, triunfante. — Não falei que os alemães ficariam mais brandos conosco? Talvez seja o momento de nos voluntariarmos.

Mamãe e eu olhamos para ele incrédulos.

— Você não pode estar achando que isso seja verdade — eu disse.

— Não temos nenhuma prova de que não seja — ele falou, erguendo os ombros. — E se estivermos aqui neste inferno por teimosia, quando poderíamos estar confortáveis em um novo campo lindo em Treblinka?

— Não — Mamãe disse em um tom tão firme que a conversa acabou e Samuel não repetiu a sugestão.

A despeito das promessas douradas que os alemães e os *kapos* faziam para nós, as pessoas logo deixaram de acreditar nelas, e dias depois os voluntários escassearam. Mas era necessário remover certo número de pessoas do gueto a cada dia, então as batidas policiais se tornaram mais agressivas. A oficina de Sala estava agitada com as histórias de horror envolvendo execuções imediatas daqueles que resistiam e sobre as multidões presas na plataforma de embarque por até vinte horas sem comida ou água.

— Simplesmente não parece certo — murmurei para Chaim um dia. — Se os alemães estão mesmo nos levando para algum tipo de campo luxuoso em Treblinka para que possamos trabalhar para eles, por que matariam aqueles que estão relutantes em ir ou nos deixariam plantados na *Umschlagplatz* até quase morrermos à espera do transporte?

— Você sabe o que eu penso sobre o assunto. Se eles estavam matando judeus em Chełmno, também estão nos matando em Treblinka.

Parecia que estávamos condenados, tanto se resistíssemos quanto se saíssemos. Felizmente, minha preciosa autorização de trabalho significava que eu estava relativamente seguro — tão seguro quanto alguém dentro do gueto poderia estar. Mas eu tinha de fazer aquela caminhada para casa toda tarde, e era cada vez mais difícil me convencer a fazê-la.

Agora, eu ia diretamente para o centro da juventude, não parando em casa quando passava por ela, e trabalhava até o último segundo antes do toque de recolher, às vezes até por mais tempo do que Andrzej precisava e, com frequência, todos os dias da semana, mesmo que eu só recebesse o vale de comida em quatro deles. Quando Chaim descobriu que podíamos chegar ao telhado do centro da juventude e de lá perambular por todo o quarteirão do meu prédio, de forma segura e longe da vista das patrulhas, comecei a ficar lá fora com ele, até cada vez mais tarde e muito além do toque de recolher.

— Agora você sabe de onde vem o meu apelido. — Ele piscou para mim quando estávamos sentados no telhado uma noite. — Sempre gostei de me sentar nos telhados. Aqui em cima tudo é melhor, nunca está cheio ou barulhento, e o cheiro é levado embora pelo vento. Aqui em cima eu me sinto mais próximo do céu.

— Quem diria, você é um poeta! — provoquei, e ele jogou uma telha quebrada em mim.

Íamos ao telhado e conversávamos durante horas em algumas noites, e então Chaim descia para dormir no apartamento de Andrzej, no andar de cima do centro da juventude, e eu ia andando pelos telhados para enfim entrar por uma janela na escada interna do meu próprio prédio.

— Roman — Samuel me repreendeu certa noite, quando Mamãe tinha se levantado para usar o banheiro e Dawidek e Eleonora estavam dormindo —, você disse que trabalharia no centro da juventude quatro noites por semana e só até o toque de recolher. Mas está vindo para casa cada vez mais tarde. Você nunca está aqui quando Dawidek está em casa e ele sente sua falta. Além disso, sua mãe anda muito preocupada com você.

— O que estou fazendo é perfeitamente seguro — murmurei. — Só estou passando um tempo com meu amigo. Eu nem estou na rua.

— Sua mãe sente sua falta, Roman — disse Samuel, sem jeito. — Talvez... você possa, por favor, vir para casa no horário amanhã à noite para que possamos nos sentar juntos para uma refeição.

— Você sabe que eu não como aqui — esbravejei.

Samuel cerrou as sobrancelhas.

— Você *quer* comer aqui? Você tem direito às suas rações...

— Não foi isso que eu quis dizer!

Estar na defensiva tornava nosso minúsculo quarto menor ainda, de uma forma sufocante. Não havia para onde escapar, eu não tinha como analisar meus medos e ansiedades. Sabia que estava machucando a minha família, mas não havia como evitar. Parecia mais fácil afastá-los, mais fácil iniciar o processo de tentar aprender a viver sem eles, do que prolongar a aflição de imaginar se eles ainda estavam lá ou se haviam sido evacuados. Eu não tinha esperança de encontrar palavras para explicar tudo isso a Samuel e Mamãe, por isso, quando ela tentou iniciar uma conversa comigo sobre meu dia, fingi que ia dormir.

Mas as palavras de Samuel ficaram vagando por minha mente no dia seguinte, então, quando terminei meu turno na oficina, caminhei com Chaim até o centro da juventude, dei meia-volta e fui para casa.

Parei na porta como sempre fazia e deixei minha imaginação reproduzir o pior cenário possível: que eu a abriria e encontraria o apartamento vazio. Minhas mãos ficaram suadas e meu estômago se contorceu, mas eu me forcei a abrir a porta, só para descobrir que tudo estava errado.

Havia uma estranha sentada no sofá dos Grobelnys. Eleonora estava no colo da mulher e Dawidek, sentado rigidamente ao lado dela.

Por semanas eu temi chegar em casa e descobrir que meus pais haviam sumido, e parecia que esse dia enfim chegara. Corri o olhar pela sala. *Este apartamento sempre está cheio, tantos de nós moramos aqui, mas agora só vejo essa estranha e as crianças e, meu Deus, eles se foram! Meus pais realmente se foram.* O sangue começou a ferver pelo meu corpo; o medo, a fúria e o pesar deixavam meu corpo ao mesmo tempo enfraquecido e, de alguma forma, anormalmente forte. Mal podia me conter, mas queria destruir o mundo e estava certo de que tinha forças para isso.

— Quem é você? — perguntei, vasculhando a sala com os olhos enfurecidos e com os pensamentos em uma torrente que eu não conseguia apaziguar nem controlar. *Essa mulher encontrou minha irmã e meu irmão na rua e, de alguma maneira, chegou aqui, mas eu perdi meus pais para um campo em Treblinka do qual eles nunca retornarão. Não consigo fazer isso, Mamãe. Não consigo fazer isso sem você, Samuel. O que vou fazer?*

O pânico rapidamente se tornou brutal. Se tudo que me sobrava eram meu irmão e minha irmã, eu queria essa mulher o mais longe possível deles. Corri pela sala e arranquei Eleonora dos braços dela. Mal notei o choro de protesto da bebê. A presença da estranha consumia minha concentração e ela instantaneamente se tornou um alvo injusto de todo meu medo e minha raiva. Duas vozes dentro de mim lutavam pela primazia. O monstro em minhas entranhas queria dilacerá-la, membro por membro, e descontar nela todo meu terror, porque ela estava ali *em nossa casa com meus irmãos* e me encarando sem qualquer expressão.

Porém, a estranha me olhava com seus enormes olhos verdes inundados de horror também. Isso ficou registrado em algum canto da minha mente e tentei me convencer a me acalmar, a falar racionalmente e a descobrir o que de fato estava acontecendo. Os alemães mereciam a minha fúria, mas eles não estavam na sala. A mulher, no entanto, estava, e a besta dentro de mim venceu a batalha. Gritei com ela, com tanta raiva que tremia da cabeça aos pés.

— Como eles foram separados das crianças? Você viu quando foram levados? Você pelo menos *tentou* ajudá-los ou só ficou olhando?

A porta do nosso quarto minúsculo se abriu e Samuel e minha mãe apareceram, ambos com os olhos arregalados de choque. Atrás deles havia outra mulher, que passou por eles para ficar entre mim e a mulher no sofá.

— Não se *atreva* a gritar com ela desse jeito! — berrou a mulher mais velha para mim, no mesmo momento em que minha mãe atravessou a sala para arrancar Eleonora dos meus braços. Examinei a sala de novo, confuso e tentando entender o que estava acontecendo, tentando lutar contra a torrente de lágrimas quentes que ameaçava sair.

— Roman! — exclamou Samuel. — Que diabos está fazendo?

Eu não sabia o que estava fazendo e esse era o problema. O calor da minha raiva foi se desvanecendo em outras emoções: vergonha e constrangimento, uma humilhação pura e desconcertante, tudo muito maior que o alívio que também senti. As estranhas ficaram me encarando e a porta da cozinha se abriu. Lá estavam Judith, a sra. Kukliński e até a sra. Grobelny; depois, lá do seu quarto meus avós surgiram lentamente.

Eles ainda estão aqui. Todos eles ainda estavam em casa.

Meus joelhos cederam. O alívio era imenso.

— Eu... A... Eu...

— O que há com você? — minha mãe perguntou rispidamente, ninando Eleonora.

Conforme minha raiva começava a diminuir, notei os detalhes: minha mãe chorara, seus olhos estavam vermelhos e inchados. Eleonora chorava também, um choro aflito que aumentava, obviamente porque se assustara com o volume da minha voz. Dawidek olhava para mim visivelmente aterrorizado, agarrando a boneca em seu peito, e o público crescente, composto pelos demais habitantes de casa, parecia tão assustado e confuso quanto a estranha no sofá.

Olhei para Samuel, esperando que ele pudesse me orientar, mas o encontrei encostado no batente, com os olhos fechados, muito abatido. Por minha causa?

— Achei que vocês tivessem sido levados — disse para minha mãe, e minha voz sumiu. O olhar dela suavizou-se e ela veio em minha direção para tocar meu braço com gentileza.

— Estávamos apenas falando com a assistente social. Ela veio nos visitar para discutir a situação de Eleonora e Dawidek. Ela quer nos ajudar, Roman.

Voltei meu olhar para a mulher no sofá e, agora mais calmo, percebi enfim que ela não era tanto uma mulher, mas uma garota, e estava quase chorando. A mulher mais velha se aproximou e segurou o cotovelo da garota, ajudando-a a se levantar. Ela se virou para minha mãe com um tom de voz firme e calmo.

— Pensem sobre o assunto, senhor e senhora Gorka. Voltarei para averiguar se querem discutir mais detalhes a respeito.

Ao sair, a mulher mais velha lançou um último olhar furioso para mim. A garota olhava para o chão enquanto saía. Quando a porta se fechou, perguntei aos meus pais:

— Pensar sobre o quê? Como elas estão tentando ajudar?

Minha mãe olhou para Dawidek e forçou um sorriso.

— Não importa agora. Podemos falar sobre isso mais tarde.

13

Emilia

EU ESTAVA TREMENDO QUANDO SAÍMOS DO APARTA-
mento dos Gorka. Cada ida ao gueto era difícil e perturbadora de alguma
maneira, mas nunca temera fisicamente por minha vida antes, não da
forma que acabara de temer.

— Você está bem? — perguntou Sara enquanto andávamos. Estávamos muito atrasadas naquele dia, eu sentia fome e cansaço, e *tudo* que
queria era ir para casa e chorar. Cerrei meus dentes e assenti com a cabeça.

— Vamos evacuar aquelas crianças?

Sara balançou a cabeça.

— É uma história comum. — Ela soltou um suspiro profundo. —
A mãe foi receptiva, mas o pai quer manter a família unida. Nesse caso,
ele parecia decidido a se convencer de que há motivos para ter esperança
aqui. De todos os lugares no mundo, nunca pensei que encontraria um
otimista no Gueto de Varsóvia.

— A bebê... ela estava doente.

— A mãe não está produzindo leite suficiente, então o desenvolvimento da bebê fica prejudicado. E, claro, é um milagre que ela
tenha sobrevivido até agora. Se os alemães soubessem dela, já poderiam
tê-la matado.

— Que milagre desperdiçado — murmurei. — De que adianta
Deus conceder um milagre para salvar uma bebê como essa, se é para
ela morrer de fome depois?

— Elżbieta, minha querida, quando se está no inferno, é melhor não
entrar muito na teologia — disse Sara ironicamente.

Eu podia entender o que ela queria dizer. Cada novo quarteirão trazia
alguma nova abominação. Onde estava Deus no meio de tudo isso? Eu
ainda não tinha questionado a minha fé desta maneira, pelo menos não
desde a morte de Tomasz. Naquele dia, prometi a mim mesma que nunca

rezaria de novo. Como eu poderia acreditar em um Deus amoroso e na Mãe Abençoada se eles haviam permitido que um homem bom como meu irmão fosse assassinado justamente por causa da sua bondade?

Mas o breve vislumbre de uma vida sem fé me apavorara. Parecia um barco sem timão, então, no fim do dia, eu já voltara a rezar. Agora, porém, fiquei pensando se aquilo não teria sido tolo de minha parte. Se havia um Deus, Ele não podia ver o que estava acontecendo no gueto? Ou, se podia, por que não fazia nada para intervir? Porque a alternativa era que Ele *podia* ver e *podia* intervir, mas escolhera a inação.

— Você ainda reza? — perguntei a Sara.

— Parei de rezar quando meu filho morreu. Se há um Deus, não quero participar de Sua versão de justiça.

— Eu preciso rezar — falei baixinho. Pensei em minhas preces sussurradas de todas as noites e em como eu estava certa de que Tomasz e meu pai estavam comigo nesses momentos.

— Tenho inveja de você. Sinto falta de acreditar que haja algum propósito e sentido na vida — disse Sara, suspirando. — Talvez, quando for rezar hoje à noite, você possa rezar um pouco por mim também.

14

Roman

ENCONTREI-ME SENTADO COM MEUS PAIS NAQUELA noite, vendo Dawidek adormecer. Eu não tinha emitido uma só palavra desde que as mulheres saíram. Passamos por nossa rotina noturna, todos comendo em silêncio na mesa, em uma atmosfera tensa e pesada. O sol estava se pondo, e Samuel acendeu a lâmpada de carboneto. Sob o fraco brilho amarelo, observei os olhos de Dawidek tremularem até se fecharem, e quando suas pestanas descansaram em seu rosto senti uma afeição tão forte por ele que quase me levou às lágrimas.

— As mulheres eram assistentes sociais da prefeitura de Varsóvia — disse minha mãe calmamente. — A mais jovem é aprendiz. Ela estava cuidando das crianças para que Samuel e eu pudéssemos falar com a enfermeira mais velha. O nome dela é Sara.

— O que elas podem fazer para nos ajudar?

— Elas conhecem um de seus amigos. Andrzej?

— Esse é o gerente do centro da juventude. Ele é a pessoa que tem me dado os vales para a comida.

— Foi ele quem enviou as mulheres, Roman. Acredito que seu amigo Chaim tenha pedido a ele.

— Eu pedi a Chaim que nos ajudasse a encontrar uma maneira de sair. Ele disse que conhecia alguém que talvez pudesse ajudar, mas eu não achei que... Ele deve ter fornecido o nosso endereço.

— A visita delas foi um choque, só isso. Eu não estava preparada, e aí você entrou gritando e... eu não esperava nada daquilo. — Mamãe inclinou a cabeça para trás para olhar para o teto e lágrimas pesadas correram por suas bochechas.

— Achei que os alemães tinham levado todos vocês. Achei que a garota no sofá tinha encontrado as crianças na rua sozinhas — sussurrei. — Então, as mulheres queriam nos ajudar?

— Elas têm tirado crianças às escondidas do gueto. Depois, realocam-nas do outro lado. A maioria, com famílias católicas ou em orfanatos. A enfermeira disse que poderia tentar achar um lugar para Eleonora e Dawidek. — Mamãe buscou meu olhar e depois voltou os olhos para o chão. — Ela disse que Eleonora está gravemente subnutrida. É por isso que ela é tão quietinha.

Olhei alarmado para minha mãe.

— Então vou trazer mais comida para você, mãe. Dou um jeito. Essas mulheres vieram aqui hoje e pediram a você que entregasse metade de nossa família? — perguntei, incrédulo. Eu mataria o Pombo da próxima vez que o visse. Acabaria com ele com as minhas próprias mãos. Senti a tensão retornar aos músculos de meus braços e ombros, meu corpo se preparando para a briga.

— Dissemos que não — Samuel interveio abruptamente. — As coisas vão melhorar logo, pelo menos a superlotação vai diminuir com as deportações. Se houver menos pessoas, haverá mais comida e menos doença. E... talvez a guerra acabe. Pode ser que nos vejamos livres a qualquer momento agora. Temos que ficar juntos.

Lá estava: o brilho de esperança que eu estava contando com ele para encontrar. A determinação de Samuel de pintar um quadro tão otimista me irritara no passado, mas naquela noite eu precisava dela. Deixei o alívio me dominar, até que olhei para minha mãe. As lágrimas ainda corriam por suas bochechas e ela olhava para Eleonora com um aperto no coração estampado na testa.

— Mãe — falei devagar, balançando a cabeça —, diga que não está considerando isso seriamente. Você os mandaria para longe de nós? — Minha voz subiu até chegar a um tom quase histérico e meus pais olharam alarmados para mim. Eu sabia que precisava manter a voz baixa, não só porque a casa estava cheia de pessoas tentando dormir, mas também porque naquele pequeno quarto estavam conosco meu irmãozinho e minha irmãzinha, descansando, e Dawidek se levantaria horas antes do nascer do sol porque ainda precisava trabalhar com a equipe de cadáveres. Mas não conseguia me conter.

— Como posso não considerar? — Mamãe perguntou em um tom furioso. Ela acenou para a janela, apontando para a rua. — Que tipo de vida é esse, Roman? E se um dia houver uma batida na porta ao

A ÓRFÃ DE VARSÓVIA

amanhecer, quando as atividades policiais começam, e fomos forçados a sair? Eles têm feito isso, sabe? Eles vão de porta em porta e obrigam todos a sair! Vou respeitar a vontade de Samuel, mas *eu* gostaria de dizer sim a essas mulheres. Eu dormiria como um anjo à noite se soubesse que *meus* bebês estão do outro lado daquele muro. Juntos e em segurança, pelo menos com comida suficiente na barriga para mantê-los vivos.

— Nós estamos bem — falei em um tom firme. Minha mãe não conseguiu conter um soluço.

— *Bem...* — ela zombou. — Eleonora tem metade do tamanho que deveria. Você pode não saber como uma criança cresce, mas Eleonora é o meu terceiro filho. Acredite em mim quando digo que ela não está *bem*.

— Chega — disse Samuel abruptamente. — Não adianta discutirmos ou insistirmos nessas coisas. Seu amigo foi gentil ao tentar nos ajudar, mas dissemos às mulheres que não podemos aceitar a oferta e esse assunto termina aqui. É melhor para nós que fiquemos com as crianças para que possamos ter certeza de que estão em segurança. Por favor, agradeça a Chaim por tentar.

Eu não sabia como ser grato a ele por ter arranjado aquilo. Não sabia nem como me acalmaria para não avançar em cima dele quando o visse no dia seguinte.

— Roman — minha mãe disse de repente —, hoje, quando entrei naquela sala, pensei que fosse machucar aquela mulher. Você teria feito isso?

— Claro que não — falei bruscamente. — É claro que não a teria machucado. Só achei... — Quando pisquei, estava de volta à sala de estar e certo de que meus pais tinham sido levados. Senti tudo de novo. Estremeci de corpo inteiro, tentando afastar a lembrança. — Eu me desesperei. Pensei que ela era uma ameaça, acho. Sinto muito.

— A garota... — disse Samuel lentamente —, a mais nova. Talvez você deva a ela um pedido de desculpas.

Decidi não confrontar Chaim sobre a visita das assistentes sociais durante o expediente. Em vez disso, baixei a cabeça e ignorei suas tentativas de iniciar uma conversa. Ele já tinha desistido na hora do almoço e trabalhamos em silêncio pelo resto do dia. Porém, quando saímos no final da tarde, virei para ele e falei:

— Duas assistentes sociais visitaram meu apartamento ontem.

— Elas vão resgatar as crianças? — Chaim pareceu tão esperançoso que senti uma onda de pura irritação.

— Resgatar? Elas queriam levá-las! — eu disse.

Ele inclinou a cabeça e olhou vagamente para mim.

— O que você achou que eu quis dizer quando contei que talvez conhecesse alguém que pudesse ajudar?

— Não *isso*. Preciso manter a minha família unida, não separá-la.

— Roman, a única esperança de vocês é mandar essas crianças embora — ele disse, acrescentando em um tom gentil: — Ficar no gueto é aceitar a morte.

— Samuel diz que as coisas podem melhorar — falei com firmeza. — Com as deportações, não estará tudo tão lotado e...

— Você não é tolo a ponto de acreditar nisso. Se seus pais não estão dispostos a deixar que as crianças saiam, você deveria convencê-los a mudar de ideia.

Cerrei os punhos.

— Você não entende — disparei. — Se a sua família estivesse aqui, entenderia que tudo que podemos fazer é ficarmos juntos.

— Você é um idiota se acha que é melhor deixar que a sua família morra junta do que salvar as crianças.

Agarrei o colarinho de Chaim e o torci. Nossos rostos estavam a apenas alguns centímetros um do outro, mas ele me encarou sem piscar.

— Quem poderia proteger as crianças melhor do que nós? — retorqui.

A névoa avermelhada de raiva embaçava minha visão e pude sentir a fúria aumentar em meu corpo. Minhas mãos tremiam, meu estômago se revirou. Não sabia por quanto tempo mais eu poderia me controlar.

Mas era Chaim. Meu amigo. Uma das únicas pessoas em quem eu confiava. Com esse pensamento, finalmente entendi por que sua traição doía tanto.

— Literalmente qualquer pessoa do outro lado daquele muro pode proteger essas crianças melhor do que vocês — respondeu Chaim em voz baixa. — Aqui, vocês são impotentes. Nossos dias estão contados, Roman.

— Você não sabe disso!

— Eu *sei* disso — ele retrucou, afastando-me com impaciência. — Não ouvimos nada a respeito das dezenas de milhares que foram para Treblinka. Ninguém escapou para contar que é seguro, e olha que alguns foram por vontade própria em nome da Resistência só para oferecerem os seus relatos. As pessoas que puseram os pés naqueles trens estão *mortas*, Roman. Você está me escutando? Elas estão *mortas*! Cada uma delas! — Meus braços desabaram ao lado do corpo e encarei-o em choque. Sua convicção era inegável. — Você e eu? Estamos condenados. Vamos morrer nas mãos dos alemães. Se não aqui, em Treblinka. Mas as crianças? — Ele balançou a cabeça para mim, a frustração saindo pelas narinas. — Essas crianças podem sobreviver se você e seus pais permitirem.

Ele se afastou de mim. Fiquei parado ao lado da rua, perplexo. Porém, depois de apenas alguns minutos, continuei meu caminho até o centro da juventude para o meu turno na cozinha.

Chaim estava errado. Tinha que estar errado. A alternativa era impensável.

Chaim e eu continuamos a trabalhar um de frente para o outro durante o dia inteiro, todos os dias, mas não conversávamos mais. Ele tentou puxar conversa algumas vezes, mas eu só olhava para ele com severidade e continuava meu trabalho. Ele não me esperava mais na esquina no caminho para a oficina e, embora ainda fôssemos juntos de vez em quando ao centro da juventude depois de nossos turnos, não andávamos mais lado a lado, e os dias em que eu ficava até tarde com ele lá fora chegaram ao fim.

— Você está bem? — Andrzej me perguntou certa noite. Ele ficou me rodeando com as mãos no bolso, obviamente aberto à ideia de conversarmos. Mas eu não queria desabafar e ainda não estava pronto para me sentir melhor. Além disso, Andrzej mandara as assistentes sociais. Eu precisava dele e precisava de seu favor, mas, se ele estava disposto a separar a minha família, não poderia mais confiar nele.

— Estou bem — respondi com rispidez. E voltei para as panelas.

No dia seguinte, eu estava a caminho do meu turno na oficina quando notei Chaim parado em nosso ponto tradicional na esquina ao final do quarteirão. Tentei passar por ele e continuar sozinho, mas ele esticou a mão para me impedir.

— Não... — comecei a falar, mas ele meneou a cabeça. Foi aí que vi a expressão em seu olhar. — O que foi?

— Sala — ele disse e parou. Suas mãos desabaram e ele respirava de maneira irregular. — Ontem, depois que saímos. Ele e sua família foram deportados. A oficina está fechada.

— Quando você vai contar à sua família que não tem mais emprego? — Chaim me perguntou mais tarde naquele dia, quando estávamos na cozinha do centro da juventude, lado a lado, lavando pratos. Ficamos lá o dia todo, ajudando onde podíamos para nos manter ocupados, enquanto tentávamos digerir a notícia de que meu chefe e sua família haviam sido levados.

— Não vou contar a eles. Só os deixaria preocupados — admiti. — O que você fará para conseguir comida?

— O mesmo que você — disse Chaim, com um sorriso travesso. — Vou implorar a Andrzej o quanto puder e complementar com tantos restos deliciosos do lixo que puder encontrar.

— Somos uma péssima dupla — eu disse, suspirando e passando a ele uma panela para enxugar.

— Ei, pelo menos você está falando comigo de novo. As coisas não estão tão ruins.

No dia seguinte, saí do apartamento na hora de sempre, determinado a não deixar que meus pais soubessem que eu não tinha mais o meu emprego. Chaim e eu concordamos em nos encontrar no centro da juventude, onde tentaríamos falar com Andrzej e ver se ele podia nos ajudar a conseguir mais comida. Estava divagando enquanto caminhávamos, até que olhei para um cruzamento e avistei Dawidek passando à minha frente, andando daquele jeito animado que eu conhecia tão bem e carregando a bonequinha que a garota lhe dera quando veio tentar levá-lo embora. Mas Dawidek não estava com a sua equipe de trabalho nem vestido com suas próprias roupas. Eu nunca vira a roupa que ele estava usando. As calças estavam passadas e limpas; a camisa, impecável. Eram peças boas demais para ele usar no trabalho. Andava junto a um grande grupo de crianças, mas eu não conhecia nenhuma delas, e foi então que percebi que, embora aquela criança fosse igualzinha ao meu irmão, era apenas uma coincidência. Aquele era um grupo de um dos orfanatos, talvez saindo para uma caminhada matinal.

Cada criança levava uma pequena trouxa embrulhada com firmeza em tecido e, conforme a fila de crianças ia passando, notei que, vez ou outra, eu via mais uma delas carregando uma boneca igual à de Dawidek. Algumas das crianças não pareciam ter mais do que três ou quatro anos, e estas normalmente caminhavam com crianças mais velhas, balançando as mãos entrelaçadas no caminho.

Sorri e parei a algumas dezenas de metros do cruzamento. Encostei-me na parede fria de arenito do edifício e observei. As crianças caminhavam em um silêncio obediente, mas não era um silêncio tenso. Fiquei pensando em para onde estariam indo. Não era como se o gueto oferecesse muito entretenimento para os jovens. No passado, a visão de crianças em trajes refinados sugeriria uma visita à sinagoga, mas, é claro, aqueles dias não existiam mais. Mas era uma cena adorável. Uma cena revigorante. Eu a absorvi profundamente e me concentrei no frescor do ar matinal em vez de no cheiro opressivo sempre presente.

Quase me senti esperançoso ao ver aquilo. Havia algo de tão puro na forma como elas olhavam em volta enquanto caminhavam, observando todo o panorama do gueto como se pudessem encontrar algo digno de seu interesse. Não era por acaso que um dos garotos me lembrasse de Dawidek. Ele assumia a mesma expressão de encanto algumas vezes, apesar de tudo que vira e fizera.

Eu devia estar observando aquelas crianças há apenas alguns segundos quando um grupo de *kapos* e alguns alemães também apareceram, e o real contexto da marcha se tornou evidente. Essas crianças não estavam sendo levadas para um passeio divertido. Não estavam flanqueadas somente por enfermeiras e crianças mais velhas. Elas estavam sob guarda armada e, quando refleti a respeito de onde vinham e para onde iam, meu corpo sentiu um choque.

Elas estavam caminhando para a *Umschlagplatz*.

Centenas de crianças marchando felizes para a morte. Uma onda de adrenalina me dominou e fiz menção de correr em direção a elas. Dei apenas alguns passos, até que um homem entrou no meu caminho.

— Garoto, não faça isso — o estranho me alertou. Sua voz era baixa, rouca e desesperada. Como pudera mudar com tanta rapidez do meu fascínio silencioso para esse... sentimento de terror e fúria, esse choque aflitivo e ardente? A sensação corria pelas minhas veias com urgência e determinação, a ponto de meu corpo balançar com sua força.

— Eu tenho que alertá-las — falei, afastando o homem para que pudesse ver a fila de crianças. Pensei no local de onde elas vinham e percebi que provavelmente seria do orfanato Korczak, o maior do gueto, famoso por seu cuidado generoso e pelo seu imenso tamanho. Ainda havia tempo... Talvez, se fizesse um escândalo, eu pudesse...

— Garoto — o homem falou de forma mais urgente desta vez —, não há nada que possamos fazer. Pense direito, sim? Eu deixo você correr até lá, você recebe um tiro e as crianças o *veem* sendo baleado. Elas não estão assustadas agora. Elas não sabem... — Ele parou. Olhei para ele e vi seus olhos brilhando, apesar do queixo teimosamente erguido. — Veja como elas estão calmas. Talvez tenham dito a elas que vão para uma grande aventura. É misericordioso deixá-las sair deste lugar em paz. Ninguém se beneficiará se elas se assustarem.

— Mas não é certo — eu disse, sufocando, enquanto olhava para a fila aparentemente interminável de crianças.

— Nada disto é certo, garoto — o homem disse, empurrando-me abruptamente e balançando a cabeça. — Não seja baleado na frente delas. Não permita que seja a última coisa que verão aqui.

Encostei-me na parede novamente e, desta vez, contei os soldados da ss que supervisionavam os policiais judeus que, por sua vez, supervisionavam as crianças — camadas sobre camadas de opressão, como se as crianças tivessem qualquer chance de resistir. E, ao fundo, vi o diretor do orfanato, caminhando entre duas crianças, segurando a mão de cada uma com força. Ele vinha de cabeça erguida, os olhos grandes e brilhantes. Odiei aquele momento, odiei o mundo e, acima de tudo, odiei aqueles alemães desgraçados que levavam centenas de crianças a marchar pelas ruas de uma prisão para colocá-las em um vagão de transporte de gado e, se Chaim estivesse certo, executá-las. Prender-nos era uma coisa, matar-nos de fome era outra, assim como torturar-nos dia após dia por anos... Talvez eu tenha me tornado quase insensível a essas coisas. Mas ao assassinato em massa de centenas de crianças, um ato tão monstruoso? Sabia em teoria que isso vinha acontecendo e que crianças estavam sendo capturadas a cada dia. Mas eu ainda não vira. E, de certa maneira, não acreditara.

De repente, percebi que a rua à minha volta se esvaziara e que as únicas pessoas do lado de fora eram aquelas sendo levadas sob forte guarda. Praguejei em voz baixa e empurrei várias portas na rua, apenas para descobrir que estavam todas trancadas. Agora meu coração tinha disparado de pânico. Tentei esfriar a cabeça para considerar minhas opções. O centro da juventude não estava longe, era só ir em frente e sua entrada ficava logo na esquina oposta, mas atravessar a rua chamaria muita atenção para mim. Corri até a porta seguinte e a forcei freneticamente. Trancada também, mas o trinco estava quase solto. Afastei-me e dei-lhe uma ombrada com toda a minha força. A porta cedeu e corri para dentro, empurrando uma poltrona até ela para fechá-la.

O apartamento estava vazio e tentei não pensar muito sobre quem poderia ter sido o dono da mobília e das roupas que estavam espalhadas por ele. Disse a mim mesmo para nem *pensar* em saquear, mas, claro, foi aí que pensei mais ainda. Poderia obter comida para vários dias em troca de alguns desses itens, mesmo que não fossem meus.

Agora não, Roman. Pense nisso depois.

Senti uma necessidade bizarra de olhar para aquelas crianças pelo máximo de tempo que pudesse e tentar catalogá-las mentalmente para que alguém, *qualquer pessoa*, se lembrasse, depois que elas se fossem, de que tinham estado aqui. Subi as escadas correndo e encontrei um quarto vazio cuja vista dava para o cruzamento. Escondido atrás de uma cortina no apartamento abandonado de um estranho, chorei. Os soluços atormentavam meu corpo de uma forma que não acontecia desde que eu era criança.

Quando a última criança saiu do meu campo de visão, enxuguei os olhos na cortina e olhei para a rua, tentando avaliar se já era seguro voltar ao centro da juventude. Podia vê-lo do lugar privilegiado onde estava. As portas estavam fechadas e as pessoas que sempre esperavam do lado de fora por comida não estavam lá.

Olhei para o telhado, pensando nas vezes em que me sentara lá com Chaim, jogando conversa fora e até dando risada, como se fôssemos adolescentes normais aproveitando uma noite normal de nossas vidas normais. Olhei para baixo e, de repente, avistei o apartamento acima do centro da juventude: o lar de Andrzej. Havia pessoas na janela olhando para o cruzamento, assim como eu.

Entre a multidão de rostos desconhecidos, eu a vi: a garota que encontrara sentada com Dawidek e Eleonora quando cheguei em casa do trabalho naquele dia. Ela olhava para a rua abaixo com lágrimas escorrendo pelo rosto, os olhos vermelhos e cheios de medo e fúria, exatamente como eu sabia que os meus estavam.

Mas aquela expressão em seu rosto era familiar para mim porque eu já a tinha visto antes. Eu a *causara*. Essa percepção veio como um soco no estômago e de repente compreendi que Samuel estava certo. Minhas ações importavam, as grandes e as pequenas. Se algo que fiz colocara nos olhos daquela garota o mesmo medo e tristeza que essa cena monstruosa causava, eu precisava corrigir isso.

Naquela tarde, no centro da juventude, encontrei um pedaço de papel em uma estante e sentei-me sozinho à mesa para escrever um bilhete. Tive que fazer várias tentativas e fui rasgando o papel depois de cada uma, de modo que ele foi ficando cada vez menor.

Desculpe-me não parecia suficiente. Eu tinha que me abrir, mostrar-me vulnerável. Era a única maneira de ela entender que meu pedido de desculpas era sincero.

Eu sei que te assustei na semana passada e queria pedir perdão. Não é uma justificativa, mas pensei por um instante que minha família tinha sido levada e perdi a cabeça. A verdade é que tenho feito muito disso ultimamente. Não sei como lidar com tudo que está acontecendo à minha volta, mas não quero ser o tipo de homem que instila tanto medo nos olhos de uma mulher como fiz a você naquele dia, mesmo com o mundo tão fora de controle.

Sinto muito. Obrigado por tentar ajudar a minha família. Eu decidi tentar convencer os meus pais de que eles devem ter uma outra conversa com você e sua amiga. Se visitar a nossa casa de novo, serei grato pela oportunidade de me desculpar pessoalmente.

Dobrei o papel e aproximei-me de Andrzej. Talvez a garota ainda estivesse lá em cima no apartamento dele ou em algum lugar no prédio. Em um espaço tão caótico, era perfeitamente possível que não a tivesse visto indo embora. De qualquer forma, estava muito envergonhado para olhá-la nos olhos, então não perguntei sobre ela.

— Foi você quem organizou a visita das assistentes sociais à minha casa?

— Sim — ele respondeu cautelosamente. — Entendi que a sua família precisava de ajuda. Sei que vocês recusaram a oferta, mas...

— Não deveríamos ter recusado — soltei, engolindo em seco enquanto pensava nos órfãos daquela manhã. — Vou convencer meus pais a repensar. E, por favor, poderia entregar este bilhete para a garota? Eu a assustei e quero pedir desculpas.

Ele pegou o bilhete e colocou no bolso.

— É preciso força para pedir desculpas, Roman.

— Não estou certo disso — murmurei. Certamente não me sentia forte.

— E é preciso sabedoria para entender que, em nossas circunstâncias atuais, cada dia pode ser o último, e não podemos deixar ressentimentos mal resolvidos. Ela voltará amanhã e me certificarei de que Elżbieta receba o seu bilhete.

— Precisamos tirar as crianças daqui.

Esperei até que Dawidek e Eleonora dormissem antes de falar com meus pais. A lâmpada de carboneto estava apagada e estávamos todos deitados na escuridão. Meus pais não reagiram e fiquei pensando se esperara demais para falar, pois, apesar de tudo, Samuel ainda conseguia dormir como uma pedra. Após um momento, porém, minha mãe se virou para mim:

— Por que diz isso?

Achei que conseguiria contar a eles sobre as crianças do orfanato sem chorar, mas estava errado. Quando terminei de explicar o que vira, meu rosto estava molhado de lágrimas, e minha mãe e Samuel se levantaram do colchão para se sentarem perto de mim, um a cada lado. Era uma noite quente e o ar estava parado e sufocante, mas precisava tão desesperadamente ser consolado que desabei nos braços deles.

— Continuamos a esperar que as coisas melhorem — ponderei ao terminar de contar a história. — Continuamos a supor que as coisas vão melhorar. As coisas só pioram, e, cada vez que penso que não podem ficar piores, elas ficam. Temos a oportunidade de libertar Dawidek e Eleonora de tudo isso. Temos a oportunidade de salvá-los do que quer que exista depois da *Umschlagplatz*. — Virei a cabeça para a direita e busquei o olhar de Samuel na escuridão. Minha voz falhou quando sussurrei: — Por favor, Samuel. Por favor, deixe-os ir.

— Precisamos ficar unidos como família — ele sussurrou, passando o braço em volta dos meus ombros e os apertando de leve. — Ainda podemos cuidar uns dos outros.

— Você está tão certo do seu otimismo que poria a vida de Eleonora em risco? — minha mãe perguntou amargamente. Ela se afastou um pouco de mim e se inclinou para encarar Samuel. — Roman tem razão. Mesmo que haja uma fazenda de trabalho em Treblinka, mesmo que seja outro campo com mais comida e ar fresco, ainda é um *campo*. Nossos filhos não pertencem à prisão! Aquelas assistentes sociais podem entregá-los a uma família.

— Você disse que concordava comigo — disse ele, após uma pausa. — Conversamos sobre o assunto na semana passada depois que elas saíram. Você concordou comigo. O que mudou?

— Não concordei com você. Só percebi que não adiantava discutir — minha mãe explodiu. — Eu direciono toda a minha energia para tentar sobreviver, Samuel. Cada pensamento, cada emoção, tudo para conseguir apenas sobreviver por mais um dia, para dar às crianças mais um dia neste inferno. Tento preservar a minha energia para produzir leite, mas ela está acabando mesmo assim. — Podia ouvir os soluços na voz de Mamãe e meus próprios olhos estavam encharcados. Estendi a mão e minha mãe a segurou. — Entregar as crianças para as assistentes sociais é um risco — ela admitiu roucamente —, mas você está certo, Roman. Mantê-las conosco é ainda mais arriscado.

— Você percebe que, se as mandarmos embora, talvez nunca mais as encontremos? — sussurrou Samuel, desesperado. — Nossos filhos são tudo o que temos para viver. Se eles se forem, como seguiremos em frente?

Quando Mamãe falou de novo, sua voz era firme.

— Seguiremos em frente sabendo que fizemos a única coisa que *podíamos* fazer para dar às crianças uma chance.

15

Emilia

NENHUM DIA NO GUETO ERA UM BOM DIA, MAS AQUELE, o dia em que os órfãos saíram, foi o pior dos piores.

Acabáramos de chegar quando a história chocante da procissão marchando pela rua Smocza percorreu o centro da juventude. Sara e Andrzej sugeriram que nos abrigássemos no apartamento dele para o caso de os problemas chegarem ao centro também, mas com isso pude assistir de camarote à partida das crianças.

As bonecas. Elas estavam com as minhas bonecas. As crianças estavam levando as minhas bonecas.

Quando as batidas policiais foram encerradas, Sara sugeriu que fôssemos embora. Eu me recompus para que pudéssemos sair do gueto e voltar ao nosso escritório na prefeitura. Porém, assim que Sara e eu entramos e fechamos a porta, desabei de vez sobre a sua mesa. Matylda se juntou a nós pouco tempo depois. Ficamos sentadas no escritório de Sara. Ela e Matylda em estado de choque, e eu, completamente esgotada.

— Tinha tanta certeza de que as crianças estavam em segurança lá. É o orfanato mais famoso de toda a Polônia. Achei que nunca chegariam nem perto dele — murmurou Matylda. Seus olhos não tinham lágrimas, mas ela estava pálida como um cadáver.

— Nós poderíamos ter feito algo — deixei escapar. — Não poderíamos? Deveríamos? Talvez alguma outra pessoa as tenha ajudado. Ainda havia quarteirões e mais quarteirões antes de chegarem à plataforma de embarque. Talvez algo tenha acontecido. Talvez alguém tenha intervindo. Talvez elas estejam bem. Além disso, não havia nada que pudéssemos ter feito. Certo?

Mas elas ficaram em silêncio novamente, olhando para o nada. Eu estava desesperada para que alguém me dissesse que estava tudo bem. Queria que alguém me absolvesse.

Depois de um momento, Matylda saiu e retornou com uma garrafa de vodca. Ela encheu três copos e empurrou o menor para mim.

— Matylda — Sara bronqueou —, como vou explicar uma Elżbieta embriagada para os pais dela?

— Talvez possa dizer a eles que ela viu duzentas crianças marcharem para a morte hoje — respondeu Matylda com rispidez. Ela suspirou e continuou: — Sara, não podemos exigir que ela assuma responsabilidades de um adulto sem qualquer consolo para adultos.

A vodca tinha gosto de veneno para mim, mas peguei o copo e dei uma bebericada cuidadosa. Sara virou o dela em um único gole e, depois, apoiou os cotovelos na mesa, cobrindo o rosto com as mãos.

— Às vezes ainda sinto como se tudo isso fosse um pesadelo. Não é louco? — falei, mais uma vez desesperada para quebrar o silêncio triste da sala. — Depois de todos esses anos, é o nosso normal agora, mas não parece normal. E algumas vezes, quando acordo, nos primeiros poucos segundos, eu esqueço. Esqueço tudo que perdemos. Esqueço que há pouca esperança para nós e que eu apenas existo. Amo esses momentos. Em um dia como hoje, porém, não consigo parar de pensar se terei um instante de abençoada ignorância novamente. Depois de ver essas coisas, tão horríveis que você não consegue evitar tornar-se insensível a elas, como pode simplesmente voltar a existir? Mesmo se a guerra acabar amanhã, sinto que estarei destruída pelo resto da vida, de maneiras que não consigo nem compreender, quanto mais explicar.

— Espero que as crianças não tenham sofrido — disse Sara, quase para si mesma. — Claro que não estavam com medo, pelo menos as mais novas. Espero que, até o último minuto, tenham pensado que iam para um lugar maravilhoso...

Sua voz falhou e ela começou a chorar. Aquilo desencadeou uma reação ao redor da mesa. Logo, até Matylda estava chorando.

Eu não era a única pessoa naquela sala destruída pelo que víramos naquele dia. O som daquelas mulheres chorando corroborava o meu pesar drástico e profundo.

No dia seguinte, não me encontrei com Sara no hall para pegar o bonde das sete horas. Em vez disso, fiquei deitada na cama, encolhida e enrolada como uma pequena bola, pensando nas crianças caminhando com suas bonecas. Mal dormira porque a imagem daquela fila de crianças continuou a marchar em minha mente, um eterno ciclo de esperança e vida perdidas.

— Elżbieta, sei que não está bem, mas deve tentar comer para manter as forças — disse Truda, trazendo um prato de sopa para mim na hora do almoço. — Sara ligou do escritório. Ela disse que estão sentindo muito a sua falta e esperam que você volte ao trabalho amanhã.

— Talvez — respondi em um tom monótono. — Não estou com fome. Posso comer mais tarde?

Fiquei na cama o dia todo. Era algo que não tivera o luxo de poder fazer após o assassinato do meu pai e muito menos depois da morte do meu irmão. Assim, tinha pesar de sobra para pôr em dia, e, deitada na cama naquele dia chuvoso, refestelei-me. Um pouco depois das sete horas a porta se abriu e Sara entrou no quarto. Ela fechou a porta silenciosamente e se sentou na beirada da cama.

— Você está aborrecida — disse ela. — Eu entendo o motivo. Tive minha dose de angústia na noite passada também.

— Estou de *luto*.

— Havia duzentas crianças naquele orfanato.

— Elas sobreviveram? — perguntei, de repente tão esperançosa que me sentei.

Sara fez uma careta.

— Querida, não... — Ela balançou a cabeça. — Ninguém sabe com certeza o que acontece quando as pessoas descem daquele trem, mas com certeza elas embarcaram nele e não vão voltar. Ouça, preciso que entenda que havia duzentas crianças no orfanato. É uma tragédia imensa que as tenhamos perdido, mas pense na escala do ocorrido, Elżbieta. Há em torno de cinquenta mil *outras* crianças naquele gueto. Não pudemos salvar as duzentas, mas há muitas outras, e cada vida que salvamos é uma vida que conta. Preciso que volte ao trabalho amanhã.

— Não posso — falei, afundando-me de volta no travesseiro. — Desculpe, Sara. Simplesmente não posso.

— Sei que exigimos muito de você, sei que você é uma criança. Sei que tudo isso é demais, mas quando penso no que as crianças no gueto são forçadas a aguentar... Bem, quando penso nisso, não me sinto culpada pelas coisas que pedimos que você faça. Além disso, você está em nosso círculo de confiança, e é um círculo *bem* pequeno, portanto, cada parte dele conta. E além de tudo isso?

Ela tirou do bolso um pequeno bilhete, firmemente dobrado. Alcançou minha mão e entregou-me.

— Você se lembra dos filhos dos Gorka na semana passada? A bebê doente, o garotinho?

— O irmão nervoso — eu disse, hesitante, e ela assentiu com a cabeça. Estremeci, e as lágrimas inundaram meus olhos. — Sara, não sou forte o suficiente para continuar. Pensei que fosse, mas estava errada. Não consigo.

Sara pegou o bilhete, desdobrou-o e o pôs de volta na minha mão.

— Os filhos dos Gorka não são uma chance perdida. Na verdade, Matylda encontrou uma mãe adotiva para a bebê, uma mulher que perdeu a filha e tem leite e comida. Ela pode ajudar a pequena bebê a se recuperar. Mas conectar essa mulher à bebê depende de continuarmos a fazer o nosso trabalho.

— Você pode fazer isso sem mim — sussurrei. — Eu nem ajudo tanto com esse lado das coisas.

— Você verá, Elżbieta. O que você faz é tão importante quanto o trabalho que eu faço, e não posso deixar que desista. Nos vemos amanhã de manhã no hall.

— Não — protestei.

Ela se levantou, deu um beijo na minha testa e murmurou:

— Querida, leia a droga do bilhete — e saiu.

Olhei para o papel em minhas mãos. As palavras haviam sido escritas em uma letra firme e compacta; até a escrita parecia fervilhar de raiva. Mesmo assim, não havia como negar a humildade evidente que o levara a escrever para mim, e pude sentir um remorso genuíno nas palavras. Visualizei sua irmãzinha e me lembrei do vazio em seu olhar.

Vazio como os olhos do meu irmão depois de sua morte.

De repente, compreendi a raiva que vira em Roman Gorka. Pensei naquele jovem preso entre os muros do gueto e condenado, mas ainda assim tão comprometido com a bondade que tentava se desculpar. Não havia nada que ele pudesse fazer para ajudar a sua família, a não ser convencer seus pais de que deixar os filhos irem era a decisão correta.

Mas havia algo que eu podia fazer. Podia me recompor e voltar àquele gueto para ensinar orações católicas ao seu irmãozinho. Pulei da cama e fui jantar com a minha família.

— Está se sentindo melhor? — perguntou Mateusz, bagunçando meu cabelo enquanto se sentava.

— Estou — respondi.

— Devemos fazer algumas bonecas mais tarde? — tio Piotr perguntou com alegria. Estremeci involuntariamente, pensando nas bonecas nas mãos daquelas crianças.

— Ainda estou um pouco cansada — forcei-me a dizer. — Acho que vou para a cama mais cedo.

As bonecas foram uma ideia pura, um gesto inocente cujo objetivo era ajudar crianças também inocentes. Mesmo assim, sabia que nunca mais me sentaria com a minha família para desenhar os rostos daquelas bonecas.

Talvez pudesse me forçar a voltar para o gueto, mas teria que aprender a não o trazer para casa — ou não sobreviveria.

Eu sempre ficava nervosa nas visitas às residências, mas Sara insistiu em visitar a família Gorka no nosso caminho de volta no dia seguinte para contar a eles sobre a acomodação que encontrara para a bebê Eleonora.

— Obrigada por voltar — disse Maja, oferecendo um sorriso tímido enquanto nos deixava entrar no apartamento.

Na última vez que os visitamos, as outras famílias do apartamento estavam ocupadas com tarefas na cozinha e no quintal. Hoje, havia pessoas por todos os lados, e fiquei chocada só de pensar em todas elas tentando viver naquele espaço minúsculo. Uma senhora idosa estava sentada em uma almofada no chão e observava três crianças que disputavam uma pequena bola. Dois homens fracos e idosos estavam lendo e, pela porta aberta da cozinha, vi duas mulheres de meia-idade sentadas à mesa e conversando.

Pus a mão no compartimento oculto da minha bolsa, mas descobri que tinha apenas duas bonecas. Suspirei e tirei a mão, enquanto Sara pegava a bolsa dela.

— Preciso esvaziar o compartimento da minha bolsa — ela murmurou, vasculhando lá dentro e depois me entregando um pedaço de pão e três bonecas. Levei os presentes para as crianças e me agachei até ficar na altura delas.

— Olá — eu disse. — Vocês querem um presente?

Parti o pão em três e as crianças logo pegaram seus pedaços, enfiando-os na boca.

— Obrigado, moça — o garotinho disse com a boca cheia.

— E olhem — entreguei uma boneca para cada um —, é meu e da minha amiga.

Seus olhos se arregalaram de admiração. A criança mais nova levou a boneca à boca como se fosse comê-la, mas a garota gêmea a retirou, rindo e murmurando em iídiche para ela. A pequena pareceu entender a ideia depois disso e imitou as outras crianças, abraçando a boneca.

A bebê Eleonora estava deitada em um cobertor, olhando para o teto, não muito distante de onde eu me sentara com as outras crianças. Maja a pegou, ninou-a e nos levou até um quarto.

— Nossas amigas voltaram — disse Maja ao marido, fechando a porta depois de entrarmos. Samuel estava deitado em um colchão no chão, lendo. Ele baixou o livro e olhou para mim, o olhar sombrio e sem expressão.

— Temos algumas preocupações — ele iniciou após nos cumprimentar, fechando o livro. — Maja e eu agradecemos muito a sua gentil oferta, mas só podemos aceitá-la se soubermos que encontraremos os nossos filhos quando a guerra acabar.

— Minha equipe é cuidadosa na auditoria das acomodações de nossas crianças. Minha supervisora mantém um rígido registro de quem foi acomodado em qual lugar. É da maior importância que encontremos as crianças quando a guerra acabar para que as famílias possam se reunir de novo. Também estamos ajudando as famílias adotivas financeiramente, tanto quanto podemos. Seus filhos serão bem cuidados.

— Não temos nenhum dinheiro — disse Maja, com uma expressão de frustração.

Sara abriu um sorriso compassivo.

— Quase nenhuma família judia tem dinheiro agora. Estamos tentando encontrar outras maneiras de financiar nossas operações.

— Então, para onde eles iriam? Nossa Eleonora e nosso Dawidek? — perguntou Samuel.

Eu sabia que essa próxima conversa seria delicada. Dawidek não parecia estar em casa naquela manhã, mas o vira em nossa última visita e sabia que sua acomodação representava um desafio significativo. Dawidek tinha lindos olhos, castanhos e profundos, cílios escuros e um cabelo espesso quase preto. Ele não parecia em nada com seu irmão, de feições muito mais claras. Na verdade, Dawidek se parecia exatamente como eu imaginava que seu pai teria sido décadas atrás.

Não conseguiríamos acomodá-lo em um orfanato nem mesmo por um instante: sua aparência era tipicamente judia. Além disso, ele era alto, e, embora mirrado, sua estrutura óssea era larga demais para que se passasse por menina. Não seríamos capazes de escondê-lo em plena vista. Teríamos de encontrar uma família que realmente pudesse escondê-lo indefinidamente. Encontrar um lugar seguro assim levaria algum tempo e imaginei como Sara explicaria isso para a família. Esperava que ela falasse a esse respeito com cuidado, explicando de forma detalhada as dificuldades, mas, em vez disso, ela falou sem rodeios:

— Não podemos acomodá-los juntos. Sinto muito.

Maja cobriu a boca com a mão, chocada.

— Você vai separá-los? Mas não pode! Eles precisam um do outro...

— Nós devemos — disse Sara gentilmente. — Eleonora deve ir para uma casa onde ela possa ser amamentada. Conhecemos uma mãe adotiva que pode fazer isso. Na realidade, ela perdeu a própria filha apenas algumas semanas atrás e, mesmo de luto, está decidida a ajudar outra criança, por isso, fez de tudo para garantir que seu leite não seque. Mais ainda, o marido da mulher é médico. Eleonora estará em boas mãos com eles. Ela terá muito espaço e ar fresco, boa comida e uma casa ampla. Poderá sair livremente porque os vizinhos da mãe adotiva não sabem que o bebê dela faleceu. Eleonora terá um novo nome, mas certidões genuínas de nascimento e de batismo. Não tenho nem como explicar a sorte que demos. É como se as estrelas se alinhassem.

— Isso parece maravilhoso — sussurrou Maja, olhando para a filha. Mas, quando se voltou para nós, seu olhar denunciava o medo. — Mas Dawidek... E Dawidek?

— Será muito mais difícil acomodá-lo. Aquela família não pode recebê-lo. Levantaria muitas suspeitas. Me dói dizer isso, mas vocês devem entender que a aparência de Dawidek o denunciaria, independentemente de onde o acomodemos. Seu resgate não será tão simples. Temos que pensar sobre isso e trabalhar para descobrir um lugar onde ele possa ser acomodado com segurança. Mas Eleonora é um resgate muito mais simples e urgente. Senhora Gorka, a senhora sabe tão bem quanto eu que ela precisa de nutrição adequada imediatamente. Além disso, cada dia que vocês a escondem aqui é mais um dia de risco para todos vocês.

— Se eles não podem ir juntos, então ficarão conosco — disse Samuel, balançando a cabeça. — Agradecemos às duas pelo tempo...

— Senhor Gorka, por favor — deixei escapar —, por favor, deixe-nos acomodar os seus filhos. O senhor deve ter ouvido os rumores. Deve saber para onde os trens estão indo...

— Eu não vou separar a minha família por causa de rumores! E...

— Samuel... — implorou Maja. A resiliência do homem cedeu. Lágrimas encheram seus olhos, ele envolveu a barriga com os braços e começou a se balançar para a frente e para trás.

— Não, Maja... — ele engasgou-se. — Não consigo.

— Temos de deixá-los ir. Precisamos *deixá-la* ir. É a única forma de ela sobreviver.

— Como pode me pedir para fazer isso? — ele murmurou. — Deve haver alguma outra coisa que possamos fazer aqui, alguma maneira de conseguir mais comida para você, para ajudá-la a produzir mais leite...

— Se houvesse um jeito, já teríamos descoberto. Temos que deixá-la ir.

— Não posso. — O homem sufocava em seu choro enquanto balançava a cabeça. — Maja, não posso fazer isto.

— Então eu farei por nós — a mulher disse, erguendo a cabeça com teimosia. Ela olhou para Sara: — O que acontece em seguida?

Samuel chorava em um canto, curvado sobre o corpo, emitindo um som tão profundo e oco que me deixou de coração partido. Mas Maja não chorava enquanto ajudava Sara a preparar a bebê para a evacuação, vestindo-a com sua melhor roupa, limpando suas mãozinhas minúsculas e seu rosto e sussurrando delicadamente em iídiche.

Eu nunca tinha presenciado essa parte do processo porque Sara tomara precauções para me deixar de fora dele. Mas Eleonora estava muito doente e fraca e, dada a situação, quanto antes ela estivesse acomodada com sua família adotiva, melhor para todos. A certa altura, Sara indicou que eu deveria segui-la ao outro lado do quarto, para dar a Maja e à bebê um momento a sós. Sara apanhou sua bolsa e removeu o fundo falso; eu fiz o mesmo com a minha. Ela me repassou os seus remédios secretos, uns poucos frascos melancólicos marcados a tinta, e escondi-os na minha bolsa. Mas Sara separou um frasco, colocando-o no chão ao lado de seus pés enquanto escrevia em um pedaço de papel para calcular a dose.

— Sedativos são difíceis de conseguir — ela murmurou, extraindo o líquido do frasco com uma seringa de metal. — Cada gota é importante, e é muito fácil exagerar na dose para uma criança, o que pode fazê-la parar de respirar. É melhor dar pouco do que muito, mas isso significa que teremos de nos apressar até os portões antes que ela acorde. Ela vai dormir por apenas uma hora. Deveríamos usar um dos portões mais distantes hoje, mas não temos muito tempo, e só podemos torcer para que o capitão Fischer não esteja nos portões da rua Muranowska.

— E se estiver? — sussurrei, aflita com o pensamento.

Sempre que nos deparávamos com Fischer, ele inevitavelmente nos parava e revirava as nossas bolsas, divertindo-se com o fato de ser uma inconveniência para nós. Ele nunca descobrira os fundos falsos, mas, do mesmo modo, nenhuma de nós jamais carregara alguma coisa neles cujo peso se aproximasse do peso de uma criança.

— E ela conseguirá respirar dentro da bolsa?

Sara me mostrou uma aba minúscula no canto do compartimento secreto.

— Vou deixar aberta enquanto ela estiver lá.

— Sara, se Fischer estiver no portão...

— Decidiremos o que fazer caso ele esteja.

Maja ninava a bebê, cantando delicadamente para ela enquanto Sara aplicava a agulha. A bebê mal reagiu à picada, mas, poucos segundos depois, seus olhinhos se fecharam. Sara pegou um pedaço de musselina, esticou no colchão e Maja acomodou com cuidado a sua filha adormecida sobre ele. Ela ajeitou os membros de Eleonora e beijou-a na testa. Samuel se recompôs momentaneamente e se aproximou para lhe dar um beijo na bochecha. Sua voz saiu embargada quando ele sussurrou para a bebê, e eu não precisava ser fluente em iídiche para saber que estava se despedindo.

Eu sabia que Matylda mantinha registros meticulosos para que as crianças pudessem se reunir com seus pais depois da guerra, mas também sabia que as chances de Maja e Samuel sobreviverem eram pequenas. Eu me sentia tão aliviada de estar com Sara. Ela era calma e mantinha a compostura. Assim que Samuel se afastou da bebê, Sara assumiu o seu lugar, enrolando a bebê com firmeza e eficiência, deixando um espaço no tecido apenas em torno da sua boca e de seu nariz, e então levantou Eleonora para acomodá-la com delicadeza no fundo da bolsa.

— É seguro? — Maja engasgou-se, por fim chegando às lágrimas.

— Já fiz isso muitas vezes — murmurou Sara. — A bolsa é projetada para isso. Elżbieta, pode me dar uma mão? — Aproximei-me e ela baixou a voz para que somente eu a ouvisse dizer. — Precisamos fazer isso rápido. Me ajude, por favor.

Eu a ajudei a reorganizar os insumos médicos por cima da bebê e depois levantamos.

— Voltaremos para discutir o caso de Dawidek assim que descobrirmos um local onde ele possa ficar em segurança — ela disse, caminhando para a porta.

Eu ia segui-la, mas Maja agarrou o meu braço.

— Por favor, cuidem bem dela — sussurrou aos prantos. — Ela merece o melhor tipo de vida.

Não sabia por que ela estava falando aquilo para *mim*. Meu papel naquele momento era apenas seguir Sara. Não sabia nem como responder, então apertei a mão de Maja e disse sem jeito:

— Vamos nos certificar de que ela seja bem cuidada.

— Obrigada. Obrigada por nos ajudar.

Pensei no bilhete que Roman me enviara e desejei ter tido tempo de escrever uma resposta. Muito provavelmente, cedo ou tarde eu faria o treinamento com Dawidek, mas não queria esperar. O tempo era muito precioso naquele lugar.

— A senhora poderia, por gentileza, dizer a Roman que eu o perdoo? Ele escreveu um bilhete para mim, desculpando-se pelo que ocorreu aqui na semana passada... Eu agradeceria se pudesse dizer a ele que o recebi.

— Ele é um bom garoto. Estou contente que tenha se desculpado.

Assenti com a cabeça tristemente, mas tinha que ir. Sara já estava na rua.

— Venha logo — ela pediu quando enfim saí. — Quanto mais cedo estivermos do outro lado, mais cedo *ela* estará. Passos rápidos, por favor, Elżbieta.

Eu já entrara e saíra do gueto dezenas de vezes, tão frequentemente que já não me sentia mais aterrorizada a cada segundo de cada jornada. Porém, naquele dia, com aquela pequena bebê no fundo da bolsa médica de Sara, meu nível de ansiedade estava mais alto do que nunca. Andávamos com pressa em direção ao portão da rua Muranowska e sem conversarmos com ninguém. Não havia como nos distrairmos da realidade do que acabáramos de ver e do que fazíamos naquele momento.

Mas, quando dobramos a esquina após o último edifício antes do portão, Sara parou abruptamente. Quase a atingi pelas costas, e ela disse baixinho:

— Pare. *Pare.*

Parei, trêmula, e me encostei na parede lateral do edifício. Meu coração estava disparado de tal maneira que eu podia sentir os cantos da minha vista escurecendo. Tive que me lembrar de respirar fundo e devagar. Se desmaiasse, seria um inconveniente e uma distração, e a bebê poderia morrer.

Percebi algo se mexendo perto dos meus pés e fiquei inquieta ao ver que Sara colocara a bolsa no chão e a empurrava devagar na minha direção com o calcanhar. Alcancei a bolsa e a arrastei pela calçada até chegar aos meus pés.

— Dê-me a sua bolsa — sussurrou Sara.

— Minha bolsa? Mas por que...

— Há uma fila no posto de controle — ela sussurrou para mim da esquina. — Fischer está lá. Ele me viu, por isso, se eu voltar agora ele achará suspeito e poderá me seguir. Você tem que ir sozinha.

Meu coração saltou enquanto eu olhava para a minha bolsa e a de Sara.

— O que eu faço? — sussurrei exasperada, empurrando a minha bolsa pelo chão em direção a ela.

— Não temos muita escolha. Ela não pode ficar aí por muito mais tempo. Vá ao portão da praça Krasiński e então à parada do bonde na Muranowska.

— *Sozinha*? — engasguei, mas ela já tinha se afastado. A fila estava andando.

A bolsa de Sara era mais pesada do que seria de esperar, mas, mesmo assim, leve demais para quem levava um ser humano. Assim que a ergui do chão, senti um frio na barriga. Estava fora de mim e completamente aterrorizada. Sim, eu estivera no gueto dezenas de vezes, mas nunca passara pelos portões sozinha.

Agora, lá estava eu, não apenas sozinha, mas também totalmente responsável pelo resgate de uma bebê doente.

Tudo parecia ter diminuído de ritmo e eu conseguia ouvir as batidas do meu coração nos ouvidos. Quando inspirei profundamente pelo nariz, tentando me acalmar, senti o cheiro de morte e sofrimento no ar. Pensei em como o ar era limpo e fresco do outro lado e em como aquela bebê precisava daquele ar, mas estava paralisada de pânico e medo.

Eu não consigo fazer isso. Não sou forte o suficiente. Não sou corajosa o suficiente. Sou uma criança jogando um jogo de adultos.

Dobrei a esquina e me deparei com um beco. Não estava deserto; nenhum lugar no gueto ficava deserto. Mas aquele beco era o lar de apenas algumas crianças sozinhas e de um homem esquelético que dormia debaixo de seu casaco.

Agachei-me nos paralelepípedos e olhei para a bolsa médica.

Poderia levar a bebê de volta aos pais. Sabia que seria algo totalmente razoável de se fazer. Sara e eu poderíamos tentar no dia seguinte novamente. Tentei me convencer de que, se fizesse isso, ela ficaria orgulhosa de mim por pensar de forma tão racional sobre a situação enquanto *ela* obviamente não o fizera: era provável que tivesse entrado em pânico ao ver Fischer e era por isso que não tinha pensado nessa alternativa.

Ou talvez eu pudesse levar a bebê de volta ao centro da juventude. Andrzej me ajudaria. Talvez lá houvesse algum túnel pelo qual pudesse me arrastar com a bolsa médica. Aquilo me pouparia de passar sozinha pelo posto de controle.

Mas utilizáramos o nosso precioso sedativo e eu sabia da dificuldade para consegui-lo. Além disso, realmente poderia esperar que a família se despedisse de sua querida filha uma segunda vez? Sara me dissera *exatamente* o que fazer. Eu só estava apavorada demais para seguir suas instruções.

As lágrimas ameaçavam sair, mas pisquei para afastá-las porque sabia que, se deixasse apenas uma rolar, eu me dissolveria em soluços. Em vez disso, respirei fundo mais algumas vezes e comecei a rezar.

Deus. Por favor. Ajude-me a saber o que fazer. Tomasz, se pode me ouvir, preciso que interceda por mim. Pai, se está me escutando, por favor, me ajude.

Apenas trazer minha família à mente foi o suficiente. Eu sabia que meu pai teria agarrado aquela bolsa e marchado pelo posto de controle de cabeça erguida. Tomasz teria feito isso também. A coragem estava no meu sangue. Eu a herdara ao nascer e sabia disso graças ao legado dos meus familiares.

Tinha apenas que buscá-la no fundo do meu âmago.

Ergui a bolsa com cuidado enquanto me levantava e me dirigi aos portões da Krasiński. Verifiquei os bolsos para me certificar de que estava com os meus documentos. Decidi evitar fazer contato visual com as pessoas que passavam, caso alguma alma desesperada tivesse a ideia de roubar a minha bolsa. Fiquei olhando para o chão conforme meus passos se sucediam de maneira uniforme.

Eles vão perguntar por que estou aqui sozinha. Quem em sã consciência permitiria que uma garota de catorze anos fizesse o controle epidêmico por conta própria? Basta apenas que um soldado me questione para eu cair em lágrimas. Minhas mãos estão tão suadas... E se eu derrubar a bolsa? E se a bebê já estiver morta? E se eu for pega e torturada? Vou acabar denunciando todo o esquema. Não tenho forças para guardar os segredos de Sara e Matylda. Mal consigo guardar os meus.

O posto de controle estava logo à frente. Um comerciante passou por ele quando me aproximei. Os guardas verificaram seus documentos, mas mal olharam para o homem. Estavam parados um do lado do outro no portão, um deles fumando. Apanhei os meus documentos e os entreguei a um dos guardas, da mesma maneira que poderia ter feito se Sara estivesse comigo.

Esperei que ele me perguntasse por que eu estava sozinha. Esperei que inspecionasse a bolsa. Esperei ser pega, exposta, executada, assim como meu pai, assim como meu irmão. Será que a morte viria depressa? Eu sentiria a bala entrar no meu crânio? Escutaria o tiro? Ou a primeira coisa que perceberia seria minha entrada no céu? E, se fosse o caso, seria recebida pelo meu pai e pelo meu irmão? Eles estariam orgulhosos de mim por tentar ajudar esta bebê ou desapontados com o meu fracasso?

— Senhorita? — o soldado disse com rispidez. Meu café da manhã era um caroço sólido em minha garganta, pronto para escapar.

— Sim?

Ele dirigiu a mim um olhar severo. Já tinham me liberado para passar, mas eu estava tão absorta em meu pavor que congelara. Assenti com a cabeça de maneira breve, séria e sensata, como imaginei que qualquer adulto faria, e comecei a andar.

Meu próximo desafio era encontrar a parada do bonde, e isso foi mais complicado do que imaginara. *Qual* era a certa e onde ficava? Estava desorientada por causa do pavor e não tinha ideia de qual direção deveria tomar. Não parecia seguro perguntar o caminho. E, então, senti: um pequeno movimento dentro da bolsa médica.

Eleonora estava acordando. Uma bebê logo começaria a chorar no fundo da minha bolsa.

Suei frio, consciente dos soldados alemães patrulhando as ruas aleatoriamente e dos poloneses pouco compassivos. Olhei em volta, desesperada para encontrar algum ponto de referência conhecido, e foi então que me dei conta do lado do gueto em que estávamos.

Minha casa, a casa de Sara, nosso prédio estava a apenas dois quarteirões.

Entrei no hall e subi as escadas para o terceiro andar e a entrada do apartamento. O movimento dentro da bolsa estava ficando mais constante agora, enquanto Eleonora se contorcia, e pensei ter ouvido um choro baixo de protesto. Minhas mãos estavam tão suadas que tive que secá-las na minha saia.

Não teria como explicar a Truda por que estava vestida com as roupas de Sara. Não haveria meios de explicar por que estava usando maquiagem. Mas não tinha jeito, eu precisava entrar em nosso apartamento para pegar a chave extra de Sara. Coloquei a bolsa no chão do lado de fora do apartamento e rezei novamente.

Por favor. Preciso de outro milagre, só um pequenininho desta vez. Por favor, faça com que Truda esteja em seu quarto descansando ou na cozinha fazendo tanto barulho que nem possa ouvir a porta da frente.

A porta se abriu e eu espiei o lado de dentro com cautela, encontrando o apartamento silencioso e pelo menos as áreas comuns felizmente vazias. Minhas mãos tremiam com violência quando apanhei a chave adicional e a bolsa no corredor antes de entrar no apartamento de Sara. Tranquei a porta, coloquei a bolsa no sofá e apressei-me a remover o fundo falso. Os grandes olhos de Eleonora Gorka me fitavam. Ela piscou com a luz e, então, entregou-se a um choro triste e fraco.

Afastei-me da bolsa e vomitei em cima do carpete, mas não havia tempo para limpar a minha sujeira ou mesmo para me sentir aliviada. Ainda não estávamos em segurança. Ainda tinha que descobrir o que fazer em seguida.

Ergui a bebê e busquei o conjunto de costura de Sara para pegar um dedal. Enchi-o com água da torneira e levei-o aos lábios de Eleonora. Ela reclamou furiosamente no início e eu a acalmei com delicadeza, agradecendo com tristeza por ver que, em seu estado debilitado, seu choro estava fraco também. Quando enfim consegui molhar seus lábios, fui ao telefone, liguei para a central telefônica e pedi para falar com o escritório de Matylda.

— Alô?

— Matylda — deixei escapar quando a linha foi conectada, de repente entrando em pânico mais uma vez. Eu sabia que ninguém da equipe revelava os detalhes das operações secretas pelo telefone. As linhas telefônicas não eram seguras; as operadoras da central entreouviam as conversas durante todo o tempo. Tentei pensar nos jogos de palavras que eu tinha ouvido as mulheres do departamento fazer quando ligavam para os orfanatos. Elas entabulavam uma conversa e, ao mesmo tempo, revelavam detalhes em código para ajudar as freiras do orfanato a saber que as crianças estavam chegando e como estariam vestidas.

Mas aquele sistema só funcionava porque as pessoas de ambos os lados do telefone o conheciam.

— Elżbieta — disse Matylda cautelosamente —, como você está hoje?

— Sara e eu estávamos fazendo a nossa inspeção quando comecei a passar mal — disse devagar. — Ela continuou sem mim, mas quis ligar para o escritório para informar a vocês que tive que vir para casa. Além disso, estou com a bolsa médica de Sara e sei que ela vai procurá-la.

— Obrigada por informar, Elżbieta — respondeu Matylda. Eu não sabia se ela tinha compreendido, até que acrescentou com tranquilidade: — Você acha que seria mais conveniente deixar a bolsa no apartamento de Sara ou devo mandar alguém ir buscá-la?

— Bem, Sara vai precisar dela com certeza — eu disse. — Você sabe como ela depende da bolsa médica. Mas ela não sabe que eu vim para casa. Ela estava a caminho de uma parada de bonde depois da inspeção de tifo para voltar ao escritório e deve estar esperando por mim lá. Estava me sentindo tão mal que não conseguia me concentrar.

— Quer saber, Elżbieta? — emendou Matylda repentinamente. — Está uma tarde tão agradável. Acho que vou até aí e pego a bolsa eu mesma. Aliás, acho que era a parada da praça Muranowski que ela usaria hoje. Isso te ajuda a lembrar?

— Isso! — exclamei, sentindo-me estúpida por ter esquecido. — Acha que eu devo ir até lá agora para encontrá-la?

— Não, tudo bem. Apenas descanse. Vou passar pela parada do bonde no caminho para pegar a bolsa, só para o caso de Sara ainda estar lá esperando por você. Nos vemos em meia hora.

Quando desliguei o telefone, o alívio tomou conta de mim e meus pensamentos começaram a se acalmar. Finalmente percebi o odor azedo no apartamento de Sara: Eleonora tinha evacuado na bolsa e meu vômito estava espalhado pelo carpete. Peguei uma toalha no armário de roupas de cama e banho de Sara e tentei limpar a bebê da melhor maneira possível, repetindo depois o processo no carpete.

Quando terminei, afundei no sofá e olhei para a bebê. Ela estava dormindo de novo, com uma respiração ritmada e tranquila. Toquei sua bochecha com a ponta dos dedos, no mesmo lugar onde seu pai dera um beijo.

Levantei-me do sofá, apanhei alguns papéis da mesa de Sara e derramei todo meu medo, alívio, confusão e coragem, desenhando a bebê em preto e branco. Imagens concretas no papel, onde o mundo fazia sentido.

16

Roman

MINHA MÃE ESTAVA SENTADA NAS ESCADAS DA FRENTE, que levam ao apartamento, quando cheguei em casa naquela noite. Parecia exausta e estava pálida, mas não chorava. Era raro vê-la do lado de fora do apartamento desde que a gestação se tornara visível e, embora eu estivesse aliviado de não ter de adivinhar se havia alguém lá dentro, fiquei imediatamente desconfiado ao vê-la.

— Roman — ela chamou baixinho, dando tapinhas no degrau ao lado dela. — Sente-se aqui comigo.

Fiz isso e, por um momento, ficamos sentados em silêncio, observando a vizinhança. As crianças do outro lado da rua estavam pedindo esmolas de novo. Notei que o homem e a mulher idosos que eu via com frequência nos degraus do prédio do outro lado da rua haviam desaparecido. Tinham *sumido* ou apenas estavam dentro de casa?

— Antes de você entrar, há algo de que precisa saber.

Olhei para minha mãe surpreso com a gravidade de seu tom de voz.

— Mãe, está me assustando.

— Todos estão bem — ela garantiu. — Deixei Eleonora com as assistentes sociais hoje. Ela será levada para uma família no povoado, longe da cidade. Seu novo pai é médico e sua nova mãe perdeu uma bebê algumas semanas atrás. Eles têm leite materno, documentos e amor para dar. Eleonora entrará para a família e ninguém vai desconfiar de nada.

Eu não conseguia acreditar que estávamos discutindo isso de forma tão natural. Fiquei olhando para minha mãe, tentando entender como, em meio à tensão e ao pesar desesperador em seu rosto, também poderia haver alegria. Mamãe não estava apenas de luto. Também estava profundamente aliviada. Tínhamos feito tudo que podíamos por Eleonora, mas era realmente melhor para ela estar em outro lugar. Mesmo sem considerar as deportações, isso era necessário, pura e simplesmente.

— Sinto muito, Mamãe.

— Eu já sinto falta dela, Roman, mas dormirei tranquila essa noite, algo que não consegui mais fazer desde que descobri que estava grávida — ela sussurrou, piscando para limpar as lágrimas. Peguei sua mão e a apertei com força. — Quero que saiba que vou fazer de tudo para tirar você e Dawidek daqui. Confio em Samuel e o amo. Ele acredita na bondade das pessoas, apesar de todas as evidências em contrário, as quais temos visto com os nossos próprios olhos. Mas não podemos mais ficar aqui parados, esperando até sermos capturados. Temos de escapar, e, embora provavelmente seja impossível que eu e Samuel consigamos ir com vocês, com certeza há um jeito de tirá-los daqui.

Eu não suportava pensar em ficar longe dela e de Samuel. Não ainda, pelo menos. Porém, antes que pudéssemos pensar em alguma forma de evacuação para mim, tínhamos que ajudar meu irmão.

— Dawidek deve ser nossa prioridade máxima.

— Não é tão simples para ele. Seu cabelo e seus olhos... Além disso, ele precisa se acostumar a falar apenas polonês o tempo todo, e você sabe que ele sempre muda para o iídiche... — Mamãe suspirou. — É culpa minha. Foi fácil deixá-lo esquecer o polonês quando nos prenderam aqui. Temos de falar com ele apenas em polonês daqui em diante para ajudá-lo a se lembrar.

— Posso fazer isso.

— Sei que você pode — disse Mamãe suavemente.

— Então... — limpei a garganta, sentindo-me dominado pela vergonha novamente ao pensar naquela garota e no medo em seus olhos quando perdi a cabeça na semana anterior —, era a mesma assistente social? A mesma aprendiz?

— O nome dela é Elżbieta. Ela deixou um recado para você. Pediu que lhe dissesse que o perdoa. Você escreveu um bilhete de desculpas para ela?

Resmunguei uma resposta, dando de ombros. Minha mãe tocou meu rosto com as costas da mão e olhei para ela hesitante.

— Você é uma boa pessoa, Roman.

— Você sempre diz isso — retruquei, sem jeito. — É só que sinto tantas coisas e nem sempre sei como tomar as decisões certas.

Ela deixou a mão cair e bateu com o indicador no meu queixo.

— Você, meu filho, se perde em seus pensamentos às vezes. Mas seu coração é puro e, quando você o escuta, vejo quem realmente é. Uma boa pessoa. Como seu pai. Como seus dois pais.

Peguei a mão dela e a apertei com delicadeza.

— Como minha mãe — murmurei. Seus olhos se encheram de lágrimas novamente e ela deu um sorriso triste.

— Não estou certa disso. Mas sei que vê-lo crescer e se tornar um homem tem sido uma das melhores partes da minha vida. Queria que Florian pudesse vê-lo agora. Ele estaria tão orgulhoso de você quanto estou.

A emoção em seus olhos tornou-se grande demais para mim. Movimentei-me na escada e apontei para a porta atrás de nós.

— Devemos entrar?

— Agora que não preciso mais da comida extra, você pode vir para casa direto do trabalho na oficina? Para passar mais tempo com Dawidek... para praticar polonês com ele?

— Claro — respondi.

Aquele pedido resolvia um problema imediato para mim. Agora eu poderia trabalhar na cozinha do centro da juventude durante o dia e usar para mim mesmo os vales que ganhava para a comida.

Minha mãe assentiu com a cabeça e disse baixinho:

— Entre e comece com Dawidek. Entrarei logo. Só quero aproveitar a luz da tarde.

Quando me levantei, olhei para um lado e para o outro da rua. Vi muito pouco para se aproveitar: tanto sofrimento, superlotação, dor. Mas também vi como os raios de sol dourados se espremiam por entre os prédios, chegando à rua. Vi um pedacinho de céu azul lá em cima. Duas crianças do outro lado da rua brincavam de lutar e, de vez em quando, um sorriso aparecia nos rostos imundos.

E aí vi minha mãe, seu xale preso com firmeza em volta dos ombros, seu cabelo preto amarrado em um coque na parte de trás da cabeça, seus olhos fechados, lágrimas descendo por suas bochechas e um sorriso triste em seus lábios. No rosto de minha mãe vi coragem e uma abnegação que eu mal podia compreender. Queria registrar aquela imagem para sempre em minha memória. Ela parecia mais bonita do que nunca para mim.

Andrzej acenou para nos juntarmos a ele na mesa próxima à cozinha quando Chaim e eu chegamos na manhã seguinte.

— Vocês se lembram daquela jovem aprendiz da assistência social? — ele começou, animado. — Ela salvou a vida da sua irmã ontem. Houve um problema e ela foi separada da chefe, mas de algum jeito conseguiu evacuar sua irmã por outro posto de controle sozinha. A equipe está toda agitada. Sabia que ela só tem catorze anos?

— Uma assistente social de catorze anos? — eu disse, erguendo as sobrancelhas.

— É o que parece — falou ele. Eu não sabia o que dizer, mas Andrzej apontou para uma das salas no fundo do espaço comunal. — Ela está aqui trabalhando com algumas crianças na sala dos fundos. Pensei que talvez quisesse falar com ela.

Entrei na sala e encontrei Elżbieta sentada no chão com três crianças em um semicírculo à sua frente. Ela olhou para mim quando entrei e vi surpresa e reconhecimento em seus olhos. Acenei para indicar que ela deveria continuar o que fazia com as crianças e dirigi-me às estantes de livros no fundo da sala. Escutei enquanto ela entoava orações com as crianças, as palavras tão familiares para mim como meu próprio nome. Arranjei um assento à mesa a alguns centímetros de distância e folheei um livro. Depois de um tempo, ela dispensou as crianças e se aproximou.

— Olá — falou baixinho, perto de mim. — Obrigada pelo bilhete.

Então olhei para ela, vendo-a realmente pela primeira vez. Meu olhar saltou sobre seus olhos verdes, contornados por manchas escuras, e o cabelo loiro ondulado, que se espalhava pelos ombros com as mechas da franja presas em um rolo alto acima de sua testa.

— Você realmente tem só catorze anos? — deixei escapar. Suas sobrancelhas se ergueram de surpresa. Ela assentiu com a cabeça silenciosamente e tomou o assento à minha frente. — Soube do que você fez pela minha irmã. Obrigado.

— Fico feliz que ela esteja bem.

— Ela conseguiu ser entregue à nova família?

— Não sei — Elżbieta admitiu, um tanto na defensiva. — Eu só fico sabendo de um pedaço minúsculo do grande esquema. É mais seguro, caso eu seja pega. Porém, quando a entreguei para a minha supervisora ontem, ela foi levada imediatamente à sua nova casa. Eu diria que provavelmente ela está empanturrada de leite saudável, dormindo em uma cama macia e quente, em uma casa que é tão segura quanto uma casa na Polônia pode ser neste momento.

Sorri sem querer, mas o sorriso sumiu quando olhei nos olhos de Elżbieta e me lembrei da primeira vez em que nos encontramos.

— Desculpe-me pela forma como me comportei na minha casa naquele dia — eu disse, com um aperto no peito. — Estou tão envergonhado de pensar que você fez algo tão maravilhoso para a minha família, mesmo depois de eu tê-la assustado daquele jeito.

— Eu entendo.

— Vi os órfãos sendo deportados — falei de repente, sem pensar. Ela se encostou nas costas da cadeira e pôs a mão no peito, olhando para a mesa. — Eu estava escondido em um prédio do outro lado da rua. Eu te vi chorando no andar de cima, no apartamento de Andrzej. — Não entendia ao certo por que estava tão desesperado para levantar esse assunto, mas precisava que ela soubesse que eu tinha visto aquilo também. Queria poder confessar a ela que também tinha chorado.

— Foi muito triste — ela sussurrou, ainda olhando para a mesa.

— Por que vocês vêm nos ajudar?

— O que eu faço não é suficiente, e não é nada no grande esquema das coisas. — Ela estava tão errada, e queria discutir com ela, mas, antes que pudesse, ela soltou: — Eu não queria mais vir depois que vi aqueles órfãos sendo levados. Eu *ia* parar de vir. Você viu que algumas das crianças carregavam pequenas bonecas?

— Vi. Você deu algumas para as crianças no meu apartamento, também.

— Eu e minha família fizemos aquelas bonecas. Quando vi os órfãos caminhando com elas, senti que estavam também levando uma parte de mim. Sei que é algo egoísta de se dizer. A deportação não tem nada a ver comigo, mas estou contando isso porque você disse em seu bilhete que se sentia envergonhado, e me senti envergonhada também. Queria ser mais corajosa ou mais forte, ou mais inteligente para descobrir como ajudar mais pessoas.

— Sobram tão poucas razões para continuar vivendo. Tão pouca esperança — eu disse, olhando para a mesa entre nós. — Você não carregou só uma bolsa ontem, não carregou só uma bebê. Você deu esperança à minha família. Deu-nos a chance de esperar que algo de nós sobreviva a tudo isso. Tenho uma dívida eterna com você por isso.

Ela ficou em silêncio e precisei de alguns minutos para juntar a coragem de erguer os olhos e fitá-la novamente. Quando o fiz, havia lágrimas descendo por seu rosto.

— Desculpe-me por tê-la chateado — sussurrei, aflito. Ela balançou a cabeça e deu um sorriso vacilante. Em seguida, enxugou as lágrimas, espalhando a maquiagem escura pelo rosto.

— Não precisa se desculpar. Obrigada por dizer isso.

Preparei-me para me levantar, sentindo o calor em meu rosto.

— Agora vou deixá-la voltar ao seu... — Parei quando ela estendeu a mão e tocou a mesa entre nós com as pontas dos dedos. Olhei para a mão dela e depois para o seu rosto. Ela olhava para mim atentamente.

— Tenho que esperar que Andrzej envie mais crianças. Poderia voltar a se sentar por um momento e me fazer companhia?

Um novo padrão surgiu na monotonia dos meus dias nas semanas seguintes. Eu saía de manhã cedo, de modo que minha família pensasse que eu ainda estava trabalhando com Sala, mas pegava o caminho para o centro da juventude, onde passava algum tempo na sala comunal, lendo ou conversando com Chaim. Depois, trabalhava na cozinha. Vez ou outra, me juntava à longa fila na frente do centro da juventude, esperando receber uma porção de sopa.

E, quase todos os dias, quando via que Elżbieta estava livre por um momento entre as aulas, eu a visitava. Sempre perguntava a ela sobre Eleonora e ela sempre me dizia que não tinha nenhuma notícia. Ela me perguntava sobre meu dia e eu sempre dizia que estava tudo bem, embora a verdade não fosse tão simples. E então, com frequência, eu ficava agitado como um rato pego de surpresa, sem saber o que dizer.

Sentia-me atraído por ela, mas sem saber ao certo por quê. Tinha a impressão de que ela gostava quando eu a visitava, embora nunca soubesse direito o que dizer. Pensei em me oferecer para ajudá-la a ensinar as orações para as crianças, mas, nesse caso, teria que explicar por que eu conhecia as orações católicas e o assunto todo era inevitavelmente estranho. Sempre que alguém descobria que eu era católico, perguntava por que não tentava escapar. Principalmente depois do resgate de Eleonora, a ideia de estar separado da minha família era demais para mim.

— Parece que você anda visitando a sala dos fundos com frequência, mas nunca fica por muito tempo — Chaim me provocou depois de vários dias dessa rotina. Senti meu rosto enrubescer e dei de ombros.

— Ela é uma garota legal. Fez muito pela minha família.

— Então você enfia a cabeça pela porta, diz olá e sai correndo?

— Não sei como falar com ela — admiti sem jeito.

— Escute, meu amigo, é verdade que você está longe de ser um grande conversador — disse Chaim com uma risadinha, que eu respondi com uma cara feia para ele. — Mas se há uma coisa que sei sobre você é que sabe como escutar. Por que não pergunta sobre ela?

No dia seguinte, aproximei-me da sala de Elżbieta com uma nova arma em meu arsenal de conversação. Cumprimentei-a como sempre, depois sentei-me do lado oposto da mesa e perguntei:

— Com quem você mora?

— Com meus pais e meu tio.

— Não tem irmãos?

Uma sombra surgiu em seu rosto antes de ela indicar que não com a cabeça.

— Você sempre morou em Varsóvia?

— Não, eu morava em... Morowice até o começo deste ano, quando nos mudamos para cá por causa do trabalho do meu pai — ela disse devagar, parecendo se animar com o assunto. — É por isso que estamos morando aqui com meu tio. Ele alugou um apartamento para que pudéssemos dividir. Não é longe daqui, fica do outro lado da praça Krasiński, na rua Miodowa, logo depois do Palácio Teppera.

— Eu conheço essa rua — disse. — Boas casas.

— Ah, sim, é uma boa casa. O meio andar superior onde durmo foi danificado pelo bombardeio, mas meu tio o consertou muito bem. Tudo que se pode ver do lado de fora são os tijolos que não combinam e a minha janela um pouco danificada.

— Como é exatamente um meio andar?

— Há um quarto construído no sótão. É onde o quarto de visitas da Sara também está, então gosto de dizer que tenho um andar inteiro para mim... — Ela parou e empalideceu de repente, o olhar correndo pela sala. — Ah...

— Está tudo bem — eu disse. Era estranho para mim também, mas não queria que ela parasse, então acrescentei: — Sei que as pessoas no lado de fora do gueto ainda têm o próprio espaço. Você não precisa ficar envergonhada. Gosta de morar lá?

— Gosto — ela disse, acrescentando em seguida: — Mas sinto falta da minha casa antiga. Sinto falta do meu velho quarto.

— Ainda estou no mesmo apartamento em que moro desde que tinha seis anos, mas sei exatamente como se sente.

Chaim era um gênio. No fim, tudo que eu tinha que fazer era oferecer um pequeno estímulo a Elżbieta e ela falava o dia todo. Agora, eu me sentava à noite e pensava nas perguntas que faria a ela no dia seguinte. Como era a vida no lado ariano? Ela gostava de música? Que livros ela gostava de ler? Eu a achava infinitamente fascinante e, mais do que isso, sua companhia era reconfortante. Era como se, naqueles rápidos minutos que eu passava com ela a cada dia, a raiva dentro de mim diminuísse e eu ficasse mais próximo do contentamento. Às vezes achava que, se pudesse apenas ficar naquela sala com ela para sempre, a vida seria quase suportável.

— O que você quer fazer quando a guerra chegar ao fim? — perguntei a ela um dia.

— Bom, em um mundo de fantasia em que a Polônia não é apenas libertada, mas também restaurada à sua glória anterior, eu gostaria de voltar à escola, ir para a universidade e quem sabe um dia me tornar uma artista. Porém, no mundo real, meu trabalho com Sara deverá servir como um tipo de aprendizagem de enfermagem, então acho que o mais provável é que eu acabe trabalhando como enfermeira. E você?

— Quando eu era menor, queria ser advogado, como meu pai — falei. — Na verdade, eu já queria ser advogado antes mesmo de entender o que era ser um.

— Há muitos tipos de advogado. Você seria do tipo que elabora documentos tediosos ou do tipo que luta por justiça?

— Apesar de o trabalho administrativo tedioso parecer fascinante — eu disse ironicamente —, acho que quero ser o segundo tipo. Minha mãe me conta que eu desenvolvi um forte senso de justiça desde muito novo.

— Isso ainda é verdade?

A pergunta me pegou desprevenido.

— Acho que ainda acredito em justiça, mas é impossível lutar por ela em nossas condições.

— Você realmente acredita nisso?

— Prometi ao meu padrasto que nunca me envolveria com a clandestinidade — respondi abruptamente. Pensei em Chaim, meu amigo mais próximo. Ele fizera referência às suas reuniões e supus que muito da sua conexão com a Resistência surgira no centro da juventude, em particular por intermédio de Andrzej. Porém, à parte essas suposições, não sabia com o que ele estava envolvido nem qual seria o estágio final. Eu tinha curiosidade, mas era mais seguro continuar sem saber.

— Quando descobri como era a vida no lado de dentro destes muros, pensei que morreria se não fizesse algo para ajudar — disse Elżbieta baixinho. Ela bateu com o punho no peito e se inclinou para a frente para me olhar nos olhos. — Trabalhar com Sara é difícil e assustador, mas estou feliz por fazer isso. Não sei se conseguiria viver comigo mesma se tivesse ignorado o impulso de fazer alguma coisa.

— Isso não é tão simples para mim — eu disse, impaciente.

— Não quis dizer como você deveria viver sua vida — ela falou com rapidez. — Só sinto que há muita raiva e frustração em você.

— Você imagina por quê? — retruquei, soltando uma risada áspera e balançando as mãos como um bobo.

— É uma raiva justa — ela murmurou. — Só precisa de um escape.

— Eu quero botar esse lugar abaixo. Mas somos *impotentes*, e seria inútil.

— Talvez juntar-se à Resistência não tenha a ver com vencer uma batalha — disse Elżbieta depois de uma pausa. — Talvez tenha mais a ver com viver de acordo com os seus valores, com resistir em nome das coisas em que acredita e que ama, mesmo sabendo que não se pode vencer.

Ela quase ecoava as palavras de Samuel, mas com o argumento oposto.

— Tenho que ver se a cozinha precisa de mim — murmurei, pedindo licença.

Horas mais tarde, estava cortando batatas na cozinha quando senti um leve toque no meu ombro. Virei-me, encontrando Elżbieta atrás de mim.

— Desculpe se te ofendi.

— Não ofendeu — eu disse. Ela não me ofendera, mas tinha me deixado inquieto, e eu não pensara em nenhuma outra coisa desde nossa conversa. Sem uma palavra, ela enfiou um pedaço de papel dobrado no bolso da minha camisa, sorriu timidamente e saiu.

Sequei as mãos em um pedaço de pano e desdobrei o papel. Ela desenhara um punho, cerrado dolorosamente, e abaixo escreveu: *Existem muitas formas de lutar, mas lutar por justiça sempre vale a batalha.*

As deportações continuaram a um ritmo cada vez maior, com pessoas sendo removidas em uma quantidade inacreditável. Os alemães nos removiam tanto por meio de detenções individuais como após operações amplas e abrangentes para esvaziar ruas ou prédios inteiros. Às vezes, bloqueavam as duas extremidades de uma rua e iam de porta em porta e de quarto em quarto, arrastando cada residente para a rua e fazendo-os marchar até os trens. Fiquei um pouco aliviado com essa abordagem: já que eu passava o dia todo no centro da juventude a apenas um quarteirão da minha casa, pensei que, pelo menos, seria deportado com a minha família.

Às vezes, as deportações eram aleatórias; em outras, claramente direcionadas. Apenas uma coisa se mantinha consistente: a ameaça chegava cada vez mais perto a cada amanhecer. Chaim dormiu no centro da juventude por várias noites seguidas para administrar seu assim chamado negócio. Quando retornou ao Pequeno Gueto, descobriu que seu prédio estava inteiramente vazio. As crianças que pediam esmolas na sarjeta do outro lado da rua do meu apartamento foram pegas em uma batida policial enquanto vagavam à procura de comida. Mamãe foi atrás da vendedora da rua Zamenhofa para verificar se ela queria trocar comida por algumas das roupas velhas de Eleonora, mas descobriu que ela tinha sido levada.

Toda noite, quando voltava ao meu apartamento, parava na porta e segurava a respiração até ouvir algum som vindo lá de dentro. Um dia abri a porta e encontrei meus pais e avós com Dawidek e os Kukliński sentados na sala, visivelmente angustiados.

— O que foi? — perguntei em um tom nervoso.

— Os Grobelnys — sussurrou Mamãe. — Eles foram pegos em uma batida policial no mercado. Eu disse para ela deixar Estera aqui comigo, mas você sabe como ela era... tão ansiosa para manter a garotinha ao seu lado depois de perder seus outros filhos. Oh, meu Deus, aquela pobre bebê.

— Não sabemos para onde os trens vão. Eles podem estar bem — disse Samuel. Mas suas palavras de otimismo agora pareciam vazias, como se nem ele acreditasse mais nelas.

Continuei a visitar Elżbieta em sua pequena sala de aula todos os dias, um breve alívio da tensão interminável. Também conheci Sara um pouco melhor e tentei estabelecer com ela uma amizade estratégica. Presumi que Elżbieta não tinha muito poder para decidir em que ordem as crianças eram evacuadas, mas era evidente que Sara, sim.

— Dawidek ainda está esperando para ser evacuado — eu lembrava sempre que a via trazendo ou buscando Elżbieta no centro.

— Estamos trabalhando o mais rápido que podemos, Roman. Ainda não conseguimos encontrar um lugar para ele, e, quanto mais a guerra se prolonga, mais difícil se torna encontrar um abrigo seguro, especialmente para uma criança com as características de seu irmão. Sinto muito que esteja levando tanto tempo.

— Falo com você amanhã de novo — eu dizia. Ela dava um sorriso triste e continuava o seu caminho.

No final de agosto, notei que o sorriso fácil de Chaim já não aparecia com tanta frequência e havia novas rugas de preocupação ao redor dos seus olhos. Pensei que poderia estar imaginando coisas, mas, quando o ouvi explodir com um dos garotos na cozinha, soube que algo estava errado.

— Vamos dar uma volta — sugeri. Ele encolheu os ombros e deu um sorriso relutante quando o levei ao telhado. — Bem, você é o Pombo, afinal. Achei que se sentiria reconfortado em seu hábitat natural.

Deitamo-nos no telhado sob a luz do sol, lado a lado, olhando para o céu sem nuvens do fim do verão.

— Não sei como perguntar a você o que há de errado — admiti.

— Antigamente, você não teria nem tentado — ele comentou.

Era verdade. Tendo pelo menos feito uma tentativa de iniciar a conversa, fiquei em silêncio por um momento e, por fim, perguntei em voz baixa:

— Posso fazer alguma coisa?

— Você poderia se juntar a nós. — Fazia tempo que ele não me pedia de forma tão direta. Franzi o cenho. — Estamos nos mobilizando, nos preparando para lutar.

— Quem são esses *nós* de quem você fala?

— Andrzej e eu somos membros da Organização de Combate Judaica — ele disse em tom baixo. Era a primeira vez que ele compartilhava comigo os detalhes, mas eu já ouvira falar da *Żydowska Organizacja Bojowa* e imaginava que eles estivessem se organizando com eles.

— É por isso que anda tão quieto? — perguntei. — Haverá um levante em breve?

Prendi a respiração enquanto esperava pela resposta. Meu coração disparou ao pensar em meus amigos tentando enfrentar o poder do exército alemão; tal rebelião estava fadada ao fracasso.

— Você vai lutar conosco? — perguntou Chaim em voz baixa.

— Sabe que Samuel jamais me perdoaria...

— Roman... — ele disse com tensão na voz —, você acredita que seremos deportados?

— Parece inevitável — respondi.

— Não quer saber o que nos espera?

— Você sabe? — Virei-me para ele, surpreso. — Alguém retornou para contar?

Mas soube no minuto em que olhei para ele que o que quer que ele tivesse para me contar não envolvia espaços amplos e acolhedores, trabalho recompensador, comida e água fresca ou acomodações confortáveis. Retraí-me, incapaz de encarar o pesar e o medo em seu olhar.

— Você *quer saber*? — ele perguntou mais uma vez.

Mamãe me dissera que, embora as notícias fossem ruins, ela preferia saber. Deitado naquele telhado com Chaim, lembrei que minha mãe era muito mais corajosa do que eu jamais poderia ser. Mesmo agora que tinha a chance de saber qual seria o nosso destino, não suportaria escutar a respeito em voz alta.

— Você não precisa me contar — sussurrei, olhando para o céu azul e claro. — Posso ver em seus olhos.

Quando voltamos para o andar de baixo, fui até a sala dos fundos e interrompi Elżbieta, que trabalhava com um grupo de crianças.

— Só um momento — ela disse com calma para as crianças, aproximando-se de mim em seguida, com o olhar preocupado. — O que aconteceu? Do que você precisa?

Fitei-a por um longo e frágil momento, tentando absorver a sua bondade. *A vida ainda é boa. A vida ainda vale ser vivida. Veja, ainda há beleza e bondade no mundo.*

— Só queria vir vê-la antes de você sair — admiti. Ia me virar para sair, mas ela pegou minha mão. Quando me voltei para ela, ela jogou os braços ao meu redor, dando-me o abraço mais suave e doce que já recebera.

Quando Elżbieta me soltou, ela apertou meu antebraço e assentiu com a cabeça, como se naquela interação silenciosa ela tivesse dito tudo que precisava ser dito.

17

Roman
20 de setembro de 1942

O OUTONO SE APROXIMAVA, COM CADA DIA UM POUCO mais frio do que o anterior. Naquela tarde, fiz o trajeto de um quarteirão entre o centro da juventude e a minha casa sob uma chuva torrencial, pensando sobre o inverno que estava para chegar e todas as táticas desesperadoras que precisaríamos empregar para sobreviver ao frio. Cheguei ao apartamento tremendo, tão concentrado no tempo e no meu casaco e cabelo encharcados que esqueci de me preparar na porta de entrada.

Aquele apartamento estivera tão abarrotado e tão cheio de atividades por tanto tempo. Houve dias em que achei que iria à loucura se não encontrasse um momento de paz, em outros imaginei que o odor pungente de tantas pessoas morando naquele espaço confinado me sufocaria. Mas, então, abri a porta e, em vez de barulho, mau cheiro e lotação, encontrei o mais profundo silêncio.

Geralmente, quando os homens encaram a morte, é pela mãe que eles chamam. Porém, naquele dia, não foi pela minha mãe que chamei, mas por meu irmão.

— Dawidek? — sussurrei roucamente.

A chuva ainda caía, mas não consegui entrar. Fazê-lo seria confirmar que meus piores medos haviam se concretizado. Buscar em cada quarto e encontrar apenas o vazio me destruiria.

Não, era melhor ficar no frio e na chuva.

— Dawidek? — chamei de novo, com a voz trêmula. Apoiei-me no batente da porta, esticando o pescoço para olhar o interior, incapaz de me convencer a dar um passo sequer para dentro. Minha voz ecoou de volta para mim. Esperei, prendendo a respiração para o caso de meu irmão responder. Sua voz talvez estivesse abafada por ele estar escondido. Chamei-o mais uma vez, e outra, e então me sentei no degrau da frente com os pés apoiados no chão e os cotovelos nos joelhos. Sentei-me curvado, incapaz de me segurar.

Pensei em ir à *Umschlagplatz*. As pessoas ficavam esperando naquele lugar durante horas às vezes. Talvez minha família ainda estivesse lá, na primeira parada de sua jornada. Se fosse o caso, eu poderia me juntar a ela. E, mesmo se não a encontrasse, talvez fosse executado por vagar pelas ruas depois do toque de recolher. Eu temera tal possibilidade por muito tempo, mas, naquele dia, estava certo de que a morte seria uma bênção.

Só não poderia arriscar até que tivesse certeza, e não poderia ter certeza se não entrasse no apartamento. A chuva caía com mais força conforme a escuridão substituía a luz do final de tarde. Eu estava em tal estado de choque que o tempo tanto se alongava como se apressava de certa forma.

— Roman?

Uma mão amiga surgiu em meu ombro e me virei na direção da rua para encontrar Chaim atrás de mim.

— Eles não estão respondendo — eu disse, atônito. — Chamei, mas eles não respondem. Por que não respondem?

— Meu amigo, vamos entrar. O toque de recolher já começou há algum tempo. Se for encontrado aqui fora...

— Por que você está aqui?

— Andrzej acabou de ouvir dizer que alguns dos prédios desta rua haviam sido esvaziados à tarde. Achamos que deveríamos verificar como você estava.

Estava chocado demais para sentir a dor, confuso demais para entender a magnitude da minha perda. Só conseguia pensar em Dawidek.

— Diga-me a verdade — pedi em um tom severo, resistindo às tentativas de Chaim de me fazer entrar no apartamento. Firmei os pés e o empurrei furiosamente, como se tudo aquilo fosse culpa dele, e ele tropeçou no concreto escorregadio. Chocou-se com força na balaustrada e agarrou-se a ela com as mãos torcidas atrás dos quadris, mas não desviou o olhar do meu. Berrei para ele:

— Eu deveria ter deixado que me contasse no telhado, mas sou um covarde. Conte agora. O que acontece depois da *Umschlagplatz*?

Ele me agarrou pelos ombros e me virou em direção à porta.

— Eu nunca menti para você e nunca mentirei. Mas não vou ficar aqui esperando para sermos baleados, então *vá para dentro*.

Chaim insistiu para que eu trocasse minhas roupas molhadas antes de conversarmos. Agora, talvez um pouco do choque estivesse diminuindo, porque comecei a sentir o frio. Eu tremia tanto que meus dentes batiam e não conseguia sentir os dedos do pé.

Precisei de várias tentativas para me despir, não só por causa do frio e das mãos trêmulas, mas porque não conseguia olhar para o guarda-roupa onde estavam penduradas as roupas da minha família. Se elas estivessem intocadas, minha família tinha sido levada sem aviso. Mas, se estivessem reviradas, eles sabiam que seriam levados e talvez tivessem até feito uma mala, o que era de certa forma ainda mais brutal. Fiquei pensando em como minha mãe devia ter se sentido. Fiquei pensando se Samuel forçara seu otimismo improvável sobre eles, mesmo obrigados a deixar a casa. Então comecei a pensar em Dawidek e minha resiliência se desfez completamente. Quando saí do quarto, estava chorando. Possesso, corri pelo apartamento e encontrei Chaim na cozinha. Ele estava sentado à mesa com a luminária acesa à sua frente.

— Conte-me o que você sabe — pedi. Ele hesitou. Enxuguei meus olhos com a manga da camisa e bati com o punho no batente da porta. — Diga!

— Roman, você disse que não queria saber — ele me lembrou delicadamente. Engasguei-me com um soluço e, entre lágrimas, tentei explicar.

— Mas agora preciso saber. Diga-me, *por favor*.

— O que pode vir de bom se eu contar?

— Preciso ter uma imagem mental — falei, sufocando.

Chaim suspirou profundamente e empurrou um prato de ração de mingau de aveia para mim. Olhei sem acreditar. Não podia imaginar querer comer de novo, ainda mais *aquela* comida. Ela pertencia à minha família e aos outros moradores da nossa casa. Se eu comesse e eles voltassem, ficariam com fome.

— Coma — ele disse de forma categórica. — Coma e depois eu conto.

Sentei-me à mesa, peguei uma colher e enfiei um pouco daquela gosma na boca. Meu estômago revirou-se com o gosto e a textura, mas me forcei a engolir. Satisfeito, Chaim assentiu com a cabeça.

A ÓRFÃ DE VARSÓVIA

— Um jovem escapou no mês passado e trouxe as notícias para nós na ŻOB — ele disse. — Os trens vão primeiro para Małkinia e, de lá, são encaminhados a uma linha que leva a uma plataforma construída na floresta. Uma orquestra toca na plataforma para receber os trens. Normalmente, lindas músicas em iídiche, e algumas pessoas cantam a plenos pulmões enquanto desembarcam dos trens. Há uma placa desejando boas-vindas aos viajantes, informando-os de que chegaram a um campo de trânsito e instruindo-os a entregar os seus pertences para desinfecção. Eles trocam os pertences por um recibo e são levados a uma casa de banho, onde as mulheres e as crianças são separadas dos homens. Tudo é limpo e organizado. Há bons sabonetes e muitas toalhas. Sua família com certeza se sentiu em segurança, provavelmente até aliviada por chegar a instalações tão boas para um banho depois da imundície do gueto.

Conforme ele falava, fechei os meus olhos e imaginei a cena. Queria me tranquilizar com a história, mas o tom de sua voz não combinava com as palavras. A imagem que ele pintava não era ameaçadora e certamente não era triste. Mas Chaim falava como um homem que trazia as piores notícias imagináveis. Abri meus olhos e vi que ele baixara o olhar, encarando o prato de comida entre nós.

— E depois?

— Há dois aspectos misericordiosos nisso tudo. O primeiro: até o último minuto, os viajantes provavelmente acreditam que de fato estão em um campo de trânsito. A sinalização, a orquestra, a casa de banho limpa... Tudo muito além do que as pessoas esperam, então a maioria está calma e aliviada. E o segundo é que quando... quando aquilo acontece, é rápido, meu amigo. Uma ou duas horas depois que chegam.

— *Aquilo?* Diga. O que é *aquilo* que acontece rápido? Eles são baleados na casa de banho? — Eu chorava de novo. As lágrimas desciam pelo meu rosto, mas estava angustiado e aflito demais para ter vergonha.

— Há tanques — ele sussurrou com a voz rouca. — Quando o nosso homem escapou para a floresta, ouviu motores de tanques em operação, mas eles não se moviam. Ele se escondeu na floresta e viu prisioneiros arrastando corpos para fora das casas de banho. Acreditamos que os judeus são asfixiados pelos gases de escape dos tanques nas casas de banho e depois enterrados em valas comuns na floresta.

— Mas centenas de milhares de nós já foram evacuados. Eles certamente não podem ter assassinado todo mundo...

Eu parecia Samuel falando, e reconhecer suas palavras em minha boca fez com que eu chorasse ainda mais. Chaim inclinou a cabeça para trás para olhar para o teto, mas não disse nada. Eu queria discutir com ele, implorar, fazer o que fosse necessário para ele admitir que não havia verdade naquela história. Mas sabia no fundo do meu coração que o tempo de me iludir havia passado.

— Você tem certeza disso? — perguntei, depois de um momento.

Chaim ergueu a cabeça e olhou nos meus olhos.

— Certeza suficiente para lhe dizer que não há esperança, meu amigo. A falsa esperança só vai te machucar. É hora de reconhecer o luto.

— Luto é o que acontece quando você perde aqueles que ama. Eu não os perdi — eu disse, enojado e chorando. — Eles foram *tirados* de mim. Há uma diferença.

Horas se passaram e não saíamos da sala de estar. Eu não conseguia ir ao quarto, e cada espaço macio do apartamento fora a cama de alguém, então não conseguia me acomodar em nenhum deles, também. Sentamo-nos no chão com as costas apoiadas na parede e ficamos assim, em silêncio, por algum tempo.

— Não vou ficar de luto por eles — eu disse, enfim.

— Você não tem como *não* ficar de luto por eles, Roman — Chaim disse em um tom suave. — Não é algo que possa optar por não fazer.

— Você está errado. Vou direcionar cada pedaço da minha raiva e do meu sentimento de perda para as ações. Você tem que me dizer como posso ajudar em sua rebelião.

— Tem certeza de que não quer esperar uns dias antes de conversarmos sobre isso? — ele perguntou, hesitante. — Eu lhe ofereci tantas oportunidades de se envolver nos últimos meses... Era óbvio que não queria fazer parte do que estamos fazendo.

— Eu precisava proteger a minha família — respondi. — Agora não tenho nada a perder.

18

Emília

SARA ESTAVA ESPERANDO NO CORREDOR QUANDO ABRI a porta da frente do meu apartamento na segunda-feira de manhã. Assim que a vi, sabia que algo horrível tinha acontecido. Ela fez um gesto silencioso me pedindo para acompanhá-la ao seu apartamento e, assim que a porta se fechou, perguntei:

— O que foi?

— Sinto muito, Elżbieta. Toda a família do Roman foi deportada ontem.

— Mas não evacuamos Dawidek ainda — sussurrei, instantaneamente tonta de choque.

— Não — ela disse, suspirando. — Não tiramos.

— Roman se foi também?

— Não — disse Sara cuidadosamente. — Matylda falou com Andrzej. Roman estava no centro da juventude quando seu prédio foi esvaziado.

Quis me sentir aliviada por ele estar vivo, mas sabia que Roman não estaria aliviado. Passei a gostar muito dele com as suas visitas, e se havia algo que eu sabia era que Roman Gorka vivia e respirava por sua família.

— Ele não vai sobreviver — falei com tristeza. — Ele não vai sobreviver sem eles.

— A batida policial de ontem foi diferente, muito maior do que as batidas diárias dos últimos meses. Parece que muitos dos jovens deixados para trás estão planejando pegar em armas — murmurou Sara.

— Ele prometeu ao padrasto que não se juntaria à Resistência — eu disse, respirando de forma trêmula. — Mas com o padrasto morto...

— É horrível ser a única pessoa que restou de uma família — disse Sara em voz baixa. — Suspeito de que ele tentará lutar com os outros jovens. Sei exatamente como é desolador desejar ver o mundo em chamas porque você não tem mais nada a perder.

— Eu também — sussurrei sem pensar, e Sara olhou para mim de um modo estranho. Surpreendi-me, percebendo tarde demais o que fizera.

— Vou esquentar água para o chá — ela disse devagar. — Talvez você deva pensar se quer que eu ignore essas palavras ou se prefere explicá-las.

— ... então saímos de Trzebinia e fomos para Lodz, mas é claro que o tio Piotr, na verdade, estava aqui para começar seu novo negócio, então viemos para cá e o encontramos, e o resto você já sabe.

— Você é potencialmente procurada pelos alemães, mas tem mostrado a eles o seu documento de identidade todos os dias há meses — Sara disse, franzindo o cenho.

— Ah, não. O tio Piotr comprou novos documentos para mim. Meu nome verdadeiro é Emilia Slaska, não Elżbieta Rabinek.

Sara fechou os olhos como se estivesse com alguma dor.

— Está dizendo que tem entrado no gueto com um documento de identidade *falso* todos os dias há meses?

— Eu não tinha pensado sobre quanto seria arriscado antes de concordar — admiti. — E aí, quando conseguimos na primeira vez, achei que era seguro. O tio Piotr parece ter muitos amigos que conseguem mexer os pauzinhos. Eu sabia que o documento *parecia* genuíno.

— Ah, ele tem muitos amigos que conseguem mexer os pauzinhos, sim — murmurou Sara, balançando a cabeça. — Você entende o que isso significa? Agora que eu sei, não posso aceitá-la de volta.

— O quê? Mas...

— Elżbieta... *Emilia*... Estou tão desesperada quanto você para fazer com que cada visita conte. Mas, se soubesse disso, nunca teria deixado que viesse. Não é nem uma questão com você, mas envolve toda a operação. Sei que tem boas intenções, mas pôs todas nós em risco.

— Mas... eu também mostro a eles o meu passe referente ao controle epidêmico para entrar, e ele tampouco é verdadeiro.

— Ele *é* verdadeiro. Matylda providencia a emissão dos passes por um aliado na prefeitura. Ele é um médico de verdade e sua responsabilidade é de fato fazer o controle epidêmico. Nunca tentaríamos passar pelos postos de controle com passes falsos. Se fôssemos descobertas, não nos deixariam mais entrar.

— Matylda vai falar com você — eu disse, erguendo meu queixo teimosamente. Desde o início, Sara fora mais cautelosa do que Matylda, mas tinha certeza de que, mesmo sabendo da verdade, não seria dissuadida. — Ela vai fazer você ver de outra maneira. Eu tenho entrado e saído do gueto há meses sem nenhum problema. Não será mais arriscado agora.

Fomos ao escritório na prefeitura e, após trocarem lamentações pela notícia das recentes batidas policiais, Sara contou para Matylda a verdade sobre meu documento de identidade. Vi seu rosto ficar cada vez mais vermelho enquanto Sara falava, e seu olhar voltou-se cortante para o meu rosto.

— Você entende como tem sido tola?

— Sinto muito — sussurrei, olhando para baixo. Depois, tirei meu documento do bolso e mostrei para elas. — Mas vocês podem ver como ele parece verdadeiro. Tanto quanto possível. Não há nenhum novo risco...

— Sabe quantas crianças nós resgatamos, Elżbieta?

— Não — eu disse, hesitante.

— Faz tempo que eu não conto, mas da última vez que o fiz havia mais de duas mil.

— Isso é incrível.

— É mesmo. Mas você precisa entender que tiramos essas milhares de crianças do gueto e as colocamos sob *nossos* cuidados. Nós ainda ajudamos a maioria delas financeiramente, além de ajudarmos as novas famílias a se esconder quando necessário. Às vezes fornecemos comida e outros itens essenciais a elas. Você viu uma parte da operação, mas ela é uma máquina imensa, e só podemos coordenar algo nessa escala porque, quando assumimos riscos, não assumimos riscos tolos. Permitir a você que visite o gueto é um risco tolo. Sara... eu... todos os assistentes sociais que visitam o gueto têm documentos de identidade genuínos e um histórico de vida sem faltas. Se alguém suspeitar de nós e vasculhar o nosso passado, não encontrará nada suspeito. Mas precisaria de muito pouco tempo para perceber que seu documento de identidade não corresponde a um registro de batismo ou mesmo a uma certidão de nascimento. Isso levantaria questões que poderiam expor todos nós.

— Mas Matylda...

— Você ainda quer ajudar?

— Sim. É claro que sim! Agora mais do que nunca — respondi com veemência.

— E fará tudo que for preciso?

— Qualquer coisa que você pedir, prometo.

— Bom — ela disse, assentindo com a cabeça secamente —, então, vá para casa, fique com a sua família e nos deixe voltar ao trabalho.

Tentei fazê-las mudar de ideia, mas logo ficou óbvio que nem Matylda nem Sara estavam dispostas a permitir que eu continuasse trabalhando na operação. Sara me levou para casa no bonde.

— O que vou dizer a Truda e Mateusz?

— Eu cuido disso para você — ela disse baixinho. — Vou dizer a Truda que a prefeitura está dispensando funcionários e que não temos mais os recursos necessários para supervisioná-la.

Enquanto ela se dirigia à cozinha para dar a notícia a Truda, fui para o meu quarto e abri a gaveta de cima da minha mesinha de cabeceira. Procurei entre as folhas de papel, até que achei uma gravura que desenhara semanas antes.

Olhei para o desenho da bebê Eleonora. Eu tinha pensado em dá-lo a Roman ou a Maja e Samuel, mas a imagem estava imperfeita. Eu desenhara em tal estado de angústia que não estava nem perto de ser o meu melhor trabalho. Na ocasião, eu o enfiara na minha gaveta, incapaz de olhar para aquilo. Agora, porém, vendo o desenho com um novo olhar, era difícil notar as pequenas imperfeições.

Quando Sara se preparava para sair, eu a acompanhei até a porta e lhe entreguei a gravura.

— Por favor, você pode explicar a ele por que não estou mais lá? — perguntei. Ela olhou para mim com tristeza e me puxou para um abraço.

Depois que Sara foi embora, dei-me conta de que nunca mais veria o lado de lá dos muros do gueto. Senti uma confusa sensação de alívio. Não sentiria falta da sensação nauseante de medo toda vez que passava pelos postos de controle ou de estar frente a frente com os horrores inegáveis daquele ambiente.

Mas também fui atingida por uma sensação esmagadora de tristeza. Eu desenvolvera uma afeição muito grande por Roman Gorka. Pensar que nunca mais o veria e que nunca teria a chance de me despedir partiu meu coração.

19

Roman
18 de abril de 1943

NOS SETE MESES DESDE QUE PERDERA MINHA FAMÍLIA, ganhei uma nova rede de irmãos e irmãs com um objetivo em comum: uma morte digna.

Ninguém sabia por que as deportações tinham parado no último mês de setembro. Um dia depois de os meus pais terem sido levados, os policiais judeus e suas famílias foram deportados e, então, durante um tempo, as batidas policiais simplesmente não aconteceram mais. Esses meses de sossego repentino foram sinistros para nós que fomos deixados para trás, e um grave erro tático dos alemães. Sabíamos exatamente para onde os trens iam, todos nós, e, quando os alemães anunciaram nova série de deportações em janeiro, suas convocações para *realojamentos* voluntários, como eles chamavam, foram ignoradas. Tentaram armar uma batida policial forçada, mas um pequeno grupo de combatentes da ŻOB preparara uma ofensiva. Isso pegou os alemães desprevenidos, e em poucos dias eles abandonaram as tentativas de nos deportar. Também deixaram de nos fornecer as rações.

Eu não conseguia suportar o pensamento de como minha família quase escapara da última deportação. Às vezes, isso parecia brutalmente injusto. Porém, à medida que a comida ia ficando mais escassa, parecia uma bênção. Nem Sara e sua equipe conseguiam ter acesso ao gueto mais. Os alemães agora já nem fingiam estar interessados em nos manter saudáveis.

No entanto, em vez de aceitar a nossa sina, aqueles que haviam sido deixados para trás foram encorajados pela habilidade da ŻOB de atordoar os alemães em janeiro e nos mobilizamos, transformando a inevitabilidade de nossas mortes em ação, a nossa raiva e dor em organização.

Eu me juntei a Chaim e Andrzej na ŻOB e passei cada minuto dos sete meses anteriores me preparando para tomar alguma ação como vingança. Chaim e eu morávamos agora no apartamento em frente ao centro da juventude, no mesmo lugar onde eu me escondera no dia em que os órfãos foram levados. Não passávamos muito tempo, basicamente só o usávamos para dormir, porque trabalhávamos dia e noite para nos preparar — e preparar o gueto — para uma guerra total.

Construímos bunkers, cavamos túneis sob os edifícios e erguemos barricadas nos telhados. Com uma pequena ajuda do Exército Nacional Polonês, contrabandeamos armas para o gueto por meio das tubulações de esgoto e as estocamos em pontos estratégicos, deixando-as preparadas para quando o conflito começasse. Descobri que meu emprego na oficina de Sala me proporcionara uma particular tolerância a tarefas repetitivas e fiz bom uso disso em uma fábrica improvisada, montando dispositivos explosivos caseiros. Outros membros da minha unidade tinham dificuldade de lidar com o cheiro dos produtos químicos, que causava dores de cabeça e ardência nos olhos, mas eu sentia satisfação com o desconforto. Toda vez que preparava uma garrafa incendiária para usar contra os alemães, eu me concentrava no rosto da minha mãe ou em memórias específicas de Samuel ou Dawidek. Adicionava a minha saudade e a minha raiva a cada uma daquelas garrafas.

Nos dois anos anteriores à sua morte, tive pavor de minha raiva, mas tão logo eles se foram, eu me regozijei com ela. Pendurei duas imagens na parede ao lado da minha cama. Uma, o punho cerrado que Elżbieta desenhara para mim, com as palavras que se transformaram no meu mantra inspirador: *Existem muitas formas de lutar, mas lutar por justiça sempre vale a batalha*; a outra, o extraordinário desenho que Sara me dera no dia em que me disse que Elżbieta não poderia mais retornar ao gueto.

Eleonora. O último fragmento da nossa família, em algum lugar lá fora no mundo, mas além do meu alcance, à exceção do desenho.

— Mas por que Elżbieta não pode mais vir? — eu perguntara, sentindo aquele novo golpe, ainda submerso nas profundezas nebulosas do luto.

— A situação familiar dela ficou complicada — foi tudo que Sara me disse.

— Você pode levar um bilhete meu para ela?

— Não acho que seja uma boa ideia.

Então foi isso. Tudo que me restava tanto de Elżbieta como de Eleonora era o desenho. Às vezes, tarde da noite, deitado na cama, eu ficava olhando para ele e imaginava o que elas estariam fazendo do outro lado do muro, enquanto eu estava aprisionado no que sobrara do gueto, esperando os alemães desencadearem o movimento que levaria ao início de nossa rebelião.

Na véspera da Páscoa judaica, Andrzej anunciou que planejava oferecer um Seder de Pessach para a nossa unidade da ŻOB.

— Vocês ficarão impressionados com o tanto de coisa — ele disse. Chaim deu-lhe um tapinha nas costas em tom de brincadeira.

— Ficarei impressionado com qualquer coisa, já que você tem trabalhado vinte horas por dia para organizar a rebelião — ele riu.

— Será uma celebração de verdade, Chaim. Consegui uma linda toalha de mesa branca e algumas velas. Assei matzá de manhã, encontrei uma garrafa de vinho *e* até um ovo — Andrzej informou alegremente, mas logo ficou mais sério. — Sei que não é perfeito, mas, dadas as circunstâncias, é importante. Faremos uma pausa e juntos refletiremos sobre a jornada da escravidão à liberdade.

Porém, no final da tarde, um rumor se espalhou pelo gueto de que uma deportação estava planejada para a manhã seguinte.

— Quatro horas — Chaim nos contou, lembrando-se da história que ele ouvira de outra unidade da ŻOB a alguns quarteirões de distância. — Eles sabem que estamos planejando um levante, embora espere de coração que não saibam quão organizados estamos.

— Eles não sabem — murmurei. Levantei-me, percebendo ser incapaz de me manter parado. — Se tivessem a mínima ideia do que temos planejado, já teriam intervindo meses atrás.

— O Seder terá que esperar — disse Andrzej, sensatamente, como se fosse apenas adiá-lo até que terminássemos nossa rebelião. Mas eu sabia, e ele também, que nenhum de nós esperava sair daquilo vivo.

Nossa fuga da escravidão estava chegando, mas não se concretizaria nesta vida. Se morrêssemos corajosamente, morreríamos livres, mesmo confinados pelos muros do gueto. Estava pronto para lutar por justiça, embora soubesse que não havia como vencer.

O gueto se tornara um lugar mais calmo, mas nunca fora silencioso antes. Agora, estávamos todos esperando, e a expectativa era insuportável. Estava tudo tão silencioso, e eu tão ansioso, que escutei a movimentação a quarteirões de distância quando começou, às quatro horas da manhã em ponto.

Nossa unidade estava posicionada no telhado do centro da juventude, fazendo perguntas com os olhos porque tínhamos medo demais para sussurrá-las com a boca. Logo ouvimos o som dos homens lá embaixo entrando em formação, mas não os passos da marcha inflexível que esperávamos, e por horas permanecemos sentados em silêncio, observando o movimento das sombras nas ruas abaixo de nós.

Só soubemos o que estava acontecendo quando um mensageiro se aproximou ao amanhecer. A primeira leva de alemães entrara furtivamente no gueto, um a um, presumindo que poderiam se infiltrar despercebidos para verificar a nossa prontidão.

— O que faremos? — perguntei a Andrzej, com os dedos coçando para usar o rifle que ele me dera.

— Vamos esperar — ele sussurrou como resposta. — Quando chegar a hora certa, saberemos.

Ao nascer do sol, uma fileira de tanques irrompeu pelas ruas, marcando o final do impasse misteriosamente silencioso da noite. Atrás dos veículos blindados, soldados alemães marchavam em formações compactas pelas vias desertas do gueto.

Era isso que eu esperara. Aqueles passos duros, o som estridente das botas batendo nos paralelepípedos. Espiei por um vão na barricada do telhado e senti meu corpo inteiro tensionar com a expressão confiante no rosto dos soldados. Era evidente que eles achavam que já tinham vencido; que, como permitíramos que se reunissem sem disparar nenhum tiro, havíamos desistido antes mesmo de começar. Os soldados mal verificavam o espaço à sua volta enquanto marchavam.

Eu chegara a um estado além do medo, um estado em que tudo que importava eram os meus valores. A vida no gueto destruíra todos os meus sonhos e esperanças e eu tinha consciência de estar livre da pressão de encontrar uma maneira de sobreviver. Queria apenas morrer honrosamente, talvez vingando a minha família nesse ínterim. Na verdade, estava aliviado porque o momento chegara e tudo acabaria em breve.

Nossa unidade permaneceu no telhado, esperando pelo sinal de que era hora de agir. Enquanto isso, no cruzamento onde eu vira as crianças do orfanato caminhando para a morte, os alemães montaram um centro de comando, sem perceber que estavam completamente cercados.

Por fim, um sinal chegou de um líder da ŻOB escondido no térreo. Houve uma irrupção imediata de violência, com dispositivos incendiários improvisados voando de todas as direções e chuvas de tiros saindo das janelas dos apartamentos em todos os quarteirões ao redor. Os soldados alemães, desprotegidos na rua, caíam como moscas. Um coquetel Molotov atingiu a torre de tiro de um tanque e olhei por entre os vãos da barricada, observando o tanque pegar fogo e, em seguida, explodir.

— Espero que tenha sido uma das garrafas que eu montei — gritei depois que a explosão ecoou. Chaim deu um tapinha nas minhas costas em sinal de apoio. Ele estava impaciente depois da longa noite de expectativa, visivelmente ansioso para se juntar ao conflito na rua.

— Podemos ir? — ele perguntou a Andrzej, que indicou que não com a cabeça.

— Tenha paciência, Pombo. Estamos em uma maratona, não uma corrida de velocidade.

Os soldados e comandantes alemães tentavam recuar desesperadamente, mas outras unidades da ŻOB, mais próximas deles do que nós, já tinham previsto o movimento e bloquearam a fuga. Ainda assim, aguardamos no telhado. Depois de horas disso, restavam vivos apenas uns poucos alemães, agachados atrás de colchões retirados de um apartamento no térreo. Andrzej arrastou Chaim para uma missão de patrulha, deixando-me com o restante de nossa unidade. Quando eles retornaram, Chaim sorria.

— Se nos deslocarmos para a próxima barricada mais à frente na rua, poderemos dominá-los.

— Lembrem-se, garotos — disse Andrzej de repente, examinando os olhos dos doze homens de nossa unidade —, não importa o que aconteça, certifiquem-se de que eles não os capturem vivos.

Todos assentimos com a cabeça, sinalizando compreensão. Havíamos discutido essa questão em detalhes durante o planejamento. Era um argumento prático — se fôssemos capturados com vida, seríamos torturados até a morte de qualquer maneira —, mas também um reflexo de nosso objetivo. Andrzej fez uma careta, como sempre fazia ao passar a parte final das instruções que recebera da liderança da ŻOB.

— E as ordens continuam as mesmas: se vocês conseguirem escapar do gueto de alguma forma e encontrarem refúgio no lado ariano, escondam-se e preparem-se para o levante mais amplo na cidade toda. Tentem entrar em contato com os *Szare Szeregi*.

Ele se referia aos escoteiros poloneses, conhecidos como Fileiras Cinzentas. Soubemos que se organizavam para viabilizar um levante mais amplo. Chaim bufou e revirou os olhos, exatamente como eu esperava.

— Nenhum de nós sairá vivo daqui — disse ele.

— Só espero que tenhamos a sorte de ter uma morte digna — eu disse, seguido de murmúrios de concordância do restante da unidade.

A maioria de nós que treinara e se preparara para a rebelião sentia o mesmo. Não tínhamos nenhuma expectativa de escapar do gueto. Não havia nenhuma chance de que um bando desordenado de homens e mulheres esqueléticos, com um punhado de armas improvisadas nas mãos, pudesse superar o poderio bélico das forças alemãs. Não nutríamos nenhum sonho secreto de salvar a própria vida ou a de mulheres, crianças e idosos ainda confinados entre os muros.

Não, o objetivo da rebelião era simples: queríamos morrer com dignidade. Gostaríamos de obter alguma coisa parecida com uma vingança e deixar esta vida com coragem.

— Agora ainda somos escravos. No ano vindouro seremos livres — murmurou Andrzej, recitando o trecho do Hagadá. Eu ouvira aquelas palavras todos os anos na Páscoa Judaica, mas elas nunca me emocionaram como naquela noite.

Enquanto ajustávamos nossas posições no telhado, vi o brilhantismo da decisão de Andrzej de nos manter escondidos. Os alemães se posicionaram de maneira a se protegerem de nossos combatentes nos edifícios, mas não sabiam que tínhamos uma unidade no telhado. Chaim e eu nos posicionamos atrás de uma barricada, com Andrzej e os outros a apenas alguns centímetros de nós. Agachado atrás da beirada do telhado, senti a adrenalina inundar o meu corpo. Olhei para baixo e vi minhas mãos tremendo com violência, mas não estava com medo. Era expectativa.

Em breve, Dawidek. Em breve vingarei a sua morte.

— Olhem pelo vão na barricada, rapazes. Vocês os veem? — perguntou Andrzej. Quando assenti com a cabeça, ele disse: — Peguem os dois do outro lado da rua.

— Você pega o da esquerda — murmurou Chaim. — Eu fico com o da direita.

Eu treinara meses para esse momento e a força do hábito apoderou-se de mim. Minhas mãos se estabilizaram quando ergui o rifle e mirei. Quando Andrzej deu o sinal para atirar, puxei o gatilho sem hesitar. Meu alvo caiu de imediato. Chaim precisou de algumas tentativas, mas o dele caiu logo também. Em poucos minutos, a rua estava totalmente em silêncio. O sangue derramado dos cadáveres na rua escorria entre os paralelepípedos até chegar ao esgoto.

Não havia tempo para fazer uma pausa e refletir sobre o que fizéramos. Podíamos ouvir o zumbido dos aviões se aproximando, a primeira onda de bombardeios que esperávamos, e nossa unidade se alinhou atrás de Andrzej ao recuar.

— Como você se sente? — perguntei a Chaim enquanto descíamos correndo as escadas em direção ao porão.

— Vivo — ele respondeu.

Eu sabia exatamente o que ele queria dizer. Por muito tempo aguentamos uma opressão que parecia insuperável. Era uma sensação *boa* ver o sangue alemão nas ruas, mas senti que não era suficiente para mim, e isso era curioso.

Eu esperava que, tão logo disparasse aquela arma, me sentiria aliviado, mas a realidade não era tão simples. A frustração, a fúria e a agressividade passaram pelo meu corpo, travando os músculos dos meus braços e forçando meus dentes a ranger.

Eles tinham que pagar. *Eu* os faria pagar.

Às duas horas daquele dia, os alemães retiraram-se totalmente do gueto. Perdemos apenas alguns poucos homens e edifícios no bombardeio, mas, no geral, nosso primeiro dia de rebelião foi bastante vergonhoso para os alemães. Para mim, aquilo a tornava um enorme e inesperado sucesso.

20

Emilia

— VOCÊ ACREDITA? OS JUDEUS ESTÃO REVIDANDO!

Parecia que toda a cidade se agitava. Eu estava no bonde com o tio Piotr, na manhã seguinte àquela em que os sons de tiros e explosões do outro lado do muro nos acordara. Com a continuação da violência pelo segundo dia, eu não aguentava ouvir aquilo nem por mais um minuto. Rezara tanto no dia anterior que meus dedos estavam doloridos de manusear o terço. Havia tentado cobrir meus ouvidos com o travesseiro, mas os sons passavam por ele. Truda estava impaciente com a minha inquietude e Mateusz saíra para trabalhar, então implorei ao tio Piotr que me levasse para passear.

— As rodas-gigantes estão montadas de novo na praça Krasiński — ele sugeriu.

Mirei-o incrédula.

— Mas os judeus estão se rebelando do outro lado daquele muro!

— Eu sei. E há muitas pessoas deste lado do muro curiosas para espiar por cima dele, tanto as que gostam de ver os judeus humilhando os alemães quanto, é claro, aquelas que gostam de ver os judeus remanescentes sofrendo — suspirou o tio Piotr, alegrando-se em seguida. — Mas poderíamos dar uma volta na roda-gigante e só olhar para o nosso lado. Foi divertido da última vez, não foi?

— Qualquer coisa menos isso — eu disse com firmeza. — Leve-me para o mais longe possível do Distrito Judeu.

Nos sete meses desde que perdera meu suposto emprego, meu mundo se encolhera de volta ao tamanho do apartamento e só as noites com o tio Piotr e Sara me mantinham sã. Eles obviamente ficaram mais próximos, e, embora Sara me assegurasse de que eram apenas amigos, eu via como eles olhavam um para o outro. Decidi que era adorável observar pessoas velhas se apaixonarem. Quando falei sobre isso com o tio Piotr, ele me lembrou em termos severos de que eles tinham apenas quarenta anos, o que mal os qualificava como *velhos*.

De qualquer forma, tio Piotr concordou em me levar a uma cafeteria do outro lado da cidade. Agora, no bonde, eu percebia o meu erro. Não podia mais ouvir os tiros, mas podia ouvir os sussurros incrédulos de nossos compatriotas. Conforme os passageiros embarcavam e desembarcavam do bonde, eu era bombardeada por fragmentos de conversas.

— Por que só agora? — perguntou um homem ao seu companheiro de viagem. — Ouvi dizer que está quase vazio lá, pois a maior parte foi removida para os campos de trabalho fora da cidade, onde não há tanta superlotação. Se eles tinham vontade de revidar, por que esperar até agora, quando os alemães estão tentando ajudá-los a se mudar para acomodações mais confortáveis?

Olhei para o tio Piotr, que lia o seu jornal, aparentemente despreocupado com os comentários. Cerrei os punhos com tanta força que minhas unhas afundaram na pele macia das palmas das mãos. Concentrei-me na dor, esperando que ela abafasse os sons da conversa.

Disse a mim mesma que era totalmente possível que esses homens não tivessem a menor ideia de como era a vida do outro lado daquele muro. Tentei me lembrar de que eles muito provavelmente também tinham sofrido com a ocupação.

— Ouvi dizer que essa revolta não tem nada a ver com as condições, mas sim com o fato de os judeus estarem preocupados porque não poderão ganhar dinheiro nos campos de trabalho. Você sabe como os judeus adoram seu dinheiro.

— Desculpe-me, tio Piotr — sussurrei em um tom de urgência.

— Por quê? — ele perguntou, surpreso.

Eu me virei para encarar os homens e despejei:

— O distrito murado é uma prisão cruel desde que foi criado. Aqueles que foram deixados lá dentro sabem que não serão removidos para um campo de trabalho, mas para um campo de extermínio. Vocês deveriam ter vergonha de si mesmos.

O bonde inteiro ficou em silêncio. Olhei em volta, certificando-me desesperadamente de que não havia nenhum soldado a bordo. Não que esse fosse o único perigo. Não tínhamos como saber quantos daqueles civis no bonde estariam dispostos a nos entregar.

Tio Piotr levantou-se em silêncio, agarrou-me pelo braço e me arrastou até a porta. O bonde parou e descemos. Depois que o bonde seguiu viagem, tio Piotr soltou um suspiro frustrado.

— Não preciso nem dizer que o que você fez foi uma estupidez...

— Eu sei — explodi, sacudindo-me para tirar sua mão do meu braço. — Eu *sei*. Mas ouviu o que eles estavam dizendo? Como pode *aguentar* isso?

— Intrometer-se não leva a nada. Você realmente acha que qualquer coisa que tenha dito fará com que aquelas pessoas questionem suas crenças? Não mudou nada, e você se colocou, *e me colocou*, em um grande perigo.

— Então você fica sentado em silêncio e os deixa falar bobagens sobre pessoas inocentes — falei, cruzando os braços.

— Sim! — ele exclamou, jogando as mãos para o alto, frustrado. E continuou: — Para alguém que nunca esteve no distrito murado, você parece certa demais sobre as condições de lá.

— Eu ouvi as histórias — murmurei, evitando o seu olhar.

— Elżbieta, você conversa apenas com quatro pessoas. E não fomos nós, seus pais e eu, que pusemos na sua cabeça esses absurdos. — Ele franziu o cenho mais profundamente e então arregalou os olhos. — Espere. A Sara lhe falou sobre essas coisas?

— Por que a Sara saberia sobre o bairro dos judeus? — perguntei despretensiosamente, ciente de que nem o tio Piotr sabia do passe de controle epidêmico dela.

— Então de onde vieram essas coisas?

— Um dia eu encontrei um jornal clandestino no quintal — menti. — Joguei-o fora assim que terminei de ler, mas fazia muito sentido.

— Você só pode cuidar de si mesma em uma época como esta — tio Piotr disse em voz baixa. — Encontre maneiras de sobreviver... encontre maneiras de prosperar. Você não pode fazer nada por aquelas pessoas no distrito murado e não pode fazer nada para mudar a mentalidade de quem não é solidário à luta dos judeus, seja qual for a razão para ela existir. Preocupe-se consigo mesma e com a sua família. Isso é o melhor que você pode fazer.

— Você também deu esse sermão para a Sara? — perguntei.

Ele deu um suspiro e murmurou:

— Eu tentei. Não foi muito bem recebido.

Naquela noite, com o som dos tiros ainda ecoando à distância, sentei-me sozinha com Sara em seu apartamento e contei a ela sobre a conversa no trem e os comentários do tio Piotr.

— Foi idiota de minha parte, eu sei — admiti. — Perdi a cabeça. Mas não conseguia mais suportar, depois das coisas que vi e das histórias que ouvimos.

— Eu sei, Elżbieta — ela disse calmamente. — Há uma cidade inteira que prefere fechar os olhos para o sofrimento por trás daquele muro e, às vezes, é difícil suportar isso. Eu digo a mim mesma que bastará a história julgar com gravidade aqueles que não agiram, mas eu *sei*, no fundo do meu coração, que isso não é suficiente. Eu queria poder arrastar algumas dessas pessoas para o gueto e forçá-las a olhar diretamente nos olhos das pessoas que conhecemos. Você entende o problema, não entende? Muitos se deixaram convencer de que os judeus não são como nós. Quando você convence alguém de que um grupo de pessoas não é humano, esse alguém permitirá que as trate da pior maneira que deseje. Se aqueles homens no bonde ou o seu tio tivessem a chance de ver a humanidade das pessoas que estão presas atrás daquele muro, jamais aceitariam isso.

— O tio Piotr é a pior decepção... — admiti.

— Ele é definitivamente um homem complicado, com princípios complicados — murmurou Sara.

Olhei pensativa para ela e, por fim, fiz uma pergunta que já estava em minha mente por algum tempo.

— Você o ama?

— Eu poderia — ela disse, depois de uma pausa. — Mas também sou uma mulher complicada, com princípios complicados. E, infelizmente, nossos princípios nos tornam incompatíveis. É por isso que somos apenas amigos.

Nós duas pulamos de susto quando as janelas vibraram com uma explosão à distância.

— O que você acha que vai acontecer com os rebeldes no gueto? — perguntei a ela, baixando a voz enquanto pensava em Andrzej e Roman.

— Será um banho de sangue. — Seus olhos se encheram de lágrimas. — Ficarei surpresa se conseguirem sobreviver por mais um dia. Mas eles morrerão com dignidade e honra. Estou orgulhosa deles por isso e você deveria estar também.

21

Roman

POR DIAS, OS ALEMÃES TENTARAM CONQUISTAR O gueto. A cada amanhecer, eu dizia a mim mesmo que finalmente chegara o dia de minha morte. Esse lembrete sempre presente acerca da minha mortalidade iminente bastava para me fazer aguentar as noites maldormidas e os turnos na fábrica de garrafas incendiárias, que às vezes duravam mais de vinte e quatro horas. Quando eu não estava preparando as garrafas com produtos químicos, estava na minha unidade, saltando pelos telhados e defendendo casas ou guiando famílias entre os bunkers subterrâneos. Apenas quando ficava exausto demais para continuar, enfim, ia para um bunker dormir o sono profundo e sem sonhos daqueles que estão muito cansados para brincar durante o descanso.

Não conseguia distinguir um dia do outro. A privação de sono e o pavor constante do combate, alimentados pela adrenalina, pregavam peças na minha mente. Quando Andrzej disse que duas semanas tinham se passado desde a Páscoa judaica, protestei:

— Claro que não.

Chaim estava sentado ao meu lado limpando seu rifle. Ele deu um sorriso cansado.

— O tempo voa quando estamos nos divertindo, não é?

O Levante do Gueto pode ter sido mais bem-sucedido do que prevíramos, mas não sentia que fora glorioso ou triunfante. Nos primeiros dias, foi recompensador fazer os alemães recuarem, e eu certamente me divertira por saber como o nosso sucesso era humilhante para eles. Houve momentos em que estava combatendo com minha unidade ou patrulhando com Chaim e senti que a liberdade estava quase ao meu alcance, mas não conseguia tocá-la. Eu esperava chegar a um ponto em que sentisse ter vingado o meu povo, mas, à medida que a contagem de corpos aumentava, a paz continuava a me escapar. O que seria necessário?

Eu precisava matar um número específico de homens? Tinha de matá-los de alguma forma em particular?

Chaim e eu levávamos dezenas de famílias para os enormes bunkers subterrâneos que construíramos. A cada novo grupo, eu olhava nos olhos das mães e dos pais, das crianças e dos avós que haviam sofrido traumas insuportáveis, que tinham sido tratados com um ódio incomensurável. Pior ainda, essas pessoas inocentes viviam os últimos dias de sua vida. E, quanto mais conseguíamos rechaçar os alemães, mantendo-os afastados por mais algumas horas, ou mais alguns dias, ou mesmo mais algumas semanas, mais o gueto se isolava do mundo exterior. Já passáramos fome antes, mas, agora, até mesmo a quantidade ínfima de comida contrabandeada que nos mantivera vivos se fora. Não tínhamos um plano de longo prazo, nenhuma cartada final em mente. Sabíamos desde o início que não precisaríamos disso.

— Você é um desgraçado rabugento, Gorka, mas é um dos homens mais espertos que já conheci. Não sei como teria sobrevivido no último ano sem você — disse Chaim uma noite. Estávamos deitados na escuridão de um bunker, ambos muito nervosos para dormir.

— O mesmo digo eu — resmunguei.

Ele riu e rolou em minha direção:

— Se a guerra acabasse amanhã e você estivesse livre, o que faria?

Perguntei a mesma coisa para Elżbieta uma vez. Aquela conversa levou à nossa discussão sobre justiça e pensei sobre ela várias vezes ao longo dos meses desde então, especialmente quando olhava para o punho que ela desenhara para mim.

— Eu ainda lutaria por justiça — disse. — Lutaria até que todos fôssemos livres e iguais. Não há causa maior.

— Eu roubaria um banco, arrumaria uma linda namorada e compraria um castelo para mim na Escócia — disse Chaim em tom melancólico.

— Vocês dois realmente precisam dormir um pouco — reclamou Andrzej, levantando-se de seu lugar no chão ao meu lado e indo para o outro lado do quarto, para evitar as nossas risadas.

Previsivelmente, os alemães não gostaram da nossa resistência e, confrontados com os fracassos constantes, começaram a mudar os seus métodos.

Éramos mais rápidos nas ruas e fortificáramos as casas ao transformá-las em bunkers, mas nem eles resistem ao fogo, então, quando o bombardeio e as balas fracassaram, foi a ele que os alemães recorreram.

Eles agora queimavam quarteirões inteiros, ateando fogo a cada prédio e esperando nas portas de saída para atirar nas pessoas que tentavam fugir. As famílias escondidas em segurança nos bunkers estavam agora presas, sufocando no calor e na fumaça. Fazia tempo que o ar do gueto exalava o cheiro de cadáveres em decomposição, mas agora a fumaça negra e sufocante tornara-se tão penetrante que não havia como escapar. As dores de cabeça que eu tinha por causa da fábrica de garrafas incendiárias não eram nada se comparadas às dores que eu sentia por causa da fumaça. Quarteirões inteiros da cidade foram consumidos pelo fogo, e os sons de explosões, gritos, choro e tiros ecoavam dia e noite.

Eu pensava que já tinha passado pelo inferno na Terra, mas quando começamos a perder a batalha percebi que estava errado: a humanidade podia descer ainda mais fundo, havia ainda mais sofrimento para suportarmos. Criei uma casca grossa para sobreviver no gueto durante esses anos, mas nenhum ser humano poderia resistir às coisas que eu presenciara nas últimas semanas. Mais de uma vez eu vi famílias saltarem para a morte de algum prédio em chamas, sendo baleadas antes mesmo de atingirem o chão. Vi queimaduras, ferimentos e infecções que teriam aterrorizado até o médico mais experiente. Vasculhei ruínas incendiadas atrás de comida ou sobreviventes, só para descobrir que uma pessoa inocente tinha morrido nas chamas.

— Não consigo parar de pensar nas pessoas presas nos bunkers — disse Chaim certa manhã. A pressão era visível em nosso rosto, principalmente quando começamos a perder terreno, e ficou mais difícil ainda dormir. Chaim desenvolvera uma tosse seca horrível, da qual não conseguia se livrar. — Morrer enquanto o prédio acima de nós queima. Isso é tão cruel.

— Não posso pensar nisso — falei com firmeza. — Por favor, não fale sobre isso.

— Não consigo acreditar que ainda estamos vivos — ele murmurou. Em seguida, olhou para mim e disse de repente: — Roman, espero que você consiga escapar de algum jeito.

— Escapar? — repeti, rindo amargamente. — Desde o primeiro dia desta rebelião estou esperando a morte. Agora, começo a desejá-la.

Continuamos a lutar, mesmo quando a munição começou a escassear e ficamos sem material para montar os explosivos grosseiros. Continuamos a lutar, mesmo depois que se tornou inegavelmente claro que não teríamos chance de combater os incêndios. Com pouquíssimas balas e opções para nos defendermos, as ruas ficavam totalmente paradas durante o dia. Minha unidade instalou-se na sala dos fundos do centro da juventude, revezando-se para dormir enquanto um de nós vigiava a porta da frente e outro vigiava o beco. Sabíamos que, quando os alemães decidissem queimar o nosso prédio, não teríamos como resistir e seria o fim. Não vigiávamos para nos salvar, mas para que pudéssemos lutar até o último minuto.

À noite, corríamos pelas ruas como ratos, patrulhando o quarteirão para onde éramos enviados, tentando causar algum dano aos alemães com nossos recursos extremamente limitados. Um a um, cada membro de minha unidade sucumbiu, até que Andrzej, Chaim e eu restamos como os únicos sobreviventes. Mas, então, já não mantínhamos contato com as outras unidades há dias.

Dos telhados, víamos que os alemães estavam fechando o cerco e estourando os poucos bunkers que tinham sobrado. Caçavam os sobreviventes com cães e máquinas que detectavam sons subterrâneos. Eles cortaram o abastecimento de água da cidade e não tínhamos mais nada para comer. As ruas do Distrito Judeu, que no passado haviam sido vibrantes, eram agora um cenário infernal de destroços e morte. O fim estava próximo.

— Demos orgulho aos nossos antepassados — disse Andrzej. — Você sabe quanto tempo se passou, Roman?

O fato de eu ter perdido a noção dos dias e semanas era uma fonte inesgotável de diversão para ele e Chaim, mesmo em meio ao horror.

— Duas semanas?

— Você respondeu duas semanas na última vez que perguntei — ele riu. — Quer tentar de novo?

— Eu esperava resistir por três dias.

— E resistimos por vinte e sete — ele disse. Depois, com a voz embargada, murmurou: — Não sei se já houve alguma vez um grupo de homens e mulheres tão corajosos e talentosos como fomos. Entraremos para a história como heróis.

— Entraremos? — retruquei, cansado demais para rir.

— Você duvida?

— Se eu duvido que somos heróis? Sim. Como podemos ser heróis se perdemos a batalha?

— Roman, até o último minuto, defendemos os nossos valores. Tivemos coragem e convicção. Lutamos pelo que era certo. Isso é o que nos torna heróis.

— Mesmo que isso seja verdade, você parece esquecer que não vai sobrar ninguém para escrever a história do que aconteceu aqui. Os alemães certamente vencerão a guerra, e, mesmo que não vençam, nenhum de *nós* sairá vivo daqui. Os poloneses do outro lado do muro não têm a mais vaga ideia de como lutamos arduamente ou de qualquer um de nossos pequenos triunfos. — Dei um suspiro pesado e balancei a cabeça, tirando meu cabelo crescido dos olhos. — Não, Andrzej. A história não se lembrará de nós, muito menos como heróis.

— Essa é a disposição alegre que todos conhecemos e amamos — disse Chaim em tom jocoso, atirando de brincadeira uma tampa de garrafa na minha direção. Eu a desviei com um tapa.

Não dissemos que aquilo parecia um adeus. Não precisávamos. Não tínhamos mais nenhuma munição além de uma única granada que Chaim encontrara no casaco de um soldado morto da ŻOB. Tentaríamos ir à rua Franciszkańska, onde esperávamos que houvesse outra unidade escondida em um bunker, mas não tínhamos ideia do que encontraríamos se conseguíssemos chegar lá. E era uma jornada quase impossível. As ruas estavam lotadas de patrulhas alemãs mais uma vez, sua presença ainda mais ostensiva à medida que nossos ataques contra elas diminuíam. Andrzej esperava que as patrulhas se retirassem com o pôr do sol, mas a noite veio e os soldados alemães continuaram por lá.

— Sinto falta dos dias em que podíamos correr pelos telhados — disse Chaim.

— É claro que sente. Você é o nosso Pombo — disse Andrzej. Ele parecia exausto e o tom brincalhão tinha sumido da sua voz. — Mas ruínas em chamas não têm telhado e é isso que está à nossa frente. Teremos que ir pelas ruas.

Amarramos trapos de tecido em volta do que havia sobrado dos nossos calçados, na esperança de que abafariam o som das solas batendo nos paralelepípedos, e fomos para a rua. Mesmo cansado e enfraquecido, eu não podia me permitir respirar tão fundo quanto queria, porque até o som de nossa respiração poderia nos denunciar. A respiração curta me deixava tonto, e fiquei pensando que, caso desmaiasse, seria o meu fim.

O som de um motor dobrando a esquina soou logo à frente. De repente, a rua ficou iluminada por faróis. Um tiro foi disparado, depois outro, e mais outro. Estava tudo escuro, exceto pela luz dos faróis, e fiquei cego por um momento. Meu corpo inteiro sacudiu-se quando uma dor causticante explodiu em meu braço direito. A próxima bala certamente faria o serviço. Nem me retesei ao esperar por ela. Em vez disso, soltei a respiração, sentindo a tensão da expectativa deixar meu corpo.

Aqui está ela. A paz. A paz, finalmente.

Mas eu sobrevivera por tanto tempo. A autopreservação tornara-se um hábito.

— Por aqui! Há um bueiro no beco — ouvi Andrzej dizer. Em seguida, Chaim, que estava a meu lado esquerdo encostado na parede, desapareceu do meu campo de visão. Fui atrás deles, atordoado pela dor e pelo choque, agarrando-me à consciência por um fio. Mais tiros soaram e então, bem à minha frente, Andrzej tropeçou e caiu de cara no chão. Os faróis do carro o iluminaram quando me aproximei e eu vi o tiro certeiro atravessar o seu crânio.

Não houve tempo para reagir ou lamentar. Chaim ainda corria e eu o seguia aos tropeços pelo beco escuro. Os faróis não nos seguiram, mas ainda não estávamos fora de perigo. Vozes e risadas soavam às nossas costas, ecoando pelas paredes do beco.

Os alemães nos encurralaram. Senti um frio na espinha e os segundos começaram a se alongar. A falta de tiros significava que agora eles planejavam brincar conosco — ou, pior ainda, nos capturar e torturar.

— Sua granada — lembrei Chaim.

Ele continuou correndo e continuei a segui-lo, tentando desesperadamente acompanhar o seu ritmo. Nossa hora estava chegando, e, mesmo depois de tudo pelo que passáramos, parecia apropriado enfrentarmos o além-vida juntos.

Ouvi o som de botas marchando atrás de nós, botas grossas e duras, muito diferentes do som dos nossos sapatos gastos.

Estou chegando, Mamãe. Samuel, estou chegando. Andrzej, sirva-me uma vodca.

Brindaremos ao sucesso dessas últimas semanas.

Mas Chaim parou de repente e eu o ouvi chamar enquanto abria a tampa do bueiro.

— Você primeiro — ele disse com urgência.

Hesitei e ele me agarrou com suas mãos ásperas. Abriu os dedos da minha mão esquerda para pressionar a palma sobre o ferimento do meu braço direito, e em seguida me empurrou pelo bueiro para dentro do esgoto. Meus pés encontraram uma plataforma, mas era um espaço pequeno. Tão baixo que eu não podia nem me agachar, então fiquei esticado na horizontal. Meus olhos lacrimejaram com o fedor e ouvi água corrente abaixo de mim.

De repente, o rosto de Chaim surgiu acima. Estava escuro, mas pude identificar a forma de seus dentes em contraste com a sujeira em seu rosto.

— Não a desperdice — foi tudo que ele disse antes de olhar para o outro lado.

— Não desperdice o...

Comecei a falar, mas Chaim pôs a tampa do bueiro de volta no lugar. Tentei alcançá-la para impedi-lo e puxá-lo para baixo, onde estaria em segurança comigo, mas minha mão alcançou apenas o concreto da parte de baixo do gueto. Não conseguia achar um modo de subir mais alto. A dor no meu braço era lancinante e meus pensamentos estavam ficando embaralhados.

Assim que a tampa do bueiro foi ajustada no lugar, ouvi Chaim provocando os soldados. Ele estava se fazendo de isca, certificando-se de que os alemães que nos seguiam estivessem próximos o suficiente para que a granada matasse todos eles, só para confirmar que não conseguiriam vir atrás de mim no esgoto.

— Não — soltei um grito débil, arranhando inutilmente a parte de baixo do beco com a minha mão sem ferimento. — Por favor, Chaim, não faça isso. Eu preciso de você...

Os soldados estavam bem acima de mim agora, tão perto que eu conseguia ouvi-los falar com Chaim. Escutei sua última gargalhada triunfante. Era a risada de corpo inteiro de Chaim, a mesma que eu presenciara milhões de vezes, por isso podia imaginá-lo lá em cima no beco, a cabeça jogada para trás, a boca bem aberta, o corpo inteiro sacudindo de divertimento.

Antes mesmo que sua risada terminasse, houve uma explosão acima de mim e eu desmaiei.

Quando acordei, tudo doía, da cabeça aos dedos do pé. Eu estava quente e tonto, e havia movimento na outra ponta da plataforma. Assim que retomei a consciência, percebi que os guinchos só podiam vir de ratos. Chutei-os com fúria e tentei me recompor. Quando consegui, desejei poder desmaiar de novo.

A explosão acima de mim, a bala no meu braço, o cenário infernal das últimas semanas, e todos estavam mortos.

Pensei em me jogar no esgoto e deixar a água imunda me levar. Em seguida, imaginei deitar-me e deixar a natureza fazer o seu trabalho. O ferimento no meu braço ficaria inevitavelmente infeccionado e, considerando-se a minha fraqueza, com certeza não levaria muito tempo para a infecção concluir o trabalho que os alemães começaram. Mas não lutara por tanto tempo e tão duramente para ter uma morte impotente. Fiz um esforço para encontrar o bueiro, tateando o concreto acima com as pontas dos dedos da minha mão esquerda, e com dificuldade consegui empurrar a tampa. Comecei a subir com muita dificuldade, e logo o cheiro de sangue e pólvora sobrepôs-se ao fedor do esgoto.

O sangue de Chaim. Por que ele me salvou?

Estava escuro agora. Apertei os olhos, tentando encontrar a forma do caminhão, mas já não estava mais lá, e a rua estava vazia e silenciosa.

Precisei de várias tentativas até conseguir me arrastar para fora do esgoto. Meu braço ferido não era forte o suficiente para aguentar o meu peso e meu braço esquerdo não era forte o suficiente para alçar sozinho o meu corpo inteiro para fora. Mas ficar no esgoto não era uma opção: morreria sendo útil ou pelo menos enfrentando o inimigo com coragem.

Agradeci a escuridão quando finalmente me encontrei na superfície de novo. O beco era uma profusão de cadáveres e pedaços de corpos, e um pouco daquilo era Chaim. Segurei o choro e me forcei a andar, tremendo, sentindo frio e calor alternadamente. Quando saí do beco, fiquei confuso sobre onde estava e quais eram as minhas opções.

Perdi as contas de quantas vezes andara pelas ruas do gueto, mas a paisagem havia mudado nos últimos vinte e oito dias. Todo edifício estava queimado ou demolido, e os pontos de referência que eu costumava usar para me orientar tinham sumido. Decidi tentar encontrar a rua Franciszkańska para me dirigir ao outro bunker, como Andrzej e Chaim planejaram.

Cheguei ao muro antes mesmo de perceber que estava perto dele e foi aí que notei que estava totalmente perdido. Caminhara na direção errada e, aos trancos e barrancos, deparei-me com um dos lados da praça Krasiński, na parte completamente oposta do gueto. Resmunguei, furioso comigo mesmo, e me virei para voltar.

Porém, assim que o fiz, meu olhar foi atraído para uma pequena pilha de destroços. Hesitei, mas por fim caminhei até lá, pensando que poderia me esconder atrás dela para organizar meus pensamentos e estabelecer um plano. Só quando comecei a andar pelos destroços percebi que um prédio queimado ruíra e parte de sua estrutura desabara sobre o muro, abrindo uma pequena fenda.

Aproximei-me com cautela, preparando-me para os sons de tiros do outro lado. Parei, escutando atentamente. Como não escutei nenhum movimento, prendi a respiração e espiei pela fenda, encontrando a praça Krasiński em toda a sua glória, chocado ao vê-la completamente deserta.

Joguei-me no chão, apoiando-me no muro e ofegando, enquanto tentava desanuviar a minha mente para compreender tudo aquilo.

Chaim está morto. Andrzej está morto. Mas eu estou vivo. Chaim me salvou.

Por que ele me salvou?

Por que diabos não há um soldado alemão esperando do outro lado deste muro com uma metralhadora?

Conforme as batidas do meu coração voltavam ao normal, o cenário diante de mim enfim começava a fazer sentido. Claro que os alemães não estavam preocupados em reparar ou mesmo vigiar o muro. Mal havia sobreviventes, quanto mais em condições de escapar.

Talvez eu conseguisse sair de lá caminhando. No entanto, se eu deixasse o gueto, para onde iria? Todos que eu amava estavam mortos. Todos que *me* amavam estavam mortos.

Elżbieta.

Seu rosto surgiu diante de mim, junto da lembrança das conversas que tivemos na sala dos fundos do centro da juventude. Eu sabia que ela morava na rua Miodowa, e ela descrevera seu apartamento de forma tão detalhada que eu tinha certeza de que conseguiria encontrá-lo. Sara vivia lá também e era enfermeira. Elas *conheciam* pessoas. Pessoas que poderiam me ajudar.

Apoiei-me no muro, olhei para a praça e depois para o gueto. Escapar era tão improvável que nunca tinha pensado sequer em sonhar com essa possibilidade, mas ali estava eu, alternando minha visão entre dois caminhos claros: a vida a leste, logo depois da praça Krasiński, ou a morte.

Passei pelo muro, chegando à praça, e comecei a correr. A explosão de energia me surpreendeu, e só depois de atravessar a praça é que percebi o que a alimentava.

Esperança.

Tanto tempo se passara desde que a tinha sentido pela última vez que não reconheci a emoção. Por algum capricho do destino e graças ao ato generoso do melhor amigo que já tive, não apenas sobrevivera, como havia encontrado desajeitadamente o meu caminho para o outro lado.

Encontrei o prédio com certa facilidade. Ele era exatamente como Elżbieta descrevera: três andares e meio de altura e um remendo malfeito no andar de cima.

Depois de anos confinado no gueto, eu não sabia se havia um toque de recolher no resto da cidade, mas as ruas estavam desertas, então supus que sim. Porém, no pico do verão, os dias em Varsóvia eram muito longos e o céu começava a clarear; sabia que era mais ou menos quatro da manhã. Peguei uma pedrinha no canteiro do lado de fora do prédio e atirei-a na direção de uma das duas janelas pontudas no andar de cima. Errei feio, então tentei mais uma vez, e outra. Na quarta tentativa, a pedra atingiu a janela e caiu na calçada, fazendo barulho. Não houve sinal de movimento.

Pior ainda, os primeiros raios de luz solar começavam a surgir no céu.

A qualquer momento, a cidade despertaria. Os trabalhadores sairiam às ruas e os alemães começariam as suas rondas matinais. Há anos eu não tomava um banho de verdade. Eu sangrava profusamente, minha camisa estava totalmente encharcada de sangue, meu cabelo era um emaranhado e a minha barba, um relaxo. Não poderia parecer mais suspeito nem se tentasse.

Andei até a porta de entrada, abri e entrei, respirando fundo enquanto subia as escadas. Quando cheguei ao terceiro andar, já estava lutando para conseguir respirar. Lá, encontrei duas portas e *achei* que Elżbieta dissera que uma delas era do seu apartamento e a outra, do apartamento de Sara. No entanto, aquela conversa acontecera sete meses atrás e agora estava tão tonto que mal conseguia ficar de pé.

Fui até a primeira porta e bati com minha mão sem ferimento. Depois de alguns momentos, ela se abriu um pouco. Um homem apareceu, encarando-me por trás de seus óculos de armação de arame.

— Sim?

— Este é... Elżbieta mora aqui? — perguntei ao homem, dando um passo para trás, ciente do odor de meu corpo.

— Quem é você?

— Sou amigo dela — respondi. Seu olhar percorreu o meu corpo e voltou ao meu rosto. — Sou...

Minha visão escureceu. Agarrei o batente, mas percebi que não seria suficiente. Tentei me guiar com segurança em direção ao chão, mas o homem abriu mais a porta e, assim que sucumbi, senti suas mãos passarem por baixo dos meus braços para me segurar.

22

Emilia

ROMAN ESTAVA NO NOSSO SOFÁ, INCONSCIENTE, DEITADO no meio de toalhas rapidamente posicionadas e uma camada de cobertores. Quando tio Piotr veio me buscar, senti o cheiro do rapaz no sofá antes mesmo de vê-lo.

Ele parecia abatido quando o conheci, mas agora Roman estava esquelético. Sua barba dura e irregular tinha crescido e o cabelo, comprido demais, parecia totalmente embaraçado. A batida na porta acordara todo mundo, mas tio Piotr pediu que nos escondêssemos no quarto enquanto ele ia investigar. Roman estava machucado e frio. Quase desmaiei quando o reconheci.

Sofri por ele durante as semanas do Levante. Toda vez que escutava um tiro ou uma explosão, ficava pensando se teria sido o que tirara sua vida. Nem por um segundo me ocorrera que ele poderia sobreviver.

Enquanto eu olhava para Roman no sofá, minha família olhava para mim. Não ousei olhar nos olhos de ninguém. Podia sentir a confusão, o medo e a raiva de todos eles. Todos estávamos em risco agora e era culpa minha. Mas eu estava quase tão confusa quanto eles. Como Roman sabia onde me encontrar? Apesar do risco, estava contente por ele ter conseguido. Estava feliz e aliviada, mesmo que sua presença em nosso apartamento complicasse tudo.

— Vamos falar mais tarde sobre isso — disse Truda de repente. Olhei com relutância para ela e vi apenas confusão e medo em seu rosto. — Por enquanto, temos que ajudá-lo. Ele está sangrando por causa de um ferimento no braço e acho que está desidratado. Olhem os lábios dele.

Olhei e vi que estavam completamente secos; no canto da boca, rachaduras desapareciam por baixo dos fios da barba.

— Ele perguntou por você antes de desmaiar. — Tio Piotr hesitou, e, em seguida, disse com cautela: — Sara o conhece também?

— Sim.

— Por favor, vá até lá e a acorde — murmurou Truda. — Vou pegar algumas coisas.

Enquanto me dirigia cuidadosamente ao apartamento de Sara, lembrei-me da noite em que a apanhara com os órfãos no quarto de visitas. Senti um aperto doloroso no peito, como sempre acontecia quando aquelas crianças surgiam em minha mente. Àquela altura, porém, eu já aprendera a pensar nos aspectos positivos. Aquelas crianças, como todas as outras que acabaram no orfanato, provavelmente estavam mortas, mas outras foram salvas. Icchak fora salvo. Eleonora fora salva.

Roman estava ferido. Roman estava em meu apartamento e toda a minha família estava em perigo. Mas Roman estava *vivo*. Era um milagre, não havia outra explicação. Talvez as muitas orações que eu dedicara a ele durante as últimas semanas tenham funcionado.

— Sara? — Bati com cuidado na porta do seu quarto e a ouvi se mexer. — Desculpe acordá-la, mas há uma emergência.

Ela apareceu na porta em segundos, atordoada pelo sono e assustada.

— Elżbieta? O que foi?

— Roman. Ele está aqui, mas está ferido.

— *Aqui?*

— No nosso apartamento. Ele está inconsciente.

— Como ele nos encontrou?

— Não sei — respondi.

Sara voltou para o quarto, mas apenas para vestir um robe sobre a camisola e apanhar sua bolsa médica ao lado da cama.

— Espero que você perceba o que isso significa. Teremos de contar a verdade aos seus pais.

— Eu sei.

— Eles vão me matar — ela disse com um suspiro. — Piotr vai me matar.

— Ele vai me matar também.

Agora em silêncio, voltamos de fininho pelo corredor para o meu apartamento. A sala inteira fora reordenada. A mesa de café fora empurrada para mais perto do sofá e um balde com água e sabão e algumas toalhas foram acomodados sobre ela. Ao lado, havia um copo d'água e uma colher. Nossas poltronas foram tiradas do caminho e levadas para perto de uma janela, dando espaço para Sara trabalhar.

— Tentei dar um pouco de água para ele — explicou Truda, apontando para a colher.

— Preciso de tesouras — disse Sara rapidamente, ajoelhando-se ao lado de Roman e afastando com carinho o cabelo de sua testa. Ela parou e, com a voz embargada por lágrimas, sussurrou: — Pobre garoto. Pelo que você passou nas últimas semanas?

Uma vez, Sara me disse que eu tinha de orar por ela porque ela não tinha mais condições de fazê-lo. Ao observá-la cuidando de Roman, decidi orar mais do que nunca, pedindo que fosse agraciada com toda a sabedoria para ajudá-lo e pedindo proteção para toda a nossa família enquanto Roman estivesse em nossa casa.

Enquanto eu orava, percebi como tinha orgulho de fazer parte dessa família. Por acidente, mas tinha sido um golpe de sorte. Fora tirada de uma família que cuidava daqueles à sua volta e colocada em outra que fazia a mesma coisa. Apesar de todos os seus sermões, não pareceu ocorrer ao tio Piotr, nem mesmo a Truda e Mateusz, a ideia de negar ajuda a Roman. Eu sabia que, em toda a Polônia, havia famílias que teriam agido de forma bem diferente. Mesmo aqueles que se preocupavam talvez não se preocupassem o suficiente para aceitar o risco. Outros teriam chamado a Gestapo imediatamente.

Truda voltou com uma tesoura e Sara a usou para cortar o que restara da camisa imunda de Roman, expondo um ferimento aberto em seu antebraço.

— Ele levou um tiro — ela disse, estalando a língua. — É um ferimento grave. E parece que andou pelo esgoto. Ele precisa de um cirurgião.

Ela parou por um momento e começou a disparar as ordens.

— Elżbieta, leve tudo para o banheiro: a água com sabão, as toalhas, a tesoura. Traga mais toalhas também. Forre a banheira com elas. Mateusz, quando ela terminar, pegue-o e deite-o na banheira. Truda, a água é um bom começo, mas precisaremos de mais do que isso para reidratá-lo. Pegue um pouco de açúcar e sal e traga tudo para o banheiro.

— E eu? — perguntou o tio Piotr.

Sara olhou para ele.

— Vista-se — ela disse, em um tom que não dava espaço para discussão. — Você vai buscar o cirurgião.

Nosso banheiro era pequeno e não cabíamos todos nele. Sara me pediu para auxiliá-la, mas Truda insistiu em fazer isso. Não discuti. Truda não sabia nada das coisas que eu vira no gueto e provavelmente achou que eu ficaria chocada com o ferimento.

Ela e Sara puseram-se a trabalhar, limpando o corpo de Roman com uma esponja e tentando higienizar o que podiam do ferimento, levando água à sua boca com uma colher e tentando acordá-lo para que conseguisse tomá-la a intervalos regulares. Vez ou outra, eu ouvia Roman gritar, e logo em seguida ouvia Sara e Truda calando-o de forma desesperada.

Tínhamos sorte de o nosso prédio ser pequeno e de o apartamento mais próximo e adjacente ser o de Sara. Mas também, infelizmente, havia quatro outros apartamentos nos andares abaixo de nós. Não precisava de muito para o som chegar até eles.

Mateusz e eu esperávamos no corredor do lado de fora do banheiro. Fecháramos a porta para abafar o barulho, mas o silêncio no corredor era tenso.

— Você tem muito a nos explicar — ele disse depois de um momento.

— Eu sei — murmurei.

— Precisamos ajudá-lo e depois tirá-lo daqui. E então você, eu e Truda vamos ter uma conversa.

— Eu sei.

— Como você conheceu... — Ele começou a falar, mas parou, respirando fundo.

— Eu tinha que fazer alguma coisa — soltei. Mateusz fechou os olhos, como se as palavras lhe causassem dor física. — Eu não podia fazer muito, mas uma oportunidade surgiu e eu a agarrei, porque, quando soube do que estava acontecendo, tinha que ajudar. Não conseguiria viver comigo mesma se não o fizesse.

— O *que* você fez? — ele perguntou, com dor no olhar. — Quem é esse homem? Como ele sabe onde moramos?

— Eu...

Meus olhos ardiam e lágrimas começaram a descer pelo meu rosto. Eu não conseguia fazê-las parar. Saber que estava chegando a hora de Truda e Mateusz saberem do tamanho da minha mentira me deixou enjoada de ansiedade.

A porta se abriu e Sara e Truda apareceram, cada uma enxugando as mãos em uma toalha. Sara estava pálida e com um olhar sério. Enxuguei os olhos com as costas da mão.

— Como ele está? — perguntei.

— A bala está alojada no braço dele. Profundamente. Acho que atingiu o osso, então não há nada mais que eu possa fazer até que o cirurgião chegue. Roman perdeu muito sangue, e é ainda mais perigoso do que poderia ser, porque ele está extremamente desidratado e desnutrido. — Ela respirou fundo e olhou para mim. — Elżbieta, você vai ficar com ele e continuar forçando-o a beber a mistura de sal e açúcar que preparei. Leve a colher à boca dele e massageie a garganta para incentivá-lo a engolir. Ele precisa se reidratar. Essa é a nossa prioridade.

— Você vai sair? — perguntei, ansiosa.

Ela fez que não com a cabeça e olhou para Mateusz e Truda.

— Não. Mas seus pais merecem uma explicação. Eu assumo total responsabilidade por tudo isso, então sou a pessoa que vai esclarecer as dúvidas que eles certamente têm.

— Vamos — disse Truda com um suspiro. — Farei um café para nós.

Roman estava deitado na banheira com o corpo inteiramente coberto, exceto pelo braço direito, que descansava por cima dos cobertores com o ferimento aparecendo sob as ataduras. Eu nunca o tinha visto tão limpo. Sua cabeça se apoiava em uma toalha dobrada, com o rosto virado para mim, os olhos fechados e a boca aberta.

— Estou tão contente que esteja vivo — eu disse, sentando-me no chão ao lado da banheira e apanhando a colher. — Senti falta de nossas conversas. — Respirei fundo e olhei para o seu rosto pálido, sussurrando: — Senti *sua* falta.

Em algum lugar do apartamento os adultos conversavam e tudo que eu podia fazer era esperar pela bronca. Eu sabia que, ao ouvirem o que Sara tinha para dizer, Truda e Mateusz teriam vontade de elevar a voz, mas não poderiam para não chamar a atenção dos vizinhos. Mesmo sabendo que eles não podiam gritar, eu logo enfrentaria um turbilhão de decepção e raiva, e não havia nada que pudesse fazer para impedir.

— Você só tem que acordar — murmurei para Roman ao pingar água em sua boca, empurrando seu queixo com a mão para inclinar a cabeça para trás. Repeti a operação várias vezes, embora sentisse que não estava adiantando muito. A água sempre escorria pelos cantos de sua boca, descendo pela barba e molhando a toalha. De qualquer modo, eu não tinha nada para fazer, a não ser ficar ali ouvindo as vozes abafadas. Em certo momento, escutei a voz de Truda elevar-se subitamente, e meus esforços para persuadir o rapaz inconsciente na banheira a beber o soro foram redobrados.

— Por favor, acorde e beba por mim.

Quando o copo esvaziou-se, recostei-me nos azulejos frios e cobri meu rosto com as mãos. Fiquei sentada assim por um longo tempo, até minhas pernas formigarem. Quando as estiquei à minha frente para interromper a dormência, Roman mexeu-se repentinamente. Suas pálpebras se moveram, então fiquei de joelhos e peguei a mão que não estava ferida.

— Elżbieta? — Ele murmurou, tentando abrir os olhos.

— Estou aqui — eu disse. O copo estava vazio; enchi-o rapidamente com água da torneira. — Você está muito desidratado. Consegue beber um gole?

Roman estremeceu ao sentar-se. Bebeu todo o conteúdo do copo vorazmente e, em seguida, afundou-se de novo nas toalhas. A palidez extrema de sua pele assumira um tom de cinza, e ele me dirigiu um olhar assustado.

— Acho que vou...

Peguei o balde bem a tempo, e ele expulsou com violência toda a água que conseguira engolir. O barulho do vômito fez com que Sara viesse da cozinha.

— Você acordou — ela disse satisfeita, desanimando em seguida ao avistar o balde. — O cirurgião logo estará aqui e vai reidratá-lo com uma injeção. Até lá, precisamos que você beba um pouco do soro. Elżbieta, peça a Truda que prepare um pouco mais.

Quase protestei. Estava nervosa para encarar meus pais adotivos. Mas Sara parecia despreocupada, medindo o pulso de Roman e passando um pano frio em sua testa, então dei um suspiro e levantei-me. Quando entrei na cozinha, Truda e Mateusz estavam abraçados. Limpei a garganta.

— Sara precisa de mais suprimentos para o soro de hidratação.

Mateusz soltou-se de Truda. Agora, seus olhares recaíam sobre mim. Eu não conseguia compreender a expressão deles, mas baixei o olhar, sentindo seu desapontamento.

— Vocês se lembram do dia em que meu pai morreu? — perguntei, a voz baixa.

— É claro — disse Mateusz.

— Vocês conseguem imaginar um mundo em que Alina me trouxesse para sua casa e vocês nos ignorassem e fechassem a porta, recusando-se a me ajudar?

— Nunca — disse Truda convictamente.

Forcei-me a encará-los. Senti meu estômago fervilhar de ansiedade.

— Achei que pudesse ser uma heroína. Que pudesse fazer algo notável para honrar o legado da minha família. Eu pensava em mim mesma, mas também estava desesperada para fazer alguma coisa. Se eu não tivesse encontrado uma forma de ajudar pelo menos um pouco, não teria honrado o exemplo que vocês me deram quando me acolheram ou os exemplos dados por meu pai e Tomasz, e até mesmo Alina. — Minha voz se embargou e as lágrimas encheram meus olhos. — Vocês me criaram em uma família de coragem. E sei que não deveria ter mentido para vocês, sei que fiz a coisa errada. Mas eu tinha que encontrar um equilíbrio na minha própria consciência, como filha de Deus, entre minhas responsabilidades e o respeito que tenho por vocês como meus pais. Por favor, me perdoem.

Mateusz atravessou a cozinha e me deu um abraço tão forte que seus braços tremiam à minha volta. Ele me deu um beijo no topo da cabeça e agarrou meus antebraços enquanto olhava diretamente em meus olhos.

— Vamos conversar sobre isso mais tarde, assim que seu amigo for removido — ele disse, com os olhos brilhando. Eu já podia ver que ele me perdoaria pela mentira, mais cedo ou mais tarde. Já Truda seria muito mais difícil de convencer. Do outro lado da cozinha, ela me olhava com os olhos semicerrados e os braços cruzados.

— Terei pesadelos pelo resto da vida com você indo àquele lugar, Emilia — ela disse, em um tom áspero. Meu nome verdadeiro soou estranho em seus lábios. — Mais tarde, quando tudo isso acabar, vou esganá-la por mentir para nós e vou gritar com você por assumir riscos tão tolos. Mas enquanto isso — ela suspirou lentamente e se virou para pegar o pote de açúcar — venha aqui e pegue o que Sara pediu.

23

Roman

EU NÃO SABIA SE ERA DIA OU NOITE, MAS ESTE ERA UM desvario muito diferente daqueles que eu vivenciara no gueto. Vaguei por um mar de dor e doença, sem nunca ter muita certeza de estar acordado ou alucinando. Um homem estranho ia e voltava repetidamente, deixando-me apenas com a impressão de que o vira antes, talvez várias vezes, mas eu não conseguia entender o seu nome ou por que ele estava ali. Tive uma vaga noção das injeções no meu braço saudável, de um período de dor lancinante no meu braço direito e de sufocar, arfando desesperadamente, mas a mão de alguém tapava a minha boca.

Então eu talvez tenha despertado por um tempo, mas logo veio a febre, e vaguei pelo mar de delírios por mais algum tempo. Chaim veio me visitar. Sentado na beirada da cama, contou piadas e abriu aquele sorriso enorme pelo qual eu criara tanta afeição. Mais tarde, Andrzej veio também; depois dele, a minha família inteira. Meus amigos estavam contentes, corados e cheios de vida, mas, quando minha mãe sentou-se na beirada da cama, eu a vi como se em uma fotografia desfocada em preto e branco. Dawidek segurava sua mão e, embora eu pudesse ouvi-los murmurando um para o outro em iídiche, eles não falavam comigo, apesar de meus esforços desesperados para chamar sua atenção. Samuel esperava fora do meu alcance na porta, até que veio mais perto e tocou o meu rosto.

— Estou orgulhoso de você — ele disse.

Havia sonhos ruins também, de soldados alemães me perseguindo pelo esgoto, cadáveres apodrecendo à minha volta e uma fome que fazia meu corpo virar do avesso. E então o sono, um sono confuso, porque estava tão exausto que, mesmo quando comecei a me recuperar, mal conseguia manter meus olhos abertos por mais que alguns minutos a cada vez. Elżbieta ou Sara, ou os estranhos no apartamento me acordavam e me davam colheradas de soro ou água, e depois eu dormia novamente.

Quando a tormenta passou, acordei de verdade, com a luz dourada do sol se infiltrando por uma cortina fina em uma janela aberta, em um quarto que eu reconhecia vagamente, mas que pela primeira vez eu via com clareza. Eu estava deitado em uma cama com lençóis limpos e um colchão macio, vestindo roupas melhores do que qualquer coisa que vestira desde que nos mudáramos para o gueto. Sentei-me cuidadosamente e toquei meu braço direito com os dedos da minha mão esquerda. Uma atadura firme e uma tala protegiam o ferimento, mas, mesmo assim, uma leve pressão foi suficiente para me fazer arfar. Os dedos da minha mão direita estavam inchados e vermelhos, mas tive uma vaga lembrança de que, em algum momento, meu braço direito inteiro estivera em um estado muito pior.

Senti-me tão fraco que sabia que não teria como sair da cama, embora estivesse desesperado para me aliviar. Foi aí que me veio outra memória: Sara e a mãe de Elżbieta, ambas me ajudando a usar um penico. Meu rosto queimou de humilhação e eu não tinha certeza de como poderia encará-las. Não precisei pensar muito nisso, porque escutei passos do lado de fora da porta e Sara apareceu.

— Você acordou! — Ela exclamou, empurrando a porta com as costas e equilibrando uma bandeja em seus braços. O aroma de sopa preencheu o ar e meu estômago roncou.

— Estou me sentindo muito melhor. Não sei como posso agradecê-la por isso.

— Recuperando-se — ela disse com firmeza. Então, pôs a bandeja na mesa ao lado da minha cama e me observou de perto. O calor em meu rosto aumentou. — Sim, você parece muito melhor. Agora, temos que fazê-lo recuperar um pouco de peso.

— Há quanto tempo estou aqui?

— Um pouco mais de duas semanas. Você estava muito doente, Roman. Começou a melhorar quando o cirurgião e eu tentávamos descobrir como poderíamos amputar o seu braço. — Olhei para ela alarmado e ela deu um sorriso fraco. — Naquele momento, meu amigo, parecia que seria seu braço ou sua vida. Você deve ter ouvido as nossas conversas e reuniu as defesas do seu organismo contra a infecção.

Olhei para a minha mão novamente e tentei mexer os dedos. A dor imediatamente irrompeu pelo meu antebraço e resmunguei sem querer, dada a intensidade. Sara olhou para mim compassivamente.

— O osso do seu braço foi danificado pela bala que o atingiu. Vai sarar, mas levará algum tempo. Você tem que ter paciência e se cuidar enquanto se recupera. E, falando nisso, é hora da sopa. Você consegue tomar sozinho ou quer que eu ajude?

— Consigo — respondi, com meu estômago roncando novamente, alto desta vez. Sara pôs mais um travesseiro às minhas costas e acomodei a bandeja de comida no meu colo. Dois pães e uma tigela cheia de legumes, nadando em um caldo grosso. Minha visão embaçou. — Faz anos que não como uma refeição dessas.

— Tentei fortalecê-lo enquanto você esteve doente — explicou Sara gentilmente —, mas vai levar um tempo até que seu estômago se habitue com grandes banquetes de novo. Tenho certeza de que você está com fome, mas deve comer aos pouquinhos e depois descansar. E então repetimos. Posso reaquecer a sopa cem vezes se for necessário. É muito melhor você beliscar durante o dia do que comer demais e muito rápido e acabar doente de novo.

Mergulhei a colher na sopa sem jeito e a levei à boca. Estava tão boa. Salgada, rica e gostosa. Fechei os olhos e dei um gemido de satisfação. Ao meu lado, Sara riu.

— Não sou reconhecida pelos meus dotes culinários — ela disse ironicamente. — É bom ver a minha comida ser tão apreciada.

— Está delicioso. Incrível — continuei, mas suas palavras ressoavam em meus ouvidos: eu podia sentir o desejo do meu corpo de acabar com o prato, devorar tudo de uma vez. Porém, seria um crime desperdiçar uma comida tão deliciosa, então resisti à tentação de me empanturrar. Depois de algumas colheradas, apontei com relutância para a bandeja.

— Esta é a melhor refeição que já tive, mas acho que por enquanto tenho de parar por aqui.

— Muito bem — disse Sara, satisfeita. — Sim, enfim, você está melhorando. — Ela pôs a bandeja de volta na mesinha ao lado da cama e me analisou com o olhar. — Imagino que, quando escapou, tinha algo em mente para o futuro.

Olhei para baixo, envergonhado de repente.

— Agradeço por sua ajuda, mas me perdoe por tê-los colocado em perigo.

— Não precisa se desculpar. Estou aliviada por você ter sobrevivido. Mas... — ela pigarreou, entrelaçou os dedos e apoiou as mãos no colo — , Roman, sei que é uma conversa muito delicada e você ainda está fraco, mas precisamos falar a respeito. Eu tenho ajudado com as suas necessidades e lhe dado banho nas últimas semanas. E não pude deixar de notar que você não é circuncidado.

Eu sobrevivera ao gueto, à violência e a um levante sangrento que tirara a vida de quase todas as pessoas que eu amava... só para acabar morrendo de vergonha dessa mulher gentil falando sobre o meu corpo.

— Meu pai era católico — balbuciei, incapaz de olhar em seus olhos. — Ele morreu quando eu era pequeno, mas ele e a minha mãe decidiram me criar de acordo com a sua fé. Então...

— Não faz diferença para mim, mas isso significa que você tem opções mais viáveis para o que vem a seguir. Piotr tem contatos, ele pode arrumar documentos de identidade falsos para você.

— Eu não tenho dinheiro.

— Você não precisa se preocupar com isso.

— Por quê?

Seu olhar transbordava piedade.

— Simplesmente porque ainda existem pessoas boas no mundo.

Desviei o olhar. Meus olhos ardiam com lágrimas não derramadas, mas Sara pôs carinhosamente a sua mão sobre o meu braço saudável.

— Fique comigo. Podemos dizer às pessoas que você é um primo meu que veio passar um tempo na cidade depois de se machucar em um acidente na fazenda. Isso faz sentido, porque as pessoas sabem que eu sou enfermeira, e explicará as idas e vindas do cirurgião, caso alguém o tenha notado. Significa que você pode continuar a viver a sua vida. Assim que estiver recuperado, podemos até conseguir um emprego para você.

— Não entendo por que faria tudo isso por mim.

— A jovem Elżbieta vem tentando me convencer de que é um milagre você ter sobrevivido, mas eu não acredito em milagres. E, depois de tudo que viu e fez, suponho que também não acredite. Não consigo deixar de me perguntar se a sua sobrevivência não é uma prova da força do seu espírito e das suas habilidades. A despeito do que aconteça daqui em diante nessa guerra e com a ocupação, este país precisará de jovens fortes e engenhosos como você. Não nos conhecemos muito bem, mas espero que saiba que farei o que for preciso para ajudar a proteger a geração mais jovem da Polônia. Ela é... *vocês* são o nosso futuro.

— Vou arrumar um emprego — prometi. — Vou pagar tudo de volta.

— Você vai me pagar descansando e se recuperando.

Elżbieta veio me visitar mais para o final do dia. Ela carregava uma pilha de livros tão grande que tinha que esticar o pescoço para conseguir enxergar por cima dela.

— Você acordou! — ela disse alegremente. — Mal pude acreditar quando Sara me contou. Como está se sentindo? Como está o seu braço? Você comeu bem? Eu trouxe alguns livros, mas não sabia do que você gostava, então reuni uma pequena coleção. Vai ficar entediado e precisa descansar. Como me contou que gostava de ler na escola e queria ser advogado, dobrei o tamanho da pilha.

Depois de parar de falar, ela arrumou os livros na mesa ao lado da minha cama e deu um sorriso radiante. Parecia diferente, e levei um tempo para descobrir por quê. Quando ela nos visitava no gueto, usava o cabelo na altura dos ombros, preso no alto da cabeça e com um penteado estilo *pompadour* acima da testa. Agora, seus olhos pareciam mais claros e brilhantes, seu cabelo estava preso em tranças e ela usava um vestido florido casual, em vez das saias e blusas austeras que eu a via usando no centro da juventude.

— Você sempre falou tanto assim? — perguntei. Seu rosto ficou vermelho.

— Desculpe. Estou empolgada.

— Não peça desculpas. É maravilhoso — eu disse, rindo sem querer. Também estava empolgado por vê-la, feliz pela companhia e pela oportunidade de agradecê-la, mas, agora que tinha visto aqueles livros, estava ansioso para que ela saísse e eu pudesse lê-los. Fazia anos que eu não lia um livro novo. Estiquei o braço com cuidado para pegar um deles e fiquei surpreso ao descobrir que era uma Bíblia.

— Sara... Ela mencionou que você na verdade é católico — murmurou Elżbieta, com o rosto ainda mais vermelho.

— Não sou nenhum dos dois, na verdade — admiti, olhando para o livro. — Minha mãe era judia. Meu pai, católico.

— Por que não nos contou?

Olhei para ela e fiz uma careta.

— Contar que não sou nem uma coisa nem outra?

— Bem, quer dizer, por que não nos contou que não era judeu? — esclareceu Elżbieta.

— Mas eu *sou* judeu. Minha mãe era judia e eu sou filho dela.

— Eu... — Ela pigarreou. — Acho que você sabe o que eu quero dizer, Roman.

— Faria alguma diferença?

— Não para mim — ela disse com firmeza. — Mas... poderíamos tê-lo ajudado a tentar escapar se soubéssemos que você poderia passar despercebido neste lado do muro.

Sentei-me por um momento, tentando descobrir como explicar. Então, apontei para o meu braço ferido.

— Você estava aqui na primeira manhã, quando eu vim para cá, não estava?

— Sim.

— Você viu o meu sangue?

— Sim.

— Se você visse o sangue da minha mãe, pareceria o mesmo. O sangue dela está nas minhas veias, e é sangue judeu. Para os alemães, isso já seria suficiente para decidirem que eu não valia nada. Mas sei que, se há alguma parte boa em mim, ela veio da minha mãe. Negar a sua origem seria negar a minha origem, e preferiria morrer a fazer isso — falei, tentando me mexer, mas de forma desajeitada. — Meu pai e minha mãe decidiram me criar como católico. Fui para um colégio católico. Recebo a Eucaristia e me confesso. Então, fico confortável se obtiver documentos de identidade católicos. No entanto, se para obtê-los eu tivesse de deixar a minha família para trás... Bem, nesse caso, eu teria aceitado a morte com orgulho antes mesmo de sequer pensar nisso.

Elżbieta escutou, observando-me com atenção, e assentiu com a cabeça.

— Eu respeito isso.

— Meu Deus, como é bom revê-la — eu disse, rindo em seguida sem querer. — Fiquei tão chateado quando você deixou de nos visitar.

— É uma longa história — ela falou, desviando o olhar. — Talvez eu venha entediá-lo com ela um dia desses.

— O que tem feito agora que seu trabalho no gueto terminou?

— Eu leio. Tricoto. Cozinho. Desenho. E tudo de novo — ela disse com um suspiro. — Sua chegada foi um tremendo choque e ainda estou presa neste andar até que meus pais consigam confiar em mim de novo, principalmente desde o levante no gueto. Os alemães parecem paranoicos com a ideia de que os demais poloneses possam se inspirar nele e queiram se rebelar também. Então, estão nos reprimindo mais do que nunca, e meus pais não me deixam sair de vista. Mas, na verdade, estou aliviada por eles saberem da verdade. Era difícil mentir para eles.

— Por que você nos ajudou?

— Toda pessoa que foi um bom exemplo na minha vida teria feito a mesma coisa — ela disse, dando de ombros. — Além disso, não entendo como outros cristãos conseguem ficar parados e desviar o olhar. Minha consciência não sossegaria se eu não tentasse pelo menos ajudar.

Quando bocejei, um sorriso suave cobriu o seu rosto.

— Você precisa descansar.

— Vai voltar amanhã para me ver?

— Não consigo pensar em outra coisa que gostaria mais de fazer.

E saiu, deixando uma doçura no ar e um brilho no quarto. Ocorreu-me que morar ao lado de Elżbieta por tempo indeterminado não seria nem um pouco desagradável.

24

Emilia

MUNIDO DE DOCUMENTOS DE IDENTIDADE FALSOS, cortesia da rede misteriosa de tio Piotr, Roman era agora um homem mais livre do que fora em anos. Nos últimos dias, apenas sua saúde o mantivera preso. Tão logo ela parecia melhorar, começava a caminhar lentamente pelo apartamento de Sara, mas então sofria uma recaída. Por várias vezes a infecção no braço pareceu ter sarado, mas depois ele voltava a inchar durante a noite. Com seus novos documentos, ele poderia ir ao hospital, mas Sara decidiu que era melhor evitar quaisquer questionamentos a respeito de como ele fora ferido. Então, toda vez que a infecção reaparecia, ela chamava um de seus amigos médicos para fazer outro desbridamento agonizante e limpar a ferida. E, embora Sara tentasse fortalecer o seu sistema gastrointestinal lentamente para que voltasse a tolerar alimentos sólidos, era constantemente acometido por violentos acessos de vômito ou diarreia, e tinha de voltar a tomar sopa de colherinha.

— Por que está levando tanto tempo? — perguntei a Sara um dia quando fui visitá-los, encontrando Roman novamente na cama, descansando depois de passar muito mal à noite.

— Ele estava à beira da morte quando chegou, Elżbieta — ela disse com calma. — Uma pessoa não se recupera desse tipo de trauma físico de uma hora para a outra. — Seu rosto foi ficando triste e ela acrescentou com cuidado: — Nem do trauma psicológico. Lembre-se disso.

Eu podia sentir como devia ser frustrante para ele ter a liberdade ao alcance da mão, mas ser privado dela por seu próprio corpo. Roman nunca fora de reclamar, e às vezes era difícil até fazê-lo admitir a sua dor.

— Como está se sentindo hoje? — eu perguntava, mesmo se estivesse claramente pálido ou se Sara já tivesse me contado que ele havia passado a noite com dores.

— Bem — ele sempre respondia, encolhendo os ombros.

Porém, apesar de todos os desafios, aqueles meses se tornaram um intervalo mágico para mim. A guerra continuava a assolar o lado de fora do apartamento de Sara, mas lá no seu quarto de hóspedes, que era agora o quarto de Roman, do outro lado da parede do meu, tudo permanecia silencioso, exceto pelas batidas do meu coração e pelo ritmo cadenciado das nossas conversas.

— Você é *tão* inteligente — eu disse, balançando a cabeça, após ele me contar que, como não estava conseguindo dormir na noite anterior, estudara um dos cadernos de enfermagem de Sara. Agora, ele sabia em detalhes por que as vacinas contra o tifo funcionavam e por que o sabonete era tão útil para prevenir a transmissão da doença. Ele parecia ter uma capacidade excepcional de absorver informações, mesmo se as tivesse lido apenas uma vez.

— Você é inteligente também — ele disse.

— Mas não *intelectual* assim.

— É, eu ia bem na escola.

— Quando você terminou?

— Eu tinha treze anos quando eles nos impediram de ir à escola, mas estava terminando o primeiro ano do ensino médio.

Arregalei os olhos.

— Você *é* um intelectual.

— Pulei algumas séries — ele disse, dando de ombros como se não fosse nada de mais. Então, perguntou: — E você? Até quando foi?

— Quarta série — murmurei, ruborizada. — Mamãe tentou me ensinar em casa depois disso. Ela fazia o que podia, mas teve uma educação limitada, não era realmente capaz de me dar aulas. — Eu chamava Truda e Mateusz pelo nome, mas Roman não tinha ideia de que eles não eram meus pais verdadeiros, então, sempre que ele estava por perto, eu me forçava a me lembrar de chamá-los de *Mamãe* e *Papai*.

— Como você aprendeu a desenhar assim?

— Eu me entediava em nossa antiga casa. Não havia muito o que fazer, mas Mamãe e a irmã dela me deram papéis para desenhar — respondi, perguntando com hesitação a seguir: — Você gostaria de ver mais alguns desenhos meus?

Eu fizera dezenas deles desde que Sara me dera aqueles cadernos, há um ano, a maioria gravuras a carvão. Peguei a pilha e prendi a respiração enquanto Roman os examinava.

— A maioria é do gueto — ele comentou.

— Eu sei. É por isso que eu não podia mostrar para mais ninguém.

Ele analisou um esboço inacabado que eu tinha feito do prédio do centro da juventude, passando seu dedo sobre as linhas das portas.

— Esse prédio ainda estava lá quando eu saí, mas a maior parte do gueto foi destruída pelas chamas.

— Acho que eles terminaram o serviço enquanto você estava convalescendo — eu disse, relutante. Ele olhou para mim surpreso. — *Tudo* está em ruínas agora, todos os quarteirões do gueto. Não sobrou nada, nem mesmo a parede na maioria dos casos. Até a Grande Sinagoga foi destruída. A ss a explodiu... Uma punição pelo Levante.

— Ainda fico feliz por termos resistido — ele disse.

— E como foi? — perguntei em um tom suave. Roman olhou para o papel novamente.

— Achei que seria purificador vingar a minha família. Vingar todo aquele sofrimento. Mas não foi suficiente. — Ele tocou o esboço de novo e perguntou: — Por que você fez tantos desenhos do gueto? Não era exatamente uma paisagem pitoresca.

Roman passou para o próximo desenho, outra cena das ruas em que ele estivera confinado por anos. Neste, desenhei um corpo em uma calçada, o braço da mulher esticado acima da cabeça, esperando uma ajuda que nunca viria.

— Você esperava que a vingança fosse purificadora — respondi calmamente. — Acho que, quando desenho, espero a mesma coisa. Sabe como nossos pensamentos às vezes parecem tão confusos que não conseguimos compreendê-los? É nessas horas que eu desenho. Normalmente, consigo encontrar uma forma de relaxar se parar e desenhar o que está na minha mente. Quando me sinto arrebatada, eu rezo e desenho.

— Como sabe o que deve fazer para captar isto? — ele perguntou, apontando para o sombreado em torno do rosto da mulher. — Como sabe a espessura que a linha deve ter? Onde adicionar a sombra?

— Eu apenas *sinto* — respondi, inclinando-me para a frente para traçar uma linha logo abaixo de seu dedo. — Há uma dança interminável entre a sombra e a luz, na maneira como as sombras mudam quando a luz muda, iluminando diferentes partes de algo, destacando aspectos diferentes. Para captar uma imagem como essa, sinto essa dança em meus ossos e busco transferi-la para o papel.

Ele olhou para mim pensativo.

— Você é muito afortunada por ter esse talento. E também por ter uma válvula de escape.

— Qual é a sua válvula de escape?

Ele deu de ombros.

— Acho que terei que descobrir isso agora.

Agora que nossos quartos estavam separados apenas por uma parede fina, às vezes eu ouvia quando ele tinha pesadelos. Ele gritava de angústia, despertando-me assustada, com o coração disparado e pensando em seu sofrimento. Normalmente, eu pensava em sair da cama e ir até ele, mas nunca o fiz. Em vez disso, deitava-me na cama e rezava por ele. Muitas vezes, se os gritos se alongassem demais, eu ouvia o ranger das escadas. Era Sara indo até lá para dar uma olhada.

Quanto mais tempo eu passava com Roman, mais irritantes Truda e Mateusz ficavam quanto à conveniência de tudo aquilo.

— Deixe a porta aberta. Não se sente na cama com ele. Não o *toque* — Truda sempre instruía quando eu me dirigia ao corredor.

Mateusz também encontrava muita coisa com que se preocupar.

— Por favor, não conte a ele a verdade sobre você — ele pediu certa vez.

— Podemos confiar nele — respondi com calma. — De qualquer modo, ele nem pode sair de casa ainda, pois está muito fraco. Mas, mesmo se pudesse, sei que nunca me trairia.

— Nós contaríamos apenas ao Piotr, lembra? E agora Sara já sabe. Se ampliar o círculo para o Roman, onde isso vai parar? Podemos pintar seu nome verdadeiro na lateral do prédio de uma vez.

— Mais de um ano se passou — eu disse, impaciente. — Ninguém está atrás de mim!

— Você não sabe disso. E talvez ninguém esteja justamente porque você saiu do radar. Digamos que seu amigo se recupere e abrace o mundo novamente. Ele é imprevisível, Emilia — suspirou Mateusz. — Você realmente acredita que ele vai agir com discrição quando estiver bem?

Ele vai atrás de confusão, porque há muita aflição em seu coração. Se ele se meter com o movimento clandestino de novo e for capturado e torturado, só não contará o seu segredo caso não saiba. Prometa, ou teremos que afastá-la dele.

Ele não me deu escolha. Suspirei com impaciência, mas dei a ele a minha palavra. O tempo que eu passava com Roman significava muito para mim para que eu o arriscasse.

25

Roman

— É MUITO ARRISCADO. VOCÊ NÃO PODE ESTAR FALANDO sério sobre ele morar aqui para sempre.

Eu estava em meu quarto, lendo um dos romances da biblioteca de Sara, quando as palavras flutuaram da sala de estar pelas escadas. Já era tarde, muito além do horário em que costumava dormir, mas o livro me envolvera e sentia-me mais forte. Eu tinha fechado a minha porta, mas o trinco não travara direito e ela ficou só encostada. Notei na hora, mas tive preguiça de me levantar e fechá-la novamente. Agora, tinha largado o livro e me sentara, franzindo a testa ao me esforçar para escutar.

— Ah, você se sente desconfortável com algo que é um risco quando isso lhe convém? — Sara sibilou. — Eu *sabia* que seria um problema quando quase tive que implorar para conseguir os documentos para ele. Você não tem como ganhar dinheiro em cima dele, então agora está preocupado com o risco.

Saí da cama e caminhei devagar até a porta para ouvir melhor. Ela falava com Piotr e os dois pareciam frustrados.

— Sara, estou preocupado com você — disse Piotr. — Ele é judeu. Esse...

— Ele é um rapaz *católico* que tinha uma *família* judia — ela esbravejou.

— Você sabe que, para os alemães, não faz diferença.

— Isso não me importa, para falar a verdade. Esta é a *minha* casa e ele vai ficar aqui.

— E se vocês forem pegos? E se ele for pego?

— Se eu for pega por *essa* pequena coisa, ficarei apenas aliviada por não ter sido pega por todas as outras atividades em que estou envolvida.

— Ainda não acredito que você a levou para aquele lugar — disse Piotr de forma abrupta.

— De novo isso? Você sabe que eu não fazia ideia de que os documentos dela eram falsos. Você não me contou.

— *Você* não *me* contou que estava entrando sorrateiramente no maldito gueto e a levando junto!

— Acho fascinante que você tenha adotado *aquela* criança de forma tão generosa, sem se beneficiar de nenhuma maneira, mas a simples ideia de eu fazer o mesmo por Roman o está deixando louco.

Houve um silêncio cheio de tensão e Piotr então murmurou:

— Eu a amei imediatamente, tão logo eles chegaram aqui. É por isso que ajo de forma tão protetora com ela. Sempre quis ter filhos e me arrependi por não ter sido pai. Deus me deu uma segunda chance de saber como é amar alguém dessa maneira. É exatamente por isso que estou tão desapontado por você ter assumido esses riscos com a vida dela.

— Você se arrisca todos os dias — Sara zombou.

— Isso é assunto meu. É como ganho dinheiro para sustentar todos eles.

— Piotr, nós dois sabemos que você poderia fechar seu negócio, já que é assim que o chama, agora mesmo, levá-los de volta para Lodz amanhã e ainda viverem de forma confortável.

— Não é crime ganhar dinheiro.

— Você me repreende por assumir riscos e, ao mesmo tempo, explora os vulneráveis!

— É possível ganhar dinheiro nesta guerra, Sara — ele disse, impaciente. Toda a conversa parecia girar em torno de algo que eles já haviam discutido mil vezes antes, uma conversa que ambos pareciam exaustos de ter. — Estou guardando, economizando para que possamos ter uma vida boa quando tudo acabar.

Sara resmungou, frustrada.

— Já disse que não vou me casar com você. Não enquanto estiver envolvido com esse *outro* negócio.

— Você não vai se casar comigo porque é teimosa e independente — Piotr suavizou o tom, tentando persuadi-la, mas Sara não se deixou convencer.

— Não — ela retrucou abruptamente. — Não vou me casar com você porque meu primeiro marido era um homem bom, um homem com compaixão, empatia e valores. Entrar em um relacionamento com um homem como *você* seria uma desonra à sua memória. Saia. Saia!

Ouvi a batida da porta e o som do trinco sendo fechado. Sara atravessou o apartamento até o seu quarto pisando duro e ouvi quando ela fechou a porta também.

— Com que o seu tio trabalha? — perguntei a Elżbieta no dia seguinte. Enfim progredia na recuperação da minha saúde e comecei a passar os dias no andar de baixo do apartamento de Sara. Fiquei aliviado com isso. Estivera tão desesperado por companhia que não mencionara nada a Elżbieta, mas não me parecia correto ficar deitado na cama falando por horas a fio com a garota mais bonita que eu já tinha conhecido.

— Ele e meu pai herdaram fábricas de tecidos do pai deles. A fábrica de tio Piotr fica em Lodz. Há um gerente que a administra em seu lugar, pois ele se mudou para Varsóvia para começar algum novo tipo de negócio. Não sei muitos detalhes, ele só me disse que é um *corretor*, o que quer que isso signifique. Ele também parece ser capaz de obter *qualquer coisa*, como seus novos documentos — respondeu Elżbieta prontamente.

— É um negócio legal? — perguntei, hesitante.

— Legal? — ela indagou, franzindo a testa. — Como assim?

— Não importa.

— Ele às vezes negocia no mercado paralelo. Todo mundo faz isso.

— Eu sei. Mas ele não é... Digo, o negócio dele não opera exclusivamente no mercado paralelo, certo?

Ela ergueu as sobrancelhas, piscou e franziu o cenho de novo.

— Acho que não, mas... — Ela pigarreou. — Acho que isso explicaria algumas coisas. Sara me contou que gosta dele, mas que seus valores não são exatamente os mesmos. Achei que ela só estava obcecada com o trabalho, talvez hesitante para contar a ele o que realmente fazia. — Ela deu de ombros, aparentemente à vontade de novo. — Bem, mesmo se ele tiver negócios no mercado paralelo, tenho certeza de que está ajudando as pessoas. E ele certamente o ajudou com os seus documentos, certo?

— E... com os seus? — falei.

Elżbieta franziu as sobrancelhas.

— Quê?

— Ouvi Sara discutindo com ele. Ela mencionou algo sobre seus documentos também.

Elżbieta olhou para a mesinha de café entre nós e engoliu em seco.

— Por favor, não me faça perguntas sobre isso. Prometi a meus pais que não contaria nada a você. Já quebrei tantas promessas que fiz a eles. Preciso manter uma delas.

Fiquei incomodado com isso. Achei que Truda e Mateusz gostassem de mim. Mesmo assim, forcei um sorriso e assenti com a cabeça.

— Todos temos os nossos segredos na guerra, não é? — eu disse, da maneira mais leve que consegui.

— E não é que é verdade? — ela concordou, suspirando.

Uma coisa me veio imediatamente à cabeça, então perguntei a ela com urgência:

— Apenas me diga... você está em perigo?

Ela deu de ombros e me dirigiu um meio sorriso.

— Não tanto quanto você.

Mas pude ver que ela não estava realmente pronta para falar comigo sobre quaisquer segredos que guardava, então, com certa relutância, esqueci do assunto.

— Tudo bem — eu disse calmamente. — Não vou perguntar de novo.

— Obrigada.

Deixei meu olhar percorrer seus traços delicados, os olhos verdes e brilhantes, o cabelo dourado que eu tanto queria tocar algum dia. Pensei em como seria erguer minha mão para tocá-la, pegar algumas daquelas mechas onduladas e acariciá-las entre meus dedos. Seu cabelo parecia macio, e às vezes, quando ela passava por mim, eu conseguia sentir um pouco do seu perfume no ar. Ela era a minha amiga mais próxima, e vinha estabelecendo comigo uma intimidade emocional que nem com Chaim eu havia experimentado. Mas, mais do que isso, ela era uma distração e um escape.

Quando eu estava sozinho, às vezes me perdia em meus pensamentos — no fluxo de violência de todas as coisas que eu tinha feito e pelas quais passara, e na realidade de que meu trabalho ainda não estava terminado. Meu corpo me forçava a descansar, mas, quando se recuperasse, eu tinha que encontrar uma maneira de voltar a lutar.

Porém, quando ficava sozinho com Elżbieta, muitas vezes me via perdido em pensamentos diferentes. Pensava em como era bom conversar com ela, ficar próximo dela. Em como nossa amizade era pura. Então, dava-me conta, fascinado, de que, quando estava concentrado nela, geralmente experimentava momentos inesperados de tranquilidade. Ficava muito confuso com tudo isso. Ainda tinha tanto a fazer naquela guerra, e sabia que provavelmente perderia a minha vida em batalha.

Mas, quando estava com Elżbieta, queria fingir que vivia em um mundo diferente, um mundo onde eu tinha um futuro.

26

Roman
25 de julho de 1944

EU NÃO SABIA O CODINOME DO ESCOTEIRO QUE BATERA
à nossa porta ao amanhecer. Sara recebeu-o e bateu à minha porta para
me acordar.

— O mensageiro dos escoteiros está aqui à sua procura, Pombo
— ela disse em tom de brincadeira do outro lado da porta.

Saltei da cama e, na pressa de chegar à porta de entrada, quase tro-
pecei na escada. Sara me apoiara quando me juntei aos *Szare Szeregi*, dez
meses antes, embora se divertisse com algumas das nossas convenções,
como os codinomes, que usávamos diligentemente. Eu também me diverti
com os codinomes no começo, até que o Chefe dos Escoteiros instruiu-me
a escolher um para mim.

— Pombo — eu disse.

E, de repente, usar um codinome parecia uma honra.

Quando desci as escadas, encontrei uma criança de pé no corredor
do lado de fora do apartamento. Não devia ter mais do que doze anos
e vestia roupas esfarrapadas, mas eu não tinha como saber se ele estava
disfarçado ou se realmente vivia como um rato de rua.

— Hora W. Hoje, às cinco da tarde — disse a criança, já se virando,
ansiosa para correr e cumprir a sua próxima tarefa.

— Você tem certeza de que isso está correto? — perguntei, franzindo o cenho. Eu esperava por isso, até previra que aconteceria, mas
me disseram que a hora W seria ao amanhecer. Cinco da tarde não fazia
muito sentido.

— Essa é a mensagem. Cinco da tarde de hoje. Você confirma o
recebimento e o entendimento?

Quando assenti com a cabeça, o garoto correu pelo corredor e desapareceu nas escadas, seguindo para a próxima casa. Eu sabia que, assim

como ele, outros jovens escoteiros *Zawisza* — mensageiros das unidades juniores dos escoteiros — corriam por toda a cidade naquele dia, entregando a mesma mensagem a milhares de soldados e trabalhadores auxiliares.

Hora W era um código: *W* indicava o termo em polonês *wybuch*, que significava *explosão*. Marcaria o início da Operação Tempestade. O Exército Nacional Polonês, conhecido como *Armia Krajowa*, ou AK, planejara uma série de levantes contra os alemães, com o objetivo de retomar o controle de Varsóvia. O planejamento durara meses, mas a execução estava suspensa até que a liderança do AK identificasse o momento certo. Era necessário esperar até que os alemães se descuidassem, por voltarem sua atenção à fortificação das defesas de seu território contra o avanço do Exército Vermelho soviético, mas também tínhamos que agir antes que o Exército Vermelho assumisse o controle.

Eu estava preocupado com a questão dos soviéticos, pois, conforme os rumos da guerra se alteravam e os alemães começavam a perder terreno, sabíamos que ficaríamos no meio de dois inimigos muito poderosos e não confiáveis. Mas eu era um simples soldado de infantaria, um membro da divisão sênior dos escoteiros: o Grupo de Ataque, ou *Grupy Szturmowe*. Como todos os demais escoteiros de dezessete anos ou mais, eu passara os últimos dez meses em treinamento de combate, preparando-me para a Revolta, e, assim como aquele garoto mensageiro, eu só precisava cumprir as tarefas específicas que me eram direcionadas. Eu tinha de confiar que o plano estava nas mãos daqueles que podiam enxergar a situação como um todo.

Quando desci, Sara já estava vestida para o trabalho, sentada à mesa da cozinha com seu café.

— Hoje? — ela perguntou.

A Revolta era um segredo conhecido na cidade. Algumas conversas da inteligência diziam que até os alemães sabiam que ela estava para chegar, embora não tivessem ideia de sua magnitude. Eu tinha muito orgulho do fato de que as ações de meus irmãos e irmãs judeus inspiraram e motivaram o resto da cidade a imitá-los.

— Achei que teríamos mais tempo. Mais alguns dias, talvez semanas. Não estamos exatamente prontos... — bufei, com a tensão dividida entre os meus ombros.

Minha tropa lutaria com o Batalhão de Wigry do AK e nos posicionaríamos a apenas alguns poucos quarteirões do apartamento. Faltavam-nos armas, mas as que tínhamos estavam guardadas e espalhadas pela cidade. Não seria fácil pegá-las rapidamente sem chamar atenção.

— Tome cuidado — implorou Sara, contornando a mesa para me dar um abraço.

— Farei o melhor que puder — prometi.

O que não era mentira. Eu estava mais do que pronto para morrer pela Polônia. Todas as vezes que encontrava meu esquadrão, repetia o nosso juramento: *Eu prometo servir com os Fileiras Cinzentas, proteger os segredos da organização, obedecer às ordens e não hesitar em sacrificar minha vida.*

Essas palavras eram verdadeiras para mim, vinham do fundo do meu coração, mas eu também pretendia fazer minha vida valer a pena. Não era exatamente isso que Chaim me pedira? *Não a desperdice.* Foram essas suas palavras finais, suas palavras ao morrer. Aqui, uma segunda chance apareceu para que eu pudesse morrer pelo meu país também, de uma forma que significasse algo. Se ao menos pudéssemos retomar Varsóvia, animaríamos o restante da nação.

Isso não queria dizer que eu não estava com medo. Sentia-me enjoado só de pensar em voltar ao combate. As memórias do Levante do Gueto eram recentes em minha mente, mesmo doze meses depois. A adrenalina já corria pelo meu corpo e, ao olhar para Sara, senti uma afeição que me fez desejar poder ficar, abrigar-me no apartamento e mantê-la em segurança.

— Tome cuidado você também — eu disse. — E, por favor — hesitei, e então continuei —, eu gostaria que fosse para Lodz com Piotr.

O relacionamento entre eles mantinha-se eternamente instável. Eu os via abraçados no sofá um dia, mas no seguinte eles mal se falavam, e eu compreendia a tensão. Obviamente gostavam muito um do outro, mas suas prioridades não estavam sincronizadas. Piotr via na guerra uma oportunidade de aumentar a sua fortuna. Sara via a ocupação como uma tragédia humanitária e acreditava ter a obrigação moral de ajudar de todas as maneiras possíveis.

Mas, com os rumores de que uma Revolta por toda a cidade se aproximava, até Piotr concordou que era hora de se esconder. Ele suspendeu seus negócios no mercado paralelo e decidiu que levaria Truda, Mateusz e

Elżbieta para o seu apartamento em Lodz. Elżbieta ficou previsivelmente frustrada com isso, porque preferia ficar e ajudar. Senti-me aliviado por saber que a decisão estava fora do seu controle, e desejava desesperadamente que Sara se juntasse a eles.

— Não penso em fugir — respondeu Sara abruptamente. — Vou escapar do trabalho para ir à Igreja de Nossa Senhora — disse, referindo-se a uma igreja icônica na esquina da rua do nosso prédio. — As freiras do convento da rua Hoża evacuaram o orfanato por precaução, caso as coisas saiam do controle. As que ficaram vão colocar em funcionamento uma clínica improvisada no porão. Conheço as freiras por causa do bom trabalho que fizeram com as crianças judias durante esses anos todos, por isso vou ajudá-las. Quando você ou seus amigos precisarem de auxílio, é lá que poderão me encontrar.

Dei-lhe um beijo no topo da cabeça e virei-me para sair, mas parei na porta. Matylda fora presa seis meses antes. Sara e eu passamos um mês inteiro segurando a respiração toda vez que alguém batia à porta, temendo que fosse a Gestapo. Em vez disso, o anúncio que chegou foi de que Matylda fora executada, sem que soubéssemos sob qual acusação e sem que nenhum membro da equipe além dela tivesse sido entrevistado. A perda havia sido dura para Sara, especialmente quando se dera conta de que teria de assumir tanto a posição sênior de Matylda na prefeitura de Varsóvia... como a posição não oficial: a de única guardiã das identidades de mais de duas mil e quinhentas crianças judias espalhadas por orfanatos e abrigos particulares na Polônia. Logo após a morte de Matylda, perguntei a Sara sobre minha irmã.

— Matylda deixou um registro e o armazenamos em um lugar seguro. Não é fácil acessá-lo — ela disse, com um olhar triste. — Quando a guerra acabar, eu o entregarei aos líderes judeus e eles poderão reunir as crianças com as suas respectivas famílias... caso seja possível. A nova identidade de Eleonora está guardada com segurança lá, e, até que a guerra acabe, é melhor não mexermos naqueles registros.

Eu confiava nela, mas tudo mudara nos meses seguintes àquela conversa. Eu agora entendia que, para mim, a guerra poderia chegar ao fim às cinco horas daquela tarde. Não queria morrer sem saber da minha irmã, então demorei-me na porta, respirei fundo e perguntei novamente.

— Sara?

— Sim?

— Você pode me dizer qualquer coisa sobre Eleonora?

— Achei que fosse perguntar de novo, então busquei informações a respeito. — Ela sorriu, falando em um tom gentil. — Eleonora está bem. Ela e sua nova família vivem em segurança em Częstochowa.

Meus olhos arderam de gratidão.

— Obrigado, Sara. De verdade. Por tudo.

Os olhos dela se encheram de lágrimas também e ficamos olhando um para o outro, com um oceano de palavras não ditas entre nós.

— Vá! — ela disse de repente, acenando para eu sair enquanto uma lágrima escorria por seu rosto. — Faça o que precisa fazer.

Atravessei o corredor e bati à porta de Elżbieta. Tio Piotr atendeu, esfregando os olhos com cara de sono.

— Filho — ele disse, franzindo o cenho.

Ele desenvolvera grande afeição por mim com o tempo e acabou aceitando a minha presença no apartamento de Sara. Até conseguiu arranjar algumas pistolas para a minha tropa, embora não tenha sido de graça. Pagamos um alto preço pelo favor.

— Vai começar, Piotr. Você precisa tirá-los da cidade antes das cinco da tarde de hoje.

— Entendo — disse Piotr, suspirando. — Assim cedo? Eu tenho coisas para terminar...

— Bem, vou dizer ao AK que eles têm de esperar, pois você precisa fechar os seus negócios antes que eles libertem a cidade — falei secamente. Piotr lançou um olhar penetrante para mim. — Tenho que ir. Elżbieta está acordada?

— Duvido — ele disse.

— Odeio perguntar...

— Entre — resmungou Piotr, afastando-se da porta.

Ele caminhou na direção da cozinha, parando apenas para enfiar a cabeça na escada que levava ao quarto de Elżbieta para chamar:

— Elżbieta! Visita logo cedo.

Então, balbuciou algo sobre café e sumiu na cozinha.

Eu me sentei em uma cadeira na sala de estar, mas logo Elżbieta apareceu, vestindo um robe sobre o pijama. Seu cabelo estava sob um gorro e seu rosto, inchado de sono. Meu coração apertou-se de dor quando a vi.

Se alguma coisa bastava para me fazer querer sobreviver à guerra, era Elżbieta Rabinek. Eu a amava intensamente, embora nunca tenha lhe dito nada a esse respeito. Não era justo. Dizer a ela que eu a amava seria prometer um futuro, e eu sabia que jamais poderíamos compartilhar um. Eu e ela passamos tanto tempo juntos naquele ano; horas e horas de conversas divertidas e discussões profundamente filosóficas. Ela gostava de se deitar no chão da sala de estar de Sara para desenhar enquanto eu lia, e eu gostava de ficar na mesma sala que ela. A Revolta seria algo difícil em nossa amizade, e tentei ao máximo prepará-la para isso.

— Não quero ir para Lodz — ela me disse com firmeza ao entrar na sala. — Quero ficar aqui. As escoteiras têm unidades auxiliares. Sei que elas têm. Ajude-me a encontrar um contato hoje. Elas precisarão de ajuda com certeza.

Da cozinha, ouvi tio Piotr dar um longo suspiro.

— Elżbieta — eu falei suavemente —, esta batalha não é sua.

Seus olhos soltavam chamas.

— Não é uma batalha pela soberania da Polônia? Eu não sou polonesa? — ela respondeu irritada.

— Você é, e a Polônia vai precisar de almas brilhantes e criativas como a sua para ser reconstruída.

— E como a sua — ela disse, franzindo a testa. A primeira vez que percebi como estava apaixonado foi quando me peguei pensando em suas caretas adoráveis. — Odeio quando você fala assim, como se já estivesse morto.

— Só vim me despedir — eu disse, com um nó na garganta.

Entre os Rabineks no apartamento 6 e Sara no apartamento 5, o andar de cima deste prédio se tornara o meu lar, pois abrigava a minha nova família. Sair seria mais difícil do que eu previra, mas eu tinha que seguir em frente. Minha tropa, minha cidade e minha nação estavam contando comigo. Levantei-me e dei um passo em direção a Elżbieta.

— Vá para Lodz — repeti calmamente. — Proteja-se e fique bem.

— Venha conosco — ela sussurrou.

Tivéramos aquela conversa também, por várias vezes nas semanas que tinham se passado.

— Você sabe que não posso.

Ela se aproximou e jogou seus braços ao redor da minha cintura, me puxando para perto. Entreguei-me ao seu abraço apenas por um momento, mas em seguida desvencilhei-me carinhosamente e me afastei.

— Diga a seus pais que vim agradecer e me despedir. — Respirei fundo quando as lágrimas começaram a escorrer pelo seu rosto.

— Diga você mesmo quando nos virmos novamente — ela disse com firmeza. Assenti com a cabeça e caminhei para a porta.

— Tchau, Piotr — gritei.

— Adeus, filho. Nos dê orgulho.

Quando cheguei à porta, Elżbieta chamou baixinho.

— Roman?

Virei-me para olhar para ela uma última vez. Ela estava parada com um braço em volta da cintura, o rosto pálido molhado de lágrimas. Ergueu a mão livre até os lábios, beijou-a e soprou na minha direção.

Fingi agarrar o beijo e guardá-lo em meu bolso. Em seguida, saí o mais rápido que pude, antes que minha determinação se dissipasse.

Às oito horas daquela manhã, cheguei ao nosso quartel-general na rua Długa. Tentaríamos tomar o controle do distrito de Śródmieście, basicamente a área em torno do distrito da Cidade Velha, incluindo a rua Miodowa.

Eu era o membro mais jovem da minha tropa de vinte e uma pessoas: todos os demais tinham dezoito anos ou mais, mas eu também era o único que já estivera ativamente em combate. Conforme nos preparávamos para a Revolta começar, senti-me como o velho cínico do grupo. Meus colegas de tropa estavam animados, inspirados pela ideia do que vinha pela frente.

— Vou matar tantos alemães que vou ficar famoso por todo o *Reich*. Eles vão treinar seus soldados mais jovens para tomar cuidado com o poderoso Espada — um dos membros da tropa anunciou.

Espada parecia ter cerca de treze anos de idade. Imberbe, tinha uma carinha de bebê e era magro como um graveto. A única evidência de que realmente tinha vinte e dois anos de idade era o fato de ser pelo menos trinta centímetros mais alto do que eu, incrivelmente alto mesmo para um adulto.

— Vou matar um para cada membro da minha família que morreu — Vodca declarou.

— Mas será que você não perderá a conta? — Tanque retorquiu zombeteiramente.

— Vou tirar as meias para poder contar com os dedos dos pés também, só para garantir.

— Vocês acham que se sentirão bem ao matá-los, não? — perguntei com calma.

Eu tinha acabado de apanhar um baú de madeira cheio de munição para colocá-lo no lugar e o bate-papo jovial me irritou de tal maneira que me contorcia por dentro. Todos os garotos se viraram para mim, provavelmente chocados ao me ouvirem falar. Eu vinha fazendo um esforço implacável para evitar amizades com qualquer um deles. Não cometeria o mesmo erro que tinha cometido com Chaim.

— Eu acho, sim — disse Tanque com firmeza. — Minha mãe sangrou até a morte na minha frente, Pombo. Vou me sentir muito bem com uma vingança.

— Tenho más notícias: você não vai *se sentir bem*. Você não se sentirá vingado. Não há justiça nesta guerra, só mais dor. E, se eu tiver que ouvir vocês, idiotas, dando risada sobre isso por mais um minuto nesta tarde, não sei como vou me segurar para não atirar em vocês — falei rispidamente.

— Pombo — nosso comandante, Agulha, me chamou, em um tom categórico. Ele apontou para um ponto aos seus pés. — Aqui. Agora.

Olhei feio para os jovens e fui até o comandante.

— Senhor.

— Eles são idiotas e ingênuos, mas estão animados. Quando o tiroteio começar, a animação vai desaparecer em um piscar de olhos e eles vão perceber como estavam errados. Você não precisa apressar isso, Pombo. Quando a hora chegar, você e eu estaremos lá para reorientá-los. Por enquanto, deixe-os aproveitar as suas últimas horas de inocência. Eles nunca se sentirão assim novamente.

— Sim, senhor.

— Descansar, Pombo.

Ele tinha certa razão. Porém, ouvir aqueles garotos rirem nas últimas horas antes da pior tarde da vida deles ainda estava além do que eu poderia suportar.

Não foi possível esperar até cinco horas. Um dos destacamentos em nosso batalhão transportava armamento na traseira de uma carreta na rua Nowomiejska, a apenas um quarteirão do nosso quartel-general, quando foi parado por uma patrulha alemã. Pouco depois de uma da tarde, uma chuva de tiros na rua deixou o quartel-general em um silêncio de choque e terror.

— Vistam as braçadeiras! — gritou nosso comandante, e todos tiramos do bolso nossas braçadeiras alvirrubras, que indicavam que estávamos lutando do lado polonês. Enquanto corria para a entrada, mirando meu rifle nos edifícios ao redor, pensei em Elżbieta.

Estou fazendo isso por você. Pelo nosso país, para que você possa ser livre.

Enquanto andava pelos paralelepípedos da rua Długa, lancei um olhar para o nosso prédio na rua Miodowa e sussurrei uma prece para Elżbieta e sua família. Eu só podia esperar que eles tivessem saído da cidade mais cedo.

27

Emilia

TIO PIOTR TRAÇOU PLANOS DETALHADOS E CUIDADOSOS para a nossa fuga para Lodz. Truda, Mateusz e eu ficaríamos em casa para fazer as malas enquanto ele participava de uma última reunião de negócios.

— Realmente precisamos fazer isso? — perguntei, enquanto ele estava parado no corredor arrumando o chapéu. Ele se olhou no espelho e piscou para mim.

— É uma reunião importante, Elżbieta.

— Não estou falando da sua reunião, tio Piotr. Estou falando de Lodz.

Aos poucos, aceitei o fato de que aquele tio Piotr gentil e jovial era também algum tipo de abutre dos tempos de guerra, que obtinha mercadorias preciosas no mercado paralelo e as revendia pelo maior preço que as pessoas podiam pagar. Tentei, mais de uma vez, questioná-lo a respeito da ética por trás disso, mas ele me via como uma garotinha sem opiniões importantes.

— Nós poderíamos ficar e contribuir. Roman conhece gente no AK e Sara conhece médicos e enfermeiros. Tenho certeza de que, se ficarmos, poderíamos...

— Elżbieta — disse Truda bruscamente. Virei-me para olhar para ela e ela cerrou os lábios: — Nós vamos embora e pronto.

Voltando-se para o tio Piotr, ela adicionou:

— Piotr, devemos sair o quanto antes. Você precisa mesmo fechar esse negócio primeiro? Por que temos de deixar para tão em cima da hora?

— Estarei de volta às três com um motorista e um carro. Os insurgentes atacarão às cinco. Temos oito horas! Temos bastante tempo para deixar a cidade — ele disse com firmeza. Então, piscou e tocou o meu nariz. — Você vai adorar Lodz. Meu apartamento tem o dobro do tamanho deste e os restaurantes são fantásticos.

Eu não estava interessada no apartamento suntuoso nem nos restaurantes. Meu coração estava apertado e eu estava em conflito comigo mesma por deixar tanto a cidade quanto Roman.

Ao longo de nosso ano como vizinhos, nosso relacionamento nunca fora além da amizade, embora eu às vezes sentisse que estávamos no limiar de algo mais. Nossos olhares se fixavam um no outro de maneira fascinante e deliciosa. Em mais de uma ocasião, percebi que estava apenas olhando para ele, pensando em seus olhos castanho-esverdeados ou em como seu cabelo formava cachos ordenados em sua cabeça. Eu me sentia atraída por ele não apenas emocionalmente, mas também fisicamente. Ficava pensando em como seria repousar minha cabeça em seu peito, escutando as batidas do seu coração e sentindo o seu cheiro. Às vezes, à noite, eu me deitava na cama e erguia a mão para tocar a parede entre nós, tranquila com o fato de ele estar do outro lado.

Porém, apesar de tudo que me fazia sentir atraída por ele, algo me detinha. Era um vislumbre de escuridão que eu compreendia, mas temia. Ele era incansavelmente determinado; mal saíra da cama depois de sua recuperação e já estava buscando um contato nos Fileiras Cinzentas.

— Talvez você devesse esperar mais um pouco — eu disse, mas ele balançou a cabeça, como se eu estivesse louca por sugerir algo assim.

— Uma Revolta vai acontecer! Preciso contribuir. Não posso desperdiçar uma segunda chance.

— Não estou dizendo que você não deva lutar. É só que, se estiver mais forte, pode contribuir mais.

— Ou posso descansar na cama até morrer de velho. E, se todo mundo escolher fazer a mesma coisa, a Polônia nunca será livre. Ninguém virá nos salvar, Elżbieta.

Outras vezes, ele falava sobre seu martírio com um brilho no olhar que acabei compreendendo como saudade. Parecia que Roman não estava apenas disposto a sacrificar sua vida pelo nosso país: ele estava determinado a fazer isso acontecer.

— Você não tem medo de morrer? — perguntei um dia, hesitante.

— Já conheço a morte — ele respondeu, dando de ombros. — Estive tão próximo dela que pude senti-la. Conheço seu cheiro, seu ritmo. O que quer que esteja do outro lado, quase todos que já amei estão lá esperando por mim. Por que eu teria medo?

Eu achava que sua raiva era justificada e ainda acreditava que fosse. Mas ficava pensando sobre para onde essa escuridão o levaria, e me sentia relutante em me relacionar com alguém que parecia tão determinado a se destruir. Tinha observado de perto o relacionamento de Sara com Piotr durante aquele ano e sabia que ela se recusava a assumir um compromisso sério porque havia uma desconexão óbvia entre o que era mais importante para eles.

Inspirei-me naquilo. Podia sentir que estava conectada a Roman de alguma maneira predestinada, mas, mesmo assim, eu controlava o crescimento e a profundidade dessa conexão. Sendo honesta comigo mesma, no fundo eu *queria* um futuro com ele, mas mesmo quando nossos olhares se demoravam, ou nossas mãos quase se encostavam, ou nossa conversa se voltava para o tema do que sentíamos um pelo outro, eu não parecia capaz de cruzar aquela linha. Roman também parecia reticente. Via a maneira como ele me olhava e tinha quase certeza de que ele sentia algo além de amizade também.

O que quer que tivesse acontecido entre nós naquele ano, nenhum dos dois optou por confrontar diretamente. E, agora, tudo que eu podia fazer era rezar por ele, e pretendia fazer isso com todas as minhas forças.

O ruído dos primeiros tiros irrompeu logo depois da uma da tarde. Não haviam sido disparados nas proximidades, mas em algum lugar nos quarteirões à nossa volta. No entanto, eram altos o suficiente para nos assustar. Chocado, Mateusz ordenou que nos deitássemos no chão, e eu e Truda obedecemos.

— Não é no nosso quarteirão — ele falou, espiando pela janela, como se pudéssemos ver alguma coisa do carpete no terceiro andar. — Mas fiquem abaixadas. Balas perdidas podem ser imprevisíveis.

— Mas é cedo demais — protestei. — Eles disseram que começariam às cinco...

— Alguma coisa já deu errado — disse Truda, mordendo o lábio.

— Meu Deus. Piotr está lá fora. E Sara! Ela deve estar no trabalho no centro da cidade.

— A Sara ia escapar do trabalho para montar um hospital de campo na igreja — Mateusz recordou. — E Piotr é esperto, um sobrevivente. Ele ficará bem.

— O que fazemos? — sussurrei, olhando pela janela. Os pássaros saíram voando por conta do tiroteio e pairavam acima de nós em um céu sem nuvens. Se eu fosse capaz de tapar os meus ouvidos e não ouvir nada, poderia dizer que era um dia perfeito de verão, um dia perfeito para uma viagem de carro a Lodz.

— Não temos escolha — disse Mateusz com um suspiro. — Piotr está vindo com o carro do seu contato em Żoliborz; não podemos ir sem ele.

Outra rajada de tiros soou. Mateusz completou:

— Além disso, obviamente não é hora de atravessar a cidade.

Passamos uma hora preocupados no chão do apartamento, ouvindo os gritos distantes e os tiros esporádicos. Mateusz insistia para que ficássemos no chão, mas, quando o som agudo do telefone tocou, ele se arrastou pelo corredor para atender. Quando voltou, sua expressão era taciturna.

— Era Piotr. Ele disse que se iniciou um combate mais cedo no distrito de Żoliborz também. Ele vai ficar lá por enquanto e tentar voltar se a situação se acalmar.

— E se isso não acontecer? — perguntou Truda.

— Há muitas variáveis antes de se traçar um plano, meu amor. Piotr recomendou ficarmos aqui, a menos que se torne inseguro. Ele falou com alguns dos insurgentes e eles disseram que estão confiantes de que assumirão o controle da cidade dentro de alguns dias. O Exército Vermelho concordou em apoiá-los a partir daí. Se Deus quiser, a cidade deverá estar em segurança e em mãos polonesas dentro de poucos dias.

— Então ficaremos na cidade durante a Revolta, afinal de contas — disse Truda com um suspiro. Ela olhou para mim: — Seu desejo foi atendido.

— Eu não queria ficar deitada no chão do nosso apartamento enquanto a cidade ao nosso redor luta — murmurei.

— Pelo menos nós três estamos juntos — disse Mateusz de repente. Ele parecia nervoso e ficava olhando para a janela. Estiquei minha mão e coloquei-a sobre a dele, sorrindo.

— Esse é um ponto positivo — falei calmamente.

— Temos apenas que nos manter abaixados — Truda completou.

— Vamos ficar aqui dentro e esperar o drama passar.

Ao anoitecer do primeiro dia, os tiroteios aumentaram em todas as direções e diferentes sons os acompanhavam: gritos de dor, gemidos de medo, o apito das sirenes antiaéreas, seguido do rugido dos aviões sobrevoando a cidade, as explosões que balançavam as janelas. Sempre que ouvíamos um avião ou a sirene antiaérea, descíamos as escadas correndo para o porão para nos protegermos em um abrigo antibombas com os outros moradores do prédio. Ao ouvir o som sinalizando que estávamos fora de perigo, subíamos as escadas de volta ao nosso apartamento.

Eu pensava muito nos membros ausentes da nossa família estendida, em particular Roman. Também pensava no tio Piotr e em Sara, e rezava por eles igualmente, mas tinha a sensação de que eles correriam para longe se o conflito estourasse perto deles. E tinha absoluta certeza de que, não importava a brutalidade da batalha, Roman correria em direção a ela. No terceiro dia, celebrações indicando vitória vieram das ruas lá embaixo. Quando me arrastei até a janela, vi soldados do AK e civis caminhando livremente pelos arredores, agitando faixas com o branco e o vermelho vibrante da bandeira polonesa.

— Podemos nos juntar a eles? — perguntei. Mateusz cerrou os lábios.

— Ainda não. Fique longe da janela.

E, por mais um dia, mantivemos a nossa vida em um limbo, comendo o mínimo para que nossos suprimentos rendessem ao máximo e agachados no chão. Eu estava mais frustrada do que assustada a essa altura, ouvindo os sons de júbilo que vinham da rua enquanto parecíamos presos a um cerco autoinfligido.

No quarto dia, pouco depois do amanhecer, a porta de entrada se abriu e o tio Piotr apareceu, exuberante como sempre e zombando das nossas lágrimas de alívio.

— Todo esse alvoroço por nada — disse ele, rindo. — Sou um sobrevivente, e vocês já deveriam saber disso a esta altura. O combate nas ruas de Żoliborz foi intenso, então me pareceu mais seguro ficar escondido. E vocês não vão acreditar: arranjei algumas armas enquanto estava por lá e as negociei por uma boa soma.

Até Mateusz se irritou com isso, mas eu estava aliviada demais para me aborrecer com os feitos comerciais de Piotr. Em vez disso, perguntei a ele:

— Como conseguiu voltar?

— Encontrei alguns soldados maravilhosos e eles ficaram felizes em negociar uma passagem segura por um pouco de dinheiro. Há bolsões sob controle polonês por toda a cidade; é glorioso, minha garota! — Depois, ele olhou para nós, confuso. — Mas, espere, por que vocês três estão escondidos aqui se as ruas estão mais seguras do que estiveram em anos?

— Não tenho certeza, Piotr — disse Mateusz, olhando cautelosamente pela janela. — Não sabemos de muita coisa.

— Eu não tinha certeza de como tudo isso se desenrolaria, irmão. Você sabe disso. Mas as cenas que acabei de testemunhar... Bandeiras polonesas sendo agitadas com orgulho nas ruas, soldados poloneses no comando! Sinto que é assim que começa... Este é o começo do fim! Agora, vamos encontrar boa comida e vodca para celebrar.

— Espere um minuto — disse Truda abruptamente. — O plano era irmos para Lodz. Concordamos que seria mais seguro sair de Varsóvia. As coisas estão indo bem para os insurgentes agora, mas não há garantia de que isso vá continuar. Não deveríamos deixar a cidade?

Piotr balançou a cabeça.

— O AK controla áreas por todo o lado. É que elas não estão conectadas ainda. Controlamos bolsões na cidade em vez de um corredor seguro que poderíamos usar para sair. Estamos presos aqui por enquanto, Truda, mas, você vai ver, tudo ficará bem. Precisamos apenas de mais alguns dias e você vai ver.

Alguns dias se tornaram uma semana. Não vi Sara nesse período. Mateusz insistiu que eu deveria ficar no apartamento para evitar problemas, mas Piotr ia à igreja às vezes para vê-la.

— É desagradável lá — ele me disse, fazendo uma careta.

— Desagradável? — repeti.

— Sangue, ferimentos... Coisa feia. Mas você conhece a Sara. É o que ela sabe fazer melhor. Ela está bem.

— Você viu o Roman? — perguntei, hesitante. Ele balançou a cabeça.

— Não. Sara não o viu também, mas tivemos notícias de seu batalhão. A maior parte deste distrito está agora sob o controle do AK. Você deveria ter orgulho dele.

— Eu tenho — eu disse. — Mas também estou preocupada.

— Bem, o quartel-general fica bem perto da igreja. Se as coisas ficarem muito agitadas e não tivermos notícias dele, posso dar uma volta por aí e perguntar, está bem assim?

— Eu poderia ir com você?

Tio Piotr sorriu.

— Vamos ver como serão os próximos dias.

Embora os redutos mais próximos de nós não tivessem sucumbido, era óbvio que algo havia mudado nos distritos mais distantes. Os bombardeios aéreos estavam aumentando e subíamos e descíamos as escadas em pânico toda vez que a sirene antiaérea soava, várias vezes durante o dia e à noite agora. Da primeira semana de agosto em diante, as explosões tornaram-se constantes e identifiquei a ocorrência de um tipo diferente de tiroteio. Era prolongado e ininterrupto, como se houvesse dezenas de metralhadoras atirando; às vezes, todas de uma vez. Ao longo das vinte e quatro horas do dia, parecia que nosso lado ou o lado deles atirava sem parar. Havia tantos tiros, tantos sons de disparos misturados, que um zumbido continuado e horrível passou a pairar sobre a cidade.

— O que poderia ser? — perguntei no desjejum. A alegria nas ruas se fora e um silêncio confuso e tenso surgiu em nossa mesa de café da manhã.

— Talvez não seja nem por causa dos tiroteios — sugeriu Truda. — Como eles poderiam atirar tanto? Parece que o exército alemão inteiro está atirando ao mesmo tempo. Pode ser uma nova máquina que inventaram.

— Não — disse Mateusz, balançando a cabeça. — Acho que são tiros mesmo.

— Tenho uma ideia — anunciou o tio Piotr.

Ele saiu do apartamento e voltou uma hora depois, segurando um rádio sem fio. Eles haviam sido declarados ilegais na cidade já há um bom tempo, embora muita gente desafiasse essa ordem. Piotr ligou o aparelho e chegamos mais perto, tentando escutar enquanto ele sintonizava entre as estações. Primeiro encontramos uma estação soviética, transmitindo de seu reduto a leste de Varsóvia, prometendo que a ajuda chegaria logo e encorajando os cidadãos de Varsóvia a lutar para expulsar os alemães.

— O ruído pode ser dos soviéticos? — perguntei.

— Não, está vindo do oeste, não do leste — murmurou o tio Piotr.

Ele girou os botões outra vez e encontrou uma estação clandestina do AK. Ouvimos atualizações genéricas acerca do estado do conflito e uma rodada confusa de notícias: algumas áreas perdidas, outras retomadas, mas a chamada principal fez meu sangue gelar.

— Os alemães estão indo de casa em casa em Wola, arrastando civis de todas as idades para fora e executando-os nas ruas como retaliação à Revolta. Há relatos de muitas vítimas, de enormes pilhas de corpos nas ruas do distrito. Relatos de nossos mensageiros indicam que dezenas de milhares de civis já podem estar mortos. Em particular, há rumores de muitas mortes no aterro da linha de trem na rua Górczewska e nas fábricas na rua Wolska...

— Eles estão a poucos quilômetros de nós — sussurrou Mateusz.

Piotr alcançou o rádio e desligou o botão de forma tão rápida e violenta que me assustou. Quando olhei para ele, seu rosto estava pálido, e ele *me* encarava horrorizado.

— Deveríamos ter saído quando ainda tínhamos uma chance! — exclamou Truda, empurrando a cadeira com uma expressão de raiva no rosto. Ela deu um soco na mesa. — Você tinha que fechar um último negócio, não? Como seus *zloty* nos ajudarão, agora que estamos presos aqui e os alemães estão indo de porta em porta para nos *assassinar*?

— Meu Deus... — disse Piotr, sufocando. — O que foi que eu fiz...

— O que vamos fazer? — perguntei em um tom nervoso.

— Estamos encurralados — disse Mateusz, esfregando o rosto. — Não há nada que possamos fazer. Não temos escolha além de ficarmos aqui. Eles ainda estão a alguns quilômetros de distância e há defesas firmes do AK entre Wola e Śródmieście, então temos tempo. E você ouviu a estação soviética. Eles estão vindo. Só temos que aguentar firme.

Quando o sol se pôs naquela tarde, o tiroteio intermitente completou trinta e seis horas, e agora eu achava que ouvia gritos também. Incapaz de dormir, fui sorrateiramente até a sala de jantar e encontrei o tio Piotr sentado à mesa no escuro, bebericando uma garrafa de vodca. Quando me aproximei, notei que ele estava muito embriagado. Sentei-me à sua frente, ele levou a garrafa à boca, deu um gole e bateu-a de volta na mesa.

— Há alguma coisa que podemos fazer? — perguntei a ele.

— Deixei vocês na mão.

— Tio Piotr, não estou interessada nisso. O que passou, passou — eu disse. — Só quero saber se há algo que possamos fazer para sair daqui.

— O AK está usando o sistema de esgoto como rota de transporte, mas é arriscado e só deve ser usado pelos soldados. Vou falar com algumas pessoas, tudo bem? Vou ver se posso descobrir uma saída para vocês.

— Obrigada.

— Se pudermos chegar aos limites da cidade, conseguiremos seguir para Lodz, mesmo se tivermos de ir andando. A distância é de pouco mais de cem quilômetros. Poderíamos fazer isso.

— Poderíamos.

— Estou preocupado com o seu jovem amigo, você sabe — ele disse, suspirando tristemente. — Se os alemães estão massacrando dezenas de milhares de civis, não hesitarão em executar os membros do AK se conseguirem capturá-los. Até mesmo os mais jovens, como Roman.

— Eu sei — sussurrei, sentindo um aperto no coração.

— Quando eu era mais novo, achava que a vida era justa. Achava que as pessoas poderiam até passar por sua cota de sofrimento, mas, se pudessem superá-lo, a vida ficava fácil. Agora sei que é tudo aleatório, e, se há qualquer intencionalidade na vida, ela pende para o lado da crueldade.

Eu nunca vira o tio Piotr tão chateado, com uma disposição tão taciturna. Embora estivesse muito preocupada, senti-me na obrigação de lhe trazer um pouco de otimismo.

— A vida ainda pode ser boa, tio Piotr.

— Há algumas bênçãos inesperadas, é claro. Você é um exemplo. Seu espírito me trouxe muita alegria, e foi algo inesperado.

— Obrigada. E... igualmente.

— Ao longo dos últimos dois anos, eu amei a Sara e ela me rejeitou repetidamente porque sou egoísta e ganancioso. — Eu não sabia o que dizer. Fiquei olhando para ele na escuridão, enquanto ele fitava a garrafa na mesa. — Deveria ter dado ouvidos a ela. Queria ter mudado e me tornado um homem melhor para que pudéssemos ficar juntos. Eu só continuava a pensar que, na vida, há vencedores e perdedores, e tinha certeza de que isso era verdade até na guerra. Eu queria ser um vencedor. Disse a mim mesmo que ela esperaria, que quando eu tivesse uma montanha de dinheiro eu poderia virar a página e nos casaríamos.

— Você ainda pode... — falei, sem poder fazer muito por ele.

— Eu quero. Só fico pensando no seu jovem amigo. Se houvesse uma cota de sofrimento, ele já a teria cumprido tempos atrás. Mas, ainda assim, ele sofre.

— Não é justo.

— Ele é um bom rapaz, Emilia. Sara enxerga nele o que ela gostaria de ver em mim.

— Você pode mudar. Não pode?

— Quero fazer algo por Roman. Você se lembra de que deveríamos ter ido a Lodz, mas você queria desesperadamente ficar?

— É claro — sussurrei, rindo baixinho. — Foi há apenas duas semanas.

— Parece mais tempo.

— Parece.

— Eu deveria ter insistido com ele para vir conosco. Deveria ter dito que ele já tinha se provado um herói e não devia mais nada a este país. Você sabe que eu os vi marchando para o gueto?

— A família dele? — perguntei, chocada.

— Provavelmente. Eu não sei. Vi milhares de judeus passarem por mim, escoltados pelos alemães, que os conduziam em direção ao gueto. Disse para mim mesmo que tudo ficaria bem e que eu não deveria me envolver, justificando mentalmente para mim mesmo por quê. Agora, fico pensando... Se eu fosse um homem melhor, Sara teria me contado a verdade sobre o que ela realmente fazia durante esses meses? De tempos em tempos, ela me pedia para arranjar documentos ou comida, mas eu não tinha ideia da extensão daquilo. Se soubesse, teria feito alguma coisa? Se surgisse uma oportunidade, eu teria sido corajoso o suficiente para tomar uma atitude? Para arriscar a minha vida da forma que você fez?

— Tio Piotr... — sussurrei, segurando sua mão. Ele suspirou novamente e esfregou o nariz com as costas da outra mão. À luz da lua, vi o brilho das lágrimas e da umidade em seu nariz, e senti um nó no estômago. — Você não é perfeito, mas você *é* um homem bom. Muito provavelmente, você me salvou, e salvou Mateusz e Truda também.

— Claro — ele disse amargamente. — Quando meu irmão pede ajuda, eu concordo. Então, eu o prendo junto com a sua família em uma cidade que começa a sucumbir. — Ele soltou a minha mão para esfregar o rosto. — Você deveria ir para a cama. Está tarde.

— Você vai ficar bem? — perguntei, nervosa.

— Vou expiar os meus pecados — ele anunciou, dando um longo suspiro. — Só não sei como ainda. Mas vou descobrir um jeito de fazer algo de bom para o seu amigo, e depois vou tirar você e seus pais da cidade antes que seja tarde demais.

Nos dias seguintes, o tio Piotr se manteve em constante movimento. Ele entrava e saía do apartamento, visitando seus amigos por todo o distrito, tentando encontrar uma passagem segura pelas barricadas do AK que nos mantinham seguros e através das partes da cidade controladas pelos alemães.

— Prometo que vou tirá-los da cidade — ele continuava a dizer. — Sei que deixei vocês na mão, mas vou corrigir isso. Prometo.

— Eu sei — eu dizia, desconfortável com o seu remorso desesperado.

— Vou convencer o Roman a vir conosco. E a Sara. Não sei como, mas vou dar um jeito.

E então saía novamente, tentando encontrar um guia que nos levasse pelos esgotos e algum tipo de transporte para que não tivéssemos que caminhar até Lodz.

Nosso distrito estivera na área controlada pelo AK quase desde o início, mas o conflito vinha em ondas, e as fronteiras se modificavam constantemente. O AK avançava e ganhava terreno, os alemães respondiam aniquilando. Executavam incontáveis civis inocentes e destruíam prédios inteiros, como para reforçar o seu ponto. Na segurança do nosso apartamento, podia ver colunas de fumaça subindo por todos os lados. Telhados que eu via em um dia sumiam no seguinte.

Cada vez mais, uma sensação de derrota iminente pairava no ar. Mesmo que Piotr conseguisse encontrar alguém para nos guiar pelo sistema de esgoto, nossas chances de escapar não eram boas. Quando Mateusz e Truda saíam para buscar comida, voltavam com histórias cada vez mais horríveis de alemães jogando granadas pelos bueiros para atingir os grupos de pessoas lá embaixo. Eles também vinham soldando as tampas dos bueiros para eliminar rotas que antes eram tidas como seguras. Eu não podia acreditar que nossa melhor chance de sobrevivência era atravessar os esgotos, rezando para que granadas não caíssem em nossas cabeças e esperando que a saída não tivesse sido soldada antes de a alcançarmos.

No domingo, 13 de agosto, tio Piotr veio voando para casa em uma onda de animação. Ele me deu um abraço apertado e anunciou triunfantemente:

— Descobri! Isso vai me custar quase todo o dinheiro que tenho na cidade, mas não se preocupem. Ficaremos bem.

— Qual é o plano? — Mateusz perguntou.

— Vou contar no caminho, irmão. Precisamos falar com a Sara e achar o Roman. Espero que ele esteja no quartel-general do batalhão. — Tio Piotr apontou para Truda e depois para mim. — Não carreguem muita coisa. Uma mala pequena, apenas. Nada que não possa ser lavado. Vamos pelos esgotos em parte da jornada. Quando chegarmos a Lodz, ficaremos no meu apartamento. É muito melhor que esse lixo, pelo menos, e tenho bastante dinheiro guardado lá. Quando estivermos em segurança, vou reembolsá-los por tudo que perderam, prometo. E viveremos como reis.

28

Roman

EM DUAS SEMANAS DE REVOLTA, NOSSA TROPA FORA reduzida de vinte e um combatentes para seis. Os que sobraram não contavam mais vantagem nem celebravam. Estávamos fazendo o que podíamos só para sobreviver até o próximo amanhecer.

Espada parecia decidido a se tornar meu parceiro. Não que ficasse grudado em mim, mas me seguia por todo lado, mantendo uma distância segura do perigo sempre que possível e deixando que eu lidasse com qualquer conflito que encontrássemos. Estávamos longe de ter armas em número suficiente, o que não era algo ruim para Espada. Ele tremia violentamente sempre que encontrávamos soldados alemães, e a certa altura eu o encontrara tremendo no canto da sala de beliches, murmurando sem parar: "Eu não achava que seria assim". Não queria sentir pena. Afinal, eu o alertara. Mas havia algo de infantil nele.

— Quando a ajuda vai chegar? — ele ficava perguntando ao Agulha.

— Devemos receber reforços do Exército Vermelho ainda hoje. Só temos que aguentar — Agulha respondia sempre.

E aí outro dia se passava, com mais derramamento de sangue, mais mortes e mais ferimentos, e nenhum sinal de reforços ou ajuda. As desculpas começaram a se esgotar; a ideia de que os soviéticos estavam esperando por uma chance estratégica fazia sentido no início, mas passou a fazer menos com o passar dos dias, até que não fazia mais *nenhum* sentido. Em seguida, ouvimos os soviéticos alegando em seus canais de rádio que eles mesmos esperavam por reforços, e por um brevíssimo momento tranquilizamo-nos, porque havia um plano, afinal de contas. Mas, então, uma tropa do AK trouxe relatos de que milhares de soldados e veículos do Exército Vermelho estavam estacionados na margem oposta do rio Vístula, assistindo à cidade pegar fogo.

Mais uma vez, estava lutando uma batalha que não poderia ser vencida. A revolta da cidade era mais bem equipada do que o Levante do Gueto, mas, de muitas maneiras, era a mesma velha história: acordar, tirar uma vida, tentar encontrar comida, tirar mais uma vida, tentar dormir um pouco. Tentar não morrer.

Chegavam a mim palavras que, em outra vida, teriam contado com minha atenção total: um massacre a apenas alguns quarteirões de nós no distrito de Wola, alemães saqueando o Instituto Radium antes de atacar e assassinar os pacientes e funcionários, prédios residenciais lacrados antes de os moradores serem queimados vivos. Porém, na agitação da batalha, eu não tinha tempo de digerir nada disso, porque todo dia era uma nova batalha só para continuar vivo. Mesmo sem esperança, novamente me comprometia a lutar até meu último suspiro. Era a única existência que eu conhecia.

A certa altura no meio do caos, carreguei um soldado ferido até o hospital improvisado no porão da igreja e encontrei Sara. Não havia tempo para rodeios. Ela me deu a notícia inesperadamente ruim sem pestanejar.

— A família Rabinek ainda está aqui.

— Mas eles estavam de saída — eu disse, sacudindo a cabeça. — Eu os avisei da hora W! Eles sabiam que isso estava se aproximando...

— Piotr atrasou a viagem — ela disse com amargura. — E, claro, o combate começou mais cedo. Eles estão se escondendo no apartamento, mas Piotr me contou que está buscando um jeito de escaparem... — Ela respirou fundo. — Ele também me disse que quer que você vá com eles.

— Eu não poderia, nem se quisesse — eu disse a ela, franzindo o cenho. — A deserção é punida com a morte. Não posso abandoná-los. Tenho que... — Pensei em Chaim, olhando para mim enquanto me empurrava para o esgoto. *Não a desperdice.* — Tenho que fazer isso valer a pena.

— Eu disse a Piotr que não achava que você sairia, mas ele é teimoso. Por favor, não se surpreenda se ele for atrás de você.

Dei um suspiro, irritado. Não tinha tempo nem paciência para qualquer coisa que Piotr estivesse planejando.

— Tenho que voltar. Por favor, fique bem. Você soube do massacre em Wola?

— Sim.

— Sara, se tiver a chance de escapar com ele...

— Estou considerando.

Olhei para ela surpreso.

— Está?

— Estou cansada, Roman — ela disse, apontando para o hospital subterrâneo. — Olhe ao redor. E para quê? Nossa terra natal será libertada? Alguém se beneficiará? É só mais morte, mais dor. Eu só preciso *respirar* novamente.

Fiquei aliviado ao ouvir isso. Saber que Sara e Elżbieta logo estariam a salvo era a primeira boa notícia que tivera em dias.

Dei um beijo em sua bochecha.

— Cuide-se.

— Você também.

Outro destacamento do batalhão de Wigry havia capturado um tanque alemão incomum na manhã do domingo e todo o quartel-general ficou em polvorosa, como se esse ato isolado pudesse mudar os rumos de toda a Revolta. Eu estava tão irritado com isso que, embora estivesse no meu turno, pronto para ser enviado de volta ao campo, esperei nos beliches para evitar as celebrações aparentemente irracionais. Meus olhos permaneciam fechados, mas minha mente estava agitada, repassando imagens dos conflitos dos dias anteriores.

— Pombo. — Não tinha ouvido Espada se aproximar, mas ele estava bem do lado da cama, mais ou menos a um braço de distância, como sempre parecia estar.

— Quê? — eu disse em um tom irritado.

— Tem gente perguntando por você lá na frente.

Não fiquei surpreso ao encontrar Piotr e Mateusz na entrada do quartel-general. Piotr parecia vibrar com uma excitação frenética, mas Mateusz estava com as mãos nos bolsos e olhava para o chão.

— Venha conosco — Piotr me convidou em voz baixa. — Sairemos ao amanhecer. Podemos chegar a Lodz amanhã à noite.

— Gostaria de poder — eu disse honestamente. Escapar para Lodz com Elżbieta e sua família parecia um sonho fantástico. — Mas não posso. Prometi lutar até a morte, se isso for necessário, para libertar a Polônia. E pretendo cumprir a promessa.

Gritos animados vieram da rua e viramo-nos para descobrir o motivo. Imediatamente reconheci o veículo movendo-se devagar pela rua Długa como o famigerado tanque incomum. Eu nunca vira tal veículo: era blindado como um tanque normal, mas mais baixo e sem a torre de artilharia. Alguém prendera uma bandeira polonesa em um mastro na parte da frente, e o veículo estava rodeado de pessoas: crianças caminhavam pela parte de cima plana e outras corriam para tocá-lo, como se o contato de alguma maneira trouxesse boa sorte.

— Que benefício pode trazer o sacrifício de jovens brilhantes como você em uma batalha perdida como esta? — perguntou Piotr.

— Tenho que acreditar que significa algo — eu disse, cerrando os lábios. — Senão, terei perdido quase todos os amigos que tive na vida por nada.

— São questões difíceis — reconheceu Mateusz. — Mas você não pode resolvê-las no meio de uma guerra, Roman. Afaste-se dela. Venha conosco.

— Por quê? Por que vocês querem que eu vá? — perguntei, franzindo o cenho. — Sua família foi tão boa comigo desde o início. Por quê?

— Sou um homem imperfeito — disse Piotr —, mas...

O que quer que ele tenha dito foi abafado pelo ruído do motor do tanque, que passou roncando por nós em direção à barricada no final da rua. Todos nos viramos para acompanhá-lo com os olhos enquanto ele seguia seu caminho, esperando o barulho diminuir para retomarmos a conversa. Mas a multidão na rua crescia a cada segundo. Famílias corriam juntas, saindo dos prédios próximos, enquanto os soldados deixavam em formação o quartel-general do meu batalhão.

— O que ele está fazendo? — perguntou Piotr.

— O tanque? — disse, surpreso pela mudança brusca na conversa. — É uma volta de vitória, eu acho.

No final da rua, o tanque parou em uma de nossas barricadas improvisadas. Tinha cerca de dois metros de altura e fora erguida com os móveis dos apartamentos próximos. A multidão surgiu para ajudar a desmontá-la, o que permitiria ao tanque seguir caminho. Em meio à enorme aglomeração de pessoas, o veículo desapareceu de nosso campo de visão. Tudo que eu conseguia ver era a bandeira da Polônia presa a um mastro na frente do veículo, tremulando tranquilamente à brisa.

— Uma multidão dessas não deveria estar se formando assim — murmurou Piotr, balançando a cabeça. — Não é seguro! E se os alemães soltarem uma bomba no bairro? E se um avião sobrevoar e descobrir quantas pessoas estão na rua?

— Ei, Pombo! — Espada chamou, mais animado do que estivera em semanas, enquanto corria do quartel-general às minhas costas e seguia em direção ao tanque. — Vamos ver?

Fiz que não com a cabeça e Piotr caminhou até ele.

— Ei, garoto — ele chamou. — Venha cá. Volte para dentro e peça ao seu comandante para esvaziar a rua.

— Perdão — Espada gritou mais alto do que o ruído da multidão, levando a mão ao ouvido. — O que disse?

Piotr e Espada se aproximaram e, enquanto eles conversavam a alguns metros de distância de nós, virei-me para Mateusz. Ele parecia exausto, como se a exuberância de Piotr fosse tão cansativa para ele quanto o combate era para mim. Mateusz estava enfiado atrás de um pilar, com as costas apoiadas nele e as pernas cruzadas na altura dos tornozelos, apontadas para a entrada do quartel.

— O que aconteceu com Piotr? — perguntei. — Ele não costuma pensar na comunidade.

— Consciência pesada — disse Mateusz, suspirando e erguendo a cabeça para mirar o céu. — Ele está se culpando por ter saído para concluir um negócio quando deveríamos ter ido embora da cidade. Acho que ouvir sobre as pessoas em Wola e pensar sobre como todos nós estamos vulneráveis deixou-o um pouco enlouquecido. Ele está determinado a convencê-lo a vir conosco...

Eu já presenciara explosões inúmeras vezes, mas essa foi totalmente diferente. Primeiro, um clarão tão brilhante que me cegou momentaneamente; logo em seguida, um estampido tão alto que afetou a minha audição. Por fim, a força daquilo: uma onda de choque forte o suficiente para me levantar do chão e me jogar na calçada.

Eu não perdi a consciência. Antes a tivesse perdido. Em vez disso, vi-me completamente atordoado, estirado na rua de paralelepípedos sem saber se estava vivo ou morto. Quando recuperei a visão e achei que minha audição começara a voltar, a rua estava em total silêncio — e pensei ter perdido parte da minha audição permanentemente. Ajoelhei-me, desajeitado, e virei-me para o tanque. Ele sumira, assim como os prédios à sua volta, as crianças, as pessoas que celebravam e os soldados. Tudo se fora. O que tinha sobrado era tão catastrófico e horrível que eu nem sequer conseguia compreender. Estava coberto de sangue e sabia que não poderia ser apenas meu, mas um pouco com certeza era, porque comecei a sentir a dor em meu rosto. Levei minha mão à bochecha e pude sentir que estava ferida: da linha do cabelo até o queixo, o lado direito do meu rosto estava esfolado ou queimado, ou salpicado de estilhaços. Eu não fazia ideia da gravidade. Tudo que sabia era que era *agonizante*.

Senti mãos em meus ombros. Meu ouvido apitava e minha mente estava confusa, como se eu não estivesse realmente acordado. Virei-me e vi Mateusz, coberto de sangue e destroços. Examinei-o, procurando por ferimentos, mas encontrei apenas uma lesão pequena no seu pescoço. Seus lábios se moviam, mas eu não conseguia entender as palavras.

— Piotr — acho que eu disse, tentando me virar para onde o tanque estivera.

Mateusz me sacudiu pelos ombros para retomar a minha atenção e disse uma única palavra.

Morto.

Virei-me novamente na direção do tanque e desta vez vi o corpo de Piotr. Muito ferido, sem qualquer possibilidade de sobrevivência, atirado de bruços na calçada. Mas Espada estava vivo, apoiado em uma parede. Levantei-me com a ajuda de Mateusz e arrastei-me até ele, sentindo o chão girar enquanto meus ouvidos tentavam se recuperar do trauma.

Espada estava histérico e olhava para o seu pé, que fora empalado por um pedaço afiado de concreto. Minha audição voltava aos poucos, mas desejei interromper aquela recuperação, porque agora eu conseguia ouvir os gritos desesperados e o choro daqueles que buscavam seus amigos, camaradas e pessoas queridas.

— Mateusz — eu disse. Ou talvez tenha gritado. Vi seus lábios se mexerem novamente, mas não conseguia ouvir as palavras. Aproximei-me e tentei falar mais alto. — Você precisa levar meu amigo para a Sara. Ele precisa de ajuda.

Mateusz apontou para o meu rosto e então pressionou com delicadeza o dedo indicador sobre o meu peito.

Você também, ele disse. Eu queria ficar para ajudar, mas a dor piorava a cada segundo.

— Acho que vou desmaiar — eu disse.

Mateusz pôs um braço em torno do Espada e outro em torno de mim, e depois nos levou até o hospital subterrâneo no final do quarteirão.

29

Emilia

TIO PIOTR E MATEUSZ TINHAM SAÍDO HÁ MENOS DE uma hora quando uma explosão pareceu sacudir a cidade toda. Explosões eram comuns, mas não como essa. Foi tão forte que senti o som reverberar em meu peito e o vidro da janela da cozinha se estilhaçou. Todas as panelas caíram dos ganchos acima do fogão.

— O que foi isso? — sussurrei no chão do apartamento, para onde eu havia me jogado.

Truda também estava no chão, logo à minha frente, e ficamos olhando uma para a outra. Sabia que estávamos pensando exatamente a mesma coisa.

Piotr. Mateusz. Roman. Sara.

A cidade ficou bizarramente silenciosa por alguns minutos após a explosão; até o som já familiar dos tiroteios pareceu ter parado. A curiosidade venceu o medo e, por fim, engatinhei até a janela da sala de estar, mas a rua lá embaixo não dizia nada. Estava apenas deserta, nossos vizinhos aparentemente apavorados demais para sair.

Vinte minutos depois, ouvimos batidas desesperadas em nossa porta.

— Eu atendo — adiantei-me, mas Truda lançou um olhar em minha direção.

— Sente-se — ela disse impaciente, e foi até a porta. Eu a segui de qualquer maneira.

Quando ela abriu a porta, havia uma criança, uma garotinha que não devia ter mais do que onze ou doze anos. Ela usava uma braçadeira vermelha e branca e vestia um uniforme esgarçado e imundo dos escoteiros.

— Senhora Rabinek? — Ela arfava, apoiando-se na parede para recuperar o ar. Truda assentiu com a cabeça lentamente. — Trago notícias do hospital na igreja da rua Długa.

A garota entregou um bilhete para Truda, respirou fundo mais uma vez e correu pelas escadas. Era incrível como os mensageiros dos Fileiras Cinzentas estavam por todos os lados durante a Revolta, sempre correndo para fazer o próximo trabalho, mais eficientes e discretos do que o sistema telefônico nos anos da ocupação.

— A explosão que ouvimos — Truda disse, apoiando-se na parede como se seus joelhos falhassem e olhando para o bilhete dobrado em suas mãos. — Achei que pudesse ter vindo da rua Długa.

— Leia — pressionei.

Ela continuou a olhar para as mãos, então peguei o bilhete e o li em voz alta. *Truda, venha para o hospital. Traga Elżbieta. Eu estou bem. Com amor, Mateusz.*

Truda não era rápida, nem mesmo em épocas melhores, e esta não era uma época melhor. Eu praticamente já a arrastava quando chegamos ao convento, e, quanto mais nos aproximávamos, mais perturbadoras as cenas à nossa volta ficavam. As pessoas corriam, indo e voltando do porão, saindo com macas vazias e carregando corpos ensanguentados quando retornavam. Homens, mulheres e crianças estavam sentados na rua, a maioria chorando, quase todos salpicados — quando não cobertos — de sangue.

Parei algumas vezes para perguntar o que acontecera, mas as pessoas que estavam perto da explosão pareciam ter perdido a audição. Ou talvez estivessem tão traumatizadas que não conseguiam explicar ao que tinham sobrevivido.

Quando chegamos ao convento, a cena de caos era quase incompreensível. O cheiro de sangue e a poeira eram tão intensos que cobri a boca com as mãos, tentando reprimir o enjoo. A única maneira de diferenciar os funcionários dos pacientes era ver quem estava correndo. Todos, funcionários ou não, estavam cobertos de sangue, e não havia camas suficientes, então muitas pessoas estavam de pé ou sentadas no chão.

— Mateusz? Mateusz Rabinek?

Eu e Truda perguntávamos a qualquer pessoa que passava correndo por nós, mas a maioria fazia que não com a cabeça ou sequer nos dava atenção. Meu coração estava disparado e meu estômago, revirado. Logo comecei a tremer e me vi repentinamente incapaz de respirar. As mãos de Truda agarraram meus ombros e me sacudiram para atrair a minha atenção.

— Escute. Você precisa aguentar firme até o encontrarmos e, então, vou tirá-la daqui. Você entendeu? Encontramos Mateusz e saímos, aí você pode desmoronar. Vou ajudá-la a se recuperar, prometo. *Mas não ainda.*

Pisquei, recuperei os sentidos e assenti com a cabeça. Continuamos a andar pelo porão, mas agora eu olhava fixamente para as costas de Truda. De repente, entre as conversas urgentes dos funcionários e o choro, os soluços e os lamentos, ouvi uma voz que conhecia muito bem.

— Truda — chamei com urgência, e ela se virou para mim. Apontei para uma cama à nossa esquerda, onde Roman estava discutindo.

— Preciso voltar! Preciso voltar para ajudar! Deixe-me levantar!

Ele estava sentado sem camisa em uma maca, discutindo com Mateusz, que literalmente o segurava no lugar. Um jovem extraordinariamente alto chorava de dor do outro lado da maca, agarrado a seu pé destroçado. Quando nos aproximamos de Roman, não pude conter um grito de horror. Parecia que alguém jogara um cobertor em chamas sobre seu rosto e seu pescoço. Restos de tecido derretido estavam grudados em sua pele cheia de bolhas, alguns a milímetros do olho. O cabelo em todo aquele lado da cabeça estava chamuscado, assim como o que sobrara de sua barba.

Nunca tinha visto um ferimento tão visualmente chocante. Minhas emoções estavam tão à flor da pele que não conseguia separá-las. Repulsa, medo, amor e preocupação, a força de todas juntas para me esmagar. Eu queria correr e abraçá-lo, mas também fugir e fingir que nada daquilo acontecera. Truda agarrou minha mão e me puxou na direção da cama.

— Mateusz, você não entende — disse Roman, fazendo uma careta não de dor, mas de frustração. — Tenho que voltar, a minha tropa está lá. Alguns deles ficaram na sacada. Não vi para onde eles foram. Tenho que ver se consigo encontrar Piotr.

— Eu já disse. Piotr está morto! Você está em choque e confuso. As ruas são o último lugar onde deveria estar! — exclamou Mateusz, sua frustração fazendo com que as palavras soassem rudes e diretas.

Eu não percebi que emitira um som até que Mateusz e Roman olharam para nós. Vi a desilusão no rosto de Mateusz. Ele soltou Roman para dar um passo em minha direção, cheio de pesar e arrependimento no olhar.

— Sinto muito — ele soltou. — Me perdoem, eu não sabia que vocês estavam aí. Houve uma explosão e...

— Ele realmente morreu? — sussurrou Truda.

— Sinto muito — repetiu. Ele me puxou para seus braços e me abraçou com força. Em seguida, puxou Truda por trás de mim e nos fechamos todos em um mesmo abraço. — Sinto muito.

— Não ouvi aviões — murmurei. — Foi uma bomba?

— Não. O AK capturou um tanque. Parece que os alemães o armaram com explosivos. Sinto muito — Mateusz sussurrou novamente, soltando Truda para segurar o meu rosto e olhar para mim. — Escute, Emilia. Eu preciso que você fale com o Roman. Ele está em choque, em um estado terrível, e precisa ver um médico. Porém, como seu ferimento não é urgente, pode levar um tempo até que ele seja tratado. Você precisa convencê-lo a ficar aqui. Ele está irracional e não consigo conversar com ele.

Roman discutia com uma enfermeira agora; a pele queimada estava inflamada e horrível. Tinha uma coloração vermelha e cinza, e o restante de seu rosto estava vermelho de frustração e raiva. Senti uma dor no coração, porque sabia que nada que eu fizesse poderia mudar a sua determinação, e pela primeira vez dei voz às emoções profundas que desenvolvera por ele.

Eu o amo e não importa que nunca tenha lhe dito isso. Vou perdê-lo de qualquer maneira.

30

Roman

EU PERDERA QUALQUER RESQUÍCIO DE EQUILÍBRIO E não tinha ideia de como me recompor. Estava confuso e desorientado, mas, ainda assim, absolutamente determinado a sair do hospital subterrâneo. Eu precisava ver como estavam os homens da minha tropa que haviam sobrado, encontrar um rifle e buscar vingança.

Não fora apenas o horror da explosão, fora Piotr — mais uma pessoa com a qual eu passara a me importar e que tinha perdido para essa maldita guerra e para a irracionalidade da crueldade alemã. Sua perda me empurrara para além de um limiar invisível, e fui lançado em uma raiva tão crua que não tinha nenhuma esperança de me recuperar dela.

Elżbieta fora meu porto seguro e exercera um efeito regularmente tranquilizador sobre mim nos dois anos desde que a conheci, mas quando a vi se aproximando de mim, eu quis varrê-la do meu caminho: ela era apenas mais um obstáculo entre mim e a batalha. Esse pensamento me fez esperar. Minha raiva a assustara e machucara na primeira vez que nos vimos, e eu tinha prometido a mim mesmo que não deixaria aquilo acontecer de novo.

— Por favor, fique — ela suplicou ao se aproximar. — Por favor. Eu temo por você. Não é seguro lá fora.

— É exatamente por isso que tenho que ir — eu disse, desamparado. Estava usando todas as minhas forças para manter a fúria distante da minha voz. *Você não está bravo com ela. Não desconte nela. Não a assuste. Ela merece mais do que isso de você.*

— Mas você não pode negar que é uma batalha perdida. — Ela parou, e seus grandes olhos verdes brilhavam com lágrimas. Ela estava implorando para mim não apenas com palavras, mas também com as mãos, que pousaram na pele não ferida em meu peito nu, a mão esquerda acima do meu coração.

— Mas você não viu... — eu disse, frustrado. — Você não viu o que eles fizeram naquela rua. Seu tio está *morto*, Elżbieta! Ele está morto!

— Eu sei. Não consigo nem pensar sobre isso ainda, mas o farei. Neste momento, tudo em que posso pensar é que não aguentaria perder você também. Entende isso?

— Sim, mas...

— Então, *fique*. Pelo menos até que um médico venha tratar de você. — Ela ergueu a mão esquerda, tocando carinhosamente a pele do meu rosto que não estava ferida, o olhar cheio de tristeza. — Roman, isso está muito feio. Você deve estar sentindo tanta dor. Por favor, deixe que eles o ajudem.

— Não posso — eu disse, balançando a cabeça. — Ficarei bem. De verdade.

Ela ficou desolada, e eu queria tanto ver a aprovação, o orgulho e a admiração que eu me acostumara a ver quando ela olhava para mim. Alcancei sua outra mão e a removi cuidadosamente do meu ombro. Eu já sentira dores lancinantes antes, mas agora a pele do meu pescoço, do meu braço e até da lateral do meu rosto parecia estar em chamas. Era enlouquecedor, mas isso não me deteria.

Não podia parar. Não até que a Polônia estivesse livre.

Eu me movimentei para levantar da maca e Elżbieta deu um tapa perto da queimadura do meu pescoço. Quando urrei de choque e dor, ela me empurrou de volta, deixando-me largado na maca. Ela afastou a mão do ferimento e a repousou em meu ombro, aproximando seu rosto do meu. Seus olhos estavam furiosos, queimando com uma fúria e uma determinação que eu nunca tinha visto nela.

— Não deixarei que você saia antes de me escutar, droga — ela protestou. — A hora de lutar de novo vai chegar, mas por enquanto você precisa descansar e esperar que um médico o examine. Não poderá fazer mais nada se estiver morto.

— Você não entende — disparei, afastando suas mãos com um safanão do meu ombro, desta vez com um movimento não tão gentil como da primeira. Ela era implacável e, apesar de parte de mim admirar essa qualidade, eu sabia que ela não compreendia minha raiva ou a urgência. Como poderia? — Eles mataram a minha *família*...

— Eu perdi a minha família também.

Eu não conseguia esconder a minha irritação. Sabia que a perda dela era cruel e recente, mas mal se comparava à minha. Afastei minhas pernas do Espada, que ainda chorava como um bebê no outro lado da maca, e pus os pés no chão, pronto para me levantar.

— Eu sei que você e Piotr eram próximos...

— Não. Minha família *verdadeira*. — Elżbieta respirou fundo e me olhou com tristeza. — Você sabe que eu guardava segredos... — Toda a minha vontade de brigar sumiu. Afundei na maca e, entre a dor no meu rosto e a dor no meu coração, enfim fiquei quieto e imóvel. — Meu nome verdadeiro é Emilia Slaska. Eles executaram meu pai na minha frente logo após a invasão. Executaram meu irmão porque ele estava ajudando os judeus. É por isso que assumi uma nova identidade, para o caso de alguém estar me procurando por causa do trabalho dele. A namorada dele, minha *melhor* amiga, teve que fugir e provavelmente está na Inglaterra. Minha mãe morreu quando eu nasci. — Sua voz estava trêmula e seu olhar endureceu. — Não tenho *ninguém*, Roman, além de Truda e Mateusz, agora. Você não é a única pessoa na Polônia que perdeu todas as pessoas que amava.

Eu me afundei ainda mais, paralisado de choque. Não conseguia tirar os olhos dela: a dor em seu olhar era tão intensa e tão impressionante que eu queria chorar por ela. Ela estava me contando isso para me impressionar, um último esforço para me convencer a ficar. Por um momento, a tática funcionou. Eu estava pronto para ignorar a guerra, puxá-la para meus braços e protegê-la de mais dor.

— Por que não me contou? — perguntei.

— Eu queria, mas Truda podia ver *isto* em você — ela disse, com um sorriso triste. — Ela sabia que, de um jeito ou de outro, você correria de volta para a clandestinidade imediatamente. Ela se preocupava porque, caso soubesse, poderia me denunciar em um interrogatório.

— Eu nunca faria isso — sussurrei, olhando em seus olhos. — Eu morreria antes de traí-la.

— Você é meu melhor amigo, Roman — ela murmurou, mordendo o lábio e olhando com hesitação para mim. — Quando olho para o futuro, quando vejo *meu* futuro, eu vejo você. Você entende isso?

— Se não lutarmos, não haverá futuro.

— Então, quer que eu vá com você para me juntar ao combate também?

Só por pensar nisso eu fui tomado pelo pânico. Ela era corajosa e forte, mas eu não podia suportar a ideia de Elżbieta ver as coisas que eu vira durante o combate.

— É claro que não!

— Você não quer que eu saia e pegue em armas porque se preocupa comigo. Como não consegue entender que eu sinto a mesma coisa por você? — Ela bufou de frustração e soltou: — Seu homem *estúpido*. Você não entende que o que eu sinto por você é mais do que uma amizade?

Prendi a respiração e ela também, como se não quisesse dizer as palavras.

— Não fale — eu disse, baixando a voz. — É melhor não falar, porque quando eu morrer você...

— Eu te amo — ela me interrompeu, com o olhar em chamas.
— Não se atreva a falar sobre *quando você morrer*. Eu preciso que você sobreviva, e preciso que sobreviva por *mim*.

Peguei sua mão e a coloquei na minha bochecha que não estava ferida. Suas palavras me fizeram flutuar, mas saber que eu estava a ponto de partir seu coração me deixou nauseado de culpa.

— Eu te amo também — eu disse.

Talvez eu já soubesse disso há muito tempo, desde aqueles primeiros dias em que eu não podia ficar longe daquela sala nos fundos do centro da juventude.

Notei Truda e Mateusz atrás dela. Os dois estavam chorando, muito próximos e com o olhar fixo um no outro, confortando-se e fazendo planos para o que viria a seguir. *Aquele* era o tipo de conexão que eu dividia com Elżbieta, ou que poderia ter dividido, se o mundo fosse diferente.

— Quando a guerra acabar, podemos ficar juntos — ela sussurrou.
— Podemos ter uma família, construir um lar. Você poderia estudar, tornar-se um advogado como seu pai. Eu poderia pintar, cuidar da casa e criar nossos filhos. Teríamos uma grande família e nossa casa nunca estaria em silêncio, nunca ficaria parada, mas amaríamos que fosse assim. O barulho nos lembraria de que estávamos vivos. O barulho nos lembraria de que sobrevivêramos. Você pode visualizar isso?

— Posso — sussurrei.

Eu desejava tanto vivenciar aquela imagem que ela pintara que meu peito chegava a doer só de pensar, porque aquilo não era o que me aguardava, e por mais que eu quisesse que as coisas fossem diferentes, eu não conseguia ignorar a realidade. O Exército Vermelho estava posicionado nas margens do Vístula, mas era cada vez mais evidente que eles não avançariam. A insurreição estava fadada ao fracasso.

Não haveria final feliz para mim e Elżbieta porque não haveria final feliz para a nossa nação.

— Fique — ela disse. — Fique por mim.

— Eu queria... — eu disse com a voz embargada. — Elżbieta... Emilia... eu queria poder ficar.

Sentei-me e, desta vez, ela não tentou me impedir. Em vez disso, deixou a mão cair em seu colo e a cabeça pender para a frente, como se estivesse decepcionada demais para mantê-la erguida.

— Elżbieta... — sussurrei, afetado pela dor em seu olhar. Estendi a mão para segurar o seu rosto, o toque mais íntimo que já compartilháramos, mas que pareceu tão natural. Ela ergueu os olhos para me encarar.

— Estou tão assustada por você — ela disse.

— Você não precisa ficar.

— Você está se enganando se acha que vai conseguir sobreviver lá fora. Você está muito ferido... É tão irresponsável com sua vida — ela disse bruscamente, e sua voz foi sumindo até virar um sussurro doloroso quando acrescentou: — Você é tão irresponsável com meu coração, Roman.

Inclinei-me em sua direção e delicadamente toquei meus lábios nos dela. Eu nunca tinha beijado uma garota antes e, em uma daquelas conversas demoradas no apartamento da Sara durante a minha recuperação, Elżbieta contara que nunca tinha beijado um garoto. O nosso primeiro beijo acabou em um instante, mas acendeu uma chama em meu peito e em meu coração que me sustentaria até o fim.

— Se realmente não vai ficar, tem que prometer que protegerá a sua vida como se fosse a minha — disse Emilia, tocando de novo a pele próxima do ferimento em meu pescoço, desta vez com o máximo de delicadeza. Pus minha mão sobre a dela. — Prometa. Diga que protegerá a sua vida como se fosse a minha.

Hesitei por um momento. Ao olhar em seus olhos, ao estar perto dela, era como se eu me tornasse incapaz de recusar um pedido seu, mesmo que ela pedisse o impossível.

— Prometo. Protegerei a minha vida como se fosse a sua.

Ela assentiu com a cabeça, mas seus olhos começaram a se encher de lágrimas.

— Por favor, Roman, não vá. Por favor.

Beijei-a novamente, de forma suave e doce, mas em seguida saí. Deixei-a chorando no hospital subterrâneo e ignorei os protestos dos seus pais e da equipe médica enquanto voltava para a rua.

31

Emilia

CHOREI TANTO NAQUELA NOITE QUE MEUS OLHOS ESTA-
vam inchados e doloridos quando acordei. Minha garganta estava áspera,
como se eu tivesse gritado durante o sono. Quando fui para a cozinha,
encontrei Truda e Mateusz já vestidos, sentados à mesa em silêncio, segurando xícaras de chá. Eles também pareciam emocionalmente exaustos.

Não faláramos sobre a morte do tio Piotr, cada um confinado em
sua própria prisão de luto. Falar em voz alta poderia ter feito a dor piorar,
e temia a conversa que teríamos depois, sobre o que faríamos a seguir.

Mas o sol nasceu no nosso primeiro dia sem o tio Piotr e não podíamos mais adiá-la. Mateusz levantou-se e fez uma xícara de chá em silêncio
para mim. Juntei-me a eles à mesa.

— Ainda podemos sair da cidade? — perguntei com a voz rouca.

Eu havia experimentado uma série de emoções durante a guerra.
Poucas foram boas, mas nunca sentira tanta desesperança como agora.
Perdêramos o tio Piotr, Roman saíra em uma missão suicida e a cidade
nos encurralava.

— Infelizmente, é complicado — disse Truda. — Piotr delineou
uma passagem segura, mas não temos ideia de como nem de quais eram
os detalhes.

Olhei para Mateusz.

— Ele ia contar para você...

— Ele estava distraído... tão animado — disse Mateusz, com a voz
embargada pelas lágrimas. — Ele estava decidido a convencer Roman a
ir conosco. Achava que a tinha desapontado. Ele queria remediar isso...
E fazer algo certo por Roman, também.

— Não acredito que ele se foi.

— Nem nós — suspirou Truda, esfregando a testa, cansada. — Mas
isso também nos leva a outro problema, Emilia. Piotr disse a Mateusz que

os guias e os veículos que ele tinha conseguido custariam quase todo o dinheiro que ele tinha disponível, e não temos ideia de onde esse dinheiro esteja. Procurei no quarto dele ontem à noite e até no porão. Temos algumas centenas de *zloty*, mas acho que precisaremos de dezenas de milhares.

— Então estamos presos?

— Ouvi dizer que os alemães interromperam o massacre em Wola — disse Mateusz cautelosamente. — Eles estão levando prisioneiros de guerra agora, não... — Ele parou e limpou a garganta. — O que estou tentando dizer é que não seremos... digo, é provável que...

— Quando este distrito sucumbir, e ele inevitavelmente sucumbirá, vamos nos render e torcer pelo melhor — Truda interrompeu.

Assenti com a cabeça lentamente, digerindo tudo aquilo.

— E nesse ínterim?

— Desde que tenhamos comida e água, teremos apenas que ficar quietos.

Nosso distrito ficou totalmente sem comida semanas depois, e dezenas de milhares teriam morrido de fome se o AK não tivesse tomado o controle de uma cervejaria na rua Ceglana. Eles distribuíam sacos de cevada para os civis da área todos os dias, e as pessoas usavam moedores de café para transformar essa cevada em um pó que podiam cozinhar. O pó formava uma pasta rala que ficou conhecida como *pluj-zupa*: sopa de cuspe.

Nós tivemos sorte. Quando Truda foi procurar dinheiro no quarto do tio Piotr, encontrou feijões e leite em pó escondidos embaixo da cama. Dividimos o achado apenas com Sara, que nos visitava de vez em quando para comer e descansar. Quando ela veio da primeira vez, choramos juntas por Piotr e por Roman também.

— Você o viu? — perguntei.

Ela assentiu.

— Ele apareceu para fazer uma limpeza do ferimento.

— Está infectado?

— Não está tão ruim. Mas vai deixar uma cicatriz horrível.

— Se ele sobreviver.

Ela deu um forte suspiro e um aceno com a cabeça.

— Se ele sobreviver.

A ÓRFÃ DE VARSÓVIA

Os dias se alternavam entre o horror da situação e o tédio total da monotonia. Não conseguia me concentrar para ler — e, de qualquer maneira, já tinha lido todos os livros que podia encontrar.

O desespero me levou a iniciar um novo projeto. Apanhei os meus lápis e o carvão e arranquei o papel de parede do meu quarto. Afastei os móveis para ficar apenas com uma parede gloriosamente branca, que passei a tratar como uma tela em branco. Sentei-me perto da janela para observar a rua, buscando captar os detalhes que definiam aqueles dias na Cidade Velha. A senhora idosa que pendurava suas roupas lavadas em um varal no peitoril de sua janela. O canteiro na janela de uma jovem mãe que plantara ervas e flores no último verão. A janela naquele apartamento abandonado que estava quebrada desde que eu chegara a Varsóvia. E os lindos edifícios ornamentados: fileiras organizadas de residências — em sua maioria, construídas no século XII — que sobreviveram por centenas de anos aos altos e baixos da vida.

Lá embaixo, na rua, os pais faziam o melhor que podiam pelos seus filhos. Os moradores mais idosos sentavam-se nos degraus de entrada e informavam a qualquer um que passasse que a cidade era corajosa e forte e que, considerando tudo que a Polônia suportara em sua história, poderia sobreviver a isto. Os combatentes do AK passavam em seus uniformes surrados, cada vez mais cansados, mas ainda estavam lá, ainda lutavam.

Desenhei tudo aquilo. Passava horas do dia no mural, até sentir câimbras nos dedos ou nas costas. A cada manhã, pegava meus lápis e continuava a trabalhar. Eu *tinha* que fazer isso. Estava decidida a captar cada detalhe de Varsóvia que eu pudesse, enquanto eu pudesse. Eu via do telhado que outras partes da cidade estavam pegando fogo e não conseguia afastar a sensação de que assistia aos últimos dias de vida de uma cidade. Quem sabia quantos de nós sobreviveriam à guerra? Quem sabia quantos de nós sobreviveriam à Revolta?

Mas nós importávamos, nossa cidade importava, e eu queria registrar tudo aquilo, mesmo que o prédio estivesse para ser destruído.

Aquelas semanas agonizantes durante a Revolta confirmaram que a arte nem sempre se destina ao espectador. Às vezes, o ato de criar pode ser a salvação do artista.

O verão se transformou em outono e as torneiras deixaram de funcionar. Fazíamos nossas necessidades diretamente nos ralos e sobrevivíamos com água da chuva, mas até Deus parecia determinado a acabar com a Revolta, porque não chovia há dias. A cevada da cervejaria estava acabando e os civis nos quarteirões à nossa volta estavam cada vez mais em pânico. Pior ainda, o AK não tinha mais munição. A cidade estava morrendo.

Soldados iam de porta em porta para avisar que o acordo de rendição fora elaborado.

— O acordo diz que os civis devem desocupar Varsóvia — um soldado nos disse. — Sinto muito, mas vocês devem sair. Ou serão retirados à força. Não se preocupem, o acordo também diz que os civis serão bem tratados.

— Mas para onde seremos levados? — perguntou Truda.

— Primeiro, a um campo de trânsito em Pruszków. Estejam preparados com suas malas amanhã de manhã, e saiam quando eles chamarem por vocês.

Mais tarde naquele dia, bateram à nossa porta e era Sara. As últimas semanas haviam cobrado o seu preço. Ela estava visivelmente exausta, mas foi em suas mãos que mais reparei. A pele de suas mãos e de seus braços estava imunda, suas unhas estavam quebradas e pretas de sujeira. Eu fiquei curiosa, mas, quando ela me viu encarando a sujeira, simplesmente balançou a cabeça.

— Só voltei para organizar algumas poucas coisas — ela disse calmamente. — E para me despedir.

— Vamos nos render amanhã, mesmo — disse Mateusz. — Por que não espera aqui? Venha conosco.

— Não. Há pacientes no hospital que dependem de mim e eu tenho que ficar com as freiras. Elas estão preocupadas com a rendição e acho que posso ajudá-las. — Ela puxou Mateusz e Truda para um abraço e depois se virou para me abraçar. — Estou orgulhosa de você, Elżbieta.

— Não me faça chorar — eu disse com a voz trêmula.

Ela me abraçou de novo.

— Você o viu? — perguntei uma última vez.

— Já faz alguns dias que não.

— Proteja-se — eu disse, os olhos lacrimejantes.

— Quando tudo isso acabar, não importa onde eu esteja, voltarei para casa em Varsóvia. Tenho trabalho a terminar aqui.

— Eu a encontrarei — prometi.

Então, ela saiu.

Na manhã seguinte, às quatro horas, os alemães estavam em nossa rua com alto-falantes estridentes, anunciando que todos devíamos nos preparar para a evacuação às nove. Eu já estava bem desperta e me levantara muito cedo para fazer uma pequena mala de roupas para a jornada que nos aguardava. Estava sentada no chão, de frente para o meu mural, tentando gravar cada detalhe em minha memória.

Um pouco antes de sairmos, peguei meus lápis, corri para a parede e adicionei dois últimos personagens ao mural: uma garota de cabelo loiro ondulado e olhos verdes, que olhava carinhosamente nos olhos de um garoto com cachos cor de chocolate e olhos castanho-esverdeados... Um garoto vestido com o uniforme dos escoteiros.

32

Roman

A DERROTA ERA INEVITÁVEL, MAS NEM POR ISSO MENOS dolorosa. Considerando que nos preparáramos para lutar por um a três dias e tínhamos conseguido resistir por sessenta e três, nosso fracasso era motivo de orgulho, mas ainda assim um fracasso. Havíamos perdido dezenas de milhares de combatentes, incluindo milhares de crianças dos Fileiras Cinzentas. Quando ouvimos que devíamos nos retirar no sexagésimo terceiro dia, Espada e eu éramos os únicos remanescentes da nossa tropa.

Vira e fizera coisas nesses sessenta e três dias para as quais nunca me preparara, mas quando o acordo de rendição foi formalizado e nos entregamos aos alemães, encontrei-me em uma situação completamente inesperada e inédita. Eu agora era um prisioneiro de guerra.

Enquanto andávamos pela cidade sob forte escolta alemã, vi civis sendo conduzidos para um lado e para o outro, flanqueados de perto por soldados alemães com ar triunfante e muitas vezes zombeteiro. Não conseguia olhar para os civis enquanto andávamos. Fizéramos o melhor que podíamos, mas havíamos falhado com eles. Da mesma maneira, tentei ignorar a destruição da cidade. Passamos por dezenas de prédios reduzidos a destroços esturricados e por muitos outros que ainda ardiam em chamas. Como punição por nossa decisão de nos rebelarmos, nossas casas, nossas bibliotecas, nossos monumentos e nossa infraestrutura foram reduzidos a pó. Não parecia suficiente para os alemães levar o nosso povo e destruir as nossas casas: eles queriam acabar com o que restara da nossa cultura. Era um cenário desolador, mas mantive o moral elevado ao pensar não sobre o que perdêramos, mas sobre o que *conseguíramos*.

Apesar de tudo, sobrevivi, e o fizera por Emilia Slaska. Aprendera a reprimir o instinto de me jogar de cabeça, sem pensar, em cada batalha. Agora, sabia como esperar um instante e perguntar a mim mesmo: *Como posso usar a inteligência nessa situação? Como posso proteger a minha vida da mesma maneira que protegeria a dela, como prometi que faria?*

Entre essa pequena mudança de mentalidade e uma dose considerável de sorte, sobrevivi até o final da Revolta.

Nas semanas após a explosão, enfrentei somente algumas infecções sem importância, mesmo vivendo com pouca comida e quase nada de água. Meu rosto estava um horror, a cicatriz seria terrível, mas a dor aos poucos diminuíra.

Espada não teve tanta sorte. Uma pele nova, rosada e brilhante, cresceu no ferimento do seu pé, mas os ossos embaixo dela estavam visivelmente deformados e ele sofria de dores constantes. Ele aprendera o fazer o pé suportar o seu peso, mas apenas se mancasse grosseiramente. Arranjei um par de botas e grossas meias de lá para ele, cortesia do corpo de um soldado alemão caído, mas tinha a mórbida sensação de que, se conseguíssemos atendimento médico adequado, seu pé teria de ser amputado para que ele tivesse qualquer chance de uma vida sem dor.

Talvez eu tivesse sido menos solidário à sua situação se não tivesse descoberto seu segredo nas semanas seguintes à explosão da bomba no tanque. O nome verdadeiro do Espada era Kacper Kamiński e, em vez dos vinte anos que informara quando se alistou, ele acabara de fazer quinze.

— Por que você mentiu? — perguntei. — Poderia ter servido mesmo assim.

Fileiras Cinzentas de quinze anos serviram na Escola de Combate, realizando pequenos atos de sabotagem e reconhecimento em vez de se envolverem no combate ativo, como os garotos mais velhos.

— Eu tinha planos de ser um herói e as pessoas sempre presumiram que eu fosse mais velho por causa da minha altura — ele disse, soltando uma risada áspera. — Eu me achava sortudo por passar por adulto, então fiz isso.

— E seus pais?

— Disse a eles que me juntara aos escoteiros. Não contei que estávamos nos preparando para uma revolta violenta — ele explicou, desolado. — Nossa casa ficava em Żoliborz. Não recebo notícias deles desde pouco antes de iniciarmos a Revolta. Eles devem achar que estou morto. Talvez eles estejam mortos.

Depois disso, não tive escolha senão protegê-lo. E, agora que estávamos marchando em direção a um destino incerto como prisioneiros de guerra, sabia que as minhas responsabilidades como seu protetor estavam apenas começando.

Marchamos por um dia inteiro até chegarmos ao campo de trânsito. Naquela noite, recebemos uma refeição: um caldo lamacento com restos de legumes flutuando por ele. Depois, conduziram-nos a um salão e fomos obrigados a dormir no chão, sem cobertores. Isso causou alguma confusão entre os soldados.

— Mas o acordo de rendição dizia que eles honrariam os termos da Convenção de Genebra — ouvi alguém dizer. — Deveríamos receber refeições de qualidade e em quantidade comparável à dos soldados alemães. Deveríamos ser acomodados sob condições seguras e confortáveis.

— Você vai reclamar que o nosso caviar está atrasado ou devo fazer isso em seu lugar? — perguntei sarcasticamente.

— Mas eles têm que nos tratar com dignidade! Podemos ser inimigos, mas ainda somos humanos.

Eu os ignorei depois daquilo, ajeitando-me com impaciência e tentando ficar suficientemente confortável para dormir um pouco. A meu lado, Kacper comentou baixinho:

— Você viu combate ativo no gueto. Eu me lembro de o Agulha falar sobre isso.

— Sim.

— Você é judeu?

— É complicado — eu disse com grande esforço, cansado demais para explicar.

— Ouvi dizer que era ruim no gueto.

— *Ruim* não chega nem perto de descrever o que foi o gueto.

— Pior que a revolta da cidade?

— Era um tipo diferente de inferno.

— Você acha que eles vão nos matar?

— Se fosse esse o objetivo, já o teriam feito. Eles querem nos usar para trabalhar.

Não sabia nem se eu acreditava nisso depois de tudo que vira, mas lembrei-me de como essas palavras, saídas da boca de Samuel, um dia me tranquilizaram. Não havia muito mais que eu pudesse fazer pelo garoto além de lhe oferecer alguma esperança, ainda que falsa.

— Se tivermos que andar amanhã outra vez, não sei se conseguirei ir muito longe.

Eu tinha mesmo notado que, na última hora de nossa marcha, ele tropeçava a cada passo.

— Ajudarei como puder — eu disse.

Mesmo cansado do jeito que estava, eu não conseguia dormir, preocupado com a minha promessa. Sabia, por experiência, como era perigoso presumir que os alemães se compadeceriam de qualquer um de nós, e esperava conseguir pensar rápido o suficiente para ajudar Kacper.

Quando acordamos e fomos levados diretamente à estação de trem mais próxima, pude sentir o alívio de Kacper, mas eu não tive a mesma sensação. A visão daqueles vagões fechados me encheu de um pavor visceral, e enquanto esperávamos nossa vez de embarcar, eu tremia da cabeças aos pés.

— Roman? — Kacper chamou quando a fila se moveu e eu fiquei parado.

— Não posso entrar naquele trem — sussurrei.

As imagens passavam na frente dos meus olhos. Samuel, subindo na cama do vagão, e em seguida ajudando Mamãe a subir também. Dawidek segurando de mãos dadas com eles. O trem a caminho de Treblinka e a linda plataforma com a orquestra e as placas de boas-vindas, tudo uma fachada que escondia campos de morte.

Senti um empurrão nas costas e tropiquei para a frente, batendo as mãos no vagão. Olhei para trás irritado e vi Kacper atrás de mim.

— Vamos, soldado — ele disse, com uma convicção em que obviamente não acreditava, porque seu olhar estava cheio de medo. — Você não chegou até aqui para desistir.

Ocorreu-me que, se eu me recusasse a embarcar no trem, provavelmente seria baleado e esse garoto ficaria sozinho. Ele sabia disso tanto quanto eu, e por isso estava tão amedrontado.

Respirei fundo e subi na plataforma, virando-me para ajudá-lo a subir também.

33

Emilia
Março de 1945

— AS TROPAS SOVIÉTICAS ENTRARAM NOS LIMITES DA cidade — anunciou Mateusz.

Ele pôs sobre o balcão a cesta de legumes que comprara em sua ida ao mercado em Lodz. Eu estava lavando a louça do café da manhã e congelei com a notícia, minhas mãos paralisadas na água com sabão. O clique-claque das agulhas de tricô de Truda na mesa da cozinha foi diminuindo atrás de mim até cessar.

Depois da nossa saída de Varsóvia, juntamo-nos às dezenas de milhares de outros moradores da cidade no campo de trânsito em Pruszków, sob condições insalubres e de acentuada aglomeração. Lá permanecemos por duas longas semanas, procurando inutilmente por Sara e Roman. Por fim, descobrimos que Roman provavelmente fora levado a um dos inúmeros campos de prisioneiros de guerra, mas não tínhamos a menor ideia do destino de Sara. Ouvimos histórias de que alguns civis haviam sido libertados no interior, severamente instruídos a não retornar a Varsóvia, enquanto outros foram enviados para campos de trabalhos forçados na Alemanha e outros, para campos de concentração.

No décimo quinto dia no campo, Mateusz finalmente fora chamado a encontrar-se com um administrador alemão para descobrir qual seria o nosso destino. Ele deixou o encontro sem um único *zloty* em seu nome, mas conseguiu garantir a nossa libertação do campo.

Na manhã seguinte, mostramos os nossos documentos no portão e, pelos três dias subsequentes, caminhamos os cento e vinte quilômetros até os arredores de Lodz. Encontramos o apartamento do tio Piotr ocupado por um comandante alemão e sua esposa, então Mateusz nos levou para a fábrica do irmão. O amplo espaço não era nem um pouco aconchegante, mas nos apropriamos do escritório da administração, que se transformou em nosso lar temporário. Mateusz vendeu o que sobrara na fábrica para comprar itens essenciais, como colchões, cobertores e lenha para a fogueira, e reservamos o restante do dinheiro para comprar comida. Sofremos assim durante um inverno muito desconfortável, mas sobrevivemos.

E, agora, essa notícia. De alguma forma, nós já a esperávamos. Mas também a temíamos.

— Há bandeiras polonesas na rua — continuou Mateusz. — Algumas pessoas estão celebrando.

Sabíamos do avanço das tropas russas há algum tempo. A mudança estava no ar. Começara quando os alemães vieram à fábrica em novembro e requisitaram todos os equipamentos pesados, carregando-os em trens para serem levados à Alemanha. Então, no início de janeiro, soldados alemães começaram a fugir da cidade como ratos que abandonavam um navio naufragando. Quando Mateusz ouviu que os últimos alemães tinham ido embora, correu para o apartamento do tio Piotr, mas o encontrara já saqueado. Até as janelas foram roubadas.

Apenas uma semana antes, ouvíramos que o Exército Vermelho assumira o controle do que restava de Varsóvia. De acordo com os relatos, a cidade inteira havia sido reduzida a pó, mas tinha dificuldade de imaginar algo assim, por isso, também tinha dificuldade de acreditar.

Eu sentia a instabilidade de tudo isso em meus ossos. Algumas pessoas celebravam e agitavam bandeiras da Polônia, mas eu sabia que outras estavam escondidas em casa, cientes de que o avanço das tropas soviéticas significava que ainda não éramos livres. Não estava claro se a presença do Exército Vermelho seria uma bênção ou um pesadelo ainda pior.

Tirei minhas mãos da água e as enxuguei no avental. Truda estava chorando. Mateusz nos observava com uma expressão vigilante.

— Não importa o que acontecer — ele disse com calma —, lidaremos com a situação.

— Quanto mais você acha que podemos aguentar, Mateusz? — Truda sussurrou aflita.

— Deus não nos dará mais do que possamos aguentar — ele respondeu com cautela.

— Diga isso aos judeus — murmurei.

— Estou com medo — disse Truda.

— Eu também — falei.

— Chegamos até aqui — disse Mateusz. — Contra todas as probabilidades, apesar de tudo por que passamos. Ainda estamos vivos e juntos. O mundo está de olho nos soviéticos. Talvez eles permitam que o governo no exílio retorne para que possamos nos reconstruir.

— Se fosse esse o plano, nunca teriam esperado nas margens do Vístula e assistido ao fracasso da Revolta — disse Truda, enxugando os olhos. Ela ergueu o queixo e respirou fundo. — Mas você está certo. Temos muito a agradecer e desanimar não vai nos fazer bem. Certamente não nos dirá o que fazer em seguida.

— Precisamos voltar para Varsóvia — eu disse.

— Temos abrigo aqui. Temos *alguns* recursos aqui.

— E temos de encontrar Sara e Roman. Eles vão nos procurar, e sei que o farão em Varsóvia.

— Emilia — Truda repreendeu-me, olhando para o alto —, você será a nossa morte. Espero que perceba isso.

— Eu odeio que pense assim — murmurei, olhando feio para ela.

— O que Truda quer dizer é que, às vezes, não há problema em esperar e ver como as situações se desenrolam — disse Mateusz em um tom suave. — Digamos que você nos convença a sair de Lodz hoje mesmo para voltarmos a Varsóvia. Vamos supor que consigamos algum tipo de transporte para irmos para lá. Estaríamos na estrada seguindo *na contramão* das tropas soviéticas que estão chegando. Retornaríamos a uma cidade que, todos dizem, foi destruída. E para quê? Para que possamos lutar para encontrar abrigo? Comida? Água? Neste momento, temos um teto, comida, água, um sistema de esgoto que funciona e, com a primavera chegando, tudo estará cada vez mais confortável.

— Mas nossos amigos... — comecei a protestar.

Truda me interrompeu:

— Se contra todas as possibilidades eles sobreviveram aos últimos quatro meses, então sobreviverão por mais algumas semanas enquanto esperamos para ver como isso se desenrola.

— Se fosse eu a pessoa perdida...

— Se fosse você a pessoa perdida, as coisas seriam diferentes. Mas você está em segurança aqui conosco e estamos seguros aqui, juntos.

Desculpe, Emilia, mas Truda está certa. Não é hora de nos movimentarmos. Devemos ficar por aqui e esperar para ver o que acontece.

Para minha frustração, foi exatamente isso que aconteceu. Ficamos na carcaça vazia do armazém do tio Piotr esperando por notícias, cada dia parecendo se arrastar por mais tempo que o anterior, meus pais esperando por algum sinal impossível de que um retorno a Varsóvia era seguro. Parecia óbvio que Varsóvia *não* era um lugar seguro. Isso não queria dizer que deveríamos ficar longe de lá para sempre. É provável que Lodz tampouco fosse segura, agora que os soldados do Exército Vermelho podiam ser vistos em cada esquina.

Logo começamos a ouvir histórias de soldados soviéticos se apoderando de propriedades polonesas, assim como os alemães haviam feito, e, depois, relatos de surras e prisões. Um dia, Truda voltou de uma ida ao mercado visivelmente abalada.

— Não vou mais sair sozinha — ela anunciou com firmeza. Em seguida, olhou para mim. — E você, Emilia, também não vai a lugar nenhum sozinha, você me ouviu? Não se atreva a sair por essas portas, a menos que Mateusz esteja com você.

— O que a chateou, meu amor? — Mateusz franziu o cenho. — Aconteceu alguma coisa?

— A mulher que me vendeu os ovos... Ela me disse para não ficar andando sozinha. Ela disse que, em uma família a apenas alguns quarteirões daqui, três gerações foram atacadas desde que os soviéticos chegaram em janeiro — explicou Truda, com o rosto vermelho.

— Atacadas? Mais surras? — perguntei, sem entender por que ela estava tão angustiada com isso, pois já há semanas ouvíamos histórias assim.

— Não... não são surras — ela disse, impaciente. — Ataques contra *mulheres*, Emilia. Ela disse que há uma vila no leste onde *todas* as mulheres foram... — ela parou, esforçando-se para encontrar uma palavra. Finalmente, suspirou e disse, desamparada: — ... violentadas... Até as idosas, até as mais jovens. Esses soldados são diferentes dos alemães. Há perigos novos nas ruas para nós, mulheres.

— Tomaremos mais cuidado — disse Mateusz de pronto. — Sempre que precisarmos ir ao mercado, vou me certificar de ir com vocês.

— Ou é mais um motivo para voltarmos para Varsóvia, já que Lodz não deve ser mais segura do que o nosso lar — sugeri.

— Ainda não, Emilia. — Truda deu um suspiro, dirigindo-me um olhar furioso.

— Só mais um pouco de tempo — assegurou Mateusz.

Teríamos que esperar, mas isso não significava que eu teria que esperar com paciência.

Às vezes, parecia que as paredes daquela pequena casa improvisada se estreitavam sobre mim. Nessas ocasiões, Mateusz me convidava para caminhar até o mercado com ele para buscar comida. Eu acho que ele usava essas caminhadas para me distrair quando Truda e eu estávamos brigando. O dia do meu aniversário de dezessete anos foi assim. Eu imaginara que eles talvez fizessem uma surpresa de aniversário, anunciando que voltaríamos a Varsóvia. Quando isso não aconteceu, fiquei decepcionada e frustrada.

— Já se passaram dois *meses*! — exclamei. — Quanto mais vamos esperar?

— Você acaba de fazer dezessete anos — explodiu Truda. — Está na hora de parar de agir como uma criança. Estamos fazendo o melhor que...

— Vamos ao mercado — interrompeu Mateusz. Truda ficou em silêncio. Cruzei os braços e fiz uma careta, que ele retribuiu com um sorriso espirituoso. — Vamos, Emilia. Pegue suas coisas. Vamos buscar algumas frutas frescas para o seu almoço de aniversário.

Enquanto caminhávamos, ele disse:

— Você só precisa ser paciente. — Uma brisa soprava, mas não era congelante, e fiquei agradecida pela aproximação da primavera. Isso significava produtos melhores no mercado e o retorno do sono, que não seria mais interrompido pelo congelamento dos nossos membros. Sobrevivemos da maneira que pudemos na fábrica durante o inverno, mas era muito longe de ser confortável nos dias mais frios. — Eu sei que, não obstante seus muitos talentos e qualidades, ser paciente não está entre eles.

— Nem conseguir segurar a língua — murmurei.

— Sei muito bem disso — ele riu. — E o engraçado é que Truda tem o mesmíssimo problema. Já percebeu?

Dei um suspiro.

— Sim. Eu sei.

— Você pode tentar ser um pouco mais compreensiva com ela, Emilia? Quero que pense na situação toda. Você é capaz de ser tão altruísta às vezes, sempre pronta a correr para o perigo se houver uma chance de ajudar alguém... E isso explica metade dos meus muitos cabelos brancos. Mas a outra metade é a Truda. Os últimos anos têm sido muito difíceis para ela. Ela é corajosa e forte, mas, por trás dessa fachada, está com o coração partido também. Você e eu somos tudo que restou a ela. Mesmo assim, você vive nos pedindo que arrisquemos sua vida, esquecendo-se de que pedir a ela que faça isso significa pedir-lhe que arrisque a coisa mais preciosa da vida dela.

Eu estava animada com a ida ao mercado, pois era uma chance de respirar ar puro e de talvez conversar com alguém novo, mas me senti tão mal com esse comentário que permaneci em silêncio enquanto passávamos pelas barracas. Mateusz me mostrou alegremente as primeiras maçãs da nova estação, mas eu só consegui dar um sorrisinho fraco, apesar de não ter comido frutas por meses durante o inverno. Ele começou a pechinchar com o dono da banca e eu fiquei olhando os produtos que estavam por perto, pensando em Truda.

Nós nos desentendíamos, mas eu a amava e era grata a ela. Eu tinha que encontrar uma forma de não ser um fardo para ela e mostrar a minha gratidão.

Não sei como me perdi dele. Estava distraída e o mercado, apinhado de gente aproveitando o clima mais ameno. Depois de poucos minutos, percebi que provavelmente me afastara demais. Dei meia-volta e retornei à barraca de maçãs, mas Mateusz já se fora.

Busquei na multidão, esperei um tempo e então fui até o dono da barraca.

— O senhor viu para que lado meu pai seguiu? Era o homem alto com chapéu e barba. Ele estava pechinchando o preço das maçãs com o senhor.

— Eu me lembro dele. Ele me disse que hoje é o seu aniversário. Era mentira?

Eu ri.

— Não, é meu aniversário.

— Bem, nesse caso — o vendedor me deu uma brilhante maçã vermelha —, feliz aniversário.

— Obrigada — eu disse, encantada. Dei uma mordida e o frescor do sabor encheu a minha boca. — Ah, isso é bom!

— Eu sei — disse o vendedor, rindo. — Ele seguiu naquela direção.

Ele apontou para a direção de onde eu acabara de vir. Imaginei que fosse possível termos passado um pelo outro sem perceber, então agradeci ao homem e caminhei de volta ao lugar de onde viera. Procurei com cuidado desta vez, mas, quando cheguei na entrada, não conseguia encontrar Mateusz de jeito nenhum.

Pela primeira vez, senti-me de fato vulnerável. Este era exatamente o tipo de cenário que havíamos decidido evitar com as histórias da crueldade do Exército Vermelho se espalhando pela cidade. Por ser uma jovem mulher andando sozinha, estava vulnerável a todo tipo de ameaça.

Porém, sem alternativas, comecei a andar de volta à fábrica.

Sempre me lembrarei dos detalhes estranhos daquele dia. Eu andava rápido porque queria encontrar Mateusz tão logo quanto possível, mas não corria, porque sabia que não deveria chamar a atenção. O vento apertara um pouco e o meu cabelo estava solto, então voava no meu rosto e grudava na minha boca. Passei por uma padaria e o cheiro de pão pairava no ar, fazendo meu estômago roncar. Esperava que Mateusz tivesse maçãs esperando por mim, embora eu ainda pudesse sentir o gosto da primeira em meus lábios.

Calçava os sapatos baixos de couro de amarrar que Sara me dera quando trabalhei no escritório. Os sapatos eram marrons-claros e as meias, azuis. Sabia que não necessariamente combinavam, mas fazia o que podia com as roupas que trouxemos de Varsóvia. As meias azuis tinham um furo minúsculo na região em que ficava o meu dedinho esquerdo. Eu planejara cerzi-lo, mas ainda não tivera disposição. Sempre adiava esse tipo de coisa, o que deixava Truda irritada.

Eu estava com uma saia cinza que era um pouco grande demais para mim. Conforme caminhava, o elástico da cintura cedia, e eu tinha que puxar para cima de novo. Também vestia uma blusa branca por baixo de um suéter de lã cinza com um decote em V. Amava aquele suéter, embora sempre me causasse um pouco de coceira.

Alguém gritou às minhas costas, palavras soviéticas que não entendi, mas não importava, porque de um jeito ou de outro o meu coração parou. Mateusz não tinha certeza das regras vigentes quanto aos documentos que deveríamos portar agora que os soviéticos tinham assumido o controle. Estávamos esperando os cartazes de propaganda aparecerem nos muros para nos dizer o que deveríamos fazer. Por tanto tempo, nossos documentos foram a diferença entre a vida e a morte, então eu ainda os carregava diligentemente. Quando me virei em direção à voz, pus a mão no bolso para pegar meu cartão de identidade. Eram três soldados soviéticos: um mais jovem, de talvez uns vinte e cinco anos, entre dois mais velhos. O da esquerda estava acima do peso. Sua barriga pendia por cima do cinto, e ele tinha o rosto vermelho e um nariz largo e protuberante. O da direita era o mais velho. Todos estavam barbeados.

Eles andavam resolutamente em minha direção. Pareciam bravos, mas era um tipo diferente de irritação, algo que eu não consegui interpretar — e fiquei com medo.

Desviei o olhar dos seus rostos e o dirigi para as suas jaquetas e calças cáqui, para os emblemas vermelhos em seus ombros, para o marrom-claro dos seus cintos e para as suas botas pretas de cano alto. Eles logo se aproximaram o suficiente para falar sem gritar. Logo se aproximaram o suficiente para que eu conseguisse sentir o cheiro de vodca que emanava deles em ondas. Embriagados e muito bem alimentados no meio da tarde, em uma cidade de uma nação que passava fome há anos.

— Você sabe há quanto tempo estou longe da minha mulher? — disse o homem de nariz largo. Falava em um polonês arrastado, com forte sotaque, mas ele queria ter certeza de que eu entendera. Deu um passo à frente, só um. Não tentei fugir. — Três anos — ele disse, soltando fumaça pelo nariz. — Há três anos estou lutando por essa porcaria de país. Agora que nós libertamos vocês, seus desgraçados, é hora de agradecerem.

As pessoas devem ter visto quando me arrastaram para o beco. Pensei nessas pessoas. Não as culpei por não agirem. Os alemães nos treinaram a não prestar atenção, e, além disso, os soviéticos tinham armas, facas, privilégios e a raiva. Havíamos levantado e caído várias vezes, e, quando a libertação chegou, só fomos libertados para enfrentar mais violência.

Não tínhamos mais nada. Eu não tinha mais nada. Aqueles momentos nos paralelepípedos foram os piores da minha vida. Mergulhei fundo em meus próprios pensamentos e cheguei a um lugar que nem sabia que existia. Fiquei lá, até aquilo acabar.

Fiquei caída, sangrando nos paralelepípedos gelados do beco. Estava exausta, como se tivesse corrido por dias ou anos. Meus braços e pernas tremiam de choque e frio. Eu estive rodeada por ódio por anos, mas, desta vez, ele tinha sido forçado para dentro de mim. Estava com medo e queria correr, mas não conseguia achar forças para me levantar. Eu mal tinha energia para rolar para o lado e vomitar na rua. Quando finalmente consegui, um pouco do meu cabelo entrou na minha boca e senti o gosto do suor de outra pessoa.

Engasguei-me novamente, e desta vez meu corpo inteiro pareceu contrair-se. A vontade de vomitar ressoava dos dedos dos pés à cabeça.

— Venha, minha querida — uma voz de mulher sussurrou no meu ouvido, e mãos carinhosas tocaram minhas costas. — Precisamos tirá-la daqui. Meu marido vai carregá-la. Você está em segurança agora. — Ela esperou, e em seguida repetiu as palavras, mais devagar e com firmeza. — Você está em segurança agora.

Mais mãos tocaram o meu corpo e eu fiquei cega de terror. *Chega. Chega!* Entrei em pânico, debatendo-me furiosamente, mas a voz gentil da mulher retornou.

— Este é Wiktor. O meu marido. Ele não vai machucá-la, querida. Estamos tentando levá-la para um lugar seguro.

Tentei me concentrar em minha respiração para me acalmar e retomar o controle. O homem era enorme, tão grande quanto os outros, e, se quisesse me machucar, não haveria nada que eu pudesse fazer. Apesar dos meus esforços, estava ficando sem ar.

— Respire. Você ficará bem — disse a mulher, tirando carinhosamente o cabelo do meu rosto.

Fechei os olhos e fiquei pensando se tudo aquilo não era um pesadelo. Os limites da realidade pareciam indistintos, como se eu estivesse sonhando, mas nem nos piores momentos eu tivera um sonho assim.

Eles me carregaram por um lance de escada e, então, uma porta se fechou. Eu não tinha ideia de onde estava ou com quem estava. O homem me acomodou com cuidado em um sofá e a mulher me cobriu com algo macio. Um pano úmido foi colocado em minha testa e um copo em meus

A ÓRFÁ DE VARSÓVIA

lábios. *Vodca, não.* O sabor me fez engasgar. O copo sumiu e depois voltou, só que desta vez com água. Bebi um gole e desabei de volta no sofá.

— Onde fica a sua casa, querida? — perguntou a mulher.

Onde *ficava* a minha casa? Era uma boa pergunta. E também uma pergunta lógica. Eu só não sabia como responder. De início, não conseguia me lembrar de onde morava, e, mesmo quando me recordei, não sabia como explicar.

— Em uma fábrica. Estamos na fábrica do meu tio.

— Com seus pais?

— Sim.

— Você se lembra de qual fábrica? Meu marido vai buscá-los.

Tentei explicar, descrevendo os escritórios do lado de dentro, onde passava a maior parte do meu tempo. Não ajudou em nada, e eu estava começando a tremer de forma violenta; calafrios subiam e desciam por todo o meu corpo. A mulher me deitou novamente com todo o cuidado e colocou a toalha sobre os meus olhos.

— Descanse agora. Logo encontraremos os seus pais.

Eu queria dormir e nunca mais acordar. Assim que fechei os olhos, vi-os novamente: três soldados soviéticos passando por uma padaria e vindo em minha direção com ódio no olhar. Sentei-me, aterrorizada de novo.

— E se eles voltarem? — perguntei, e por fim meus olhos se encheram de lágrimas.

Olhei para a mulher, mas pela primeira vez eu realmente a enxerguei. Vi cachos prateados volumosos por baixo de um xale de cores vivas e profundos olhos castanho-esverdeados transbordando compaixão.

— Eles não voltarão — ela prometeu, apontando para o outro lado da sala.

Lá, vi o seu marido posicionar uma cadeira atrás da porta e sentar-se. Ao lado da cadeira, um longo rifle estava apoiado na parede. O homem se inclinou para a frente, pegou a arma e a pôs no colo, sem tirar os olhos da porta.

— E, mesmo que venham, eles não vão nem chegar perto de você — garantiu.

Pode ser que eu tenha dormido, ou talvez só tenha caído naquele estado de torpor profundo semelhante ao que se apoderara de mim durante o ataque. As horas se passaram e, por algum tempo, eu não percebi a dor. Porém, quando me levantei novamente, foi a primeira coisa que notei. Das minhas coxas à minha cintura, eu me sentia esfolada e machucada.

Embora pudesse deduzir o básico do que acontecera comigo, bloqueei a maior parte do ataque, e alguns dos ferimentos não faziam sentido. Meu olho esquerdo estava fechado de tão inchado. O antebraço direito e o ombro latejavam. Meu calcanhar direito parecia machucado.

— Qual é o seu nome, querida?

— Emilia.

— Você está pronta para um pouco de água, Emilia? Um pouco de comida, talvez?

A mulher de cabelos grisalhos estava sentada ao meu lado. Seu marido continuava perto da porta, lendo à luz da lâmpada elétrica pendurada no teto, o rifle ainda à mão. Passei os olhos pelo apartamento pela primeira vez e notei que estava em uma residência de classe alta.

— Um pouco de água, por favor — murmurei.

Minha voz saiu rouca. Eu não me lembrava de ter gritado, mas talvez o tivesse feito. Meus lábios estavam rachados, e quando a mulher levou o copo à minha boca, a água o fez arder um pouco.

— Um pouco de vodca? — ela sugeriu.

Achei que ia vomitar novamente só de pensar nisso. Tapei a boca com a mão e rapidamente fiz que não com a cabeça.

— Você pensou em como podemos achar os seus pais?

— A fábrica... — eu repeti, sem forças. Minha mente estava um pouco mais clara, e desta vez pelo menos consegui pensar para dizer: — Meu tio era dono dela, Piotr Rabinek. Era uma fábrica de tecidos. Uma grande fábrica. Fica talvez a uns quinze quarteirões do mercado.

— No distrito industrial — o homem na porta disse asperamente.

Então, ele olhou por sobre os ombros, deparando-se com o meu olhar e desviando o dele, sem jeito. Senti meu rosto ruborizar de vergonha. Esse casal gentil de idosos tinha *visto* aquilo acontecer? Achavam que tinha sido culpa minha?

Ah, meu Deus. Foi culpa minha?

Eu teria feito alguma coisa para chamar a atenção daqueles soldados? Eu não deveria ter saído do mercado. Não deveria estar andando sozinha.

A ÓRFÃ DE VARSÓVIA

— Você pode nos dizer algo mais sobre a fábrica? — a mulher voltou a pressionar. — Há muitas fábricas no distrito industrial. Meu marido vai até lá para procurar os seus pais, mas precisamos que nos dê mais alguma indicação.

— Há gerânios vermelhos em uma floreira enorme embaixo da cobertura na entrada perto dos escritórios. Meu pai diz que havia brancos também, mas eles tiveram que destruí-los porque... — A bandeira. A bandeira da Polônia era vermelha e branca. Os alemães nunca permitiriam tal demonstração de patriotismo.

— É uma cobertura grande? — o senhor perguntou, sem olhar na minha direção. — E há uma fileira de carvalhos ao longo da entrada?

— Sim! Os carvalhos...

Ele pôs o rifle ao lado da porta e levantou-se lenta e cuidadosamente.

— Tranque a porta quando eu sair, Maria. Eu conheço o lugar.

Depois que ele saiu, Maria me ajudou a ir ao banheiro para me limpar. Fiquei olhando para o espelho escuro e uma estranha me olhava de volta. Meus lábios estavam inchados e eu não conseguia saber como aquilo acontecera, porque nenhum dos homens havia tentado me beijar. Então me lembrei de uma mão na minha boca a certa altura, e de lutar para respirar pelo nariz, mas ele estava bloqueado porque eu chorara, e por um momento pensei que fosse sufocar.

Meu olho estava fechado por causa do inchaço; a lesão estava roxa e esverdeada, com as bordas amareladas. Minha calcinha sumira. Eu não conseguia me lembrar de ela ter sido removida. Havia sangue por toda a parte de trás da minha saia; *tanto sangue*, como se eu tivesse sido pega desprevenida pelo meu ciclo menstrual. Minhas coxas estavam tão machucadas quanto o meu olho. Tentei usar o vaso, mas a urina ardia e queimava. Era mais fácil segurar.

Voltei ao espelho e tentei me encarar de novo, mas havia tanta vergonha em meus olhos que eu mal conseguia enxergar. Lavei o rosto cuidadosamente com água e fui mancando ao encontro de Maria. Encontrei-a montando uma pequena mesa ao lado do sofá. Chá com leite e uma tigela de canja de galinha.

— Obrigada, mas não consigo comer — falei.

— Sente-se — ela disse com firmeza. Quando obedeci, ela mergulhou uma colher na sopa e a levou à minha boca. Aceitei, fraca demais para reclamar.

— Aconteceu com muitas de nós, sabe? — ela disse. — Havia uma estranha piedade no desdém que os alemães nutriam por nós. Eles ficavam felizes em nos assassinar, em nos torturar, em nos deixar morrer de fome, mas não nos viam como humanos, então pelo menos eram menos inclinados a nos estuprar.

Estupro. Eu não tinha permitido a mim mesma pensar na palavra. Agora, porém, ela era a única coisa em minha mente, e pensei nela por diferentes ângulos. *Os soldados me estupraram. Eu fui estuprada pelos soldados. Eu fui estuprada. Esta manhã eu era alguém que nunca tinha sido estuprada. Nunca vou poder dizer isso novamente. Mudei por causa disso. Estou arruinada por causa disso?* Alheia ao meu monólogo interno, Maria continuou em um tom suave:

— Mas os soviéticos são diferentes. Alguns dos comandantes os encorajam a fazer isso. Eles dizem que os homens precisam de sexo porque estão há muito tempo longe de suas esposas. Eles dizem que têm direito. E quem paga por isso? *Nós.* — Ela deu um suspiro e balançou a cabeça. — Mais uma vez, os poloneses devem sofrer. Como se esse país já não tivesse sofrido o suficiente.

Estupro. Eu fui estuprada. Muitas de minhas compatriotas haviam sido estupradas também. Elas também desejavam estar mortas? Haverá uma geração inteira de mulheres polonesas incapazes de se olharem no espelho porque a vergonha é grande demais?

— Pode ser difícil de acreditar nisso agora, mas você ficará bem.

Eu não respondi. Não conseguia. Ela foi tão gentil comigo, eu não queria dizer a ela que já sabia que estava errada.

Houve uma batida à porta uma hora depois. Maria agarrou o rifle antes mesmo de eu poder reagir. Havia algo tão reconfortante naquela pequena mulher se aproximando da porta com um rifle na mão, como se pudesse derrubar todo o exército soviético.

— Quem é? — ela perguntou.

— Sou eu — Wiktor disse asperamente, suavizando a voz em seguida. — Por favor, não atire em mim, querida.

Maria destrancou a porta e Witkor, Truda e Mateusz correram para dentro. Achei que me sentiria melhor quando os visse, mas não foi assim. Tudo que sentia era vergonha e culpa, especialmente quando vi que Truda estava chorando e até Mateusz tinha os olhos vermelhos.

— Me desculpem — deixei escapar. Meus lábios estavam tão inchados que a palavra parecia distorcida. — Sinto muito. Eu me perdi no mercado e aí, quando não consegui encontrá-lo, tentei caminhar de volta para casa e...

— Pare — pediu Mateusz, visivelmente horrorizado. — A culpa é minha. Eu deveria ter esperado mais tempo por você. Procurei-a por um momento e então... Pensei que poderia encontrá-la no caminho para casa, mas...

Ele piscou e uma lágrima escorreu pelo seu rosto. Ele a enxugou tão rapidamente que pensei tê-la imaginado. Ele e Truda se sentaram perto de mim, um de cada lado, mas eu não conseguia olhar para eles. Cobri meu rosto com as mãos e comecei a chorar.

— Sinto muito. Sinto muito.

Todos estávamos dizendo a mesma coisa; eles para mim, eu para eles, e a pior coisa era que nenhum de nós tinha por que se desculpar.

34

Emilia

MATEUSZ E TRUDA ERAM PESSOAS QUE NORMALMENTE não toleravam autocomiseração, mas, nas semanas que se seguiram, eles pareciam desnorteados, sem saber como me ajudar, e optaram por me dar espaço, o que me permitiu afundar na dor. Passei dias de cama, recuperando-me fisicamente do trauma e isolando-me emocionalmente em um tipo de coma. Comia quando Truda me forçava. Não conseguia me olhar no espelho do pequeno banheiro que dividíamos, então decidi cobri-lo com uma toalha quando ia usar o vaso. Não conseguia imaginar que sentiria uma emoção como alegria de novo. A certa altura, passei uma tarde inteira tentando me lembrar das etapas existentes no processo de presenciar algo divertido e depois dar risada disso.

Era como se aqueles soldados tivessem atingido meu âmago e removido minha alma, deixando para trás uma casca quebrada. Meus ferimentos foram sarando lentamente, mas eu ainda via o mundo pelas lentes da tristeza e da confusão. Antes, nutrira interesse e preocupação pela ocupação soviética e o que ela significaria para o meu país. Agora, não conseguia nem olhar para aquele uniforme, então não saía da fábrica. Além disso, não suportava ouvir falar deles, então evitava conversar. Não conseguia me concentrar na leitura de algum livro. Mateusz comprara um rádio sem fio e, um dia, a estação de Lodz tocou o hino nacional da Polônia. Antes do ataque, isso teria me levado às lágrimas de tanta felicidade e orgulho. Em vez disso, mesmo no volume mais baixo, a música parecia alta demais e machucava meus ouvidos. Nem Truda nem Mateusz reclamaram quando me levantei e simplesmente desliguei o rádio.

Os dias se confundiam. Menos de uma semana poderia ter se passado; ou talvez fossem meses. Uma noite, estava deitada olhando para o teto quando Truda e Mateusz se aproximaram de mim.

— Emilia, precisamos voltar para Varsóvia.

Há não muito tempo, aquelas palavras teriam soado como música para mim. Mas agora eu não suportava ouvir música, e pensar em encarar Sara e Roman me enchia de pavor. Eu sentia falta dele desesperadamente, mas não podia imaginar nem mesmo encará-lo. Balancei a cabeça.

— Não posso.

— Devemos — disse Truda com firmeza. — Precisamos ter notícias de nossos amigos e, além do mais, mais cedo ou mais tarde o parque industrial começará a ser reconstruído e alguém tomará o controle desta fábrica. Precisamos construir uma casa de verdade e há subvenções para quem voltar para a cidade.

— Subvenções?

— Quinhentos *zloty* para cada um — ela disse. Mirei-a com um olhar vago e ela admitiu: — Eu sei. Não é muito, mas ajudará com os custos de encontrar comida e abrigo, mesmo se os danos forem tão ruins quanto as pessoas dizem. Além disso, Emilia... Estamos aos poucos, mas certamente, ficando sem mais nada para vender aqui na fábrica. Logo não teremos mais dinheiro e nenhuma forma de consegui-lo. Realmente não temos escolha. Mateusz precisa encontrar um emprego, e haverá muito trabalho em uma cidade que precisa ser reconstruída.

— Não. Não posso.

— Você não quer sair desta cidade, Emilia? — Truda me perguntou com gentileza.

Olhei para ela. Seu lado gentil era uma novidade, mas não uma novidade de que eu gostasse. Eu sentia falta da Truda audaciosa, da Truda honesta e autêntica, a versão de Truda com a qual sempre me desentendia. Essa mulher compassiva era uma estranha para mim.

— Eu não vou — falei categoricamente. Queria deixá-la furiosa. Em vez disso, ela só desviou o olhar.

— Tudo bem, querida — disse Mateusz suavemente, e os dois se levantaram. Porém, a apenas poucos passos da minha cama, Truda hesitou e voltou para sentar-se ao meu lado.

— Não sei como ajudá-la — ela admitiu, fitando-me novamente, desta vez com uma preocupação maior em seu olhar. — Serei honesta com você, Emilia. Nós *precisamos* da Sara. Ela pode te ajudar a se recuperar e acho que vamos... — Ela parou, pigarreou e ficou olhando para o chão ao dizer em um tom fraco: — Apenas precisamos da Sara.

— É provável que ela nem esteja viva — eu disse amargamente. — Provavelmente está morta. Ou em um campo em algum lugar.

— Temos que pelo menos tentar encontrá-la. E Roman também.

— Não quero vê-lo — falei com raiva. Ela arregalou os olhos de surpresa e senti meu rosto enrubescer. Meu Deus, a vergonha era esmagadora. Será que algum dia eu aprenderia a viver com ela? — Eu não... não posso. Não quero que nenhum dos dois me veja.

— Emilia — ela sussurrou, tocando meu antebraço com carinho —, você sabe que não tem por que se envergonhar.

— Você não sabe disso. Você nem estava lá.

Ela respirou fundo e deu um forte safanão no meu pulso.

— Eu não estava lá e nunca vou me perdoar por isso. Mas estou aqui agora e insisto que se explique para mim. Como é possível que você se culpe?

Sua voz saíra trêmula de tanta fúria ou frustração, eu não tinha exatamente certeza. Mas sua raiva me fazia sentir bem e deixei que me levasse, como se fosse direcionada a mim.

— Eu não corri — murmurei.

— E o que mais? — ela perguntou bruscamente, sacudindo a minha mão enquanto falava.

— Não gritei por socorro.

— E?

— Nem tentei... Eu só deixei... só... nem tentei resistir.

Nesse momento, Truda soltou o meu pulso, mas só o fez para agarrar os meus ombros. Ela olhou nos meus olhos, seu rosto retorcido de frustração e raiva.

— Se tivesse corrido, eles a teriam matado. Se tivesse gritado, eles a teriam matado. Se tivesse resistido, eles a teriam matado. Você não podia fazer nada contra aqueles homens. Você não *permitiu* que eles fizessem o que quer que fosse. Você não os convidou a fazer nada. Nada que fez ou deixou de fazer poderia ter mudado o que aconteceu. Foi uma combinação de azar e homens maldosos. Não vou mais ouvi-la falar assim novamente e não vou ficar sentada aqui deixando que se culpe. Onde está a Emilia que sempre me deixou maluca porque estava pronta para lutar? Você precisa combater a vergonha, porque do outro lado desse combate há orgulho e cura. — Ela me sacudiu com cuidado, mas, quando viu

A ÓRFÁ DE VARSÓVIA

que eu ainda não olhava para ela, seu tom ficou mais agudo. — Você está me escutando? Nós vamos para Varsóvia. Vamos encontrar Sara e Roman. E você, minha garota, vai ficar forte de novo e se tornar a jovem que sempre me inspirou e me apavorou com seu espírito. Eu *não* vou permitir que aqueles desgraçados soviéticos roubem esse espírito de você, Emilia. Custou-nos demais mantê-la viva, e não vamos perdê-la para a crueldade deles.

Permanecemos em um severo silêncio por um bom tempo. Por fim, Truda me soltou, mas só para que conseguisse passar seu braço em volta dos meus ombros e me puxar para mais perto. Meus olhos estavam secos, mas meu coração estava disparado. Precisava processar as palavras de Truda, ponderá-las em minha mente, analisar cada uma delas e determinar o que era verdade e o que eu podia ignorar. Eu precisava de tempo, tanto tempo, e meus pais estavam me forçando a me mudar. E, pelo jeito, eles queriam que fizéssemos isso imediatamente. Em algum outro lugar da fábrica, eu podia ouvir Mateusz fazendo as malas. Preparando-se para a jornada.

— Eu não quero ir andando até Varsóvia — sussurrei finalmente.

Meu corpo estava curado, mas me lembrei de Mateusz alertando nos primeiros dias que, se então voltássemos a Varsóvia, estaríamos na contramão de uma onda de soldados do Exército Vermelho. Eu não conseguia imaginar como eu me convenceria a caminhar por mais de cem quilômetros contra uma onda de homens *naquele* uniforme.

— Mateusz vai pagar alguém para nos levar. Provavelmente a cavalo ou em uma carroça, talvez até um caminhão. Levará apenas algumas horas e então estaremos de volta ao lar.

— E se nosso prédio tiver sido destruído?

— "Lar" não é um prédio, Emilia — ela me repreendeu com carinho. — O *seu* lar nunca foi um prédio. Nem a cidade. O lar é a família. E você estava certa esse tempo todo. Nossa melhor chance de encontrar nossa família está em Varsóvia.

Mateusz encontrou um fazendeiro gentil, embora um pouco oportunista, que tinha um caminhão enferrujado, mas funcional. Em troca da maior parte do dinheiro que nos restava, o fazendeiro nos levou para Varsóvia.

Vencidos os cem quilômetros até lá, quando o caminhão começou a diminuir a velocidade, achei que talvez estivéssemos perdidos.

Os rumores em Lodz eram de que Varsóvia estava em ruínas, mas eu realmente não compreendera o que aquilo queria dizer até que nos aproximamos da cidade. Os alemães foram de prédio em prédio e quarteirão em quarteirão, queimando e demolindo quase toda e qualquer estrutura.

— Não posso levá-los além deste ponto — o fazendeiro disse, hesitante.

Eu podia ver por quê. A estrada estava coberta de destroços: pedaços enormes de concreto, partes de muros de tijolos, vidro quebrado e uma grossa camada de poeira. Saímos da cidade no começo de outubro. Naquela época já havia alguns danos, em sua maioria causados por bombas e incêndios, mas, agora, destruição era tudo que eu podia ver por quilômetros.

— Não sobrou nada — murmurei de forma apática.

— Há alguns prédios — disse Mateusz. Ele tentava parecer otimista, mas não era nem um pouco convincente. Parecia mais confuso e devastado do que otimista.

— Foi uma má ideia — eu disse. — Sei que fizeram isso porque achavam que poderiam me animar, mas não há nada aqui para nós. Como poderíamos encontrar Roman e Sara, mesmo se estiverem vivos? Como poderíamos encontrar nosso antigo prédio?

— Temos que fazer isso funcionar — disse Truda com firmeza, abrindo a porta rangente e descendo do caminhão. Olhei para ela, incrédula.

— Truda, *como*?

— Saia do caminhão, Emilia — ela disse, cerrando os lábios.

Ao meu lado, Mateusz e o fazendeiro se despediram em silêncio. Mateusz pigarreou.

— Temos que ir. Será uma longa caminhada até a cidade.

— Se ficarmos aqui, onde vamos dormir à noite? — perguntei, frustrada, acrescentando de forma sarcástica: — Você acha que encontraremos um hotel? Talvez uma mansão vazia que possamos invadir?

— Temos que encontrar Sara. E Roman também. Lembra? Era tudo sobre o que podíamos falar antes de... — Truda parou abruptamente, arregalando os olhos, como se a mera menção ao ataque fosse me traumatizar mais ainda. Isso me enfureceu. Senti meu rosto arder.

— Antes do *quê*? — perguntei.

Truda baixou o olhar.

— Temos que encontrá-los. Não é porque é difícil que não devemos fazer. Não se parece com algo que teria me dito tempos atrás?

Mateusz me empurrou de leve em direção à porta. Suspirei sem paciência e me arrastei. Eu não queria fazer isso. Não queria voltar para Lodz tampouco, mas a ideia de nos tornamos andarilhos vivendo nas ruas de uma cidade que fora destruída me atraía menos ainda. Porém, eu podia ver que Truda estava determinada, e não tinha certeza de como poderia contestá-la. Especialmente no estado em que eu estava.

Hesitei por mais um momento, tentando entender tudo que acontecia, e a paciência de Truda finalmente acabou. Ela colocou as mãos no quadril e se inclinou para a frente para ralhar comigo.

— Nós *precisamos* da Sara. Não sei ainda como explicar a você, então estou pedindo para confiar em mim. Há uma boa razão para voltarmos à cidade, então saia do caminhão e *vamos*.

Saí do caminhão, pisei no emaranhado de concreto destruído, poeira e vidro que cobria a rua toda e dei um passo à frente.

— Muito bem — disse Truda, satisfeita. Ela apontou para a traseira do caminhão. — Pegue sua mala. Quanto mais cedo começarmos a andar, mais cedo encontraremos um lugar para descansar hoje à noite.

Mateusz tirou minha mala da traseira do caminhão e a jogou para mim. Eu a apanhei, lancei um olhar ressentido para os dois e comecei a andar em direção à cidade.

Seis horas depois, estávamos sob um silêncio chocado na frente do que fora outrora o nosso prédio. Ele tinha aguentado mais do que muitos outros prédios pelos quais passamos, mas, ainda assim, estava extremamente danificado. O apartamento de Sara sumira. Supus que uma bomba o tivesse destruído. O lado dela no nosso andar e no andar de baixo desaparecera, e um buraco aberto jazia em seu lugar.

Nosso apartamento ainda estava lá, mas não tinha mais janelas, e o térreo havia pegado fogo. A única coisa ligeiramente positiva é que não vimos nenhum corpo nos destroços em torno do apartamento. Passei boa parte da viagem parando para vomitar, me recompondo e repetindo o processo um pouco adiante no caminho. O inverno preservara os corpos, mas a primavera chegou e eles estavam finalmente começando a apodrecer.

Vimos dezenas de outras pessoas enquanto atravessávamos Varsóvia, pelo menos metade delas deixando a cidade novamente após concluírem que era melhor voltar ao lugar de onde vieram. Mas eu não tinha mais energia para brigar com Truda e Mateusz. Eu mal tinha forças para me manter de pé.

— Então, o que fazemos agora? — perguntei.

Truda esfregou o olho, afastando uma lágrima perdida. Estávamos tão sujos e cobertos de poeira que a lágrima virou lama e deixou só um traço cinza em sua têmpora. A luz do dia começava a diminuir.

— Vou averiguar como está o prédio do ponto de vista estrutural — anunciou Mateusz.

— Você não é engenheiro. — Dei um suspiro.

Ele deu de ombros.

— Vou ver se os batentes das portas ainda estão no lugar. Se as escadas ainda estão inteiras. Se eu consigo pelo menos *chegar* aos andares de cima. Aí volto e pego vocês, tudo bem?

— E se não for seguro? — perguntei.

Ele não respondeu. Em vez disso, Mateusz passou pela porta amassada e entrou no saguão. Eu o vi examinar a porta que dava para o quintal, mas ele logo abandonou essa tarefa e subiu as escadas.

— Talvez ainda haja comida na despensa — ele disse, esperançoso.

— Improvável — Truda retrucou abruptamente, sacudindo os braços à nossa volta. — Acha realmente que resta qualquer coisa de valor se a cidade está assim?

— *Eu* queria voltar para Lodz — lembrei-a. Ela cerrou os lábios, mas não disse nada.

Após cerca de dez minutos, vimos Mateusz descendo as escadas. Ele colocou a cabeça para fora da porta de entrada e acenou para entrarmos. Ele sorria conforme nos aproximávamos.

— O corredor está bem danificado, mas, fora isso, o prédio não está tão ruim. As janelas estão todas quebradas e alguns dos móveis foram avariados, mas as nossas velhas camas ainda estão aí. Depois que as limparmos, ficarão aceitáveis para dormirmos. Parece que o prédio foi saqueado, mas os saqueadores não subiram até os andares de cima. O melhor de tudo, o senhor Wójcik ainda está no segundo andar e coletou água da chuva. Ele vai nos dar o suficiente para hoje à noite, e amanhã caminharemos até o rio para pegar mais. Parece bom?

— E a comida? — perguntou Truda.

— Ainda há algumas latas embaixo da cama do Piotr — ele disse, sorrindo. — Viram? Estamos com sorte.

— Sorte — eu disse, bufando e passando por ele para ir ao andar de cima. O corredor aberto e o vazio onde antes ficava o apartamento de Sara me fizeram estremecer, então rapidamente entrei no nosso apartamento. Assim que o fiz, meu olhar se dirigiu à escada que levava ao meu quarto. Subi dois degraus por vez e corri pelo quarto para a parede oposta à janela. Tirei o pó com as mãos, deixando visível o mural que estava atrás da camada de sujeira.

A cidade fora destruída, mas o meu mural ainda estava lá, captando um momento que parecia ter sido congelado pela eternidade. Afundei no chão ao lado do casal que desenhei no último minuto e, em seguida, estendi a mão para tracejar o menino com a ponta do meu dedo. Meus personagens eram estranhos agora, mas eram estranhos de quem eu sentia uma inveja imensa.

Para o jantar daquela noite, aquecemos feijões enlatados em uma fogueira que Mateusz acendeu com madeira que apanhara dos destroços na estrada. Lá de cima, em nosso apartamento, o fedor da cidade não era tão ruim, e consegui segurar a comida em meu estômago. Truda fez o melhor que pôde para tirar a poeira e os pedaços de entulho de nossas camas, e colocaram a minha no seu velho quarto, ao lado do colchão deles. Quis reclamar e lembrá-los de que eu não era uma criança, mas não me sentia em segurança em nenhum lugar e estava abalada pelo caos em Varsóvia. Vimos inúmeros soldados soviéticos ao atravessarmos a cidade e eu não queria ficar sozinha.

Assim que terminamos de comer, pedi licença e fui para a cama. Fiquei deitada e olhando para o teto, sob a luz primaveril que gradualmente diminuía, e ocorreu-me que, quando morávamos nesta casa, eu rezava todas as noites. Não tinha rezado nenhuma vez desde o ataque, mas agora, pela primeira vez, fechei os olhos e fiz uma oração.

Obrigada por poupar o nosso apartamento. Por favor, cuide de Roman e Sara. Por favor, permita que estejam felizes, saudáveis e protegidos.

— Ela parece pior, não melhor — ouvi Mateusz dizer.

Abri os olhos, repentinamente atormentada pela culpa da preocupação em sua voz.

— Precisamos encontrar a Sara.

— Você realmente acha que ela será capaz de ajudar de alguma forma que não podemos?

— Eu sei que sim.

— Por quê?

— Porque ela sabe coisas sobre... — Truda pigarreou — ... sobre mulheres. — Houve uma pausa mais longa, e então Truda baixou ainda mais a voz quando admitiu: — Não sei nem como falar com ela sobre isso.

— Amanhã começarei a vasculhar a cidade. Se ela estiver aqui, eu a encontrarei. Mas você já pensou no que faremos se não estiver? Odeio dizer isso, mas há uma possibilidade real de Sara nem ter conseguido sair viva de Varsóvia.

Virei para o outro lado e cobri a minha cabeça com um travesseiro.

Ao longo dos dias seguintes, Truda e eu trabalhamos do amanhecer ao anoitecer, tentando colocar o apartamento em ordem. Só saíamos para caminhar a curta distância até as margens do rio Vístula e encher baldes com água para a limpeza. Mateusz fazia a mesma jornada conosco toda manhã, enchendo um balde adicional com água para bebermos. Em seguida, saía e ficava fora o dia todo. Ele nos cadastrou para a subvenção que a cidade estava oferecendo aos que retornavam e começou a procurar Sara e um emprego.

À medida que os dias passavam, encontrei um conforto na cidade que eu não esperava. Tal coisa parecia impossível nos primeiros dias após o nosso retorno, mas comecei a ver sinais de recuperação enquanto nos ajustávamos à vida entre as ruínas. Eram apenas pequenos indícios: uma família retornando aqui, uma resoluta senhora idosa criando galinhas em uma área de paralelepípedos destruídos ali, um homem recolhendo tijolos da rua e os empilhando na calçada, fazendo o que podia para limpar os destroços e deixar os veículos passarem livremente de novo. Mas cada

A ÓRFÃ DE VARSÓVIA

um desses indícios parecia importante, e eu fui aos poucos deixando de pensar no que perdemos para me concentrar em novos sinais de vida. Isso me deu uma sensação estranha de esperança.

Eu estava sentada em uma janela vazia, olhando para tudo isso na rua, quando um pensamento me ocorreu repentinamente.

— Truda? — chamei, descendo do parapeito e me limpando.

— Sim? O que foi? Tem algo errado? Você está bem?

Ela veio correndo da cozinha, aflita. Às vezes, eu não sentia absolutamente nada; em outras, sentia tudo de uma vez. Naquele momento, senti uma irritação tão grande que poderia ter me derrubado. Percebi que, ao longo das doze semanas desde o ataque, eu não tivera um único momento sozinha. Senti uma força tomar todo o meu corpo.

Se Varsóvia podia se recuperar, eu também podia.

— Vou sair para pegar um pouco de ar fresco.

— Ar fresco? — ela indagou incrédula, dirigindo seu olhar para o buraco aberto onde eu estava sentada.

— Quero ver o que sobrou do quintal — admiti.

Ela suavizou o olhar, enxugou as mãos no avental e começou a tirá-lo.

— Tudo bem, vamos...

— Truda — eu a interrompi com delicadeza. Ela olhou hesitante para mim —, quero ir sozinha.

— Ah — ela disse.

— É seguro. Só vou descer as escadas.

— Mas... está uma bagunça lá embaixo. Os destroços... — Ela olhava para mim com um olhar espantado. — Mas o que você quer fazer lá embaixo?

— Não sei. Só quero dar uma volta.

— Não acho que seja uma boa ideia, Emilia.

— Se está realmente preocupada comigo, pode olhar no corredor e me ver lá embaixo pelo vão onde antes ficava o apartamento da Sara — eu disse sarcasticamente.

Truda deu um suspiro.

— Vá, então. Mas não demore muito.

Lá embaixo, empurrei a porta dos fundos com cuidado e ela não se moveu. Empurrei com o meu ombro, fazendo mais força.

— O que você está fazendo aí, Elżbieta? — o sr. Wójcik perguntou lá de cima.

— Estou tentando ir até o quintal, senhor Wójcik — respondi. — A porta está emperrada.

— Dê-me um minuto. Já vou ajudá-la.

Depois de um momento, ele desceu as escadas mancando e carregando uma caixa de ferramentas. Pôs a caixa no chão ao lado da porta e a vasculhou até encontrar um cinzel. Eu o observei mexer no trinco por vários minutos, xingando e murmurando. Quando eu já estava para desistir, ele deu um grito triunfante e a porta se abriu.

— Pronto — ele disse, meneando a cabeça satisfeito. Deu uma olhada no quintal e recuou. — Essa sujeirada toda não será fácil de arrumar, não é mesmo?

— Obrigada, senhor Wójcik.

Respirei fundo e passei por cima dos destroços que bloqueavam uma parte da saída. Assim que cheguei ao outro lado, as nuvens se foram e o quintal foi imediatamente preenchido com a luz dourada da primavera. Eu verifiquei tudo, lembrando-me de como era e como estava agora. Meu olhar parou na macieira. Metade dela tinha ramos saudáveis cobertos por lindas flores brancas recém-desabrochadas. A outra metade estava chamuscada, mas, mesmo assim, botões verdes surgiam aqui e ali.

O quintal nunca tinha sido um jardim muito elaborado, mas era nosso. Enquanto examinava o espaço devastado, senti uma pontada no peito e, depois, uma onda de determinação.

Se cada cidadão de Varsóvia tinha um papel a desempenhar em nossa reconstrução, eu certamente teria o meu também, e podia começar com isso. Vidros e porcelanas quebrados, metal retorcido e pedaços chamuscados de madeira, móveis quebrados, roupas e restos de tecido rasgado estavam espalhados pelo quintal. Talvez não conseguisse remover tudo, mas se removesse um pouco por dia, poderia finalmente tornar o espaço utilizável.

Caminhei sobre os destroços em direção à macieira. Sentei-me encostada nela e olhei para cima, para o nosso prédio semidestruído e para o glorioso céu azul logo acima dele. Fechei meus olhos e inspirei o doce aroma das flores. Estava feliz por estar viva e era a primeira vez desde o ataque que me sentia assim. Depois de um tempo, apoiei minhas mãos no chão para me levantar e senti um objeto inesperadamente liso e frio, parcialmente descoberto no solo abaixo da árvore.

Fiquei de joelhos e revirei a terra ao seu redor até que conseguisse retirá-lo.

A jarra de vidro estava imunda, mas, quando a esfreguei para remover a sujeira, reconheci em seu interior os pedaços de papel para enrolar cigarro. Centenas ou talvez milhares de pedaços, cada um dobrado cuidadosamente em quadradinhos.

Desenrosquei a tampa da jarra, limpei as mãos na minha camisa e, então, peguei e desdobrei um dos pedaços de papel. Na escrita distinta de Matylda, lia-se:

Ala Skibińska
Resgatada em 7 de julho de 1942
Levada ao Orfanato Franciscano, rua Hoża
Acomodada com Walter e Zenobia Buliński, Szydłowiec

Redobrei o papel com cuidado e olhei vários outros. Cada pedaço era uma trilha de migalhas de pão, criada para conduzir uma criança judia de volta para casa. Lembrei-me da última noite antes de sermos capturados, quando Sara veio se despedir e eu notei as suas unhas imundas. Agora fazia total sentido. Ela estava enterrando os registros de Matylda, para o caso de o apartamento ser danificado.

A cidade fora destruída, quase todos os prédios foram transformados em ruínas, a maioria sem condições de reparo. Mas a macieira sobrevivera e essa frágil jarra de vidro estava intacta. Era um milagre.

Pensei em levar a jarra de volta ao nosso apartamento, mas minha imensa desconfiança no Exército Vermelho me dissuadiu. Em vez disso, deixei o buraco sob a macieira mais fundo. Enterrei a jarra de novo e a cobri cuidadosamente com terra preta e macia, que depois cobri com destroços. Sabia que o encontraria novamente. Quando pudesse encontrar Sara, ela passaria esses registros para as autoridades judaicas. As freiras no convento poderiam ajudar também. Algumas das crianças que resgatamos poderiam até estar lá ainda...

E foi então que me dei conta. Se Sara tivesse sido capturada, a essa altura já teria sido libertada. Inevitavelmente, ela voltaria a Varsóvia. Se não tivesse onde ficar, eu conhecia um grupo de mulheres que não pensariam duas vezes antes de acolhê-la.

No dia seguinte, Truda e Mateusz insistiram em vir comigo para tentarmos encontrar o orfanato na rua Hoża.

— O convento pode não estar mais lá — Truda alertou. — E, mesmo se estiver, Sara pode não estar lá.

— Eu sei — respondi. — Só quero ver com os meus próprios olhos.

— O que faremos com a jarra se não a encontrarmos? — perguntou Mateusz.

— Deixá-la onde está — falei com firmeza. — Até sabermos em quem podemos confiar.

Eu sabia que todas as igrejas da cidade haviam sido destruídas, mas, por algum motivo, em meu coração eu tinha certeza de que, se Deus tinha poupado aquela jarra de vidro, também poupara as mulheres que ajudaram Matylda e Sara a enchê-la. Por fim, dobramos a esquina na rua Hoża e meus joelhos amoleceram de alívio. A fachada e o telhado do orfanato ainda estavam de pé.

— Eu sabia — gritei.

Saí correndo, sentindo algo parecido com empolgação pela primeira vez em meses. Havia freiras na entrada, entregando pães para os transeuntes. Não reconheci nenhuma delas, mas, quando elas me viram, ofereceram pão. Eu fiz um sinal negativo.

— Sara está aqui? Sara Wieczorek?

A freira apontou para a porta às suas costas.

— Acho que ela está na cozinha preparando o almoço.

Corri porta adentro, quase me chocando com uma freira que vinha na direção oposta. Com lágrimas nos olhos, perguntei a ela como chegar à cozinha. Truda e Mateusz vinham logo atrás.

Sara estava sentada à mesa da cozinha, picando legumes com uma freira jovem. Quando irrompi pela porta, ela ergueu o olhar e me viu. Em choque, derrubou a faca e se levantou em um salto, soltando uma exclamação de alegria.

— Você está viva! — ela exultou. Em seguida, seu olhar se dirigiu para Truda e Mateusz às minhas costas. — Vocês estão todos vivos, meu Deus!

Joguei-me em seus braços e comecei a chorar em seu peito. Ela me abraçou, murmurando palavras de conforto, imediatamente me tranquilizando. As pessoas à volta se afastaram para que Sara pudesse se sentar de novo no banco e ela me puxou para seu colo como uma bebê. Eu chorava tanto que mal podia ouvir a conversa entre ela, Truda e Mateusz. A guerra me forçara a virar adulta cedo demais, mas, de volta aos braços de Sara, eu era uma criança. O luto, a dor e o medo saltavam de mim em uma torrente de lágrimas que não conseguia controlar.

— Deixe tudo sair, Emilia — ela sussurrou, acariciando as minhas costas. — Isso, querida. Apenas deixe sair. Tudo ficará bem.

A cozinha agitada esvaziou-se aos poucos, até que apenas Mateusz, Truda, Sara e eu permanecemos. Truda se ocupou de fazer xícaras de café para todos nós e Mateusz me deu o seu lenço.

— Nossa garota esperta encontrou a sua jarra no quintal ontem à noite — ele disse para Sara.

Ela olhou surpresa para mim.

— Está...

— Está intacta! — completei. — Debaixo da macieira.

— Que bom! — Ela sorriu, apertou as mãos no peito e soltou o ar, visivelmente aliviada. — Quando voltei para Varsóvia, passei pelo prédio, mas não consegui abrir a porta do quintal.

— O trinco estava danificado — eu disse. — O senhor Wójcik me ajudou a abri-lo.

— O que você fez com a jarra?

— Eu a enterrei de novo. Um pouco mais fundo, porque estava exposta. E a cobri com destroços. Está mais segura lá, a menos que queira que eu a traga para cá.

— Obrigada, Emilia. — Ela deu um sorriso triste. — Preciso falar com algumas pessoas, tentar descobrir quem da comunidade judaica sobreviveu... quem pode nos ajudar a analisar os registros. Não sei quantas famílias podem ser reunidas, mas o processo não será fácil. Quanto antes começarmos, melhor.

Almoçamos os quatro no salão de jantar, trocando notícias sobre os meses que se passaram desde a Revolta. Sara nos contou que, no campo de trânsito em Pruszków, disseram a ela que seria enviada a um campo de concentração.

— Então, me colocaram no trem, e eu fiquei pensando que não chegara até ali para morrer em um maldito campo. Algumas das mulheres no meu vagão descobriram como abrir a porta e, no meio da noite, esperamos o trem diminuir a velocidade em uma curva e saltamos.

— Onde você caiu? — perguntei, arregalando os olhos.

— Em uma poça de água, Emilia — ela falou rindo. — Escondi-me na floresta por um tempo e então tive a sorte de encontrar um fazendeiro e sua esposa. Eles me deixaram ficar com eles em troca de trabalho da fazenda. Só voltei a Varsóvia há algumas semanas.

Ao terminarmos de comer, Truda me pediu para levar os pratos até a cozinha. Quando eu voltei, Sara estava de pé com uma expressão grave.

— Vamos, minha amiga — ela disse em voz baixa. — Vamos dar uma volta até o meu quarto.

Eu soube de imediato que Truda e Mateusz tinham contado para ela sobre o ataque em Lodz. Fitei-os, e eles desviaram o olhar.

— Não — eu disse, balançando a cabeça. — Vamos ficar aqui mesmo e aproveitar o nosso reencontro. Não precisamos ter uma conversa privada.

Decidida, Sara cruzou seu braço com o meu carinhosamente. Dei um suspiro e deixei que ela me guiasse para o quarto.

— Truda acha que você talvez queira conversar comigo — Sara disse em um tom calmo, sentando-se na cama.

Fiquei parada teimosamente na porta enquanto ela dava tapinhas no espaço ao lado dela na cama.

— Eu *não* preciso falar sobre isso — falei, desviando o olhar. — Mas obrigada.

— Emilia, eles estão muito preocupados com você.

— Estou começando a me sentir melhor — eu disse honestamente. — Hoje foi o melhor dia de que posso me recordar em muito tempo.

— Foi um bom dia para mim também. Estou muito contente por vê-los novamente. — Sara sorriu, mas então o sorriso sumiu e ela limpou a garganta. — Tem mais uma coisa, Emilia. Como você se sente? Fisicamente?

— Estou melhor — respondi com rapidez. — Eu não...

— Querida — ela disse carinhosamente. Olhei para ela, e então desviei o olhar —, Truda está preocupada que você possa estar grávida.

Meu olhar disparou de volta para ela.

— O quê? Não! Por que ela estaria...

Mas então me dei conta de que não menstruara desde o ataque. Afundei na cama. De repente, a insistência de Truda para retornarmos a Varsóvia fazia muito mais sentido. Truda, com sua aversão a discutir questões da biologia humana, não ficaria confortável em abordar essa possibilidade comigo, quanto mais em descobrir o que *fazer* em tal cenário.

— Não posso... — deixei escapar, balançando a cabeça assustada. — Não posso estar...

Eu não conseguia nem pronunciar a palavra. Claro que eu saberia se...

— Posso examiná-la? — Sara perguntou com gentileza. — Foi há três meses, certo? Final de março?

Assenti com a cabeça, quase paralisada. Ela me deitou no colchão e pressionou os dedos em meu abdômen. Depois de um momento, sua mão ficou parada na minha barriga.

— Você se lembra de quando falamos sobre o meu caderno de enfermagem? De quando contei que podemos medir a altura do fundo do útero para calcular o tempo de uma gestação?

— Por favor, não... — murmurei. Meus lábios adormeceram. Sara tocou um ponto na minha barriga.

— Posso sentir o topo do seu útero bem aqui. Isso significa que você deva estar com uma gestação de doze semanas.

— Quero que isso saia de mim — falei, sentando-me e afastando suas mãos.

Eu tremia, tremia de um jeito que não tremera mais desde o dia do ataque. Queria rasgar a minha barriga com as unhas. Senti-me tão violentada como havia me sentido naquele dia, jogada nos paralelepípedos.

— Querida, não há nada que eu possa fazer. Você terá que...

— Você tem que encontrar alguém que possa me ajudar — implorei.

— Tem que haver alguém na cidade que possa... Tem que haver algum jeito de interromper isso. Eu não posso... Você não pode...

Sara agarrou meus ombros e me olhou nos olhos.

— Emilia, você é forte. Você chegou até aqui. Pode fazer isso.

— Não posso — implorei. — É demais. Foi tudo horrível, mas isso é demais. — Um novo pensamento me veio à cabeça e coloquei as mãos sobre a boca, sentindo o almoço no fundo da garganta. — As pessoas vão saber, Sara! As pessoas vão *ver!* O que elas vão dizer? — Comecei a chorar, sentindo a vergonha aumentar de novo. — Não sei o que é pior... Que as pessoas pensem que sou uma puta ou que saibam que eu não sou.

— Vamos encontrar um lugar onde você possa ficar — ela disse calmamente. — Algum lugar seguro. As freiras nos ajudarão... Você pode se abrigar nesse lugar até o nascimento e depois recomeçar. Ninguém vai descobrir.

— Não posso fazer isso — repeti, chorando copiosamente agora. — Por favor, Sara, me ajude. Tem que haver um jeito de interromper...

— Você e eu passamos por muita coisa, Emilia. E é por isso que eu sei que você *consegue* fazer isso.

Ao sairmos do orfanato naquele dia, novos planos haviam sido traçados. Eu me mudaria para um convento franciscano em Marki. Lá, as freiras me abrigariam até que o bebê nascesse.

— E depois? — perguntei a Sara, sentindo-me entorpecida.

— Encontraremos alguém para adotar o bebê e você poderá voltar a Varsóvia com Truda e Mateusz para descobrir o que fazer a seguir.

35

Roman

QUASE SEIS MESES HAVIAM SE PASSADO DESDE O FRACASSO da revolta. Marquei os dias com pequenos entalhes na estrutura de madeira do meu beliche no dormitório do campo de prisioneiros de guerra Stalag XII-D, na área de desfiles do partido nazista em Nuremberg.

— Não entendo como você pode estar assim tão bem-humorado — murmurou Kacper. Isso arrancou de mim uma sonora gargalhada.

— Ninguém *nunca* disse essas palavras para mim antes.

Ele e outros prisioneiros poloneses estavam chocados com o quartel sujo e as janelas quebradas, com a falta de aquecimento, os colchões puídos e os percevejos. Alguns reclamavam dos buracos que usávamos como latrinas ou das tinas de água gelada que nos eram fornecidas para o banho. Para aqueles prisioneiros, tais condições pareciam insuportáveis, mas, depois do que suportara no Gueto de Varsóvia, o campo de Nuremberg parecia fácil. Com a ira dos alemães concentrada nos prisioneiros soviéticos, logo percebi que, se mantivesse a minha cabeça baixa e trabalhasse duro no cargo que me fora atribuído na fábrica de munições, talvez pudesse sobreviver.

E não que eu tenha ficado decepcionado quando os americanos libertaram o campo, em abril de 1945. Ouvimos rumores de que eles estavam chegando, e a maneira como os alemães fugiram conforme os Aliados se aproximavam foi uma coisa linda de se ver. Meus companheiros de prisão deliravam de alegria, mas eu só queria saber de notícias da minha terra natal.

— O que está acontecendo na Polônia? — perguntei a um tradutor que trabalhava com os americanos, que estavam nos guiando para os trabalhadores da Cruz Vermelha para conseguirmos comida e assistência médica.

— O Exército Vermelho libertou a Polônia — ele respondeu sorrindo.

— Libertou? — repeti incrédulo. — Então, está me dizendo que lutamos contra os alemães para ficar sob controle soviético?

— O governo no exílio está confiante de que poderá recuperar o controle da Polônia após as negociações.

— Os soviéticos ocuparam metade da Polônia nos primeiros anos da guerra! Eles só perderam aquele território por causa do avanço alemão. Durante a Revolta, eles só ficaram assistindo, embora pudessem facilmente ter intervindo para ajudar. Agora que expulsaram os alemães da Polônia, acha mesmo que eles vão simplesmente sair de novo?

Vi seu sorriso desaparecer.

— Os soldados americanos me disseram que há países no mundo todo dispostos a receber refugiados poloneses — ele disse, nervoso. — Você não precisa voltar.

— Não preciso voltar? — surpreendi-me. — A Polônia é o meu *lar*. Acha que sobrevivi a tudo que essa guerra me causou para agora desistir? Além disso, há uma garota me esperando por lá.

Infelizmente para Kacper, eu estava certo sobre o seu pé. O médico da Cruz Vermelha queria amputá-lo, mas, com os milhares de casos urgentes no campo, ele teria que esperar pela sua vez.

O pobre garoto estava totalmente aterrorizado e tentou convencer os médicos a deixá-lo voltar para a Polônia e buscar tratamento médico por lá. No entanto, quando vimos fotos do que restara de Varsóvia em um jornal, até Kacper percebeu que isso seria impossível.

— Você vai ficar? — ele perguntou. — Eles não vão me deixar sair até que o coto esteja cicatrizado.

Balancei a cabeça automaticamente.

— Tenho que voltar para encontrar os meus amigos.

— Por favor, Roman — ele sussurrou, a voz trêmula de medo. — Não quero ficar aqui sozinho.

— Você tem sido uma dor de cabeça para mim desde a primeira vez que o vi, garoto — murmurei.

Mesmo assim, eu não poderia abandoná-lo para enfrentar sozinho o que o aguardava. Consegui um trabalho na lavanderia do campo e me mudei para um dormitório com dezenas de outros poloneses. A maioria planejava emigrar para qualquer país que os aceitasse, incapazes de voltar para casa. Mas casa era tudo que eu *poderia* suportar. Emilia estava lá e eu sabia que ela procuraria por mim. Tinha que encontrar alguma maneira de informá-la de que eu sobrevivera.

Primeiro, pensei que isso seria simples: eu só precisaria enviar uma carta para o antigo endereço dela em Varsóvia. Porém, no escritório administrativo do campo, um funcionário me disse que o serviço postal em Varsóvia não estava funcionando.

— Você chegou a ver as fotos? — ele perguntou, fazendo uma careta.
— Encontrar um endereço é impossível. O melhor que você pode fazer é se registrar conosco e esperar que sua namorada se registre no escritório da Cruz Vermelha em Varsóvia também.

Acrescentei o nome de Kacper junto ao meu na lista de poloneses que buscavam os seus familiares e o funcionário prometeu me avisar se soubesse de algo. Em poucas semanas, os pais de Kacper enviaram uma mensagem: estavam bem e seguros. Moravam com seu tio em uma hospedagem para refugiados em uma escola de Varsóvia, e estavam ansiosos por seu retorno.

Passei os quatro meses seguintes no campo da Cruz Vermelha esperando por notícias de Emilia — que nunca chegaram —, pela cirurgia de Kacper e, por fim, que seu coto cicatrizasse.

Quando estávamos prontos para sair, no final de setembro, eu só tinha duas coisas em mente: reconectar-me com a Resistência e construir meu futuro com Emilia, o motivo pelo qual continuava vivendo.

36

Emilia

SARA ACHAVA QUE O BEBÊ NASCERIA NO NATAL, ENTÃO eu teria de morar no convento por pelo menos cinco meses. No dia em que ela me deixou lá, garantiu-me que era o melhor a se fazer.

— A rotina da vida no convento fará com que os dias passem rápido — ela me disse. Truda foi conosco até Marki e ficou comigo duas noites para me ajudar na adaptação.

— Tem certeza de que quer ficar aqui? — Truda perguntou, quando chegou a hora de ela ir embora. Ela olhava ansiosamente o saguão do convento, uma mãe inquieta examinando os arredores em busca de perigo.

— Sinto-me péssima por deixá-la aqui sozinha.

— É o melhor a fazer — respondi, apática. — Quero ficar aqui — confirmei, baixando o olhar.

Eu não sabia como explicar que parte da minha disposição de evitar o apartamento em Varsóvia se baseava em meu desespero para evitar Roman. Sentia imensa falta dele, e sabia que ele também sentia o mesmo. Acreditava piamente que ele estava fazendo o possível para voltar e me encontrar. Se ficasse naquele apartamento, talvez um dia abrisse a porta para Roman, e teria de ver a dor e a raiva em seu olhar. Eu não estava pronta para isso. Até mesmo pensar no sr. Wójcik do segundo andar vendo a minha barriga enorme me enchia de vergonha. Além disso, como poderia reconstruir a minha vida se alguém das casas à nossa volta soubesse da gravidez? A única maneira de passar para a próxima fase desse suplício era sofrê-lo às escondidas.

O convento operava com uma rotina rígida que quase nunca variava. Eu acordava às sete, arrumava o meu quarto e tomava um banho; então, fazia meu exercício matinal com as freiras, normalmente uma caminhada pelos arredores. Depois disso, tomávamos café da manhã e fazíamos as orações matinais.

As freiras liam as escrituras depois disso, mas, como as minhas circunstâncias eram incomuns, fui incentivada a continuar com os meus estudos acadêmicos. A Irmã Agnieszka Gracja trabalhara como professora quando era mais jovem e, quando a conheci, ela se oferecera para me ajudar a recuperar o tempo de estudo perdido.

— Se você se esforçar bastante, terá dado um passo importante para voltar aos estudos formais sem atraso quando tudo isso acabar. E, se a Polônia for reconstruída, quem sabe os soviéticos não permitam que as universidades sejam reabertas.

Portanto, as manhãs eram dedicadas aos livros e aos estudos, à matemática e às ciências. Eu gostava de fazer uma brincadeira comigo mesma, fingindo estar no convento só para que pudesse concluir os meus estudos. À medida que minhas roupas iam ficando mais apertadas, gostava de fingir que estava me empanturrando com a comida sem graça do convento.

As freiras constantemente buscavam maneiras de contribuir com a comunidade local e muitas delas começaram a tricotar chapéus para as crianças da vila. Juntei-me a elas no início, desfazendo roupas danificadas, assim como fizera com Sara no passado. Porém, quando a Irmã Renata soube que eu gostava de desenhar e pintar, presenteou-me com um caderno, alguns lápis, um pouco de tinta e tábuas de madeira. Depois disso, enquanto o círculo de freiras tricotava em um silêncio solene, eu pintava.

Encontrei muito conforto ao registrar detalhes do convento. Pintei os arcos dos corredores da igreja, maravilhada com a maneira como a luz e as sombras marcavam sua própria história nas paredes de pedra de duzentos anos, uma história diferente a cada hora do dia. Desenhei a mão da Irmã Walentyna segurando uma agulha de tricô, tentando reproduzir as manchas de sol, as sardas e as rugas. Pintei uma tigela vazia de porcelana azul sobre a mesa depois que as maçãs foram retiradas, e depois pintei-a de novo, quando estava preenchida com maçãs outra vez.

Apesar de ainda não estar pronta para aceitar a realidade da minha situação, minha arte permitia que eu ponderasse a respeito dela sob uma ótica diferente. Sempre amei criar; desenhar e pintar eram a voz da minha alma. Mas, naqueles meses, três coisas me salvaram: o cuidado de um grupo de freiras que me amavam simplesmente porque eu era uma filha de Deus; a arte, que me permitia ver o mundo pelas lentes de uma criança novamente; e Roman. Nos meus dias mais sombrios, eram os pensamentos sobre Roman que me mantinham firme.

Eu não tinha ideia de quando nos veríamos novamente. Não sabia nem *se* nos veríamos. Às vezes, tentava me forçar a considerar a possibilidade de ele não ter sobrevivido, mas nunca me permiti pensar nisso por muito tempo. Ele era vibrante demais, determinado demais. Eu tinha que acreditar que ele também encontraria uma maneira de sobreviver depois da Revolta.

Havia agora muitas complicações e confusões para entabularmos um relacionamento que parecera puro um dia, mas a profundidade dos meus sentimentos era inegável. Ele sempre esteve em minha mente, e mesmo agora, no convento, eu podia sonhar acordada por horas lembrando das semanas e meses maravilhosos que eu e ele passáramos juntos. Parte da minha alma estava conectada à parte da dele, e, até construirmos uma vida juntos, eu ansiaria por seu retorno.

Entretanto, embora sentisse a sua falta e me afligisse por ele, às vezes sentia-me ansiosa com o nosso reencontro. Tentei imaginar como seria se contasse a ele sobre aquele dia em Lodz ou se ele visse a minha barriga grande.

A ansiedade logo se tornava medo quando eu percebia que, toda vez que imaginava esses momentos, enxergava apenas um resultado inevitável: Roman deixando-se levar pela raiva e querendo destruir o mundo por mim.

Dei-me conta de que, por mais profundo que fosse meu amor por ele, o ataque me deixara ainda menos inclinada a enfrentar a sua raiva desenfreada.

Chegar ao convento, partindo de Varsóvia, não era uma tarefa fácil. Às vezes, cada trecho levava duas ou três horas. Truda, Mateusz e Sara normalmente caminhavam até os limites da cidade, onde as estradas estavam desobstruídas, e tentavam pegar carona com alguma carroça ou carro que passava. Mesmo assim, eles me visitavam sempre que podiam. As freiras nunca olhavam ou chamavam a atenção para a minha barriga, cada vez mais volumosa, o que me ajudava a ignorá-la também. Porém, quando ela já estava grande de verdade, em junho, meus pais tinham dificuldade de olhar para outra coisa. Os períodos entre suas visitas eram os mais longos que passáramos separados desde que eles me adotaram, e sentia uma saudade visceral. Contava os minutos até a chegada do próximo encontro, mas, assim que eles chegavam, eu me ressentia da estranheza pesada de nossas interações.

— Você realmente veio até aqui só para ficar olhando para ela? — disparei para Truda um dia.

Ela ficou mortificada de culpa, como se tivesse sido pega cometendo um pecado mortal.

Sara, por outro lado, mantinha a suavidade mesmo quando se referia à minha gravidez. Ela fazia perguntas objetivas a respeito da minha saúde.

— Como está se sentindo? Você está comendo o suficiente? Ainda está cansada? Precisa de roupas maiores? Você tem alguma pergunta?

Tudo isso sem nunca chamar a atenção para o fato de que eu estava, de fato, grávida.

Eu não usava essa palavra quando pensava sobre a minha situação. E certamente não pensava sobre qual seria o resultado. Estava cansada e desconfortável, em um lugar estranho, mas estava em segurança, e sabia que um dia eu voltaria a Varsóvia.

De acordo com os relatos, a cidade estava começando a se reerguer e sendo reconstruída pedaço por pedaço, apesar de o Exército Vermelho ainda ser uma presença constante nas ruas, assim como fora em Lodz. Durante as visitas, eles me contaram que a imprevisibilidade dos primeiros dias da ocupação soviética começava a diminuir, dando lugar a uma realidade mais previsível. O gigantesco número de soldados do Exército Vermelho nas ruas também caía lentamente, como se houvesse uma aceitação implícita de ambos os lados de que os comunistas agora estavam no comando. Parecia que o país inteiro aceitara a realidade de que aqueles soldados seriam parte de nossas vidas por um bom tempo. Esse pensamento me deixava nauseada, embora reconhecesse que, mais cedo ou mais tarde, teria que aprender a aceitar tal realidade também.

Mateusz encontrou trabalho junto a uma equipe que fazia a limpeza das ruas para que os equipamentos e veículos pudessem trafegar livremente mais uma vez. Truda redecorou como pôde o apartamento, considerando que as janelas ainda não tinham vidros.

— Mas não se preocupe — ela garantiu, com o seu olhar se dirigindo para a minha barriga e voltando rápido para o meu rosto antes de se fixar na parede atrás de mim. — Quando voltar para casa já será inverno. De uma forma ou de outra, até lá já teremos dado um jeito nas janelas.

Em uma noite de setembro, eu estava deitada em meu pequeno cômodo no convento, olhando para o crucifixo na parede acima de mim. A lua estava cheia e o quarto, iluminado demais. Eu não conseguia me sentir confortável e me mexia e mudava de posição, tentando descobrir como fazer meu corpo estranho parecer *meu* novamente. Quando finalmente parei, os movimentos continuaram, só que agora não era *eu* me mexendo. Houve um movimento claro e assombroso na minha barriga.

Mais de dois meses se passaram desde que Sara me contara que eu estava grávida, mas pela primeira vez era forçada a confrontar a realidade do que aquelas palavras significavam.

Estava prestes a ter um bebê, mas que nunca poderia ser meu bebê. Nunca poderia dizer que aquela criança era minha, da mesma maneira que não poderia dizer que a destruição de Varsóvia era para o bem.

Tentei passar os dedos pela minha barriga pela primeira vez. Eu tive muito cuidado para evitar tocar aquela barriga saliente enquanto ela crescia, mas agora permiti que meus dedos explorassem o novo território. Senti o movimento de novo, e desta vez tentei imaginar como seria um bebê dentro de mim.

Imagens flutuaram em minha imaginação — do ódio desmesurado e colérico de homens estranhos em uniformes do Exército Vermelho — e eu comecei a suar frio. Virei para o lado e dobrei as pernas, não para proteger minha barriga, mas quase me protegendo dela. Como uma criança concebida daquela maneira poderia ser outra coisa senão feia e destrutiva?

No dia seguinte, fiz um calendário. Sara me dissera que o bebê chegaria na época do Natal, então marquei um quadrado para cada dia até lá.

Cento e onze dias. Só tinha que sobreviver mais cento e onze dias até que meu corpo pudesse ser meu novamente, e prometi a mim mesma que, quando tudo isso acabasse, eu nunca mais pensaria naquele bebê.

— Vocês tiveram notícias de Roman? — perguntei aos meus pais um dia. Eles não o mencionaram desde minha mudança para o convento e não pude deixar de pensar que eles talvez estivessem tentando me proteger de más notícias. — Vocês podem me contar se houver algo errado. Eu prefiro saber.

— Acredite, Emilia, não ouvimos nada sobre ele, mas não acho que deva se preocupar — disse Mateusz. — A maioria dos insurgentes foi enviada para campos na Alemanha. Ele ainda deve estar tentando voltar para Varsóvia. E, quando ele chegar... Bem, você viu a cidade. Pode levar um tempo até ele aparecer.

— Se ele me encontrar... encontrar vocês... — respirei fundo e fechei os meus olhos — ... vocês podem contar para ele o que aconteceu. Mas não quero vê-lo ainda. Por favor, não digam onde estou.

Abri meus olhos a tempo de ver o olhar que eles trocaram. Por um momento, eles ficaram em silêncio, até que, ao mesmo tempo, Mateusz disse:

— Essa é uma decisão sua.

E Truda disse:

— Você deveria permitir que ele a visitasse. Ele tentará ajudar.

— Ele vai querer arrancar essa coisa do meu corpo, do mesmo jeito que eu quero — falei furiosamente para Truda, apontando para a minha barriga. — Você o viu aquele dia no convento. Ele estava tresloucado, fora de controle. Eu amo Roman, mas ele não sabe como *não* brigar, e trataria disso tudo exatamente daquela maneira. — Perdi a energia e me afundei, admitindo: — Só não consigo lidar com a raiva *dele* e com a minha ao mesmo tempo.

Truda cruzou as mãos e se inclinou para a frente na mesa.

— Diga-me, Emilia. O que quer exatamente que contemos quando ele retornar?

— Digam a verdade — falei, endireitando-me e tirando meu cabelo do rosto. — Digam que o amo, mas que preciso de tempo para pensar sobre isso.

37

Roman

KACPER ESTAVA EM SEGURANÇA COM A SUA FAMÍLIA finalmente. Tendo presenciado o reencontro emocionante entre ele e seus pais, eu estava mais do que pronto para ter o meu também. Parei defronte ao apartamento de Piotr, olhando entre a sua porta intacta e o espaço aberto onde minha antiga casa costumava estar. Havia uma queda íngreme até o quintal a apenas alguns centímetros da porta de Piotr, um espaço agora cheio de destroços ao redor de uma macieira surpreendentemente robusta.

Ergui o punho e bati. Houve um movimento dentro do apartamento e a porta se abriu. Mateusz estava lá, vestido em um uniforme que não identifiquei. Ele deu um grito, abriu os braços e me abraçou. Não parava de me dar tapas nas costas e me apertou com força, em seguida me arrastando para dentro do apartamento.

— Meu Deus — ele disse. — É tão bom vê-lo, filho.

— É bom vê-lo também — eu disse, sorrindo. Corri o olhar pelo apartamento, buscando Emilia.

— Ela não está aqui, mas está viva — disse Mateusz.

Porém, havia algo no seu tom de voz, algo sombrio. Uma onda de adrenalina passou pelo meu corpo. Eu estava para me sentar no sofá, mas fiquei paralisado, com os músculos endurecidos.

— O que aconteceu?

— Vou pegar a vodca. Nós precisamos conversar.

Sentei-me no sofá, observando-o procurar nos armários da cozinha, murmurando algo sobre a reorganização da Truda e a perda da vodca. Minha paciência se esgotou rapidamente.

— Conte logo, Mateusz. Apenas conte.

Ele se virou e apoiou-se no balcão da cozinha. Dirigiu-me um olhar desamparado e se encolheu, murmurando:

— Roman, ela está grávida.

De todas as coisas que eu temia, Emilia encontrar outra pessoa nem tinha sido cogitado. Eu conhecia a raiva muito bem, mas o ciúme que agora dominava o meu corpo era algo completamente novo. Levantei-me em um instante, inquieto e pronto para destruir o mundo. Porém, antes que pudesse dizer qualquer coisa, Mateusz ordenou categoricamente:

— *Sente-se.* — Sua voz era firme, a angústia em seu rosto irrompendo em meio à fúria. — Apenas sente-se e me escute.

Afundei-me no sofá, por fim me dando conta. Fechei os olhos.

— Não — murmurei. — Por favor, não.

— Estávamos em Lodz. Foram soldados do Exército Vermelho. Eles estavam... — Ele respirou profundamente e balançou a cabeça. — É ruim, Roman. Sinto muito. É como se a luz em seu olhar se tivesse extinguido. Ela não está bem.

— Onde ela está?

— Está escondida e assim ficará até o nascimento. Ela vai ter o bebê e Sara encontrará uma família para adotá-lo.

— Quando eu posso vê-la?

— Roman — ele implorou —, você *não pode.* Ela não quer, e serei honesto com você: eu não tinha entendido o motivo até agora. Ela não está pronta para lidar com a sua raiva até entender a dela. Uma demonstração de raiva como a que acaba de ter? Meu Deus, eu odeio até pensar em como isso a assustaria. Ela está tão frágil... tão retraída. Acho que... no momento, ela tomou a decisão certa.

Eu nem sabia como explicar a urgência que sentia de confortá-la, de ajudá-la a se curar. Podia consertar aquilo, sabia que podia, só precisava vê-la.

— Mas eu...

— *Não* — disse Mateusz com veemência. — O que quer que esteja pensando, não. Devemos respeitar os desejos dela. Não vou dizer onde ela está.

Mateusz repreendeu-me por minha raiva, então a segurei, mas estava horrorizado de perceber que algo ainda pior surgia no lugar. *Pesar.* Eu choraria por ela e não poderia fazer isso na frente de Mateusz.

Olhei para ele hesitante e seus olhos transbordavam de compreensão.

— Fique conosco. Você pode ficar no quarto dela pelo tempo que precisar.

— Estou cansado — falei. Minha voz estava embargada pelas lágrimas, quase inaudível. Mateusz desviou o olhar e fiquei grato por isso. — Só preciso descansar. Foi uma longa jornada.

— Claro.

Subi as escadas, ainda segurando o choro quando cheguei ao andar de cima. Porém, quando pus os pés na porta, vi um mural da cidade na parede e meus olhos foram atraídos para o canto inferior direito, para uma cena cheia de amor e esperança. As pessoas que ela desenhara éramos nós dois — era claro e inegável —, dividindo o futuro pelo qual eu escolhera viver.

Entrei e fechei a porta. Sentei-me no chão perto do mural e chorei como uma criança.

— Você não tem ideia do que aquela menina enfrentou — Truda me disse naquela mesma noite, enquanto fazia a cama sob o mural no quarto de Emilia. Seus movimentos eram rápidos, e ela arrumava o lençol com violência. — Pode ficar conosco pelo tempo que quiser, mas não vou tolerar essa insistência a respeito dela. A vontade dela foi clara. Ela já tem que lidar com muita coisa sem você por perto para incomodá-la. E *eu* já tenho que lidar com muita coisa sem você por perto para *me* incomodar falando dela. Estamos entendidos?

— Sim, Truda — eu disse.

Mas não consegui dormir naquela noite. Quando ela e Mateusz foram dormir, caminhei pelo apartamento com uma lanterna que Mateusz tinha me dado. No antigo quarto do tio Piotr, encontrei um pedaço de papel e uma caneta.

> Querida Emilia,
>
> Sinto muito. Sinto tanto por tudo que você passou e por tudo que está passando agora.
>
> Estou na casa dos seus pais, mas eles deixaram muito claro que você não está pronta para me ver. E, claro, obedecerei. Mas quero que saiba que ainda sonho com um futuro com você, e, quando estiver pronta para sonhar de novo, estarei aqui esperando.

Eles me deixaram ficar no seu quarto por enquanto. Eu poderia ficar olhando para o mural na parede o tempo todo e nunca me cansar dele. A cidade se foi, mas sobrevive em sua arte. O poder e a beleza disso me tiram o fôlego. Eu amo a forma como você nos desenhou. Amo como posso ver o amor em seus olhos enquanto você olha para mim naquela parede.

Leve o tempo que precisar, Emilia. Você se lembra daquela imagem que descreveu para mim com suas palavras no dia do hospital do convento? Nossa família, um lar. Encontrarei uma maneira de estudar, de me tornar um advogado como meu pai. E você criará nossos filhos, cuidará da casa e será uma pintora. Meu Deus, você fará tantas pinturas!

Vale a pena esperar pelo nosso futuro, e também lutar por ele.

Por enquanto, meu plano é encontrar um trabalho para me sustentar enquanto me reconecto com a Resistência. Você sabe melhor que os outros que a guerra não acabou para nós, e não acabará até que estejamos livres. Espero que saiba que estou comprometido com a luta. Espero que, quando estiver pronta, você se junte a mim.

Com todo o meu amor,
Roman

No sábado, quando Mateusz e Truda começaram a se arrumar para visitar Emilia onde ela se escondia, pedi que levassem a carta.

— Não sei se é uma boa ideia — disse Mateusz, olhando para o papel em minha mão.

— Você pode ler — falei. — Não há nenhum segredo nela. Só quero que ela saiba que estou de volta e que me preocupo com ela. Digo até que entendo a razão de ela não querer me ver.

Truda arrancou a carta das minhas mãos e me dirigiu um olhar cortante.

— Vou ler no caminho. Se eu achar que é adequada, entrego para ela.

Quando eles voltaram no final da tarde, Truda me encontrou no quarto de Emilia.

— Ela pegou a sua carta — anunciou secamente. — Não quis responder.

38

Emilia

TODA VEZ QUE ME VISITAVAM, TRUDA E MATEUSZ TRA-
ziam para mim as cartas de Roman. Eu as lia sempre, mesmo que às vezes
levasse alguns dias para encontrar a coragem de fazê-lo.

Querida Emilia, estou no seu quarto e toda manhã e toda noite olho
para o seu mural. Já disse como acho seu talento espetacular? Todo dia
encontro novos detalhes que me encantam. Todo dia eu tento encontrar a
dança da luz e da sombra, e, quando a sinto, sinto você comigo...

Querida Emilia, tenho ótimas notícias: encontrei um emprego. Estou
trabalhando na mesma equipe do Mateusz. Mal posso esperar até poder
contar tudo que está acontecendo para você. Varsóvia está voltando à vida,
Emilia. Estamos limpando os destroços e reconstruindo o que podemos. Há
trabalho a ser feito e a luta não acabou, mas me sinto bem em ajudar as
pessoas a encontrar casas novamente...

Querida Emilia, Mateusz está tentando obter uma subvenção para abrir
uma nova fábrica de tecidos. Tenho certeza de que ele vai te contar tudo
sobre isso, mas estou ajudando com os documentos. Você se lembra de
quando me perguntou se eu queria ser o tipo de advogado que faz contratos
tediosos? Talvez eu devesse reconsiderar; parece que sou muito bom nisso.
Sinto sua falta e mal posso esperar para vê-la novamente. Espero que
esteja se fortalecendo. A Polônia precisa de você, e eu preciso também.

— Podemos parar de trazê-las — Truda ofereceu, em dúvida. Ela me visitou sozinha em meados de outubro, em um dia de semana em que Mateusz estava trabalhando. — Não acho que possamos convencê-lo a parar de escrevê-las, mas não há por que trazê-las se você não quiser.

Eu não sabia como explicar que esperava aquelas cartas com a mesma ansiedade que esperava pelas visitas dela. Mergulhava em suas palavras várias vezes, tentando absorver o amor dele por mim diretamente do papel.

— Ele pode escrever — falei com cautela. — Só não estou pronta para vê-lo ou para responder.

Eu conhecia a intensidade de sua escrita e o padrão de suas palavras. Elas sempre falavam de saudades, afeição e sentimentos por mim que não mudaram, apesar de tudo pelo que passara. Muitas vezes eu chorava enquanto lia, pensando se ele sentiria o mesmo se eu o deixasse visitar-me ou se ele sentiria repulsa pela minha barriga monstruosa, pela tristeza e exaustão que eu não conseguia afastar.

Mas as cartas sempre terminavam com um grito de guerra. Toda vez.

... enquanto eles estiverem em nossas ruas, não estaremos livres ainda. A luta apenas começou.

... tantos parecem resignados a aceitar outra ocupação da Polônia, mas não posso ser assim e não aceitarei.

... estou encontrando pessoas, fazendo conexões, só tentando descobrir a melhor forma de nos mobilizarmos.

E toda vez que eu lia aqueles gritos de guerra me lembrava da violência dentro dele, da sede de sangue e do desespero por vingança e liberdade. Era plenamente compreensível depois de tudo por que ele passara, tudo que perdera. Talvez eu até amasse aquela parte de Roman, assim como todo o resto. Sua paixão por justiça e por uma Polônia livre não tinha limites.

Só não estava certa de que podia lidar com sua agressividade da forma que sempre fiz. Toda manhã, acordava e esperava descobrir que me sentia diferente em relação a isso. Toda noite, eu rezava para que Deus me deixasse mais forte, para que pudéssemos nos reencontrar.

Queria encontrar a paz, mas percebi que a paz só poderia ser encontrada se eu aceitasse que minha vida nunca mais seria a mesma. Isso talvez envolvesse aceitar que meu país nunca mais seria o mesmo. Tal atitude, mesmo que eu pudesse atingi-la, significaria trilhar um caminho distinto de Roman, porque eu sabia que ele *nunca* descansaria até que a Polônia fosse governada novamente pelos poloneses.

À parte tudo isso, aquela visita de Truda em meados de outubro foi como sempre. Seu olhar se dirigia à minha barriga e suas perguntas eram rápidas, ora confortando-me, ora sufocando-me — na mesma medida.

— Como está se sentindo? Posso trazer alguma coisa para você?

— Não, obrigada.

— Você está se alimentando? Dormindo bem? As freiras estão cuidando bem de você?

— Truda — falei, da forma mais gentil que pude —, estou bem. Juro.

— Você parece tão cansada.

— Eu *estou* muito cansada. Ele nunca para de se mexer — murmurei, esfregando a minha lombar.

Sentia que estava acordada o tempo todo agora, com as contorções e os movimentos constantes abaixo do meu coração, como se o bebê estivesse determinado a se certificar de que eu não pudesse esquecê-lo, nem mesmo por um minuto de paz. Como se tivesse decidido de forma consciente a me torturar com sua própria existência.

Pior do que isso, percebi que, mesmo depois de dar à luz e de o bebê ser transferido para alguma família, eu nunca o esqueceria. Às vezes tocava minha barriga com uma das mãos, querendo enviar sinais bondosos, como se isso fosse ajudá-lo a crescer e se tornar uma boa pessoa, enquanto fechava minha outra mão em um punho furioso no lençol ao meu lado. O equilíbrio entre o amor e o ódio pelo intruso em minha barriga era cansativo. Aos poucos compreendi que, mesmo após o final da gestação, estaria dividida entre o alívio e o pesar. Parecia que a vida era um arsenal infinito de truques cruéis.

Quando Sara me visitou novamente, estava empolgada. Conseguira um emprego de enfermeira no recém-inaugurado Hospital de Varsóvia. Com uma renda estável, pôde alugar um pequeno apartamento e saiu do orfanato.

— Sara, o que aconteceu com os registros das crianças que resgatamos do gueto?

— Eu fui ao quintal e desenterrei a jarra, logo depois que você veio para cá. Agora, uma mulher chamada Miriam Liebman está liderando o projeto de reunir as crianças com suas famílias. Ela é viúva de um rabino muito respeitado que morreu durante a guerra. Faço um acompanhamento com ela a cada poucas semanas. Até agora, ela só conseguiu reunir umas poucas famílias. — Sara mordeu o lábio. — Você e eu sabemos que as pessoas deportadas nos trens não serão encontradas.

— E... Eleonora Gorka?

Sara deu um sorriso fraco.

— Roman perguntou por ela assim que chegou. Miriam tentou entrar em contato com a família adotiva, mas não obteve sucesso. Achamos que eles podem ter se mudado desde a última vez que nos falamos. — Ao me ver alarmada, Sara apressou-se em me tranquilizar. — Isso não significa que Eleonora esteja perdida. Pode só levar um pouco mais de tempo até que Miriam e sua equipe a encontrem.

Ficamos sentadas em silêncio por algum tempo, até Sara dizer que tinha que ir, pois queria estar em casa antes de escurecer. Ela se levantou para sair e me deu uma carta, que eu sabia ser de Roman. Coloquei-a no bolso da minha bata de gestante sem abri-la. Lágrimas inesperadas encheram meus olhos e desviei o olhar de Sara para as estantes de livros atrás dela.

— Queria que você ficasse.

— Só faltam alguns meses — ela disse em um tom carinhoso.

— Cinquenta e sete dias — eu disse.

Ela sorriu.

— Você sabe que os bebês não nascem exatamente quando queremos. Ele, ou ela, pode nascer a qualquer momento entre o meio de dezembro e o meio de janeiro.

Resmunguei, frustrada.

— Meio de *janeiro*? Meu Deus. Isso nunca vai acabar.

— Você parece mal-humorada hoje.

— Eu sei — admiti, dando um suspiro. — Não quero nem ver Truda e Mateusz. Só não sei como pedir a eles que parem de me visitar.

— Mas por quê? — Sara perguntou, erguendo as sobrancelhas. — Eles estão tão preocupados com você...

— Eles olham para a minha... Truda fica olhando para a minha... — Fechei os olhos, tentando encontrar palavras. Em vez disso, apontei para a minha barriga. — Ela fica olhando o tempo todo e me bombardeia com perguntas. Por que não consigo mais me sentir apenas de um jeito sobre *qualquer coisa*, Sara? Odeio o bebê, me preocupo com o bebê. Sinto uma saudade desesperadora de Truda, odeio quando ela me visita. É tudo tão difícil. — Abri os olhos e dei um meio sorriso para Sara. — Sim, eu sei. Ando reclamando demais atualmente. *É* cansativo.

Sara deu uma risada suave.

— A gravidez é algo difícil nas suas circunstâncias. Mas quero falar com você sobre Truda. Durante metade da vida dela, ela foi casada com Mateusz. Durante metade da vida dela, eles desejavam ter um filho, mas ela nunca conseguiu ficar grávida. E, agora, essa coisa horrível aconteceu com você e você tem que *sofrer* durante uma gravidez. Certamente consegue ver como isso deve ser complexo para ela.

— Ela está com inveja?

Sara fez um rápido sinal negativo com a cabeça.

— Não é inveja. Ninguém gostaria de estar na sua posição. Mas... Por favor, não seja tão dura com Truda. É tudo que lhe peço. A única experiência com a qual ela sonhou a vida inteira foi imposta à força exatamente à pessoa que ela mais ama no mundo.

Eu nunca tinha pensado sobre isso daquela forma. Não mesmo.

Fiquei acordada a noite toda, mas agora tentando fazer a mim mesma as perguntas difíceis, enfim sentindo coragem depois de meses me sentindo uma vítima. Em vez de evitar pensamentos sobre o bebê, forcei-me a encará-los.

> *Estou grávida. Darei à luz um bebê. Esse bebê foi concebido com violência. Esse bebê sempre será um lembrete dos piores momentos da minha vida. Esse bebê me forçou a suportar meses em que meu corpo não foi o meu.*
>
> *Mas não é culpa desse bebê e ele também é parte de mim. Mesmo quando ele estiver fora do meu corpo, terá sempre uma parte do meu coração. Como eu aprenderei a viver sem saber se ele está bem? Como eu saberei se o entreguei às pessoas certas? Quem na Polônia tem os recursos para cuidar de um bebê? Sara me garantiu que encontrará a família certa, mas e se a família certa não existir na verdade?*

Fiquei repassando esses pensamentos em minha mente, virando-os de um lado para outro, tentando entender a direção certa a tomar. Determinada noite, torturada pela insônia, caminhei até a capela. Os corredores do convento eram congelantes à noite, então me enrolei com os robes, mas minha barriga ficou para fora. Caminhei devagar, pensando que, assim que o tempo quente voltasse e o inverno chegasse ao fim, eu me separaria do bebê e nunca mais o veria novamente.

Acendi uma vela na capela e fiquei de joelhos no altar para rezar.

Eu não sei por que o Senhor deixou que isso acontecesse comigo. Não sei como o Senhor pode gerar vida de uma situação tão horrível. O Senhor tem que me dar sabedoria, porque não sei como seguir e não sei como sobreviver a isso.

Ouvi a porta da capela se abrir e me virei, deparando-me com a Irmã Agnieszka Gracja. Ela ficou de joelhos ao meu lado no altar e acendeu outra vela. Quando me levantei, ela fez o mesmo.

— Sobre o que estava rezando a essa hora estranha? — perguntei a ela por fim, enquanto voltávamos para os nossos aposentos.

Ela sorriu.

— Eu estava pedindo a Deus que a aliviasse do seu tormento.

O dia seguinte era sábado e Truda veio sozinha mais uma vez. Durante a primeira hora da visita, ficamos conversando sobre a semana dela: a comida que tinha preparado, as tarefas de casa que cumprira, as cortinas que estava tentando costurar com o tecido que encontrara.

— Mateusz está tentando finalizar o pedido de subvenção da nova fábrica, mas sei que ele está triste de não poder vê-la de novo — ela me contou. — Ele disse que virá amanhã, se quiser.

— Por que vocês dois são tão bons para mim? — perguntei de repente.

Truda olhou para mim, confusa. Ela ponderou sobre isso por um momento e disse suavemente:

— Você é a resposta para mais de uma década de orações, Emilia. Você é o raio de luz do sol que apareceu nos anos mais sombrios de nossas vidas.

— Vocês adotariam este bebê? — deixei escapar antes que pudesse mudar de ideia. No entanto, assim que as palavras saíram da minha boca, senti um alívio. Essa era a resposta para as minhas orações e para as orações da Irmã Agnieszka Gracja também. *Esse* era o próximo passo. Truda recuou, como se eu a tivesse golpeado.

— O quê? Emilia, por quê?

— Quero o melhor para ele. — Minha voz começou a ficar embargada. — E você e Mateusz são os melhores.

— Mas isso quer dizer que você vai vê-lo — disse Truda. Ela falava cuidadosamente, mas sua voz estava fraca. — Eu não poderia fazer isso com você. É melhor que o bebê vá para outra casa, para que possa esquecê-lo.

— Eu achava isso também. Realmente achava. Mas nunca vou esquecê-lo. Odeio a maneira como ele foi concebido, mas sempre vou me preocupar com ele. — Parei, e meu olhar se voltou para a mesa quando sussurrei: — Além disso, quero que você vivencie a maternidade. Você esperou por tanto tempo.

— Sua boba. — Ela deu um suspiro, balançando a cabeça para mim. — Por metade da minha vida, eu rezei para ter um filho. Deus me escutou e me deu uma menininha de onze anos faladora e curiosa que quase me deixou louca nos seis anos desde então. Eu vivenciei plenamente a maternidade. Então, não faça isso por mim. — Seu olhar ficou mais suave e ela acrescentou com carinho: — Emilia, se você ama esse bebê, deve criá-lo você mesma.

— Ele foi concebido em um estupro — eu disse, tensa. — Como seria possível amá-lo de verdade?

— Quando você sair deste lugar, quero que olhe com atenção para as crianças que encontrar — disse Truda. — Veja se consegue identificar quais delas são frutos de estupros e quais são frutos do amor. Haverá neste país toda uma geração de crianças que foram concebidas à força em suas mães, e as afortunadas crescerão rodeadas de amor da mesma maneira. — Truda pegou minha mão. — Não pense nele como um filho da guerra. Toda criança simplesmente nasce boa, e, desde que cresça em uma família que possa criá-la desta maneira, as circunstâncias da concepção são irrelevantes. Você, Emilia Rabinek, é plenamente capaz de lidar com esse desafio se quiser criar esse bebê.

— Mas quero que você e Mateusz...

Ela esticou o braço até o outro lado da mesa e apertou a minha mão.

— Não faça isso por nós, Emilia.

Soltei a respiração, trêmula

— Acho que estou fazendo isso por *mim*... — eu disse lentamente, com os olhos cheios de lágrimas. — Não posso criá-lo, Truda. Não estou pronta e ainda tenho uma longa recuperação pela frente. Mas verei essa criança pelo resto da minha vida, seja com meus próprios olhos ou em meus sonhos. Eu o amo o suficiente para saber que não posso criá-lo e o amo demais para dá-lo a alguém desconhecido. *Você* poderia amar esse bebê como se fosse seu?

Minha voz sumiu no final da pergunta porque eu já sabia a resposta. Ela me acolhera em um piscar de olhos, como se já estivesse em seu coração desde sempre, mesmo no momento mais tumultuado de sua vida. Enquanto todo o nosso mundo mudava, a intensidade do seu amor nunca sucumbiu. Nenhuma vez.

Truda não era fácil e nem sempre era carinhosa, mas ela amava de uma forma que era tão constante quanto a alvorada e o crepúsculo.

— Você sabe que sim — ela disse calmamente.

— Por favor... — eu disse, sufocando. — Por favor, pode ser a mãe desse bebê?

— Se você tem certeza de que é isso que deseja...

— Tenho certeza. Você fala com o Mateusz a respeito?

— Eu já sei o que ele vai dizer — ela sussurrou, hesitando logo em seguida. — Você sempre pode mudar de ideia. Podemos planejar melhor, mas, se decidir mantê-lo...

— Truda — eu disse —, tenho certeza disso como nunca tive de algo antes.

Ao final da visita, acompanhei-a até a entrada do convento e hesitei.

— O que foi? — ela perguntou.

— Só me faça um favor — respirei fundo e acrescentei: — Por favor, deixe que eu conte para o Roman.

39

Roman

— QUANDO A CIDADE ABRIR DE VEZ, VOCÊ DEVE COMEÇAR a procurar emprego com um advogado — Mateusz me disse enquanto limpávamos um beco. Era novembro, e havia dias em que trabalhávamos sob granizo ou neve. — Agora que a guerra acabou, chegou a hora de todos nós voltarmos às vidas que deveríamos viver.

— A guerra ainda não acabou — eu disse, impaciente. — Só chegamos a uma nova fase. A guerra não acabará até que o Exército Vermelho saia.

— Eles instalarão um governo comunista, Roman — ele disse, cautelosamente. — E você precisa tomar cuidado, falando desse jeito. A prisão de Mokotów já está cheia de gente que tentou se rebelar. Você deveria ser mais discreto.

— Serei discreto quando as ruas estiverem livres novamente — prometi. — Até lá, a luta não acabou.

Eu estava tentando me reconectar com a Resistência, mas não tivera muita sorte com a cidade naquele estado de desordem. Eu sabia que Truda e Mateusz não eram muito simpáticos à minha frustração, mas durante um jantar certa noite, não consegui segurar o desabafo.

— A maior parte dos líderes do AK morreu durante a Revolta, e era exatamente esse o resultado que os soviéticos esperavam. Eles encorajaram a rebelião com promessas de ajuda só para ficarem assistindo ao banho de sangue a uma distância segura. Vocês sabiam que os líderes sobreviventes do AK foram instruídos a registrar qualquer combatente que retornasse a Varsóvia? Tive sorte de ter permanecido em Berlim com meu amigo e de ter retornado meses após os outros, senão estaria naquela lista também. Quase todos os homens registrados foram torturados ou executados. Os soviéticos esmagaram a rebelião inevitável muito antes de ela se concretizar. Sabendo disso, vamos realmente ficar aqui sentados enquanto eles tomam a Polônia? É uma loucura!

— Não temos escolha — disse Truda, sem rodeios. — Não há caminho viável para uma resistência. Estamos muito dispersos e eles já têm muito poder.

Balancei a cabeça.

— Eu nunca vou parar de lutar. Não até que a Polônia seja livre. Não importa quanto isso me custe.

— É em momentos como este que vejo como Emilia foi sábia ao mantê-lo à distância — murmurou Truda, lançando um olhar severo para mim. — Se ela permitir que você volte para a vida dela, não será só *você* a pagar o preço quando for preso.

— Ela vai querer lutar comigo quando se sentir bem de novo.

— Você não a viu — disse Mateusz baixinho. — Ela não é a mesma garota de antes.

— Ela sempre acreditou no que é certo — insisti. — Lutar para libertar a nossa terra natal talvez seja o que possa ajudá-la a voltar ao normal.

— Ou talvez ela esteja fragilizada por anos de luta, assim como o resto do país — disse Truda, impaciente. — Alguns de nós *querem* escolher a paz. Alguns de nós estão prontos para aceitar essa nova realidade. Pode ser imperfeita, mas ainda assim é preferível a mais uma guerra.

Jamais consideraria esse pensamento. Despejei minhas frustrações em uma carta para Emilia, que Truda e Mateusz levaram para ela em sua visita seguinte.

> Querida Emilia,
>
> Se há uma coisa que aprendi é que devemos sempre proteger o nosso espírito. Quando uma nação é ocupada, os invasores sempre tentarão reprimir a sua alma. Afinal, são nossas almas que nos inspiram a lutar, mesmo quando nossos corpos nos levam a nos acovardar. Por que você acha que os alemães destruíram tanto de nossa cultura em Varsóvia? Nossos museus, nossas bibliotecas, nossos marcos históricos? Eles sabiam que isso nos desmoralizaria.
>
> Espero que ainda haja espírito de luta em você, Emilia. Depois de tudo pelo que passou, espero que seu espírito ainda esteja pronto para se rebelar.

A verdade é que temo pela Polônia. Não sinto que haja luta em Varsóvia agora, e ela sempre foi uma cidade que sabia como se rebelar. Mesmo quando as chances eram desfavoráveis, estávamos conspirando, tentando reconquistar a nossa liberdade.

Eles podem nos esmagar, mas não podem nos destruir; não enquanto ainda estivermos dispostos a nos reerguer. Quero que saiba que continuarei lutando até que o povo polonês seja soberano mais uma vez. Não farei isso apenas por nosso país ou por mim, mas por você.

Espero que se junte à luta quando estiver pronta.

Com amor, Roman.

Achei que provara que tinha razão quando Mateusz retornou da visita e disse que Emilia lera a minha carta e estava pronta, enfim, para me ver.

40

Emilia

UM ANO SE PASSARA DESDE QUE EU TINHA VISTO ROMAN pela última vez. Por suas cartas e minhas conversas com Mateusz e Truda, eu sabia o básico do que acontecera com ele desde a Revolta. Porém, de alguma forma, havia redesenhado a imagem dele em minha mente, removendo as cicatrizes e os sinais visíveis de trauma. Quando ele entrou no saguão do convento, fiquei chocada com sua aparência.

Ele estava mais musculoso, sem dúvida um efeito colateral do seu trabalho nas ruas. Mas um de seus braços pendia ao lado do corpo em um ângulo incomum, e eu sabia que era resultado do ferimento que lhe fora infligido no gueto. O lado direito do seu rosto e do seu pescoço tinha cicatrizes horríveis das queimaduras que ele sofrera na explosão. Seu corpo era uma vitrine de tudo que suportara, mas pior ainda era a sombra em seu olhar. Ele continuava amargo, como sempre fora. Eu me esquecera disso.

Roman presenciara e passara por tantas coisas que eu não conseguia afastar o pensamento de que suas memórias o perseguiriam pelo resto da vida, prontas para surgir a qualquer momento e mexer com as estruturas de sua existência. Estava com a sua carta mais recente no bolso da bata e, quando ele se aproximou, eu a toquei com as pontas dos dedos, como se para lembrar a mim mesma por que eu tinha que ser forte.

— É tão bom vê-la de novo — ele sussurrou.

Ele não fez nenhum movimento para tentar me tocar, permanecendo fora do alcance, olhando meu corpo e se voltando para o meu rosto. Seu olhar fazia mil perguntas para as quais eu não tinha as respostas. Segurei suas mãos, apertei-as com força e toquei meus lábios nos dele. Atrás de nós, a Irmã Walentyna pigarreou. Escondi um sorriso e me afastei, soltando suas mãos. Um sorriso lento transformou o seu rosto, aliviando a tensão e iluminando os seus olhos.

Eu não planejara o beijo. Temia estar fragilizada e nunca mais desejar tocar outro homem novamente, mas ainda me sentia atraída por Roman.

Eu sempre o amaria. Sempre.

— Não sei o que esperava — ele disse baixinho enquanto caminhávamos até a biblioteca. — Sara... Truda e Mateusz. Eles só ficam me dizendo que você não é a mesma, mas...

— Não sou a mesma — falei abruptamente. — Nunca mais serei a mesma.

Ele não respondeu.

Na biblioteca, levamos as cadeiras para perto das janelas, as mesmas cadeiras nas quais eu me sentava com meus pais e Sara. A Irmã Renata entrou silenciosamente na sala e se sentou do outro lado com sua Bíblia. Eu nunca fora supervisionada quando meus pais ou Sara me visitavam, mas não me importei. Estava nervosa com o que tinha que fazer e estava contente de ter aliadas na sala, mesmo que estivessem a certa distância.

— Obrigada por suas cartas — falei para Roman. — Elas significaram muito para mim nos últimos meses. Desculpe não ter respondido.

— Tudo bem. Eu estava disposto a esperar o tempo que fosse necessário. — Ele hesitou, e, em seguida, acrescentou baixinho: — Eu *estou* disposto a esperar.

Respirei lentamente e apoiei as mãos na barriga. Vi seu olhar acompanhá-las, mas não era como o olhar de Truda. Uma faísca de algo quase ameaçador atravessou o seu rosto.

— Você está se preparando para combater os soviéticos — eu disse.

— É claro que estou. E acho que estou conseguindo chegar a algum lugar. Encontrei um combatente do AK na semana passada que esteve envolvido em atos de sabotagem. Vou me reunir com o seu grupo para uma reunião na terça.

— Essa ocupação é diferente, Roman — eu disse em um tom suave. — Mesmo quando parecia que os alemães tinham vencido, nunca tivemos a impressão de ser permanente, a vitória deles nunca pareceu inevitável. Isso é *diferente*.

Ele fez uma careta, visivelmente frustrado.

— A Polônia deveria ser governada pelo seu povo.

— Em um mundo ideal, é claro que sim. Você está certo. Mas os soviéticos vão instalar um governo pró-comunista que será fiel a Stalin. Não é mais uma guerra, Roman. É apenas a nossa vida agora.

— Não posso aceitar isso.

— Eu sei, e não espero que aceite — falei calmamente. A confusão no seu olhar quase partiu meu coração. — Você, meu amor, é mais comprometido com a justiça do que qualquer outra pessoa que já conheci. Você lutará até vencer ou até que isso custe a sua vida. — Ele assentiu com a cabeça lentamente, mas ainda franzia o cenho. — Mas... É diferente para mim. Amo este país e sempre tentarei criar algo bonito aqui, mas não quero fazer parte de nenhuma resistência agora. O espírito de luta me abandonou. Já vi o bastante de conflitos e violência, senti a violência *no meu* corpo. Tudo que quero para a próxima fase da minha vida é me adaptar e encontrar a paz.

Roman se inquietou, fazendo uma cara feia.

— Emilia, eu *tenho* que...

— Não pedi a você que viesse até aqui para que eu o convencesse a não lutar — falei, interrompendo-o, e em seguida respirando fundo. — Eu queria lhe dizer pessoalmente que não temos como ficar juntos.

Ele arregalou os olhos e, por um minuto, pensei que discutiria comigo. Mas, então, ele deu um suspiro profundo e disse:

— Houve muitas vezes na minha vida em que pensei em desistir. Eu conheço a tentação. Sei exatamente como se sente. Parece fácil simplesmente aceitar o seu destino. Mas essa não é *você* e não é assim que reconquistaremos o nosso país.

— Vou levar um tempo para me recuperar das coisas pelas quais passei. E então... — cerrei os olhos, incapaz de encará-lo enquanto contasse dos meus planos para o bebê — ... e então terei que me adaptar a ser uma irmã para esse bebê, porque pedi a Truda e Mateusz que o criem.

Roman avançou sobre a mesa entre nós. Seu tom era urgente quando começou a falar:

— A melhor coisa a fazer é dar esse bebê para uma família que esteja bem longe de nós. Senão, toda vez que você o vir, vai se lembrar do que aconteceu com você! Trazer essa criança para a sua família significa trazer *aqueles desgraçados* também! — Fiquei ereta, mas não discuti. Em vez disso, apenas observei, enquanto ele ficava cada vez mais frustrado.

Ele não tinha como saber que cada palavra dura que dizia era mais uma confirmação de que eu estava tomando a decisão correta. — Para estarmos juntos você quer que eu aceite o filho do seu estuprador e ainda que relaxe e deixe os soviéticos fazerem o que quiserem com a Polônia?

— Roman, eu queria que pudéssemos ficar juntos — murmurei, triste, balançando a cabeça. — Mas agora preciso de tranquilidade e você sempre buscará a revolta. Não há um meio-termo entre o que você e eu queremos para nossas vidas. Você se tornou parte da minha família e meus pais o amam tanto quanto eu. — Endireitei-me e olhei em seus olhos, endurecendo minha voz ao acrescentar: — Mas, Roman, estou lhe dizendo agora: se deseja *continuar* em nossa família, terá que encontrar uma maneira de aceitar esse bebê também.

Caímos em um silêncio tenso. Por longos momentos, o único som era o de Irmã Renata virando as páginas do seu livro.

— Preciso pensar sobre isso — ele disse por fim, baixando a voz. Tentou alcançar a minha mão, mas eu a removi lentamente, e Roman suspirou impaciente. — Você precisa me deixar pensar sobre tudo isso.

— Na vida, às vezes, pode-se chegar a um acordo. Mas, às vezes, isso não é possível — sussurrei, engolindo o nó na minha garganta. — Você e eu sabemos que esse é o caso agora.

Acompanhei-o até a porta, com a Irmã Walentyna novamente pairando atrás de nós. Porém, não houve nenhum contato ilícito desta vez para que ela reclamasse. Roman e eu permanecemos a meio metro de distância, um oceano de dor entre nós. Sua expressão era de desespero, mas ele não tentou me tocar. Ele se virou para sair, mas parou e sua voz saiu áspera ao dar meia-volta e dizer:

— Não sei como consertar tudo isso, mas tem que haver um jeito.

— Você não pode fazer nada a respeito — respondi calmamente. Conseguia ver a tensão em seu corpo. Seus ombros e braços estavam rígidos, como se ele estivesse pronto para iniciar um confronto físico. Eu não tinha medo dele, nunca tive depois daquele primeiro dia, mas até a sua postura confirmava a minha decisão. — Proteja-se, Roman. Por favor, proteja-se.

De alguma forma, eu sabia que ele não faria isso.

Truda estava empolgada e não conseguiria esconder nem se tentasse. Ela tricotava gorros e pequenos suéteres para o bebê e andava por toda a cidade atrás de roupas e cobertores para ele. Ela me contou que Mateusz construíra um bercinho e o montara no quarto deles.

— A menos... A menos que você ache que deva ficar no seu quarto — ela acrescentou, em dúvida.

— Por que eu ficaria com o *seu* bebê no meu quarto? — perguntei, injetando um quê de grosseria à fala que me fez sentir como uma adolescente de novo, em vez da carcaça corroída de mulher que eu me tornara.

No entanto, o final se aproximava e eu sabia que, assim que o bebê nascesse, começaria a reconstruir a minha vida do zero. Enquanto isso, tudo que eu tinha que fazer era aguentar um dia por vez, esperando que cada pontada que eu sentia fosse o começo do trabalho de parto que daria início ao novo capítulo da minha vida.

Celebramos um Natal quieto no convento: uma ordem franciscana de freiras, eu, Mateusz, Truda e Sara. Roman não estava conosco. Meus pais contaram que ele tinha sido convidado, mas recusara educadamente. Ele também tinha deixado o meu quarto e encontrara acomodação em outro lugar. Mateusz ainda o encontrava no trabalho, mas se sabia dos detalhes de *qualquer outra coisa* que Roman estava fazendo, não os compartilhou comigo.

Eu sentia saudade dele, mas estava acostumada com isso. A novidade para mim era ter que me enlutar pelo futuro que uma vez pensei que dividiríamos. Às vezes me pegava sonhando com um reencontro, como se isso já não tivesse acontecido.

Mesmo assim, estava orgulhosa de mim mesma por ter tomado aquela difícil decisão. Eu me fortalecera o suficiente para saber o que era o melhor para mim e, então, agir de acordo.

Sara e Truda mudaram-se para o convento nas últimas semanas do ano para esperar pelo parto. A Irmã Teodora trabalhara como parteira, mas tinha por volta de oitenta anos de idade e não fazia um parto há mais de uma década, então Sara a ajudaria. O convento inteiro estava ansioso com a hora do parto, mas eu estava quase convencida de que o bebê nunca nasceria. Minha contagem regressiva chegara ao fim no dia de Natal e cada dia que se passava depois disso parecia um escárnio. Eu sentia dor para me sentar, para ficar de pé, e às vezes, quando andava, estava convencida de que o bebê cairia do meu corpo. Parecia que minha irritabilidade não conhecia fronteiras. Eu estava de mau humor até com as freiras, que foram tão hospitaleiras comigo por todos esses meses.

Houve uma refeição especial na noite de Ano-Novo, mas eu estava sem apetite e fui cedo para a cama. Porém, não consegui dormir. Era uma noite de frio penetrante e o mundo estava coberto por uma grossa camada de neve, mas me sentia quente mesmo quando caminhava pelos corredores, andando de um lado para o outro, frustrada.

— Vamos, bebê — eu murmurava, acariciando a minha barriga dolorida. — Saia daí. Sua mamãe quer muito te conhecer.

Desde que começara a pensar no bebê como filho de Truda, minha ambiguidade em relação a ele desaparecera. Sua empolgação emprestava sentido à minha dor, e era nesse sentido que eu encontrava conforto.

Quando me virei no final do corredor, do lado de fora dos aposentos do convento, fui tomada por uma dor tão forte que me esqueci de respirar. O aperto começou nas minhas costas e se estendeu à minha barriga, até que me senti sendo virada do avesso. Não durou muito, mas foi notavelmente mais intensa que qualquer pontada que sentira durante a gravidez. Quando consegui respirar de novo, retomei o ritmo, mas fui atingida por outra onda de dor apenas alguns minutos depois.

Desta vez eu gritei e uma porta no corredor se abriu. Uma massa de freiras apareceu para ver como eu estava, com Sara e Truda logo atrás. A Irmã Agnieszka Gracja juntou as mãos de alegria.

— Emilia — ela sorriu, mas em seguida baixou o olhar e correu em minha direção —, vamos tirá-la desse tapete para o caso de a bolsa estourar.

O trabalho de parto veio tão rápido que mal tive a chance de recuperar o fôlego entre as contrações. Era meu trabalho de parto, mas também era *nosso*, porque Truda ficou comigo o tempo todo. Quando estava com dor, eu via a dor em seus olhos. Quando relaxava entre as contrações, eu a via relaxar também, mesmo que brevemente. E, quando chorava, ela fazia o mesmo, como se não pudesse aguentar me ver sofrendo sozinha.

Eu sempre a vira como uma mulher arrojada, e ela podia ser. Mas, naquela noite, estávamos tão próximas quanto duas mulheres poderiam ser: mãe e filha, esforçando-se juntas para trazer uma nova vida ao mundo. E, quando o sol brilhou sobre o distrito coberto de neve nos arredores do convento, o filho de Truda por fim abriu caminho no meu corpo e veio ao mundo. A Irmã Teodora o enrolou em um cobertor e fez o movimento de passá-lo para mim, mas fiz que não com a cabeça.

— Não. A mãe dele deve segurá-lo primeiro.

Quando vi o novo amor surgir no rosto de Truda, quando contemplei a gratidão em seus olhos, percebi que, embora soubesse que sempre sofreria pelo que me acontecera, sempre me consolaria por saber que algo tão glorioso resultara disso.

Truda fora paciente, gentil, generosa e corajosa; ela rezara e esperara, e em meio à guerra, ao pesar, à mágoa e à tragédia, Deus enfim concedera a ela um milagre.

41

Roman
Junho de 1946

MATEUSZ CONSEGUIU UMA PEQUENA SUBVENÇÃO DA cidade para instalar a sua nova empresa têxtil. O montante não chegava nem perto de ser suficiente para tirar a empresa do papel, mas era um começo. Ele também estava tentando obter um empréstimo para completar o restante do valor de que precisava. Eu seria seu braço direito até que as coisas se estabilizassem, mas, depois disso, concordamos que eu buscaria outro emprego. Gostava das tarefas administrativas, mas não tinha nem ideia do que fazer com insumos têxteis.

Estávamos tentando encontrar um edifício adequado, mas imóveis comerciais eram impossíveis de achar. O esforço de reconstrução concentrava-se em residências. Enquanto buscávamos, trabalhávamos em uma loja abandonada. Minha mesa era uma porta chamuscada montada sobre uma pilha de tijolos. Quando chovia, cinzas e poeira de concreto enlameado pingavam dos buracos no telhado. Uma solução muito mais razoável teria sido nos estabelecermos no antigo escritório do tio Piotr no apartamento de Mateusz, mas ele não fez essa sugestão e eu tampouco a mencionei. A cada momento de cada dia, Emilia estava em minha mente, mas não a vira mais desde aquele dia no convento e não conhecera o bebê Anatol, embora Mateusz falasse dele constantemente. Ele não parecia notar que, a cada vez que mencionava o bebê, eu me enrijecia e tentava mudar de assunto. Ele estava tão enfeitiçado pelo filho que não conseguia se conter. Ouvi sobre o primeiro sorriso de Anatol. Que ele já se virara, e que Sara tinha dito que era cedo para um bebê se virar, então ele devia ser muito esperto. E, depois, que o bebê estava começando a balbuciar, e que Mateusz tinha certeza de ter ouvido o som *tatuś*, que em polonês significa *papai*. Não conseguia compreender como aquela família podia ter recebido tão bem esse bebê, sabendo o que Emilia sofrera. Eu estava feliz por nunca ter conhecido Anatol Rabinek. Eu não poderia imaginar sentir qualquer tipo de afeição por ele.

Mateusz estava falando bastante ao longo daqueles meses, mas me mantive reservado. Estava desenvolvendo algo novo também, algo de que eu tinha um imenso orgulho. Juntara-me a um pequeno grupo de insurgentes do AK que haviam retornado e começamos a realizar uma série de atos de sabotagem. Estávamos tentando reerguer o espírito de nossa cidade e estimular uma resistência mais ampla, embora tudo que conseguíssemos fazer com nossos recursos limitados fosse pintar lemas pró-democracia em qualquer parede que estivesse de pé e distribuir materiais grosseiros de propaganda em apoio a uma rebelião.

Ainda estava desnorteado com a dificuldade de reunir apoio para o movimento clandestino junto à população geral. Eu participara de duas revoltas, e em cada uma delas as pessoas à minha volta se levantaram para apoiá-la sem precisar de qualquer incentivo. Agora, Varsóvia parecia resignada com o seu destino.

— O referendo popular está chegando — comentou Mateusz alegremente, enquanto inspecionávamos uma fábrica em potencial certo dia de maio. — Viu só? Poderemos votar sobre o nosso futuro.

— O referendo *popular* — zombei, chutando um tijolo queimado com a ponta da bota. — Será uma farsa, Mateusz.

O referendo traria uma série de perguntas a respeito do senado, das fronteiras e da nacionalização de propriedades, mas era uma consulta codificada que poderia ter basicamente uma única pergunta: as pessoas ficarão felizes com um regime comunista? Os pró-comunistas incentivavam as pessoas a votar "sim" para todas as perguntas. Os grupos democráticos faziam campanha para os poloneses votarem "não".

Minha unidade clandestina tinha certeza de que, antes mesmo de um único voto, o resultado do referendo já estava decidido. Stalin era o titereiro, trabalhando para empoderar as facções comunistas locais de tal maneira que jamais seríamos capazes de destituí-las. E, enquanto o Kremlin controlasse nossa liderança, a Polônia não seria livre. Emilia não seria livre, tendo ciência disso ou não. Tinha certeza de que ela nunca se recuperaria até que os soviéticos fossem extirpados de nossa terra.

— Devemos trabalhar por nossa soberania — eu dizia, embora soubesse que Mateusz já aceitara a derrota. — A guerra não acabará até que o povo polonês governe a nossa nação.

Mateusz deu um sorriso triste e apontou em direção à rua. Homens e mulheres demoliam ruínas, removiam os destroços e novos prédios eram erguidos no lugar. O som de martelos e serras substituíra o ruído de balas e bombas.

— Estamos reconstruindo — ele disse simplesmente. — *Acabou.*

— Estamos reconstruindo uma versão da Polônia com uma fachada soviética — retruquei cheio de fúria. — Nunca chegará ao fim até que removamos essa fachada.

— Mais uma vez teremos que concordar em discordar, meu amigo — disse Mateusz tristemente. Ele olhou para o buraco aberto no telhado da fábrica e suspirou. — Este aqui não vai servir também, não é?

— Não — eu disse, balançando a cabeça. — A busca continua.

42

Emilia

HOUVE BONS E TERRÍVEIS MOMENTOS NOS PRIMEIROS meses de vida de Anatol. Um dia, desci para beber água e encontrei Truda sentada na sala apenas olhando para o bebê em seus braços. Mateusz estava no sofá perto dela, encarando-a. O olhar de ambos era de total adoração, tão pura e intensa que me levou às lágrimas. Semanas depois, Truda segurava Anatol em um braço, cantando baixinho enquanto olhava para ele. Eu não vi o sorriso dele, mas vi a reação dela. Todo o seu rosto se iluminou e ela olhou para mim com lágrimas nos olhos.

— Você viu? Ele sorriu para mim! Foi a coisa mais linda que já vi!

— Foi — concordei, mesmo sabendo que falávamos de sorrisos diferentes.

Em momentos como esse, eu me esquecia totalmente de que tivera qualquer participação na concepção e no nascimento de Anatol. Ele era meu irmãozinho e um presente de Deus para os pais que eu amava.

Era mais difícil lidar com os piores momentos. Tinha que amamentar Anatol, não havia alternativa. Truda não tinha leite e era difícil conseguirmos alimentos frescos, quanto mais fórmula infantil. O ato de amamentar se tornava fisicamente mais fácil a cada vez, mas era desafiador no lado emocional.

Às vezes, ele pegava no meu peito e eu fechava os olhos, tentando imaginar que estava em outro lugar. Tinha pavor de criar uma conexão com ele e temia ver o pai biológico em suas feições. De vez em quando, ficava obcecada em tentar me lembrar da aparência de cada um dos meus agressores. O pai de Anatol era o mais jovem? Ou o que tinha o nariz largo? Ou era o mais velho?

— Emilia, acha que pode cuidar de Anatol por alguns minutos enquanto saio para buscar legumes frescos para o jantar? — perguntou Truda um dia, e olhei para ela alarmada.

— Você não pode levá-lo?

Ela me dirigiu um olhar confuso e apontou para a janela recém-instalada.

— Está chovendo.

— Eu vou, então.

— É apenas por cinco minutos. Você ficará bem.

Ela amarrou um lenço sobre o cabelo e saiu antes que eu pudesse protestar de novo. Sentei Anatol em um cobertor no canto da sala e fui para o outro lado, desempoeirar algumas prateleiras que não tinham poeira. Depois de alguns instantes, ele começou a choramingar. Sabia que ele não precisava de leite, eu o alimentara uma hora antes. Ignorei o som por um tempo, mas aquilo me pareceu cruel, então impacientemente atravessei a sala para pegá-lo no colo.

Ele se acomodou de imediato em meus braços, olhando para mim com uma fascinação tão curiosa que me peguei olhando de volta para ele.

— Não seja como eles — sussurrei para o bebê. — Por favor, seja bom por dentro.

Ele enfiou seu pequeno punho na boca e a baba rolou pelo seu queixo. Dei um suspiro e o balancei um pouco, voltando minha atenção para a janela.

Talvez fosse melhor eu ter essa cisma com Anatol. Talvez isso fosse melhor do que a alternativa, que era criar um laço forte demais que não me permitisse deixá-lo.

Eu sabia que Roman e Mateusz estavam trabalhando nos planos de uma nova empresa. Mateusz estava aflito com o que mais Roman estaria tramando, especialmente com a proximidade do referendo.

— Ele está obcecado — ele me disse, franzindo a testa de preocupação. — Toda vez que esse assunto vem à tona, sinto que está a ponto de explodir. Estou preocupado com que possa acabar sendo morto.

— Eu também — admiti.

Odiava a presença soviética em Varsóvia também: toda vez que eu via aquele uniforme, uma parte de mim queria se rebelar. Porém, assim como aprendera a concentrar-me na reconstrução em vez de nos destroços, aprendi a concentrar-me na relativa tranquilidade dessa nova ocupação, e não nela própria.

Em alguns dias eu sentia tanta falta de Roman que me arrependia profundamente de tê-lo afastado. Mas sabia que nunca poderia ter lidado com a chegada de Anatol se estivesse distraída por ele e seus esforços para destruir a própria vida.

— E como você está, Emilia? — perguntou Mateusz de repente.

Era uma manhã de domingo e caminhávamos para a missa, com Truda dois passos à frente de nós, levando Anatol em um carrinho que achamos e restauramos.

— Estou bem.

— O que você vai fazer da sua vida?

— Quando Anatol crescer e Truda não precisar tanto de mim, procurarei um emprego. Não sei em que exatamente, mas alguma coisa criativa. O tio Piotr uma vez me disse que a arte é generosa e eu gosto da ideia de dar coisas ao mundo que inspirem as pessoas.

Mateusz deu um sorriso suave, colocou seu braço em torno dos meus ombros e me puxou para um abraço.

— Parece uma boa ideia na minha opinião.

Era uma manhã quente de verão e o céu estava com uma cor azul vibrante, com o sol apenas começando a brilhar. Estava viva e me *sentia* viva. O futuro se estendia à minha frente, uma estrada longa e solitária, mas não tinha medo. Estava quase pronta para seguir para o próximo capítulo.

43

Roman

DOIS DIAS ANTES DO REFERENDO, EU ESTAVA TRABA-
lhando na frente de loja abandonada com Mateusz, tentando fazer o
dinheiro que ele pegara emprestado render ao máximo. Alguém bateu à
porta e, sem esperar ser convidado, um homem a abriu.

— Posso ajudá-lo? — perguntou Mateusz, cordial como sempre, mas
meu coração disparou. Olhei por toda a loja, tentando encontrar uma
saída, mas o homem entrou, seguido por mais três.

Eles não estavam de uniforme e não se identificaram como membros do Serviço Secreto Comunista Polonês, o *Urząd Bezpieczeństwa*,
conhecido como UB. Eles não precisavam. Era evidente por seus olhares
severos, que se alternavam entre Mateusz e mim. Era evidente em suas
posturas agressivas.

Quanto a mim, havia enfrentado a morte mais vezes do que poderia contar, mas nunca tivera tanto medo como naquele momento. Se
eles tivessem me abordado com a desculpa ridícula de querer saber
sobre um quarto que estivesse alugando, teria erguido meus punhos,
pronto para lutar. Se tivessem parado o carro ao meu lado enquanto
voltava para casa do escritório, eu os teria insultado. Se tivessem invadido alguma das minhas reuniões com os insurgentes do AK, eu teria
sentido prazer no confronto.

Mas aqueles homens estavam em nosso escritório improvisado e
Mateusz estava lá, bem ao meu lado. Em um segundo, compreendi que
Emilia estava certa em me afastar de sua vida. Se tivéssemos feito do meu
jeito, talvez estivéssemos noivos agora. Poderia ter sido *ela* a testemunha
da minha prisão.

— Eu vou de bom grado — falei, na esperança de acalmar a situação
antes que Mateusz tentasse me defender. — Ele não tem nada a ver com isso.

Um dos homens me agarrou, torcendo meu braço às minhas costas com tanta violência que senti meu ombro se deslocar. Um dos outros homens afundou a mão em meus cabelos enquanto me arrastavam para a porta. Eu não me importava nem um pouco com a minha captura ou com a probabilidade de passar por um interrogatório. Tudo que me preocupava era que, às minhas costas, havia sons de murros sendo desferidos e os gritos de dor de Mateusz, implorando pela vida.

— Por favor, deixem-no em paz — balbuciei. — Ele não tem nada a ver com isso.

Como se não tivessem me escutado, os oficiais do UB me empurraram para o assento traseiro de um dos seus dois carros estacionados do lado de fora da loja. Olhei pela janela quando o veículo começou a andar e vi Mateusz levando as mãos ao rosto, tentando inutilmente desviar dos golpes dos dois homens que ficaram para trás.

44

Emilia

NAS RUAS, A CIDADE ESTAVA SE AJUSTANDO À NOTÍCIA de que quase 70% do país votara "sim" para todas as perguntas, exatamente como os comunistas pediram que fizessem. Mas, em nosso apartamento, Sara, Mateusz, Truda e eu estávamos sentados à mesa de jantar e os resultados eram a última coisa em nossos pensamentos.

Meus pais e Sara bebiam vodca como se fosse água, mas, apesar de minha reação visceral ao cheiro ter diminuído, ainda não conseguia suportar o sabor. Em vez disso, bebi minha terceira xícara de chá. Anatol estava dormindo em um moisés sob a mesa, alheio à conversa tensa que ocorria em volta dele. Tínhamos eletricidade desde a semana anterior e a lâmpada acesa sobre nós lançava um brilho amarelo pela sala, uma novidade depois de meses nos virando com velas.

— Precisamos tirá-lo de lá — sussurrei.

— Só há um jeito, Emilia. Você sabe disso. Falei com os guardas na prisão e a propina que eles querem para libertá-lo é mais do que podemos pagar. — Mateusz falava com muito cuidado, como se um tom mais áspero fosse destruir um acordo de paz conseguido a muito custo. Quando ele falava, soltava um assovio sem querer, ainda se acostumando com a falta do dente que perdera no ataque. O hematoma em seu rosto estava sumindo, mas eu ainda ficava arrasada ao olhar para ele.

Se conseguíssemos libertar Roman, havia uma boa chance de eu mesma matá-lo.

— Nós *não* vamos pagar essa propina — determinou Truda, lançando um olhar severo para mim. Olhei para ela, que lançou os braços para o ar. — Depois de tudo que enfrentamos, temos a chance de voltar à vida normal e Emilia quer que troquemos essa chance pela vida de um rapaz que está determinado a ser um mártir.

Mateusz deu um suspiro, esfregando a testa em exaustão. Ele olhou para mim, implorando para que eu compreendesse.

— Truda tem razão. Mesmo se o resgatarmos hoje, ele provavelmente fará alguma coisa idiota e voltará para a prisão amanhã. Isso não é justo com ninguém.

— Se fosse eu naquela cela, vocês me resgatariam? — perguntei em voz baixa.

— Sabe que sim — disse Mateusz.

— Os pais dele não podem mais ajudá-lo. Nós somos a sua família.

— Você não o viu por meses, Emilia — Sara lembrou-me gentilmente. — Por uma boa razão.

— Eu ainda me importo com ele. E sei que vocês também. Ele é impulsivo e teimoso, mas é especial. Sei que veem isso nele também. — Olhei para Sara, que desviou o olhar. — Especialmente você, Sara. Faça-os ter bom senso!

— Só de pensar nele sofrendo fico enjoada — Sara disse abruptamente. — Mas não posso pedir a seus pais que sacrifiquem o futuro da família por ele. Truda tem razão: desde que o conheci, Roman demonstrou mais paixão por seu país do que juízo. Digamos que seu pai gaste o dinheiro que pegou emprestado no resgate de Roman em vez de montar a fábrica. O que faremos na semana que vem, quando Roman for preso de novo? Vocês não terão fábrica nenhuma, nada de dinheiro e um empréstimo para pagar sem ter renda para fazê-lo. E o resultado será o mesmo.

Estava tão frustrada que poderia chorar, mas entendia a lógica do que estavam dizendo. Mesmo assim, desde que soube que Roman estava sendo interrogado na infame prisão de Mokotów, fui tomada pelo desespero. O resultado mais provável era ele deixar aquele lugar em um caixão.

Eu havia imaginado que, se me distanciasse, poderia seguir com a vida se ele fosse preso ou coisa pior. Mas aqui estávamos. O pior acontecera e eu não conseguia pensar em mais nada além de encontrar uma maneira de ajudá-lo.

— Vocês acham mesmo que deveríamos deixá-lo lá e pronto? — perguntei, incrédula. — Ele é parte da *família*.

— Sinto muito, Emilia — Mateusz murmurou em um tom desalentado. — Realmente não temos escolha.

Na manhã seguinte, amamentei Anatol e o entreguei para Truda como sempre fazia, mas, em vez de começar as tarefas do dia, disse a ela que sairia.

— Para onde você vai? — ela perguntou, cerrando os olhos.

— Vou ver se consigo encontrar ajuda para o Roman. — Não tinha nem ideia de por onde começar, mas não podia deixar de fazer alguma coisa.

— Emilia — ela resmungou, balançando a cabeça —, é uma péssima ideia! Você estava certa esse tempo todo. Você *precisa* deixá-lo...

Então, naquele instante, a porta da frente do nosso apartamento se abriu e Mateusz entrou correndo.

— O que está fazendo em casa? — gritou Truda.

Ele passou por nós, indo em direção ao quarto deles.

— Roman.

Ele soltava as palavras pelo caminho enquanto corria. Eu o segui e o encontrei ajoelhado ao lado da cama. Truda estava bem atrás de nós com Anatol nos braços.

— O que está fazendo? — ela perguntou impaciente.

Mateusz pegou uma mala que estava embaixo da cama e a jogou em cima do colchão. O rosto de Truda empalideceu.

— Nem pense nisso! — ela murmurava enfurecida.

Como Mateusz continuou a abrir a mala, Truda passou Anatol para mim e foi até a cama. Ela agarrou o braço dele.

— Mateusz, *não*.

— Passei na prisão esta manhã para ver se poderia convencer o guarda a aceitar uma propina mais razoável — Mateusz explicou, afastando-a impaciente. Ele jogou as roupas da mala na cama. — Ele me disse que quebraram as pernas de Roman. O interrogatório não levou a lugar nenhum e eles só o mantiveram vivo porque supunham que eu voltaria com o dinheiro.

Truda e eu ficamos em choque ao mesmo tempo. Mateusz retirou um canivete do bolso para cortar o forro da mala. De lá, tirou um envelope grosso com algo dentro.

— Você vai pagar? — sussurrei.

Mateusz assentiu com a cabeça em silêncio. Truda praguejou ferozmente, tirou Anatol dos meus braços e saiu com raiva, voltando para a sala de estar.

— Por quê? — perguntei.

— Porque você tinha razão ontem à noite. Roman é da família. — Ele suspirou, enfiou o envelope no elástico da calça, ajeitou-se e me olhou diretamente nos olhos. — Eu poderia viver com a culpa se não fizesse nada, mas não poderia viver com a decepção no seu olhar.

Atravessei o quarto para abraçá-lo. Pressionei o rosto em seu peito e fechei os olhos.

— Mateusz… *Tato*... — sussurrei.

Papai. Eu já o chamara assim antes, mas só quando os outros à nossa volta não sabiam que ele não era meu pai verdadeiro. Quando ele apertou os braços em volta dos meus ombros, soube que Mateusz e Truda tinham mais que merecido os títulos de *mãe* e *pai*.

— Obrigada.

Mateusz deu um beijo no topo da minha cabeça, apertou-me com força mais uma vez e soltou-me delicadamente.

— Vou tentar trazer o nosso garoto. Você fica aqui e prepara o sofá para mim.

— O sofá? — perguntei, surpresa. — Ele não vai precisar de uma cama?

— Ah, não — disse Mateusz, estremecendo. — Eu acho que ele vai precisar do hospital. O sofá é para mim. Depois do que vou fazer, vai levar um bom tempo para que Truda me deixe voltar para a cama.

45

Roman

DESPERTEI COM UMA DOR EXCRUCIANTE E UM TORPOR medicinal inconfundível. Quando a confusão mental passou, olhei ao redor. Camas de hospital, ocupadas e vazias, estavam enfileiradas pelas paredes de ambos os lados de uma enfermaria estreita. Uma enfermeira media o pulso de um idoso na cama à minha frente.

Eu não tinha ideia de onde estava. A última coisa de que me lembrava era da marreta esmagando a minha canela. Felizmente, desmaiei.

Agora, minhas duas pernas estavam envoltas em gesso. Minha perna esquerda estava suspensa acima da cama, conectada a uma série de fios e roldanas. Fiquei surpreso ao perceber que Emilia estava sentada ao meu lado, lendo um jornal. Quando ela viu que eu estava acordado, dobrou o jornal e cerrou os lábios.

— Quantas vezes terei de fazer vigília ao lado da sua cama, Roman Gorka? — ela perguntou.

— O que está fazendo aqui? — perguntei, olhando para ela. Emilia perdera aquela desolação que a todos atormentara durante a guerra. Seu rosto estava mais cheio e um brilho rosado voltara à sua feição. Seu cabelo estava solto, espalhando-se sobre os ombros e escorrendo até a cintura, muito mais comprido do que da última vez que a vira.

— Não consegui me manter afastada — ela disse, embora não parecesse tão contente por isso como eu.

— Perdemos o referendo — supus, ao olhar para a manchete do jornal embaixo do seu braço. — Vamos nos reagrupar — eu disse, quase para mim mesmo.

O interrogatório tinha sido muito mais brutal do que esperava. Eu não denunciara nenhum dos insurgentes do AK, mas não conseguia deixar de pensar se teria sido tão corajoso caso soubesse seus nomes verdadeiros.

Por causa de situações como esta, adotamos a convenção dos Fileiras Cinzentas de só usar codinomes.

— Você sabe o que Mateusz teve de fazer para tirá-lo daquela prisão? — Emilia perguntou sem rodeios.

— Mateusz? — retruquei, franzindo o cenho. Ainda estava confuso e não pensara sobre como havia sido resgatado, mas de repente entrei em pânico ao lembrar-me dos oficiais do UB batendo nele enquanto arrastavam-me do nosso escritório. — Ele está bem?

— Ele perdeu alguns dentes. Os hematomas já sumiram, ele está bem — ela respondeu, impaciente. — Mas só Deus sabe por quanto tempo ficará assim, pois Truda está furiosíssima, e eu não ficaria surpresa se ela o matasse. Ele usou todo o dinheiro do empréstimo para a fábrica para resgatá-lo.

Esqueci-me repentinamente da dor nas pernas quando uma gigantesca explosão de culpa me dominou. Sabia como Mateusz dependia daquele empréstimo. Todo o seu plano de sustento da família se baseava naquele dinheiro. A vergonha era tão intensa que, por um minuto, não consegui falar. Preferia que ele tivesse me deixado morrer na prisão.

— Vou devolver todo o dinheiro — murmurei.

— Você se lembra do primeiro desenho que eu dei a você? — Emilia perguntou de repente.

— O punho — respondi. — Claro.

— E das palavras abaixo dele?

— Lutar por justiça sempre vale a batalha — falei, olhando em seus olhos. Ela balançou a cabeça.

— Você se esqueceu da parte mais importante, Roman. A primeira parte daquela frase dizia: *Existem muitas formas de lutar.* Queríamos que a guerra acabasse e ela acabou para o resto do mundo, mas... e para nós? Nós, aqui na Polônia, apenas entramos em uma nova fase, e ela perdurará por anos. Balas e bombas falharam conosco. Talvez elas sempre tenham falhado. Você precisa de uma nova estratégia.

Ela mudara desde o estupro, mas não da forma que eu teria esperado. A ideia de vê-la sofrer me fazia querer destruir o mundo, mas Emilia não parecia ter raiva. Na verdade, nos meses que se passaram desde que nos vimos no convento, ela só se fortalecera e se tornara mais segura.

Percebi que ela estava superando. Emilia Slaska continuava a me surpreender.

— Toda aquela violência, derramamento de sangue, morte e sofrimento, e o que conseguimos? Nada — ela disse, frustrada. — Sem justiça. Sem liberdade. Entendo a vontade de continuar lutando e, acredite, entendo o que é querer machucar aqueles que nos machucaram. Mas é uma batalha perdida, Roman. Você derrota um homem mau e outro aparece em seguida, pronto para tomar o lugar do primeiro. Precisa combater as ideias que criam homens maus em primeiro lugar.

A guerra fora tão destrutiva na vida de Emilia, mas nunca diminuíra a bondade de sua alma. Desde o primeiro momento em que a conheci, ela encontrara maneiras de fazer o bem. Nos primeiros meses de nosso relacionamento, até mesmo no período que antecedera a Revolta, ela manifestara seu desejo de vingança. Mas, com o passar do tempo, evoluíra para além desses instintos, algo que não pude fazer.

— Você nunca verá justiça para o que aconteceu a você — eu disse com a voz trêmula. Ela piscou para afastar as lágrimas enquanto assentia com a cabeça. — E, mesmo assim, está olhando para o futuro. Como?

— Quando você matava alemães durante a guerra, sentia algum tipo de cura? — ela perguntou gentilmente.

— Você sabe que não — murmurei.

Emilia se inclinou para a frente e apoiou a mão sobre a minha. Virei a mão, cruzando os nossos dedos, e ela apertou-a com delicadeza.

— Talvez seja o momento de encontrar outro jeito.

Não a desperdice, Chaim disse quando me empurrou para dentro do bueiro no gueto. Aquelas palavras me guiaram durante os anos de conflito, mas, ao olhar para os meus dedos entrelaçados com os de Emilia, percebi que talvez tenha entendido errado o desejo de Chaim ao morrer. Ele realmente havia salvado a minha vida para que eu pudesse viver outro dia por nossa causa e só então morrer? Ou ele a havia salvado para que eu pudesse *desfrutá-la*?

— Não conheço outra forma de viver a vida — sussurrei para Emilia.

Ela acariciou o dorso da minha mão com o polegar e deu um sorriso arrebatador.

— Você não precisa encontrar todas as respostas hoje, Roman. Temos todo o tempo do mundo para descobri-las juntos.

46

Emilia

ROMAN FICOU NA TRAÇÃO POR MESES, PRESO À CAMA do hospital e dependendo do cuidado dos outros, com pouco a fazer além de pensar. Quando ele recebeu alta, Sara o abrigou. Seu novo apartamento ficava a poucos quarteirões da prefeitura e consistia em dois quartos espartanos no terceiro andar de um prédio de apartamentos reparado às pressas. Roman teve de usar cadeira de rodas enquanto suas pernas se recuperavam e era impossível para ele se movimentar pelas escadas que levavam ao apartamento de Sara. Ela trabalhava em turnos irregulares no hospital e ele costumava ficar em casa sozinho durante o dia todo, só com um rádio e os livros que conseguíamos para lhe fazer companhia.

— Você se lembra de quando tínhamos bibliotecas? — ele perguntou saudosamente. — Prédios inteiros lotados de livros. Todos desapareceram. Parece uma loucura agora nunca as ter valorizado.

— As bibliotecas serão reconstruídas — prometi. — Nós mesmos as reconstruiremos, se for necessário.

Em casa, o dinheiro faltava como nunca. Mateusz lutava para pagar o empréstimo e para nos sustentar ao mesmo tempo. Ele era resiliente: encontrara trabalho de novo em uma equipe de construção e filosofava continuamente sobre a nossa situação.

— Salvei a vida do Roman e tenho o palpite de que pode ter sido a melhor coisa que já fiz — ele dizia, dando de ombros.

Truda era menos complacente.

— É bom que ele não nos desaponte — ela avisou, balançando a cabeça. — Levarei um bom tempo para confiar nesse rapaz de novo.

Anatol estava sendo desmamado gradualmente. Agora, limitávamo-nos a uma mamada pela manhã e outra à noite, enquanto ele aprendia a comer alimentos sólidos. Com isso, meus dias enfim eram meus.

Consegui um emprego de recepcionista em um jornal recém-criado. O pagamento era terrível, mas eu sabia que cada *zloty* ajudava a minha família, e pela primeira vez em muito tempo senti-me útil e independente. Toda noite, no caminho do trabalho para casa, eu visitava Roman e levava uma cópia do jornal para ele.

Finalmente não havia mais toque de recolher e as ruas estavam em segurança de novo. Eu podia ficar por horas, o mais tarde que quisesse, e analisávamos o jornal, discutindo as notícias enquanto o país era reformado. Sabia que Roman ainda sofria por ver o regime comunista no poder, mas sua animosidade diminuíra. Ele estava se concentrando em começar uma nova vida em vez de enfurecer-se, como fizera por tanto tempo.

— Estive pensando no que me disse no hospital aquele dia, sobre encontrar um outro jeito — ele falou. — Acho que a política é a resposta. Não será fácil, mas se pegarmos todas as coisas que aprendemos durante as revoltas, como mobilização, organização e identificação de interesses comuns, e pusermos esse conhecimento em prática para pressionar por mudanças, talvez um dia possamos libertar este país pacificamente.

— Eu gosto dessa ideia — falei, assentindo com a cabeça de forma animada. — Como seria? Como você começaria?

— Bem, primeiro, preciso melhorar — ele respondeu ironicamente, apontando para as pernas. — Depois, vou esperar as universidades reabrirem e provavelmente cursarei Direito.

— Seguindo os passos do seu pai.

Ele assentiu com a cabeça, sorrindo.

— Como eu sempre quis.

— Você é um colírio para os olhos — Roman me elogiou um dia.

Ele estava na cozinha, com a cadeira de rodas logo atrás e uma das mãos apoiada pesadamente em uma bengala. Em pé na frente do fogão, parecia aflito e desnorteado.

— Que diabos está fazendo?

— Estou tentando fazer o jantar para a Sara.

A cozinha era uma cena de destruição: linguiças queimando em uma frigideira, batatas cortadas irregularmente em uma tábua, fatias de pão que, de alguma maneira, ele havia conseguido cortar sem nenhuma uniformidade. Olhei para tudo aquilo, depois para ele, e ele se curvou desesperado.

— Está terrível, eu sei. Por favor, me ajuda?

Rindo, juntei-me a ele na cozinha para salvar a refeição. Ele voltou para a cadeira de rodas para me observar.

— Preciso melhorar nisso — murmurou. — Eu nunca aprendi.

Parei por um instante, percebendo de repente por que ele não tinha ideia de como cozinhar. Confinada no gueto, sua família fora forçada a viver de rações. Ele provavelmente nem conseguia se lembrar do tempo em que sua mãe fizera refeições normais para ele.

— Não se preocupe — disse com leveza. — Eu te ensino.

Ele lutava para se adaptar à sua falta de independência e lutava para se curar totalmente, mas eu podia ver os seus grandes progressos emocionais. Era evidente na forma como falava: a intensidade e a agressividade em sua voz haviam diminuído, deixando espaço para a vulnerabilidade. E essa nova versão de Roman era um homem em quem eu sabia que podia confiar. Nosso relacionamento fora totalmente platônico desde que o aceitara de volta em minha vida, mas a cada dia nos aproximávamos de algo mais.

— Podíamos fazer um almoço de domingo aqui — ele disse um dia. — Você e eu podemos cozinhar.

Eu dei uma risada suave.

— Não estou certa de que você já possa fazer algo sofisticado, mas vou te ajudar.

— Vamos planejar para um dia em que a Sara possa vir.

— Parece uma ótima ideia.

— E... — ele respirou fundo e disse: — Emilia, preciso que convide a sua família.

— Por quê? — perguntei, segurando a respiração. Esse era o momento pelo qual esperava, mas o gesto tinha que vir do coração.

Roman tinha um olhar firme.

— Mateusz veio me visitar e agradeci pessoalmente, mas não vi mais a Truda e preciso conhecer Anatol.

— Tem certeza de que está pronto para isso?

Ele se inclinou para a frente e segurou o meu rosto, olhando para mim com tanta ternura que meu coração contraiu-se no peito.

— É a próxima coisa, meu amor — ele sussurrou. — Há uma série de coisas que preciso fazer e essa é a próxima.

No domingo seguinte, Roman e eu preparamos uma refeição simples de legumes e batatas assadas. Sara assou um bolo de maçã para a sobremesa.

Mateusz entrou no apartamento primeiro, trocando um aperto de mãos caloroso com Roman e dando um abraço em mim e na Sara. Quando Truda entrou atrás dele com Anatol no colo, passou os olhos por toda a sala e, por fim, parou-os em Roman. Ele atravessou a sala lentamente e alternou o olhar entre ela e Anatol, que, aos dez meses, já se contorcia para ser posto no chão e poder explorar este novo e empolgante espaço. Mas Truda permaneceu parada na porta, olhando para Roman com uma expressão impenetrável. Ele deixou escapar um suspiro e estendeu a mão. Truda apertou-a com cautela.

— Sua família salvou a minha vida — Roman disse com firmeza. — Eu nunca vou me esquecer disso e nunca os desapontarei de novo.

Truda ergueu o queixo e, em seguida, a sobrancelha.

— Que bom — ela disse abruptamente, pondo o bebê no chão e passando por Roman em direção à cozinha. — Deixe-me ver as batatas. Emilia sempre deixa as batatas meio cruas. Quero ter certeza de que foram preparadas corretamente.

Depois do início forçado, o almoço desenrolou-se tranquila e agradavelmente. Corri os olhos pela mesa e vi as pessoas que mais amava no mundo, vivas, fortes e saudáveis. O tio Piotr não estava lá, mas, tão logo isso me ocorreu, Mateusz ergueu uma taça de vinho de repente e disse:

— Para Piotr.

E senti meu tio presente em espírito quando repetimos o brinde e provamos o vinho. Após um momento de silêncio, Roman olhou nos meus olhos e sorriu calmamente.

— Nunca pensei que teríamos a sorte de estarmos sentados juntos à mesa assim, dividindo uma refeição deliciosa e vinho, em um bom apartamento de uma cidade em paz.

— *Deliciosa* é um pouco exagerado, mas brindarei ao resto — riu Mateusz, acenando para as batatas semicruas.

Todos rimos e, para mim, aquele momento de risadas compartilhadas soou como música.

Enquanto Truda e Sara lavavam a louça, Roman e eu sentamo-nos no chão. Anatol era desconfiado com estranhos, mas durante o almoço ele foi se afeiçoando aos poucos a Roman. Agora, estava sentado perto de nós, tentando colocar a bengala de Roman na boca.

— Ele é uma cópia sua — Roman murmurou discretamente.

— Ele realmente se parece muito comigo — admiti.

— Eu não sei o que esperava, mas não era uma versão sua em miniatura — ele disse, olhando para mim. — Você se arrepende de ter pedido a Truda e Mateusz que o criassem?

Balancei a cabeça rapidamente.

— Não sei como explicar, mas não o amo como um filho. Ele é meu irmão. — Senti um nó na garganta. — Se eu pudesse voltar no tempo e mudar as coisas, teria grudado no Mateusz naquele dia no mercado e nada disso teria acontecido. Mas não posso, então escolhi ver Anatol como um milagre. Deus deu a Truda o filho que ela sempre quis e deu a mim um irmão depois de eu ter perdido o outro. Só isso. É a forma como vejo isso tudo.

— Então é como verei também — disse Roman com uma voz suave. Ele estendeu a mão para Anatol, que tentou alcançá-la e tocar os seus dedos. — Ei, garotinho. Quer mudar o mundo comigo?

— Acho que você deveria deixá-lo aprender a andar e falar antes de envolvê-lo em política.

— Não custa nada começar desde pequeno, Emilia — ele sorriu. — A Polônia precisa que a próxima geração seja mais inteligente.

— Então, é assim que devemos criar os nossos filhos — retruquei.

Roman ergueu as sobrancelhas, surpreso, e um sorriso enorme transformou suas feições.

— Nossos filhos — ele repetiu, tomando a minha mão. — Vai levar um tempo para eu pagar o que devo a Mateusz. E preciso me formar na faculdade para me estabelecer. Mas prometo a você, Emilia, que vou me esforçar a cada dia da minha vida para fazê-la o mais feliz possível.

Senti-me leve, livre e esperançosa, de uma forma que não me sentia há anos, talvez desde antes da guerra.

— Farei o mesmo por você — prometi.

A estrada que ficara para trás transbordava perda e tragédia, mas o futuro que se estendia à nossa frente, embora repleto de desafios, também oferecia infinitas possibilidades e esperança.

Por fim, Roman e eu estávamos prontos para caminhar juntos e ver para onde a vida nos levaria.

47

Roman

CONSEGUI UM EMPREGO COMO ASSISTENTE DE UM advogado que conhecia meu pai e ganhei uma bolsa para começar meu curso de Direito na Universidade de Varsóvia, que acabara de ser reaberta. Além dessas responsabilidades, eu passava cada minuto livre com Emilia.

Estava ansioso para pedi-la em casamento, mas primeiro precisava me formar e começar a ganhar dinheiro de verdade, além de me acertar com Mateusz. Ele estava administrando a fábrica têxtil de outra pessoa e parecia bem financeiramente, mas minha consciência jamais ficaria tranquila até que eu quitasse a dívida. Avisei Emilia de que nosso casamento ainda levaria alguns anos.

— Temos muito tempo — ela disse sorrindo para mim, seus olhos verdes brilhando de felicidade.

Certa noite, estava sentado à mesa da cozinha estudando e Sara, tricotando, sentou-se na minha frente. Do nada, ela disse:

— Miriam Liebman me ligou hoje.

Olhei para ela surpreso.

— Ela encontrou Eleonora?

Sara olhou de novo para o tricô com um ar pensativo.

Franzi a testa.

— Sara, o que foi?

— Miriam conseguiu rastreá-la. A mãe adotiva de Eleonora faleceu no último inverno. O pai dela não pôde continuar cuidando dela sozinho e ela foi enviada a um orfanato. Parece que ela tem alguns problemas de saúde, provavelmente resultantes da subnutrição na primeira infância.

Fechei o livro devagar, digerindo a notícia.

— Ela encontrará uma nova família?

— É improvável — murmurou Sara. — Os orfanatos estão lotados de crianças desde a guerra e as doentes dificilmente são escolhidas.

É possível que ela seja adotada de novo, creio, mas pode ser que fique naquele lugar por um bom tempo antes disso.

— Posso visitá-la?

— Eu não tinha certeza de se deveria contar para você — admitiu Sara, olhando para o meu livro e de volta para mim. — Sua vida já é atribulada o suficiente. Não quero que se sinta obrigado a complicá-la ainda mais.

— Eu e ela somos tudo o que resta da nossa família inteira — falei com simplicidade. — Se ela precisa de mim, encontrarei um jeito de ajudá-la.

Peguei o carro do meu chefe emprestado e, no dia seguinte, antes do amanhecer, Emilia e eu deixamos a cidade para fazer nossa viagem de três horas até Częstochowa.

— O que planeja fazer por ela? — perguntou Emilia.

— Não tenho ideia — admiti.

— Não importa o que decida, estou com você totalmente.

Encontramos Eleonora sentada no chão do escritório da diretora do orfanato, entre uma mesa pesada de carvalho e um conjunto de cadeiras de couro. Não vira a minha irmãzinha nos últimos cinco anos, e naquela época ela era tão pequena que eu poderia segurá-la com uma mão só. Embora não fosse mais uma bebê, ela ainda era tão frágil. Estava vestida com um suéter tricotado e uma saia que flutuava em seu corpo delicado. Seu cabelo fora escovado, preso em marias-chiquinhas amarradas com fitas vermelhas. Quando ela se virou e vi o seu rosto, suas feições lembravam tanto as de Dawidek que meus joelhos fraquejaram.

— Eleonora, esses são o senhor e a senhora Gorka — disse Irmã Irena em voz baixa.

— Ah, não somos casados — disse Emilia.

— Ainda — eu disse às pressas, desviando o olhar da minha irmã para Emilia. — Estamos noivos e planejamos nos casar muito brevemente.

Na última vez que havíamos falado em noivado, pensáramos em anos, mas ver essa garotinha sozinha neste orfanato lotado partiu meu coração.

— No fim de semana que vem, na verdade — completou Emilia com diligência, compreendendo tudo com tanta rapidez que, se eu já não estivesse completamente louco por ela, teria me apaixonado naquele exato momento.

Ela dirigiu o olhar para Eleonora e vi um carinho instantâneo surgir. Ela deu um passo para a frente, agachando-se ao lado da minha irmã, e tirou um pequeno caramelo do bolso.

— Oi. Meu nome é Emilia. Estou feliz em conhecê-la.

Eleonora olhou para o doce, depois para Emilia, mas não respondeu. Tranquilamente, Emilia sentou-se no tapete e tirou o doce da embalagem, fazendo um movimento de levá-lo à boca. Eleonora enfim pegou o doce, mas cheirou-o com desconfiança; em seguida, deu uma lambida e depois o enfiou na boca. Ela arregalou os olhos e sorriu.

— Tentamos fazer o melhor por essa pequena — disse tristemente a Irmã Irena. — Mas ela chegou a nós desesperadamente abaixo do peso e não importa quanto damos de comer a ela, ela está sempre magra e pega qualquer doença que apareça. Ela não fala muito, mas as irmãs me contaram que está aprendendo a ler e parece suficientemente inteligente. Espero que, se conseguir encontrar um lar estável, recupere a sua saúde.

Ouvi a freira tagarelando, mas minha atenção estava concentrada em Eleonora e Emilia. Por anos, sequer cogitei pensar em minha família, porque doía demais confrontar o que eu havia perdido. Porém, enquanto observava Emilia formar um laço com Eleonora, pensei em minha mãe, em Samuel e Dawidek, no ambiente caloroso e cheio de amor ao qual uma vez não dera o devido valor.

O trabalho da minha vida seria reconstruir a Polônia, mas esse trabalho precisava começar em casa, reconstruindo uma família para Eleonora, para Emilia e para mim. Sentei-me no chão ao lado de Emilia e sorri para a minha irmãzinha. Ela olhava para mim e para Emilia com desconfiança, como se estivesse pronta para atacar a qualquer momento.

Ocorreu-me que, apesar de tudo que perdera e de tudo por que passara, a vida ainda tinha bênçãos imensuráveis à minha espera. Pensei em Chaim, como fazia normalmente nos meus momentos mais felizes, e fiz uma prece em silêncio para que, onde quer que ele estivesse, soubesse que lhe era imensamente grato. *Eu não a desperdiçarei, Chaim. Não desperdiçarei um segundo desta vida.*

— Olá, Eleonora — falei com carinho, enquanto olhava nos olhos da minha irmã. — Você não se lembra de mim, mas eu me lembro de você e nunca a deixarei novamente.

Nota da autora

NO INVERNO DE 2018, FUI CONVIDADA A FALAR EM UM clube do livro perto da minha cidade natal. Assim que cheguei, juntei-me a uma animada conversa sobre histórias de família — um dos principais temas do livro que eu estava lá para discutir, *Verdades esquecidas**. Uma das associadas do grupo contou a história de um bebê retirado às escondidas de um gueto na Hungria dentro de uma mala. Achei isso particularmente fascinante porque, quando comecei a planejar *Verdades esquecidas*, havia considerado uma estrutura diferente, com um foco maior em Emilia (que acabou se tornando uma personagem secundária naquele livro). Tinha planejado fazê-la deixar a sua vila natal para trabalhar no resgate de crianças do Gueto de Varsóvia, como a heroína da resistência polonesa Irena Sendler. Durante o processo de escrita do primeiro rascunho daquele livro, percebi que precisava manter o foco da história em Tomasz e Alina, então refiz a estrutura e descartei aquele subenredo.

Porém, no clube do livro em 2018, comecei a pensar de novo naquela outra ideia pela primeira vez em anos. Enquanto almoçávamos, uma das mulheres me perguntou se eu já tinha pensado em escrever uma sequência para *Verdades esquecidas*. Já haviam me perguntado isso antes, então ofereci a minha resposta padrão — não, porque sentia que tinha ligado todas as pontas soltas da história de Tomasz e Alina. "Bem, então o que aconteceu com Emilia?", ela perguntou. "Você não pode escrever a história dela em seguida?". Algumas vezes sua musa sussurra, em outras ela grita. Em retrospecto, não consegui encaixar mais da história de Emilia em *Verdades esquecidas* porque ela precisava ser a estrela do próprio livro.

Então, para Lou Hoffman, Wendy, Sue, Lisa, Sonya, Tina e Jane: muito obrigada por me convidarem a falar no seu clube do livro. E um agradecimento ainda mais especial a Marina Wood pela conversa que me inspirou a escrever este livro.

---

* Também publicado pela Universo dos Livros.

Uma pesquisa recente realizada pela Jewish Material Claims Against Germany [Conferência sobre Reivindicações Materiais Judaicas contra a Alemanha] revelou que quase dois terços dos jovens adultos americanos não sabem que seis milhões de judeus morreram durante o Holocausto. Mais de 10% dos pesquisados acreditavam que os judeus *causaram* o Holocausto. Não consegui encontrar estudos comparáveis com jovens adultos de outros lugares, mas temo que, em boa parte do mundo, os números sejam similares. Como é possível que nossos jovens não conheçam a escuridão incomensurável à qual o caminho do ódio e da intolerância nos levou apenas setenta e sete anos atrás? Não acredito que seja papel da ficção histórica nos educar sobre história. Nós, romancistas, inevitavelmente cometemos erros e tomamos algumas liberdades para situar melhor as nossas histórias. Porém, acredito que uma ótima ficção histórica deveria estimular a nossa curiosidade e nos inspirar a nos educarmos. Nesse sentido, tanto quanto possível, tentei escrever neste livro uma história que *poderia* ter acontecido — e espero que, se não estiver familiarizado com alguns dos acontecimentos narrados na história, dedicará algum tempo para aprender sobre eles. Os que morreram e os que sobreviveram merecem ser honrados e lembrados não só por mera consideração, mas também para que o horror que enfrentaram nunca mais se repita.

Irena Sendler foi uma enfermeira e assistente social polonesa que, trabalhando com uma equipe de outras mulheres polonesas, facilitou o resgate de mais de duas mil e quinhentas crianças judias do Gueto de Varsóvia durante a ocupação. Eu fiquei fascinada por Irena depois de ler *Os filhos de Irena*, de Tilar J. Mazzeo, e *Life in a Jar* [A vida em uma jarra], de Jack Mayer. O trabalho de resistência de Emilia, assim como o das personagens Matylda e Sara, foi inspirado em Irena e sua equipe. Como Matylda, Irena foi presa pela Gestapo e interrogada. No entanto, Irena foi resgatada em segredo momentos antes de sua execução. Varsóvia acreditava que ela tinha sido executada e cartazes foram pendurados pela cidade anunciando a sua morte, mas ela assumira uma identidade falsa para poder continuar o seu trabalho. Como Sara, Irena trabalhou como enfermeira de campo em um hospital improvisado durante a Revolta de Varsóvia. E, assim como Sara, que guardou a jarra no quintal de Emilia, Irena também manteve uma jarra cheia de pedaços de papel com os detalhes das crianças que sua equipe havia resgatado. Como Sara, Irena enterrou a jarra sob uma macieira e depois a entregou às autoridades judaicas esperando que as famílias pudessem ser reunidas.

Outro herói polonês pelo qual fiquei fascinada durante a pesquisa para este livro é o historiador Emmanuel Ringelblum. Apesar de sua história não estar refletida neste romance, eu não poderia tê-lo escrito sem o seu trabalho. Enquanto esteve confinado no Gueto com sua família, Ringelblum liderou um projeto secreto para documentar a realidade da vida diária no lugar. Com uma equipe de historiadores, cientistas e afins, ele compilou uma coleção extraordinária de documentos, entre eles, cartazes, decretos, papéis oficiais, diários, fotografias, cartões de ração e relatos pessoais, totalizando mais de vinte e cinco mil páginas. Logo após o Gueto ser destruído, o grupo de Ringelblum, Oyneg Shabes, enterrou a coleção, dividindo-a em três partes. Uma dessas partes nunca foi encontrada, mas as outras duas foram recuperadas em 1946 e 1950. A coragem, a persistência e a dedicação do grupo Oyneg Shabes possibilitaram que nós, das futuras gerações, tivéssemos uma ideia de como era a vida dentro dos muros do Gueto.

Várias exposições, tanto no Museu da Revolta de Varsóvia quanto no Museu da História dos Judeus Poloneses (POLIN), despertaram o meu interesse por algumas das questões e dos acontecimentos relatados neste livro. Um artigo de Joanna Ostrowska e Marcin Zaremba na revista *Polityka* estimulou a minha curiosidade sobre a onda horripilante de violência sexual contra mulheres polonesas durante a ocupação soviética.

Eu amei escrever este livro e espero que vocês também apreciem a leitura. Se tiverem gostado, agradeço se puderem dedicar algum tempo para escrever uma avaliação on-line. Sua avaliação realmente faz a diferença, pois ajuda outros leitores a encontrar os meus livros. Eu adoro receber mensagens dos leitores também. Se quiser entrar em contato comigo, todos os detalhes para fazê-lo estão no meu site: www.kellyrimmer.com.

Atenciosamente,
Kelly

As fontes a seguir foram inestimáveis na pesquisa para este livro

Os filhos de Irena: A história real da mulher que desafiou os nazistas e salvou milhares de crianças do Holocausto, de Tilar J. Mazzeo

Who Will Write Our History? Rediscovering a Hidden Archive from the Warsaw Ghetto [Quem escreverá a nossa história? Redescobrindo um arquivo escondido do Gueto de Varsóvia], de Samuel D. Kassow

The Warsaw Ghetto Oyneg Shabes-Ringelblum Archive: Catalog and Guide [O arquivo Oyneg Shabes-Ringelblum do Gueto de Varsóvia: catálogo e guia], editado por Robert Moses Shapiro e Tadeusz Epsztein

Notes from the Warsaw Ghetto: The Journal of Emmanuel Ringelblum [Notas do Gueto de Varsóvia: o diário de Emmanuel Ringelblum], de Emmanuel Ringelblum, editado por Jacob Sloan

As coleções fotográficas on-line do Yad Vashem

Tunnel, Smuggle, Collect: A Holocaust Boy [Cavar, contrabandear e recolher: um garoto do Holocausto], de Jeffrey N. Gingold, um relato das experiências de seu pai e sua mãe em Varsóvia durante a ocupação, com base em gravações em áudio e vídeo de suas lembranças

Recursos on-line do Museu Memorial do Holocausto nos Estados Unidos, em particular sua coleção incrível de relatos em primeira pessoa

Biblioteca Judaica Virtual

Projeto de pesquisa do Holocausto

The Warsaw Ghetto Uprising [O Levante do Gueto de Varsóvia], de Marek Edelman

The Bravest Battle: The Twenty-Eight Days of The Warsaw Ghetto Uprising [A batalha mais corajosa: os 28 dias do Levante do Gueto de Varsóvia], de Dan Kurzman

O Levante de 44: a batalha por Varsóvia, de Norman Davies

Agradecimentos

A IGA FATALSKA, MUITO OBRIGADA POR SUA AJUDA COM as questões do idioma polonês para esta obra. Mindy, obrigada por toda a ajuda durante este ano. À tia Lola, obrigada por me convencer a caminhar por Varsóvia durante aqueles dias de calor insuportável em nossa viagem de 2017. Talvez eu tenha reclamado na época, especialmente naquele dia em que demos quarenta mil passos, mas não poderia ter escrito este livro sem a pesquisa que fizemos naquela viagem — e acabou que ver muitas partes de Varsóvia a pé foi útil, afinal! A todas as minhas amigas escritoras, especialmente Sally Hepworth, Lisa Ireland, Kim Kelly, Pamela Cook e Vanessa Carnevale. Em momentos diferentes, cada uma de vocês contribuiu com um pouco de sabedoria ou incentivo, e isso me manteve firme no trabalho deste livro. Sou muito grata por ter sua amizade e apoio.

Dan, Maxwell e Violette, mais uma vez me desculpem por ser impossível de conviver quando estou escrevendo, e sei que com este livro foi particularmente difícil. Obrigada por me amarem de qualquer maneira. E, para mamãe e papai, obrigada por serem babás de emergência, pelos chocolates e xícaras de chá.

À minha agente, Amy Tannenbaum, e toda a sua equipe na Jane Rotrosen Agency. Estou tão honrada e grata por trabalhar com vocês e, Amy, obrigada por sempre ir além. E a Susan Swinwood e à equipe da Graydon House, Harlequin e HarperCollins, vocês fizeram tantos dos meus sonhos se tornarem realidade; sou muito grata por saber que minhas histórias estão em mãos tão capazes e habilidosas.

Aos livreiros e bibliotecários, vocês que são superestrelas e colocam meus livros nas mãos dos leitores, obrigada, obrigada, obrigada. E aos blogueiros, *bookstagrammers*, críticos e qualquer pessoa que já tenha recomendado os meus livros para alguém ao longo desses anos, muito obrigada por acreditarem em meu trabalho e promovê-lo.

E, por fim, aos leitores. Eu ainda me belisco às vezes; parece um sonho que alguém queira ler os meus livros. Obrigada por viajarem por essas histórias comigo.